ସାତେଶ ତ୍ରିପାଠୀଙ୍କ
ପ୍ରେମ ଗଳ୍ପ

ସାତେଶ ତ୍ରିପାଠୀ

ବିଦ୍ୟା ପବ୍ଲିଶିଙ୍

ଟରୋଣ୍ଟୋ, କାନାଡା ॥ ଭୁବନେଶ୍ୱର, ଓଡ଼ିଶା

ସୀତେଶ ତ୍ରିପାଠୀଙ୍କ ପ୍ରେମ ଗଳ୍ପ

ଲେଖକ	: ସୀତେଶ ତ୍ରିପାଠୀ
ପ୍ରକାଶକ	: ଡ. ତନ୍ମୟ ପଣ୍ଡା, ଡ. ସୁନନ୍ଦା ମିଶ୍ର ପଣ୍ଡା
	ବିଦ୍ୟା ପବ୍ଲିଶିଙ୍ ଇଙ୍କ, ଟରୋଣ୍ଟୋ, କାନାଡ଼ା
ପ୍ରଥମ ସଂସ୍କରଣ	: ବିଜୟା ଦଶମୀ, ୨୦୨୪

....

Sitesh Tripathy'nka Prema Galpa

by Sitesh Tripathy

ISBN : 978-1-998475-26-1

Copyright © 2024 by Sitesh Tripathy

First Edition	: Bijaya Dasami , 2024
Published by	: Dr. Tanmay Panda & Dr. Sunanda Mishra Panda
	Vidya Publishing Inc.,
	Toronto, Canada || Bhubaneswar, Odisha
Website	: www.vidyapublishing.com
Email	: vidyapublishinginc@gmail.com
Cell	: +1 6478389884
Odisha Contact	: Nirmalya Garden, Plot 516/1719, House 10,
	KIIT Post Office, Patia, Bhubaneswar - 751024
Cell	: +91 89841 31810
Cover Design	: Srushti Panda
Printed at	: Biswanath Enterprises, India
Price	: ₹ 250/-

ଉତ୍ସର୍ଗ

ପ୍ରେମ ମରେ ନାହିଁ.... ପ୍ରେମ କାହାଣୀ ସରେ ନାହିଁ...
ପ୍ରେମର ଦେବୀଙ୍କୁ ଉତ୍ସର୍ଗୀକୃତ ମୋର ଯେ
ପ୍ରେମଗଛ ସଂକଳନ....

ବିନୀତ ଗାନ୍ତିକ
ସାତେଶ ତ୍ରିପାଠୀ

ମୁଁ କୃତଜ୍ଞ....

ମୋ ପ୍ରେମଗଚ୍ଛର ଗଚ୍ଛନାୟିକା ଅଳକା ବଜାଜ୍, ଶ୍ରେୟା ପାଟିଲ୍, ପ୍ରିୟଙ୍କା, ତାପସୀ, ଅନୁଶ୍ରୀ, ଅଙ୍କିତା, ମଞ୍ଜୁ ଏବଂ ରୂପାୟିକାମାନଙ୍କ ପାଖେ, ଏ ପ୍ରେମଗଚ୍ଛ ସବୁକୁ ପତ୍ରିକା ପୃଷ୍ଠାରେ ସ୍ଥାନିତ କରି ବୃହତ୍ ପାଠକଗୋଷ୍ଠୀ ପାଖେ ପହଞ୍ଚାଇଥିବା ଅନୁଭବୀ ସମ୍ପାଦକମାନଙ୍କ ପାଖେ, ପ୍ରେମଗଚ୍ଛ ସବୁକୁ ପ୍ରଚୁର ଭଲପାଇବା ଦେଇଥିବା ପ୍ରେମିଳ ପାଠକ ପାଠିକା ମାନଙ୍କ ପାଖେ, ପ୍ରେମଗଚ୍ଛ କେତୋଟିକୁ ଏକାଠି କରି ସଂକଳନ ଭାବେ ପ୍ରକାଶ କରିବା ଲାଗି ଆଗ୍ରହ ପ୍ରକାଶ କରିଥିବା ସହୃଦୟା ପ୍ରକାଶିକା ଶ୍ରଦ୍ଧେୟା ସୁନନ୍ଦାଙ୍କ ପାଖେ, ସଂକଳନ ଲାଗି ହୃଦୟରୁ ଭାବ ନିଗାଡ଼ି ଅଗ୍ରଲେଖ ଲେଖିଥିବା ହୃଦୟବତୀ, ସୁଲେଖିକା, ପ୍ରେମମୁଗ୍ଧା ବିୟତପ୍ରଜ୍ଞା ତ୍ରିପାଠୀଙ୍କ ପାଖେ ଏ ଗାଚ୍ଛିକ କୃତଜ୍ଞ....

ମୋ ଦୃଷ୍ଟିରେ ସୀତେଶ ତ୍ରିପାଠୀଙ୍କ ପ୍ରେମଗଳ୍ପ

ଭଲପାଇବା, ଯାହାକୁ ଅନେକେ, ଅନେକେ କାହିଁକି ପ୍ରାୟ ସମସ୍ତେ, ପ୍ରେମ ବୋଲି କୁହନ୍ତି, ଗାଳ୍ପିକ ଶ୍ରୀ ସୀତେଶ ତ୍ରିପାଠୀ ବି ସେଇ ଭଲପାଇବାର କଥା ଆଉ କାହାଣୀକୁ ପ୍ରେମଗଳ୍ପ ବୋଲି କହିଛନ୍ତି । ନାରୀ ଓ ପୁରୁଷ ପରସ୍ପର ପ୍ରତି ଆକୃଷ୍ଟ ହେବା, ସେଇ ହେତୁରୁ ପରସ୍ପରକୁ ଲୋଡ଼ିବା, ପରସ୍ପରର ନିକଟତର ହେବାକୁ ଇଚ୍ଛା କରିବା ଓ ପରସ୍ପରକୁ ମୁହୂର୍ମୁହୁ ମନେପକେଇବା ଏବଂ ପରିସ୍ଥିତିର ତାଡ଼ନାରେ କେବେ କେମିତି ପରସ୍ପରଠୁଁ ଦୂରକୁ ଠେଲି ହେଇଯିବା – ଏସବୁ ପ୍ରେମିଳ କଥା ଓ ଗାଥାରେ ଭରପୁର ଏଇ ଗଳ୍ପମାନେ । ମୁଖ୍ୟତଃ ନାୟିକାପ୍ରଧାନ । ପ୍ରେମିକା ହୃଦୟର ରାଗ ଅନ୍ତରଙ୍ଗ ଭାବେ ଅନୁରଣିତ ପ୍ରାୟ ଗପରେ । ପ୍ରେମ, ପ୍ରତ୍ୟୟ, ଉଲ୍ଲାସ, ବିଷାଦ… ଆଦିର କଥାମାନ ବି ବେଶ୍ ପ୍ରାଞ୍ଜଲ । ପ୍ରତିଟି ଗପରେ ପ୍ରେମ, ଭରପୁର ପ୍ରେମ । କେବେ ପାଠକ ଆଖିରୁ ଲୁହ ଝରାଏ ତ କେବେ ପାଠକ ହୃଦୟରେ ଭରିଦିଏ ଉଲ୍ଲାସ ଏବଂ ପାଠକୁ ଦେଇପାରେ ଦୃଢ଼ ପ୍ରତ୍ୟୟ – (ଗାଳ୍ପିକଙ୍କ ଭାଷାରେ) "ପ୍ରେମ ମରେ ନାହିଁ, ପ୍ରେମ କାହାଣୀ ସରେ ନାହିଁ ।"

ଆମ ଜୀବନର କଥା, ଆମ ଜୀବନରେ ଘଟୁଥିବା ଘଟଣା ମାନଙ୍କର କଥା, ଭିନ୍ନ ଭିନ୍ନ ଦିନମାନଙ୍କର କଥା, ବିଶେଷ ଭାବେ ପୁଣି ନାରୀ ମନଗହନର କଥାକୁ ନେଇ ଗତିଶୀଳ ଶ୍ରୀ ତ୍ରିପାଠୀଙ୍କ ପ୍ରେମଗଳ୍ପମାନ । ସଂସାରର ସବୁ ସୌନ୍ଦର୍ଯ୍ୟ, ସମ୍ବେଦନା ଆଉ ସୁଗୁଣରେ ଭରା ସୀତେଶଙ୍କ ନାୟିକା ମାନେ; ଯେମିତିକି ଏକବିଂଶ ଶତାବ୍ଦୀର ଶ୍ରେୟା ପାଟିଲ, ଅଲ୍କା ବଜାଜ, ପ୍ରିୟଙ୍କା, ତାପସୀ, ଅଙ୍କିତା ….ଆଦିଙ୍କ ଠୁଁ ନେଇ ପଞ୍ଚଦଶ ଶତାବ୍ଦୀର ରାଜକୁମାରୀ ରୂପାମ୍ବିକା ଯାଏଁ । ନାଁରେ ଯେତିକି ରୋମାନ୍ଥ, ସେମାନଙ୍କ କଥାବାର୍ତ୍ତା ଚାଲିଚଳଣରେ ବି ସେତିକି । ମୋହମୟୀ, ମୁଗ୍ଧକରୀ ।

ସଂଯତ ଭାବେ, ଯଥେଷ୍ଟ ସଂଭ୍ରମ ବଜାୟ ରଖି ଲେଖିଛନ୍ତି ଅନୁଭବୀ ଗାଳ୍ପିକ ଏସବୁ ଗଳ୍ପ। କହିପାରେ ଦ୍ୱିଧାହୀନ ଭାବେ – ସୀତେଶ ତ୍ରିପାଠୀଙ୍କ ନାୟିକାମାନେ ପ୍ରାୟତଃ ସର୍ବଗୁଣ ସମ୍ପନ୍ନା। ବିଚାରଶୀଳା, ବୁଦ୍ଧିମତୀ, ପୁଣି ସରଳ ଓ ଭାବାବେଗରେ ପରିପୂର୍ଣ୍ଣା। କଥାଟିଏ ଯାହା ମନକୁ ଆସିଯାଉଛି ଥରକୁ ଥର ଏବଂ କହିବା ଲାଗି ବାଧ୍ୟ କରୁଛି, ଯେ ସତରେ ଏଡ଼େ ସୁନ୍ଦର ଝିଅ ସବୁ ଲେଖକଙ୍କ ଜଣାଶୁଣାର ପରିଧି ଭିତରେ ଅଛନ୍ତି ନା କେବଳ କଳ୍ପନାରେ ଆତ୍ମଯାତ ଏମାନେ ! ! ବୁଝିବା କଷ୍ଟ ଅଥଚ ବୁଝିବାକୁ ଚାହେଁ ମନ। କଥାଟିଏ ନିଃଶେ ମାନିବି ଏବଂ କହିବି: ଗାଳ୍ପିକ ସୀତେଶ ଭାବନାରେ କବିଭାବାପନ୍ନ, ଆବେଗପ୍ରବଣା, ସମ୍ବେଦନାରେ ଭରପୁର କଳ୍ପନାବିଳାସୀ।

ସୀତେଶଙ୍କ ଗପ ସବୁରୁ ମତେ ମନେହୁଏ, ରକ୍ଷଣଶୀଳ ଚିନ୍ତାଧାରାର ମଣିଷ ହେଲେ ବି ସାମାଜିକ ବୁଝାମଣା ବା ଅବୁଝାମଣା ଏବଂ ଗତାନୁଗତିକ ଚିନ୍ତାଧାରା ସବୁକୁ ଗାଳ୍ପିକ ନାପସନ୍ଦ କରନ୍ତି ଏବଂ ବହୁବେଳେ, ବହୁଭାବେ ପ୍ରଶ୍ନ କରନ୍ତି।

ଉଦାହରଣଟେ ଦିଏଁ – 'ସାଥୀ' ଗପରେ; ଗଳ୍ପନାୟିକା ତାପସୀ ନାରୀ-ପୁରୁଷର ଅନ୍ତରଙ୍ଗ ସମ୍ପର୍କରେ ସ୍ୱ-ଅବବୋଧକୁ ଦର୍ଶାଇଛନ୍ତି। ଏକ ଦୁର୍ବଳ ମୁହୂର୍ତ୍ତରେ ଯଦି ସ୍ଥାପିତ ହୋଇଯାଏ ନାରୀ ପୁରୁଷଙ୍କ ଭିତରେ ଅନ୍ତରଙ୍ଗ ଦୈହିକ ସମ୍ପର୍କ ଏବଂ ସେଭଳି ସମ୍ପର୍କକୁ ଉଭୟ ଅନ୍ତରଙ୍ଗ ଭାବେ ଅନୁଭବ କରନ୍ତି ଓ ଆନନ୍ଦ ନିଅନ୍ତି, ସେ କ୍ଷେତ୍ରରେ ଉଭୟ ସମଭାବେ ଦାୟୀ, ଆଉ ସେ ଭାବରେ କମ୍-ବେଶୀ, ଭଲ-ମନ୍ଦ, ଦବା-ନବା ଆଦିର ବିଚାର ଯେ ଆଦୌ ନାହିଁ; ସେଇ କଥାଟିକୁ ଗଳ୍ପନାୟିକା ତାପସୀଙ୍କର ଭାବନାରେ କୁହାଇଛନ୍ତି ଗାଳ୍ପିକ। ନାରୀ ଯେ ପୁରୁଷର ଭୋଗ୍ୟ ବସ୍ତୁ ମାତ୍ର ନୁହେଁ କିୟା ପୁରୁଷ ଯେ ନାରୀର ଭୋଗ୍ୟ ବସ୍ତୁ ମାତ୍ର ନୁହେଁ, ସେ ସଚେତନତା ନାୟିକା ତାପସୀଙ୍କ ଚେତନାକୁ ଆନ୍ଦୋଳିତ କରିଛି। ସେ ବୃତ୍ତି, ଆବେଗ ହେଉ ବା ଆବେଗରୁ ଜାତ ସମ୍ଯୋଗ, ପରସ୍ପରର ସହମତିରେ ଉଭୟ ଆନନ୍ଦଦାୟୀ ଏବଂ ସମ୍ଯୋଗପରର ପରିଣତିରେ ପୁରୁଷ ଆଖିରେ କଦାପି ଉଣା ପଡ଼ିଯାଏ ନାହିଁ ନାରୀର ନାରୀତ୍ୱ ଅବା ନାରୀ ଆଖିରେ ନ୍ୟୁନ ହେଇଯାଏ ନାହିଁ ପୁରୁଷର ପୌରୁଷ। ତାପସୀ ପୁଣି ବୃତ୍ତି, ସମ୍ଯୋଗ କଦାପି ଏକ ଏକପାଖିଆ ଖେଳ ନୁହେଁ, ଯୋଉଟି

ଜଣେ ଖେଳାଳୀ ଖାଲି ଲୁଣ୍ଠନ କରେ ଏବଂ ଅପର ଜଣକ ଲୁଣ୍ଠିତ ହୁଏ, କାରଣ ନାରୀ ପୁରୁଷ ଉଭୟଙ୍କ ସୁଖରେ ବନ୍ଧା ନାରୀ ପୁରୁଷଙ୍କ ଶାରୀରିକ ସମ୍ପର୍କ।

କେଉଁ ପରିସ୍ଥିତିରେ କେତେ ସମ୍ଭ୍ରମ ଏବଂ କେଡ଼େ ସୁଚିନ୍ତିତ ଭାବରେ ପ୍ରେମକୁ (ଅବା ନିଜକୁ) ବ୍ୟକ୍ତ କରାଯାଇପାରେ ତାହା ସୀତେଶଙ୍କ ପ୍ରତ୍ୟେକଟି ପ୍ରେମଗଳ୍ପରେ ସୁସ୍ପଷ୍ଟ। ତାଙ୍କ ଗପ ସବୁକୁ ପଢ଼ିଲେ ଲାଗେ, ଯେମିତି ପୃଥିବୀରେ ଦୁଃଖ, କଷ୍ଟ, ଈର୍ଷା, ଦ୍ୱେଷ, ପ୍ରତାରଣା ସବୁ ଥିବା ସତ୍ତ୍ୱେ ବି ପୃଥିବୀଟା ଅନେକ ସୁନ୍ଦର, କାହିଁକିନା ସବୁ ସତ୍ତ୍ୱେ ବି ଅନୁପମ ସୌନ୍ଦର୍ଯ୍ୟ ଭରି ହୋଇ ରହିଛି ନାରୀ ସହ ପୁରୁଷର ସମ୍ପର୍କରେ, ମଣିଷ ସହ ମଣିଷର ସମ୍ପର୍କରେ, ଯାହା ପୃଥିବୀକୁ ବଞ୍ଚିବାଯୋଗ୍ୟ ଆମ ପ୍ରିୟ ପୃଥିବୀ କରି ଗଢ଼ି ତୋଳିଛି। ସେମିତି ଏକ ଗପ 'ରୂପାମ୍ବିକା ଏକ ପ୍ରେମଗାଥା'।

ଗଳ୍ପର ଏକ ବକ୍ତବ୍ୟ ଯାହା ଚିରନ୍ତନ:

ଚିତ୍ରପଟକୁ ମୁଗ୍ଧ ଭାବେ ନିରୀକ୍ଷଣ କଲେ ପୁରୁଷୋତ୍ତମ, ରାଜକୁମାରୀ ରୂପାମ୍ବିକାଙ୍କ ହାତଆଙ୍କା ଚିତ୍ରପଟ। କୃଷ୍ଣା ନଦୀ ତୀରେ ଅରଣ୍ୟ ମଧ୍ୟରେ ପୁଷ୍ପଲତା କୁଞ୍ଜେ ଶାୟିତ ପୁରୁଷୋତ୍ତମ ଏବଂ ନିକଟରେ ଦୁଇ କ୍ରୀଡ଼ାରତ ମୃଗଶିଶୁ। ଚିତ୍ରଶିଳ୍ପୀଙ୍କୁ ଭୂରିଭୂରି ପ୍ରଶଂସା କରିବା ଭିତରେ ପୁରୁଷୋତ୍ତମ ପ୍ରକଟ କଲେ କୌତୂହଲ – 'ମାତ୍ର କୃଷ୍ଣା ନଦୀ ତୀରେ ମୋର ଅନତିଦୂରେ ମୃଗଶିଶୁ ତ ଖେଳୁ ନଥିଲେ! ସେଠି ପଡ଼ିଥିଲା ମୋ ହସ୍ତେ ନିହତ ଆକ୍ରମକ ଶାର୍ଦ୍ଦୁଲ!!'

ପ୍ରତ୍ୟୁତ୍ତରରେ କହିଲେ ସଲଜ୍ଜ ରୂପାମ୍ବିକା – "ମୋ ପ୍ରିୟତମଙ୍କୁ ମୁଁ ହତ୍ୟା ଭାବରେ ନୁହେଁ ହର୍ତ୍ତା ଭାବେ ଆଙ୍କିବା ଲାଗି ଚାହିଁଲି। ଦୁଃଖହର୍ତ୍ତା, ରକ୍ଷାକର୍ତ୍ତା। ସମ୍ରାଟଙ୍କୁ ହିଂସ୍ରକ ଭାବେ ନୁହେଁ ପ୍ରେମୀ ଭାବେ ଆଙ୍କିବା ଲାଗି ଚାହିଁଲି।"

ମାନବତା ସହ ପ୍ରେମର ମହତ୍ତ୍ୱ ଓ ସାତ୍ତ୍ୱିକତାକୁ ବୁଝିବା ଲାଗି ଏତିକ ବକ୍ତବ୍ୟ ହିଁ ଯଥେଷ୍ଟ।

ଅଗ୍ରଲେଖରେ ଆଉ ଅଧିକ କିଛି କହିବି ନାହିଁ କି ପାଠକଙ୍କ ଉକ୍ରଣ୍ଠା ସାରି ଦେବି ନାହିଁ। ଗପ ମାନେ କୁହନ୍ତୁ ବରଂ ସେମାନଙ୍କ କଥା ବିସ୍ତୃତ ଭାବେ।

କଥାଟିଏ ନକହି କିନ୍ତୁ ରହିପାରୁ ନାହିଁ, 'ଜଟାୟୁ' ଗଳ୍ପରେ ପ୍ରମୁଖ ଚରିତ୍ରଟିଏ ମୁହଁରେ ଗାଳ୍ପିକ କୁହାଇଥିବା କଥାଟିଏ। ଚରିତ୍ର ମୁହଁରେ ସ୍ୱୟଂ ଗାଳ୍ପିକ କୁହନ୍ତି ଏବଂ ପ୍ରଶ୍ନ ବି କରନ୍ତି, ଯେମିତିକି:

"ତୁ କ'ଣ ଭାବୁ, ଖାଲି ବିଶ୍ୱସୁନ୍ଦର ଅବା ବିଶ୍ୱସୁନ୍ଦରୀମାନଙ୍କ ଠାରେ ହୃଦୟ ବୋଲି ଚିଜଟେ ଅଛି, ଖାଲି ସେଇମାନଙ୍କ ହୃଦୟତନ୍ତ୍ରୀରେ ପ୍ରେମର କଅଁଳ ରାଗ ଅନୁରଣିତ ହୁଏ? ଭିକାରୀଟିଏ ତା' ଭିକାରୁଣୀ ସାଥୀକୁ, କୁଷ୍ଠରୋଗୀଟିଏ ତା' କୁଷ୍ଠରୋଗିଣୀ ପତ୍ନୀକୁ ଅବା ଗଳିତଦନ୍ତ ବୃଦ୍ଧଟିଏ ତା' କୋଟରଗତା ଚକ୍ଷୁ ବୃଦ୍ଧା ପତ୍ନୀକି କ'ଣ ପ୍ରେମ କରେ ନାହିଁ? ପ୍ରେମ ପରା ଏକ ଅନୁଭବ, ଏକ ଆତ୍ମିକ ଅନୁଭୂତି, ହୃଦୟାବେଗ! ହୃଦୟ କ'ଣ ଦେହ ଦେଖେ? ସୁନ୍ଦର ଅସୁନ୍ଦର ବୁଝେ?"

ପରିଶେଷରେ ଅବଶ୍ୟ କହିବି, ଯଦି କେବେ କେହି ପ୍ରେମରେ ପଡ଼ିନି ଅଥଚ ପ୍ରେମରେ ପଡ଼ିବା ଲାଗି ରହିଚି ସମ୍ଭାବନାଟିଏ, ତେବେ ସେମାନଙ୍କ ପାଇଁ ସାନ୍ତେଶ ତ୍ରିପାଠୀଙ୍କ ପ୍ରେମଗଳ୍ପ ଗୁଡ଼ିକ ସାବ୍ୟସ୍ତ ହେବ ବହୁଭାବେ ଉପାଦେୟ। ପ୍ରେମର ଜୟଗାନରେ ପୁଣି କହିବି, ପ୍ରେମ ବଞ୍ଚିରହୁ, ପ୍ରେମ ବଞ୍ଚିଲେ ବଞ୍ଚିବ ପୃଥିବୀ।

ବିଜୟଲକ୍ଷ୍ମୀ ତ୍ରିପାଠୀ

ସୂଚୀପତ୍ର

□□

ମାଟି ଓ ଆକାଶ : ଏକ ପ୍ରେମ କଥା

(୧)

ଆକାଶ ସହ ମାଟିର ମିଳନ ସମ୍ଭବ କି ? – ଯେବେ ବି ଏକ ଉଚ୍ଚ ସ୍ଥାନରୁ ମୋର ଦୃଷ୍ଟି ପଡ଼େ ଦିଗନ୍ତରେ, ଯେଉଁଠି ଆକାଶ ଓ ମାଟି ପରସ୍ପରକୁ ଛୁଇଁ ମିଶିଯିବାର ଭ୍ରମ ସୃଷ୍ଟି କରୁଥାନ୍ତି ଓ ପରସ୍ପରର ଆଲିଙ୍ଗନ ପାଶରେ ରହି ଅନ୍ତରଙ୍ଗ ଭାବର ଆଦାନପ୍ରଦାନ କରୁଥାନ୍ତି, ସେବେ ଏ ପ୍ରଶ୍ନଟି ମୋ ମନରେ ବାରମ୍ବାର ଉଙ୍କିମାରେ ଓ ମନେପଡ଼େ ଅଲକା ବଜାଜ୍‍।

ଅଲକା ବଜାଜ୍‍ ସହ ମୁଁ ଘନିଷ୍ଠ ଭାବେ ମିଶିଥିଲି ମୋ ଝିଅ ବିଭାଘରର ଛଅ ସାତବର୍ଷ ତଳୁ। ମୋ ଝିଅ ବିଭାଘରରେ ସାମିଲ୍‍ ହେବା ଲାଗି ସୁଦୂର ଆମେରିକାରୁ ଉଡ଼ି ଆସିଥିଲା ଅଲକା ବଜାଜ୍‍। ବାହାଘର ବାସି, ଝିଅ ବିଦା ହେବା ପରେ, ଉଦାସ ମନରେ ଯେବେ ସମସ୍ତିଙ୍କ ଅଲକ୍ଷ୍ୟରେ ଏକାକୀ ମୁଁ ଚାଲି ଯାଇଥିଲି ଆମ ଆପାର୍ଟମେଣ୍ଟର ଛାତ ଉପରକୁ ଏବଂ ମୋର ଛଳଛଳ ଦୃଷ୍ଟି ନିବଦ୍ଧ ଥିଲା ପଶ୍ଚିମ ଦିଗନ୍ତର ଲୋହିତାଭା-ମଣ୍ଡିତ ଡୁବନ୍ତ ସୂର୍ଯ୍ୟ ଉପରେ, ସେବେ, କେତେବେଳୁ ଆସି ମୋ ପଛରେ ଛିଡ଼ା ହୋଇ ଦିଗନ୍ତ ଦିଗରେ ଏକାଳୟରେ ଦୃଷ୍ଟି ପ୍ରସାରିଥିବା ଅଲକା ବଜାଜ୍‍ ଅଚାନକ ପଚାରିଥିଲା: ଆକାଶ ଓ ମାଟି ପରସ୍ପର ବାନ୍ଧି ହୋଇ ରହିବାଟା ସମ୍ଭବ କି ?

ମୁଁ ନିରୁତ୍ତର ରହି, ଝିଅକୁ ବିଦା କରିଥିବାର ଦୁଃଖ ଓ ଶୋକ ହେତୁ ଜର୍ଜରିତ ଥିବା ଭିତରେ ଅଲକା ବଜାଜ୍‍ ତା' ପ୍ରଶ୍ନ ଦୋହରାଇଲା: କୁହନ୍ତୁ ନା ଅଙ୍କଲ୍‍! ସମ୍ଭବ କି ଆକାଶ ସହ ମାଟିର ମିଳନ ?

ମୁଁ ସ୍ମିତ ହସି ତା' ପିଠି ଥାପୁଡ଼ି ଦେଇ ସ୍ନେହଭରେ କହିଲି – ସମ୍ଭବ। କବିର କଳ୍ପନାରେ, ଆଉ...

"ଆଉ ?" – ଅଲକା ବଜାଜ୍ ପ୍ରଗଲ୍ଭ ମନେ ହେଉଥିଲା।

"ପ୍ରେମରେ।" ମୁଁ ତାକୁ କହିଲି। 'ପ୍ରେମରେ ସବୁ ସମ୍ଭବ।'

"ସମ୍ଭବ ଅଙ୍କଲ ?" – ଅଲକାର କଣ୍ଠରେ ଫୁଟିଲା ବ୍ୟାକୁଳତା।

"ଅଫ୍‍କୋର୍ସ ସମ୍ଭବ, ପ୍ରେମ ଯଦି ପ୍ରେମ ହୋଇଥାଏ। ଜାଣ୍ କାହିଁକି ? କାରଣ ପ୍ରେମର ଡିକ୍‍ସନାରିରେ 'ଅସମ୍ଭବ' ଭଳି ଶବ୍ଦ ନାହିଁ।"

ପରିସ୍ଥିତିକୁ ହାଲୁକା କରି କଥାଟି କହିଲି ଓ 'ଚାଲ ତଳକୁ ଯିବା ଖୋଜୁଥିବେ ସମସ୍ତେ' କହି ଛାତରୁ ତଳକୁ ଓହ୍ଲାଇଲି। ପଛେ ପଛେ ଅଲକା; ଅଲକା ବଜାଜ୍।

କହିଚି ପରା, ଅଲକା ବଜାଜ୍ ସହ ଆମେ ଘନିଷ୍ଟ ଭାବେ ମିଶିବାର ଅବକାଶ ପାଇଥିଲୁ ସାତ ବର୍ଷ ତଳେ। ଆମେ ବୋଇଲେ ମୁଁ, ଆଉ ମୋ ପତ୍ନୀ। ଅଲକା ବଜାଜ୍ ପଞ୍ଜାବୀ ଝିଅ, ମୋ ଝିଅ ସୌମ୍ୟାର ଘନିଷ୍ଟ ବାନ୍ଧବୀ।

ଝିଅ ପଢୁଥାଏ ଇଞ୍ଜିନିୟରିଂ କିଟ୍ ୟୁନିଭର୍ସିଟିରେ ଓ ସେଇଟି ଥାଏ ତା'ର ଶେଷ ବର୍ଷ। ଆମେ ଥାଉ କେନ୍ଦୁଝରେ।

ଆଉ ଦିନ କେଇଟା ମାତ୍ର ପରେ କିଏ କୁଆଡ଼େ ଛିଟିକି ଯିବେ। କ୍ୟାମ୍ପସ୍ ସିଲେକ୍ସନ୍‍ରେ ସଫଳ ହେଇସାରିଥାଏ ଝିଅ ଓ ତା'ର ସବୁ ବନ୍ଧୁ। ଭିନ୍ନ ଭିନ୍ନ ଖ୍ୟାତିସମ୍ପନ୍ନ ଆଇ.ଟି. ଫାର୍ମ୍‍ମାନଙ୍କରେ। କିଏ ଜାଣେ କାହାର ପୋଷ୍ଟିଂ କୋଉଠି ହବ। ଝିଅ ଖବର ପଠେଇଲା, ତା'ର ଛଅ ସାଙ୍ଗଙ୍କ ସହ ଛଅ ସାତ ଦିନ ପାଇଁ ସେ ଆସୁଛି କେନ୍ଦୁଝରେ। ଆମ ସହ ଏକାଠି ଦିନ କେତୋଟା କାଟିବେ। ଝିଅ ଠାରୁ ଶୁଣିଲୁ, କାଲେ ଆସିବା ଲାଗି ବେଶୀ ମନ ବଳାଇଛି ଅଲକା ବଜାଜ୍।

କହିବା ବାହୁଲ୍ୟ, ଅଲକା ବଜାଜ୍ ଝିଅର ଘନିଷ୍ଟତମ ବାନ୍ଧବୀ ଏବଂ ବହୁ ବିଶେଷ କାରଣ ହେତୁ ଆମ ପତିପତ୍ନୀ ଦୁହିଁଙ୍କର ପ୍ରିୟ।

ପଞ୍ଜାବୀ ଝିଅ ଅଲକା ବଜାଜର ପିତାମାତା ରୁହନ୍ତି ରାଞ୍ଚିରେ। ବାପା ମାଥମେଟିକ୍ସ ପ୍ରଫେସର। ମା' ହାଉସଓ୍ୱାଇଫ୍।

ଗୋଟିଏ ବଖରା ଘର ସଜାଡ଼ିଦେଲୁ ଝିଅ ଓ ତା' ସାଙ୍ଗମାନଙ୍କ ଲାଗି। ଅଫିସ ଡ୍ରାଇଭର ବାବୁଲିକୁ କହିଦେଲି, ଝିଅମାନଙ୍କୁ କେନ୍ଦୁଝର ରେଲ୍‍ଷ୍ଟେସନରୁ

ଆଣିବା ଦାୟିତ୍ୱ ତୋ'ର । ଆଉ ରବିବାର ଦିନଟି ଝିଅମାନଙ୍କୁ ବୁଲେଇ ନବୁ ସାନ ଘାଘରା, ବଡ଼ ଘାଘରା ଓ ଆଉ କେତେକ ଦର୍ଶନୀୟ ସ୍ଥାନ । ବାବୁଲି ତା' ଦାୟିତ୍ୱ ସୁଚାରୁ ଭାବେ ତୁଲାଇଥିଲା ଓ ସାତଜଣାୟାକ ଝିଅଙ୍କୁ ଆମ ଘରେ ଛାଡ଼ିଥିଲା । ସାଲୁ, ଗଜଲ, କୃତି, ସୃଷ୍ଟି.... ଆଉ ଦୁଇଜଣଙ୍କ ନାଁ ମନେ ନାହିଁ ଏବଂ ମୋ ଝିଅ ସୌମ୍ୟା । 'ନମସ୍ତେ ଅଙ୍କଲ', 'ନମସ୍ତେ ଆଣ୍ଟି'ରେ ସଙ୍ଗୀତମୟ ହେଇଯାଇଥିଲା ଆମ ଘର । ସମସ୍ତଙ୍କ ଠାରୁ ଅଲଗା ଅଲକା ବଜାଜ୍ ଆଗେଇ ଆସି ନଇଁ ପଡ଼ିଥିଲା, ଆମ ଦୁହିଁଙ୍କ ପାଦ ପାଖେ ଓ ପ୍ରଣାମ କରିଥିଲା । ତା' ଆଣ୍ଟି ତାକୁ ଗଳାରେ ଜଡ଼ାଇ ଧରିଥିଲେ । ତେଣିକି ହୋ ହା ରେ ପୁରି ଉଠିଥିଲା ଆମ ଘର ।

ଦିନ ସେତେବେଳକୁ ଗୋଟାଏ ସାଢ଼େ ଗୋଟାଏ ପାଖାପାଖି । ମଧ୍ୟାହ୍ନ ଭୋଜନର ବେଳ । ଝିଅ କହିଲା, ମାମ୍ ଭାରି ଭୋକ । କାନ୍ଧରୁ ବ୍ୟାକ୍ ପ୍ୟାକ୍ ବ୍ୟାଗ୍ ମାନ ଓହ୍ଲାଇ ସେମାନଙ୍କର ଲାଗି ଉଦ୍ଦିଷ୍ଟ କୋଠରୀରେ ଫିଙ୍ଗି ଜଣଜଣ କରି ବାଥ୍ରୁମ୍ ଯାଇ ଫ୍ରେଶ୍ ହୋଇ ବାହାରି ଆସିଲେ ଚଟାପଟ୍ ଓ ଅଲକା କହିଲା, ଆଣ୍ଟି ଭୁକ ।

ସେ ଦିନଟି ଥାଏ ଶନିବାର । ଆମ ଲାଗି ନିରାମିଷ ବାର । ଝିଅ ବରାଦରେ ମା' ତା'ର ବନେଇଥାନ୍ତି ବାସ୍ମତି ଚାଉଳର ଭାତ ସାଙ୍ଗକୁ ହରଡ଼ ଡାଲିର ଡାଲମା, ସୋରିଷ ବଘରା ଆଲୁଭର୍ଜା, ସଜନା ଛୁଇଁର ବେସରଦିଆ ଭଜା ଓ ଦହି କାକୁଡ଼ି ସାଲାଡ୍, ପାପଡ଼ ।

ଏକାଠି ଅର୍ଦ୍ଧ-ଗୋଲାକାରରେ ବସି ଖାଇବାକୁ ବସି ଯାଇଥାଉ, ଗୁଣ୍ଡେ ଦି' ଗୁଣ୍ଡ । ଖାଇ ସାରି ଅଲକା କହିଲା ଖଣ୍ଟି ଓଡ଼ିଆରେ, ଖାନା ଖୁବ୍ ଟେଷ୍ଟି । ଜ୍ୟାଦା ଟେଷ୍ଟି ଡାଲ୍ମା । ମତେ ଦରକାର୍ ଆଉରି । ସେତିକିବେଳେ ବାଜିଲା ଅଲକା ବଜାଜ୍ର ମୋବାଇଲ୍ ।

କଲ୍ କରିଥିଲେ ତା' ମମ୍ମି । ଦିହିଁଙ୍କ ବାର୍ତ୍ତାଳାପ ପ୍ରତି ତା' ସାଙ୍ଗମାନେ ଜମାରୁ ଧ୍ୟାନ ଦେଉ ନଥାନ୍ତି, ମାତ୍ର ମୋ ମନରେ, ସେଇ ବାର୍ତ୍ତାଳାପ ଭରିଦେଇଥିଲା ଅନେକ କୌତୁହଳ ।

ପରିସ୍ଖାର ଶୁଭୁଥାନ୍ତି ଅଲକା ବଜାଜ୍ର ମମ୍ମି – ଶୁଦ୍ଧ ହିନ୍ଦୀରେ – କ୍ୟା ବେଟି ! ସବୁ ଠିକ୍ ? ମୁଲାୟମ୍ କଣ୍ଠରେ ଅଲକା କହିଲା – ଶୁଦ୍ଧ ହିନ୍ଦୀରେ ସେ ବି

– ଠିକ୍ ମମ୍ମି। ଟ୍ରେନ୍‌ରେ ଖାଲ୍‌ମୁଢ଼ି ଭାରି ଟେଷ୍ଟି ଥିଲା। ଆଷ୍ଟିକ ତୁଁ ଶିଖିନେବି, ଘରକୁ ଗଲେ ବନାଇବି ଟି-ଟାଇମ୍ ସ୍ନାକ୍‌ ଲାଗି।

ସେପଟୁ ଶୁଭିଲା ମମ୍ମିଙ୍କ ସଂକ୍ଷିପ୍ତ ଗମ୍ଭୀର ଗଲା – ହୁଁ।

ଅଲକା ତା'ର ହାର୍ମୋନିୟମ୍‌ର ଶେଷ ରିଡ୍ ସମ ମିଠା ଓ ମୁଲାଏମ୍ ଗଲାରେ କହିଲା – ଅଙ୍କଲ୍ ଭେରି କେୟାରିଂ। ଗାଡ଼ି ପଠାଇଥିଲେ ଷ୍ଟେସନ୍। ଏବେ ଲଞ୍ଚ ଖାଉଚୁ। ଆଷ୍ଟିକ ଡାଲ୍‌ମା ଭେରି ଭେରି ଟେଷ୍ଟି। ଶିଖିକି ଯାଇ ବନାଇବି।

ସେପଟୁ ମମ୍ମି କିଂଚିତ ରୁକ୍ଷ ଭାବରେ କହିବାର ଶୁଭିଲା – ତତେ ତ ଏବେ ଓଡ଼ିଶାର ଖାଲ୍‌ମୁଢ଼ି, ଡାଲ୍‌ମା ବେଶୀ ବେଶୀ ପସନ୍ଦ ଆସିବ।

ଏସା ନହିଁ ହେ ମାମ୍ମା। ନିରୁଭାପ ଗଲାରେ କହିସାରି ହସିଥିଲା ଅଲକା। ମତେ ଲାଗିଲା, ହସଟି ତା'ର ପ୍ରାକୃତିକ ହସ ନୁହେଁ, ଚାଣି ଓଟାରିଆ ହସ, ଯାହା ମୋ ମନ ଭିତରେ ଉପୁଜାଇଲା ଅନେକ ଜିଜ୍ଞାସା।

ମୁଁ ତାକୁ ଚାହିଁଥିଲି, ତା'ର ଦୃଷ୍ଟି ମୋ ଦୃଷ୍ଟି ସହ ମିଶିଲା ଏବଂ ମିଶିବା ମାତ୍ରକେ ମୁଁ ଆଖିରେ ଆଖିରେ ମୋ ଜିଜ୍ଞାସାଟି ପ୍ରକଟ କଲି। ଅଲକା ବଜାଜ୍ ମୋ ଇସାରା ବୁଝିପାରିଲା ଓ ସେ ବି ତା' ଆଖିରେ ଆଖିରେ କହିଦେଲା, କହିବି କହିବି।

ଏସବୁ ପ୍ରତି ଏକବାରେକେ ନିର୍ଲିପ୍ତ ମୋ ଝିଅ ସୌମ୍ୟା। ନନ୍-ଇଣ୍ଡର ଫିୟରିଙ୍। ସେମିତି ସେ, ତା' ପିଲାଦିନୁ। କା' କଥାକୁ କାନ ଡେରେ ନାହିଁ, କା' ନାମରେ ଚୁଗୁଲି ଶୁଣେ ନାହିଁ। ସାଙ୍ଗଙ୍କ ଗୁଣ ଅବିଗୁଣ ଘରେ ଗପେ ନାହିଁ। ସେ ସାଙ୍ଗ ବାଛେ ବି ସେମିତି। ଭଲରେ ମନ୍ଦରେ ସେମାନେ ପରସ୍ପରର ସାଥୀ। ବିଶେଷ ଭାବେ ଅଲକା ବଜାଜ ସହ ଝିଅର ତାଲମେଲ ପୁରା ଖାପ୍ ଖାଏ। କହିଚି ତ, ବେଶ୍ କେତୋଟି ବିଶେଷ କାରଣ ପାଇଁ ଅଲକା ବଜାଜ୍ ଆମ ଦିହିଙ୍କର ପ୍ରିୟ।

ସେପଟୁ ଅଲକାର ମାମ୍ମା ଆମକୁ ଉଇସ୍ କଲେ। ଆମେ ପ୍ରତିଉଇସ୍ ଜଣାଇଲୁ। ସେ କହିଲେ, ଓଡ଼ିଶାରେ ଚାରିବର୍ଷ କଟେଇଲା ଯେ ଝିଅ, ଓଡ଼ିଆ ଖାନା, ଓଡ଼ିଆ କଲ୍‌ଚର୍ ଆଉ ଜଗନ୍ନାଥ ତା'ର ଏବେ ସବୁଠାରୁ ପ୍ରିୟ। ଓଡ଼ିଶାରେ ବାନ୍ଧି ହେଇ ରହିଯିବ କି କ'ଣ?

ସୌମ୍ୟାର ମା' କହିଲେ ବି ହସି ହସି – ରହିଯାଉ ନା। ସେ ତ ମୋର ଆଉ ଗୋଟାଏ ଝିଅ।

ଏମିତି ହସଖୁସି ମଜା ଭିତରେ ଶେଷ ହେଲା ଖରାବେଳ ଖାଇବା। ମୋ ଝିଅ ଓ ଝିଅର ସାଙ୍ଗମାନେ ତାଙ୍କ ବଖରାଟିକୁ ଚାଲିଯାଇ ଆରମ୍ଭ କରିଦେଲେ ହଲ୍ଲାଗୁଲ୍ଲା। କିନ୍ତୁ ମତେ ଚକିତ କରି ଅଲକା ବଜାଜ୍ ଆମ ଶୋଇବା ଘରଟିକୁ ଚୁପଚାପ୍ ଖସି ଆସି କହିଲା – ଅଙ୍କଲ୍! ମୁଁ ଆପଣ ଦୁହିଁଙ୍କ ପାଖରେ ଶୋଇବି।

ମୋ ଉତ୍ତରକୁ ଅପେକ୍ଷା ନକରି ଅଲକା ଖଟ ଉପରକୁ ଉଠି ଆସିଲା ଓ ଆମ ଦୁହିଁଙ୍କ ମଝିରେ ଜାକି ହେଇଯାଇ ମୁଗ୍ଧ ଭାବରେ କହିଲା – ଅଙ୍କଲ୍! ଆପଣ ବହୁତ ଭଲ। ବହୁତ ଫ୍ରେଣ୍ଡଲି। ସୌମ୍ୟା ବହୁତ ଲକି ସେ ତା' ପାପାଙ୍କୁ ଫ୍ରେଣ୍ଡ ଭାବରେ ପାଇଛି। ମୋ ପାପା କିନ୍ତୁ... ଅଲକା ବଜାଜ୍ ଅଟକିଗଲା, ତା' ସ୍ୱର ଭାରି ହେଇ ଆସିଲା ଓ ତା' ସୁନ୍ଦର ମୁହଁଟି ୫ାଉଁଳି ଗଲା।

ଆମେ ଦିହେଁ ତାକୁ କୋଳକୁ ଆଉଜାଇ ନେଲୁ। ଗେହ୍ଲା କରିଦେଲୁ। ତା' ଗୋରା ମୁହଁରେ ଲଜ୍ଜାରୁଣ ଲାଲିମା ଉକୁଟିଲା ଓ ସେ ଅବଦମିତ ସ୍ୱରରେ କହିଦେଲା: ଅଙ୍କଲ୍! ଆଣ୍ଟି! ଆଇ ଆମ୍ ଇନ୍ ଲଭ୍।

(୨)

ଆଇ ଆମ୍ ଇନ୍ ଲଭ୍!

ଯେ ମୁଁ କ'ଣ ଶୁଣିଲି!!

କଥାଟିକୁ କହିଲାବେଲେ ଅଲକା ବଜାଜର ସଲ୍ଲଜ ଭାବ ଓ ଉଲ୍ଲାସ ମତେ ଉଲ୍ଲସିତ ତ ନିଶ୍ଚେ କଲା, ମାତ୍ର ତା' ମଣ୍ଡିଙ୍କର – 'ଏବେ ତ ଓଡ଼ିଶାର ୫ାଲ୍ମୁଢ଼ି, ଡାଲ୍ମା ତତେ ବେଶୀ ବେଶୀ ପସନ୍ଦ ଆସିବ' – ଭଲି କଥାକୁ ଇଷତ୍ ରୁକ୍ଷ ଭାବେ ପ୍ରକାଶ କରିବା ଭଙ୍ଗୀଟି ମନେପଡ଼ି ମତେ ଉଣା ବିସ୍ମୟ ଦେଲା ନାହିଁ।

ମନେ ପଡ଼ିଗଲା ଥରେ ଝିଅକୁ ମଜାରେ ମଜାରେ କହିଥିଲି – ହେ! ତୋ ଅଲସୁଆ ପାପାଟିକୁ ତ ତୁ ଜାଣୁ, ଜୋଇଁ ଖୋଜା କାମଟି ମୋ' ଦେଇ ହବ ନାହିଁ, ତୁ ତୋ' ଲାଗି ଖୋଜିନେ, ପଢ଼ିବା ଭିତରେ କାହାକୁ ଜଣେ...। ଝିଅ ମଜା ନବୁଝି ତମତମ ହେଇ କହିଥିଲା – ଆରମ୍ଭରୁ କହିଲନି, ପଢ଼ାପଢ଼ି ଛାଡ଼ି ତୁମ ଲାଗି

ଜୋଇଁ ଯୋଗାଡ଼ରେ ଲାଗିପଡ଼ିଥାନ୍ତି । ଆମ ସାଙ୍ଗମାନେ ସେସବୁ ଫାଲ୍ତୁ ଧନ୍ଦାରେ ମୁଣ୍ଡ ପୁରାଉନା । ସିରିଅସ୍‌ଲି । ଝିଅର ରାଗ ଦେଖି ମୁଁ ଠୋ ଠୋ ବାଜି ହସିଥିଲି ଏବଂ ତା' ମା'ଠାରୁ ଗାଲି ଶୁଣି ଚୁପ୍ ହୋଇଥିଲି । ଅଥଚ ଏବେ ମୁଁ କ'ଣ ଶୁଣୁଛି ? ଝିଅର ବେଷ୍ଟ୍‌ଫ୍ରେଣ୍ଡ କହୁଛି ଆଇ ଆମ ଇନ୍ ଲଭ୍ !

କହିଲି – ତୁମ ଘରେ ଏକଥା ଜାଣନ୍ତି ? ମାମା ? ପାପା ?

"ମାମାଙ୍କୁ କହିଚି ।"

"ପାପା ?"

ଅଲକାର ମୁହଁ ଢୁଙ୍କି ପଡ଼ିଲା । ଏଇ ବୟସରେ ଛୁଆଙ୍କ ଠାରୁ ଦୀର୍ଘଶ୍ୱାସ ଆଶା କରାଯାଏନି, ମାତ୍ର ଅଲକାର ଛାତି ଦୋହଲାଇ ଦେଲା ଦୀର୍ଘ ନିଶ୍ୱାସ ।

"କହିଲିନି କି ଅଙ୍କଲ୍ ! ସୌମ୍ୟା ବହୁତ ଲକି । ସେ ତା' ପାପା ରୂପରେ ଜଣେ ଫ୍ରେଣ୍ଡ ପାଇଛି ।"

ମୋ ପ୍ରଶ୍ନ ଉପରେ ଅଲକାର ଉତ୍ତର ମତେ ଖାପଛଡ଼ା ମନେହେଲା । ତା'ର ପ୍ରତିକ୍ରିୟା ଥିଲା ଅବୋଧ ।

ଅଲକା କହିଲା – ଡ୍ୟାଡ୍ ଷ୍ଟ୍ରିକ୍ଟ ମାଥ ପ୍ରଫେସର । ଷ୍ଟ୍ରିକ୍ଟ ଫାଦର । ଖୁବ୍ କମ୍ କଥା କୁହନ୍ତି । ଆଡ୍‌ଭାଇସ୍ ଦିଅନ୍ତି । ଶାସନ କରନ୍ତି । ମୁଁ କେବେ ବି ତାଙ୍କ ସହ ଖୋଲା ମନରେ ମିଶିପାରି ନାହିଁ । ମଜା କରିବା ତ ବହୁ ଦୂର । ଝିଅ ସହ ଫ୍ରେଣ୍ଡଲି ହବା, ହସ ମଜା କରିବାକୁ ସେ 'ଲୁଜ୍ ଟକ୍' ମନେ କରନ୍ତି । ତାଙ୍କୁ କହିବାର ସ୍କୋପ୍ କାହିଁ ! ଆପଣଙ୍କ ସହ ମୁଁ ଫ୍ରେଣ୍ଡଲି ହେଇପାରେ । ମନ କଥା କହିପାରେ । କହିପାରେ ବି ଅମନର ବାପାଙ୍କୁ । ଜାଣନ୍ତି ଅଙ୍କଲ୍ ! ଅମନର ବାପା ଭାରି ଓପେନ୍-ମାଇଣ୍ଡେଡ, ଭାରି ସେନ୍ଟିଭ୍, ଭାରି ଫ୍ରେଣ୍ଡଲି, ଠିକ୍ ଆପଣଙ୍କ ଭଲି । ଅମନ୍‌ଟା ବି ବହୁତ ଲକି ।

"ଅମନ୍ କିଏ ସେ ?" – ଅନୁମାନ କରିପାରିଥିଲେ ବି ପଚାରିଲି ତା' ମୁହଁରୁ ଶୁଣିବା ଲାଗି ।

"ଯାହାକୁ ଲଭ୍ କରୁଛି । ମୋରି କ୍ଲାସମେଟ୍ ।" ଅଲକା ବଜାଜ୍‌ର ଗୋରା ମୁହଁ ପୁଣି ଲାଲ୍ ଦିଶିଲା ।

“ମାମା ତୋ’ ପସନ୍ଦରେ ରାଜି ତ ?” – ତା’ ଆଖିର ଏଇ କୌତୁହଳର ଉତ୍ତରରେ ଅଲକା କହିଲା – ରାଜି, ପୁଣି ରାଜି ନୁହେଁ।

“ରାଜି ଅରାଜିର ଏ ଦ୍ୱିବିଧା କାହିଁକି ?” –ତା’ ଆଖି ତାକୁ ପଚାରିଦେଲେ।

“ରାଜି ନୁହେଁ, କାରଣଟି କଲଚରାଲ୍ ଡିଫରେନ୍ସ। ଆପଣମାନଙ୍କ ଓଡ଼ିଆ କଲଚର୍ ଆଉ ଆମ ପଞ୍ଜାବୀ କଲଚର୍ ଭିତରେ ସାମ୍ୟତା ନାହିଁ। ଚଲଣି ଅଲଗା, ଖାଦ୍ୟପେୟର ଅଭ୍ୟାସ ଅଲଗା, ପର୍ବପର୍ବାଣୀ ବିଧିବିଧାନ ସବୁ ଅଲଗା। ମାମା ନିଶ୍ଚିତ ଯେ ଅମନ୍ ଆଉ ମୁଁ ପରସ୍ପରର ଚଲଣି ସହ ଖାପ୍ ଖାଇବୁ ନାହିଁ। ଖୁବ୍ କମ୍ ସମୟରେ ଆମ ବିବାହ, ଯଦି କରୁ, ଏକ ବିଗ୍ ଫେଲ୍ୟୋର୍ ହବ !

ଆଉ ମାମା ଯେ କହିଲ ରାଜି, ସେ ରାଜିଟା ତା’ର ଉପର ଦେଖାଣିଆ, ମୋ ମନରେ କଷ୍ଟ ନ ଆସିବା ଲାଗି। ମୁଁ ସବୁ ବୁଝିପାରେ। କାଲେ, ଜୋର୍ସୋର୍ ବିରୋଧ କଲେ ମୁଁ ମେଣ୍ଟାଲି ଅପ୍ସେଟ୍ ହୋଇଯିବି, ପଢ଼ାପଢ଼ିରେ ବାଧା ଆସିବ, କ୍ୟାରିଅର୍ ଖରାପ ହେଇଯିବ, ଏଇ ଆଶଙ୍କାରେ। ମୋ ମାମା ଭାରି ସ୍ନେହୀ, କେୟାରିଂ, ମାତ୍ର ଭାରି କାଲକୁଲେଟିଭ୍ ବି। ମତେ ବୁଝନ୍ତି, ଜୀବନଟା କାଲକୁଲେସନ୍। ଠିକ୍ କାଲକୁଲେସନ୍ କରିପାରିଲି ନାହିଁ ବୋଲି ତ ମୁଁ ଭୋଗୁଛି। ତୁ କିନ୍ତୁ ସେମିତି ଭୁଲ୍ କାଲକୁଲେସନ୍ କରିବୁ ନାହିଁ।

ଅର୍ଥାତ୍ !! ମୋର କୌତୁହଳ ପାହାଚ ଚଢ଼ୁଥିଲା।

ଅଲକା ବଜାଜ୍ କହିଲା – ମାମା ଭାରି ଲଜିକାଲ୍। ମୁଁ ତାଙ୍କୁ ପୁରାପୁରି ଉଡ଼େଇ ଦେଇପାରେ ନାହିଁ। ମାମାଙ୍କର ଲଭ୍ ମ୍ୟାରେଜ୍। ଦିହେଁ ଏକାଠି ପଢ଼ୁଥିଲେ। ଡ୍ୟାଡ୍ ଥିଲେ ଟପର୍। ଗମ୍ଭୀର ସ୍ୱଭାବର। କଲେଜ ଦିନମାନଙ୍କରେ ସୁଦ୍ଧା ଖୁବ୍ କମ କଥା ହଉଥିଲେ। ମାମାଙ୍କର ଥିଲା ହସମୁଖ ସ୍ୱଭାବ। ଭାରି ଠଟାମଜା ପ୍ରିୟ। ଦିହିଁଙ୍କ ସ୍ୱଭାବ ଥିଲା ବିପରୀତ। ରୁଚିରେ ସାମ୍ୟତା ନଥିଲା। ତଥାପି ମାମା ଡ୍ୟାଡ୍‌ଙ୍କୁ ଭଲ ପାଇଲେ। ଭାବିଥିଲେ ହୁଏତ ବଦଳିଯିବ ଡ୍ୟାଡ୍‌ଙ୍କର ସ୍ୱଭାବ ମ୍ୟାରେଜ୍ ପରେ। ମ୍ୟାରେଜ୍ ହେଲା, ମାତ୍ର ସେମିତି ହେଲା ନାହିଁ, ଯେମିତି ଭାବିଥିଲେ ମାମା। ଚାରାଗଛଟେ ପାଣି ଅଭାବରେ ଯେମିତି ଶୁଖିଶୁଖି ମରିଯାଏ, ଠିକ୍ ସେମିତି ମାମାଙ୍କର ହସମୁଖ ସ୍ୱଭାବ, ଚୁଲବୁଲିପଣ ଓ ଠଟା ମଜା ଶୁଖିଶୁଖି ମରିଗଲା।

ହେଲେ ଅଙ୍କଲ୍‌! ଆମ କଥା ଭିନ୍ନ। ମାମାଙ୍କର ଲଭ୍ ଓ୍ୱାନ୍ ସାଇଡେଡ୍ ଥିଲା। ସେ ଫରକ୍‌ଟି ମାମା ବୁଝନ୍ତି ନାହିଁ। ମାତ୍ର ମତେ ଜୋରଦାର୍ ବିରୋଧ ବି କରନ୍ତି ନାହିଁ। ବେଲେବେଲେ ଯାହା ପିନ୍ ମାରନ୍ତି। ଯେମିତି ଲଞ୍ଚ ଖାଇବାବେଲେ ପିନ୍ ମାରିଲେ। ସେ ତଥାପି ଆଶାବାଦୀ, ଅମନ୍ ସହ ମୋର ବ୍ରେକ୍‌ଅପ୍ ହେବ ହିଁ ହେବ। ଘରକୁ ଗଲେ ସବୁଥର ମତେ କୁହନ୍ତି, ଫ୍ରେଣ୍ଡ‌ସିପ୍ କର, ଟାଇମ୍ ପାସ୍ କର, ଆପଢ଼ି ନାହିଁ। ତୋ' ଡ୍ୟାଡ୍‌ଙ୍କୁ କିଛି ଜଣାଇବି ନାହିଁ। ଆଗେ ଆଗେ ପ୍ରତି ଛୁଟିରେ ଘରକୁ ଧାଇଁ ଯାଉଥିଲି। ଏବେ ଆଉ ଇଚ୍ଛା ହୁଏନି। ମାମା କୁହନ୍ତି କାନେ କାନେ, ଅମନ୍ ସହ ମୋର ସମ୍ପର୍କ ଲଭ୍ ନୁହେଁ, ଇନ୍‌ଫାଚୁଏସନ୍। ମାମା କେବେ ବୁଝିବେ ଅଙ୍କଲ୍, ବାଇଶି ବର୍ଷ ବୟସଟା ଇନ୍‌ଫାଚୁଏସନର ନୁହଁ ବୋଲି।।

ଅମନ୍ ପିଲାଟି କେମିତି ? – ପଚାରିଲି।

"ବହୁତ ଭଲ। ସରଲ ଓ ଅମାୟିକ। ଆମ୍ବିସିୟସ୍ ଆଣ୍ଡ ଇଣ୍ଟେଲିଜେଣ୍ଟ। ତା'ର ସବୁଠୁ ଭଲଗୁଣ, ସେ ହୃଦୟବାନ୍। ଭେରି କେୟାରିଂ। ବ୍ରଡ୍ ଆଣ୍ଡ କାଇଣ୍ଡ ହାର୍ଟେଡ୍। ତାଙ୍କ ଟାଇଟିଲ୍ ପାତ୍ର। ଘର ପୁରୀ। ବଡ଼ଦାଣ୍ଡରେ ତା' ବାପାଙ୍କର ସମ୍ବଲପୁରୀ ଶାଢ଼ି ଦୋକାନ – ପାତ୍ର ଶାଢ଼ି ଏମ୍ପୋରିୟମ୍।"

"ବେଶ୍ ତ। ତେବେ ଅମନ୍ ଘରେ ତମ ଦିହିଁଙ୍କ ସମ୍ପର୍କକୁ ନେଇ ଖୁସି ତ ?

ଅଲକା ବଜାଜର ଆଖି ଛଲଛଲେଇ ଆସିଲା। କହିଲା – ଅଙ୍କଲ୍! ଅମନର ଡ୍ୟାଡି ଠିକ୍ ଆପଣଙ୍କ ଭଲି। ହସମୁଖ, ଫ୍ରେଣ୍ଡଲି, ବ୍ରଡ୍। ମତେ କୁହନ୍ତି – ମୋର ଝିଅ ନାହିଁ। ତୁ ମୋ ଝିଅ। ମୋ' ପୁଅଟା ଲକି, ତତେ ସ୍ତ୍ରୀ ଭାବରେ ପାଇବ। ଆମେ ଲକି, ତୋ'ଭଲି ବୋହୂଟେ ପାଇବୁ।

ମୁଁ ବଡ଼ ପ୍ରସନ୍ନ ଅନୁଭବ କଲି। ଅଲକା ବଜାଜର ମଥାରେ ସ୍ନେହସିକ୍ତ ଚୁମାଟେ ଦେଇ କହିଲି, "ତୁ ଆମ ସୁନାଝିଅଟି। ଯିଏ ତତେ ପତ୍ନୀ ଭାବେ ପାଇବ ସେ ପ୍ରକୃତରେ ବଡ଼ ଭାଗ୍ୟବାନ୍। ଦ୍ୟାଟ୍ ବୟ ଅମନ୍ ଇଜ୍ ରିୟଲି ଲକି। ବେଷ୍ଟ ଅଫ୍ ଲକ୍ ମାଇଁ ଡିଅର୍।"

(୩)

ବଜାଜ୍ ଝିଅଟି ଆମ ସ୍ୱାମୀ-ସ୍ତ୍ରୀଙ୍କ ପାଇଁ ଥିଲା (ଏବଂ ରହିଛି ବି) ଏକବାରେକେ ସ୍ୱତନ୍ତ୍ର। ତାକୁ ଏତେ ବେଶୀ ଭଲ ପାଇବାର ରହିଛି ବେଶ୍ କିଛି କାରଣ।

ମସିହା ୨୦୦୭। ଝିଅର ଆଡ୍‌ମିଶନ୍ ସରିଥାଏ କିଟ୍ ୟୁନିଭରସିଟିରେ। ହଷ୍ଟେଲ୍ ଆଲଟ୍‌ମେଣ୍ଟ୍ ଲିଷ୍ଟରେ ଝିଅ ସହ ରୁମ୍ ମେଟ୍ ଭାବେ ଅଣଓଡ଼ିଆ ଝିଅ ଦୁଇଜଣଙ୍କ ନାମ ଦେଖି ମୁଁ ଅନୁରୋଧ କଲି ଦାୟିତ୍ୱରେ ଥିବା ୱାର୍‌ଡେନ୍‌ଙ୍କୁ — କମ୍‌ସେକମ୍ ଓଡ଼ିଆ ଝିଅଙ୍କ ସଙ୍ଗେ ଝିଅକୁ ରୁମ୍ ରି-ଆଲଟ୍ କରିଦିଅନ୍ତୁ। ସେ ଅନୁଭବୀ ମ୍ୟାଡାମ୍ ମୋ କଥା ଶୁଣି ହସିଥିଲେ ଓ କହିଥିଲେ – ଆପଣ ମତେ ଚିହ୍ନି ନାହାନ୍ତି ସିନା ମୁଁ କିନ୍ତୁ ଆପଣଙ୍କୁ ଚିହ୍ନିଛି। ଆପଣଙ୍କ କକେଇ ମୋର ଶିକ୍ଷକ ଥିଲେ। ସେଇ ଦୃଷ୍ଟିରୁ ମତେ ଆପଣଙ୍କ ଶୁଭଚିନ୍ତକ ମଣନ୍ତୁ। ଝିଅକୁ ଯୋଉଠି ରଖିଛି – ଭଲ କି ମନ୍ଦ – ବୁଝିବେ ଭବିଷ୍ୟତରେ। ସେ ଅଣଓଡ଼ିଆ ଝିଅଙ୍କ ଠାରେ ଅନ୍ତତଃ କଙ୍କଡ଼ାମ଼ୀ ଥିବ ବୋଲି ମୁଁ ଭାବୁନାହିଁ।

ଝିଅକୁ ନେଇ ଯୋଉଦିନ ଆସିଥିଲୁ ହଷ୍ଟେଲରେ ଛାଡ଼ିବା ଲାଗି ସେଦିନ ପ୍ରଥମ କରି ଭେଟିଲୁ ଅଲକା ବଜାଜଙ୍କୁ। ସେ ଥିଲା ଝିଅର ଅନ୍ୟତମ ରୁମ୍‌ମେଟ୍ ଓ ଦୁଇଦିନ ଆଗରୁ ଆସିଯାଇଥିଲା। ୱାର୍‌ଡେନ୍ ପରିଚୟ କରାଇଦେଲେ ଓ ପ୍ରଥମ ଦେଖାରେ ଝିଅଟି ପ୍ରତି କେମିତି ଗୋଟାଏ ମାୟା ଲାଗିଗଲା ମନରେ। ପତଳି ହେଇ ହଳଦୀଗଣ୍ଡି ଗୋରୀ ଝିଅଟିଏ ଅଲକା ବଜାଜ୍। ମାଥାରେ ତା'ର ମେଣ୍ଢେ ହବ କଳା ମୁଚୁମୁଚୁ କୁଞ୍ଚୁକୁଞ୍ଚିଆ କେଶ। ଆଉ ତା' ଆଖି ଦିଓଟି – ବୁଦ୍ଧିଦୀପ୍ତ ଓ ତୀକ୍ଷ୍ଣ – ବେଶ୍ କଥାକୁହା। ସେ ତା' ଦୁଇହାତ ଯୋଡ଼ି 'ନମସ୍ତେ ଅଙ୍କଲ୍', 'ନମସ୍ତେ ଆଣ୍ଟି' କହିଲା। ତା' ବୀଣାଝିଣା କଣ୍ଠସ୍ୱର ମୋ' ଭିତରେ ସମ୍ମୋହିତ ଭାବଟେ ଜାଗ୍ରତ କରିଦେଇଥିଲା। କଥନଭଙ୍ଗୀରେ ତା'ର ସମ୍ଭ୍ରାନ୍ତପଣ, କହିବା ବାହୁଲ୍ୟ, ଆପଣାରପଣ ବି ବାରି ହେଉଥିଲା ସ୍ପଷ୍ଟ ଭାବେ।

ମୁଁ ତାକୁ କହିଥିଲି, ହିନ୍ଦୀ ଭାଷାରେ, ଝିଅ ଆସିଛି ପାରାଦ୍ୱୀପ ଭଳି ଛୋଟ ସହରଟିଏରୁ, ବାହାର ଦୁନିଆ ବାବଦରେ ବିଲ୍‌କୁଲ୍ ଅନଭିଜ୍ଞ। ପ୍ଲିଜ୍ ବି ପ୍ରେଣ୍ଡସ୍।

ଅଲକା ବଜାଜ୍ ଝିଅ ହାତକୁ ତା' ହାତମୁଠାକୁ ନେଇ ମୃଦୁ ହସି କହିଥିଲା, ଫ୍ରେଣ୍ଡ। ଝିଅ ବି ସାମାନ୍ୟ ସଙ୍କୁଚିତ ଭାବେ କହିଲା, ଫ୍ରେଣ୍ଡ। ତା'ପରେ ଅଲକା ଆମକୁ କହିଥିଲା – ଫିଲ୍ ସେଫ୍ ଅଙ୍କଲ୍। ଆଣ୍ଟି! ଉଇ ଉଲ୍ ଟେକ୍ କେୟାର୍। କାଇଁକି କେଜାଣି, ହେଇପାରେ ତା'ର ବ୍ୟକ୍ତିତ୍ୱରେ ଏକରକମ ଦୃଢତା ଲକ୍ଷ୍ୟକରି, ଅଲକା ବଜାଜ୍‌ର ସାନ୍ତ୍ୱନାପୂର୍ଣ୍ଣ କଥାରେ ମୋର ଭରସା ଆସିଥିଲା।

ଝିଅକୁ ହସ୍ଟେଲରେ ୱାଡେନ୍‌ଙ୍କ ଜିମାରେ ଓ ତା' ଫ୍ରେଣ୍ଡ ଅଲକା ବଜାଜ୍‌ର ସଙ୍ଗତରେ ଛାଡ଼ି ମୁଁ ଛଳଛଳ ଆଖିରେ ଓ ତା' ମା' କାନ୍ଦି କାନ୍ଦି ଆଖି ଫୁଲେଇ ଫେରିଥିଲୁ।

ଖବର ନଉଥାଉ। ଅନ୍ୟ ସାଙ୍ଗମାନେ ଜଣଙ୍କ ପରେ ଜଣେ ଆସିଯାଉଥାନ୍ତି। ତୃତୀୟ ରୁମ୍‌ମେଟ୍ ଭାବେ ଆସିଥିଲା ସାଲୁ। ପଢ଼ାପଢ଼ି ଆରମ୍ଭ ହେଇଯାଏ। ଯୋଉଟି ବୁଝିପାରନ୍ତିନି ଝିଅ ଆଉ ସାଲୁ, ଟ୍ୟୁଟର ବନି ବୁଝେଇଦିଏ ଅଲକା। ଅସମ୍ଭବ ବୁଦ୍ଧିମତୀ ତା'ର। ପୁରାପୁରି ଗିଫ୍ଟେଡ୍।

ଫାଷ୍ଟ ସେମିଷ୍ଟର୍ ପରୀକ୍ଷା ତିନିଦିନ ଆଗରୁ ଝିଅର ଦେହ ଅଚାନକ ଅସୁସ୍ଥ ହେଲା। ଜଣାଗଲା, ଟାଇଫଏଡ୍। ପରୀକ୍ଷା ଦବାରୁ ବଞ୍ଚିତ ରହିଲା ଝିଅ। ଘରେ ନ ପଶୁଣୁ ଚାଲ ବାଜିବାର ଦୁର୍ଭାଗ୍ୟଜନକ ଅନୁଭବ ହେଲା ଆମର। ଝିଅର। ସେବେ ସାନ୍ତ୍ୱନା ଦେଇଥିଲା ବଜାଜ୍ – "ଆଙ୍କଲ୍! ଆଣ୍ଟି! ଜମାରୁ ବ୍ୟସ୍ତ ହେବେ ନାହିଁ। ମୋ ମାମା କହିଲେ, ସୌମ୍ୟାର କ'ଣ ଗୋଟାଏ ବଡ଼ ରିଷ୍ଟ ଫିଷ୍ଟ ଥିଲା କଟିଗଲା। ମୁଁ ସେସବୁ ବୁଝିପାରେ ନାହିଁ, ତେବେ ଦୁଇ ମାସ ପରେ ଡିଫଲ୍‌ଟର୍‌ମାନଙ୍କ ଲାଗି ସେମିଷ୍ଟର୍ ପରୀକ୍ଷାଟି ଆଉଥରେ କରାଯିବ ଏବଂ ସୌମ୍ୟାର ଏକ୍‌ଜାମ୍ ପ୍ରିପାରେସନ୍ ଦାୟିତ୍ୱ ମୁଁ ନେଲି।"

ଦାୟିତ୍ୱ ନେଇଥିଲା ବି, ଟ୍ୟୁଟର୍ ସାଜି ଝିଅକୁ ପାଠ ବୁଝାଇଥିଲା, ପରୀକ୍ଷା ଲାଗି ପ୍ରସ୍ତୁତ କରାଇଥିଲା। ଝିଅ ଅଶୀ ପ୍ରତିଶତ ମାର୍କ ସ୍କୋର କଲା।

ଅଲକା ବଜାଜ୍‌ର କେୟାରିଂ ଗୁଣ, ଉଦାର ମନ, ସମ୍ବେଦନଶୀଳ ହୃଦୟ ଓ ପ୍ରଚଣ୍ଡ ବିଦ୍ୱତା ସହ ମୁଁ ପରିଚିତ ହେଲି ସେବେଠାରୁ।

ଗୋଟିଏ ବର୍ଷ ପରେ ଝିଅର ଫାକଲ୍ଟି ଓ ବଜାଜ୍‌ର ଫାକଲ୍ଟି ଭିନ୍ନଭିନ୍ନ ହେଲା। ମାତ୍ର ଫାକଲ୍ଟି ବଦଲିଗଲେ ବି ଫ୍ରେଣ୍ଡସିପର ମାତ୍ରା ଆଦୌ ଊଣା ହେଲା ନାହିଁ। ବରଂ ଦିନ ଗଡ଼ିବା ସଙ୍ଗେ ସଙ୍ଗେ ବନ୍ଧୁତା ପ୍ରଗାଢରୁ ପ୍ରଗାଢତର ହେଉଥିଲା।

ଦିନ ଗଡ଼ିଲା । ଶେଷ ବର୍ଷ କ୍ୟାମ୍ପସ୍ ଚୟନରେ ବି ଅଲକା ବଜାଜ୍ ଝିଅକୁ ପାଦେ ପାଦେ ଗାଇଡ୍ କଲା । ଲିଖିତ ପରୀକ୍ଷାରେ ଉତ୍ତୀର୍ଣ୍ଣ ହେବା ପରେ ସାକ୍ଷାତକାର ନିଅନ୍ତି ପ୍ରତିଷ୍ଠିତ କମ୍ପାନୀର ଚୟନକର୍ତ୍ତା । ଯୁବ ଚୟନକର୍ତ୍ତାଙ୍କ ଭିତରେ ଅନେକେ ଥା'ନ୍ତି ବାହାପିଆ । ସେମାନଙ୍କ ଅଖାଡ଼ୁଆ ପ୍ରଶ୍ନ ଝିଅକୁ ଅଡୁଆରେ ପକାଉଥାଏ । ସଠିକ୍ ଉତ୍ତର ଜାଣୁଥିଲେ ବି କହିବାକୁ ସଂକୋଚବୋଧ କରୁଥାଏ ଝିଅ । ବଜାଜ୍ ଠଉରାଇଲା ତା' ଫ୍ରେଣ୍ଡର ଦୁର୍ବଳତାକୁ । ମକ୍-ଇଣ୍ଟରଭ୍ୟୁ କରି, ସ୍ୱୟଂ ସାକ୍ଷାତକର୍ତ୍ତା ସାଜି ଝିଅକୁ ଶିଖାଇଥିଲା ବାହାପିଆ ଯୁବପ୍ରଶ୍ନକର୍ତ୍ତାଙ୍କ ଅଖାଡ଼ୁଆ ଓ ବେଳେବେଳେ ଅଶାଳୀନ ପ୍ରଶ୍ନ ସବୁକୁ ସମ୍ମୁଖୀନ ହେବାର କଳା କଉଶଳ ।

ଝିଅ ତା' ମନ ପସନ୍ଦର କ୍ୟାମ୍ପସ୍ ପାଇଲା । ଗୋଟେ ପରେ ଗୋଟେ । ବେଷ୍ଟ କମ୍ପାନୀ ବାଛି ଦେଇଥିଲା ବଜାଜ୍ ତା' ବେଷ୍ଟ ଫ୍ରେଣ୍ଡ ଲାଗି । ଝିଅ ସବୁତକ ଶ୍ରେୟ ଦେଇଥିଲା ବି ତା' ବେଷ୍ଟଫ୍ରେଣ୍ଡକୁ । କହିଥିଲା ବଡ଼ ସରାଗରେ – ପାପା ! ବଜାଜ୍ ମତେ ନୂଆ ଜୀବନ ଦେଲା । ସି ଇଜ୍ ମାଇଁ ବେଷ୍ଟ ଫ୍ରେଣ୍ଡ ।

ମୋଟାମୋଟି ଝିଅକୁ ପାଦେ ପାଦେ ଜଗିଥିଲା ଅଲକା ବଜାଜ୍ । ଗୋଟିଏ ବାକ୍ୟରେ କହିଲେ, ଝିଅର ବେଷ୍ଟ ଫ୍ରେଣ୍ଡ ହେବା ସାଥେ ସାଥେ ବଜାଜ୍ ଥିଲା ଝିଅର ଫିଲୋସଫର ଆଣ୍ଡ ଗାଇଡ୍ । ଅଲକା ବଜାଜ୍ ଅନେକ ଥର କହିଥିବ – ଅଙ୍କଲ୍ ! ସୌମ୍ୟା କ'ଣ କେମିତି ପଢ଼ିଛି, ପଢ଼ିସାରି କ'ଣ କରିବ, କେଡ଼େ ଉଚ୍ଚା ଚାକିରୀ ପାଇବ, ସେସବୁ ମୋ ଲାଗି ସାମାନ୍ୟତମ ମାନେ ରଖେ ନାହିଁ । ମାନେ ରଖେ ଖାଲି ଗୋଟିଏ – ସୌମ୍ୟାର ସରଳତା ଓ ଛଳନାବିହୀନ ବିଶାଳ ହୃଦୟ ।

କହିବା ବାହୁଲ୍ୟ, ବିଶାଳ ହୃଦୟର ଅଧୀଶ୍ୱରୀ ଥିଲା ବି ଅଲକା ବଜାଜ୍ ।

(୪)

ଛଅ ଦିନର ରହଣି ପରେ ଝିଅ ଓ ତା' ସାଙ୍ଗମାନେ ଆମ ଠୁଁ ବିଦାୟ ନେଇ ଫେରିଯାଇଥିଲେ ଭୁବନେଶ୍ୱର, କିଟ୍ ହଷ୍ଟେଲକୁ । ବିଦାୟ ବେଳରେ ଝିଅ ଆଖିରେ ମୁଁ ଲୁହ ଦେଖି ନାହିଁ, ମାତ୍ର ଅଲକା ବଜାଜ୍‌ର ଆଖିରେ ଟଳମଳ କରୁଥିଲା ଲୁହ । ଆମ ସ୍ୱାମୀ-ସ୍ତ୍ରୀ ଦୁହିଁଙ୍କର ଆଖି ଥିଲା ଛଳଛଳ । ଆଉଥରେ ଆସିବୁ, ନମସ୍ତେ ଅଙ୍କଲ, ନମସ୍ତେ ଆଣ୍ଟି ଏବଂ ବଜାଜ୍ ଆମ ଦିହିଙ୍କ ପାଦ ପାଖେ ନଇଁ ପଡ଼ି

ନମସ୍ତେ ଜଣାଇବା ଭିତରେ ସେମାନେ ବିଦାୟ ନେଲେ। ଆମ ଅଫିସ୍ ଡ୍ରାଇଭର ବାବୁଲି ସେମାନଙ୍କୁ ତା' ଗାଡ଼ିରେ ନେଇଥିଲା କେନ୍ଦୁଝର ଷ୍ଟେସନ୍‌ରେ ଛାଡ଼ିବାକୁ।

ଛଅଦିନର ହସଖୁସି, ଖିଆପିଆ, ହୋ ହା, ବୁଲାବୁଲି, ଅଡ୍ତାକ୍ଷରୀ, ତା'ରି ଭିତରେ ଝିଅର କିସମ କିସମର ଅଲି ଅବ୍‌ଦାର, ଅଲକା ବଜାଜ୍‌ର ବରାଦରେ ଟିପିକାଲ୍ ଓଡ଼ିଆ ରେସିପି, ପ୍ରିୟ ଓଡ଼ିଆ ଅକ୍ଷୟ ମହାନ୍ତିଙ୍କ କେତୋଟି ପ୍ରସିଦ୍ଧ ଗୀତ ଓ ମନୋଜ ଦାସଙ୍କ କେତୋଟି ପ୍ରସିଦ୍ଧ ଗପର ମୋ' ଦ୍ୱାରା ହିନ୍ଦୀରେ ବଜାଜ୍‌କୁ ବୁଝାଇବାର ମଧୁର ଦାୟିତ୍ୱ ଏବଂ ମଝିରେ ମଝିରେ ସାଙ୍ଗମାନଙ୍କ ଠାରୁ ଅଲଗା ହୋଇ ମୋ ସହ ତା' ପ୍ରେମିକ ଅମନ୍ ଓ ଅମନ୍‌ର ସ୍ନେହୀ ପିତାମାତାଙ୍କ କଥା-ଚର୍ଚ୍ଚା ଆଦିରେ ଛଅଦିନମାନ ଯେମିତି ଛଅ ଘଡ଼ିରେ ଶେଷ ହୋଇଗଲା, ଆମକୁ ସେମିତି ଲାଗିଥିଲା।

ଆଉଥରେ ଆସିବା କିନ୍ତୁ ସମ୍ଭବ ହୋଇ ନଥିଲା। ଯଥା ସମୟରେ କମ୍ପାନୀ ଡାକରା ପାଇ ଯିଏ ଯୁଆଡ଼େ ଚାଲିଯାଇଥିଲେ ଜଏନ୍ କରିବା ଲାଗି। ଝିଅ ବାଙ୍ଗାଲୋର୍ ତ, ସାଲୁ କଲିକତା, ଗଜଲ୍ ମୁମ୍ବାଇ.... ଆଉ ବଜାଜ୍ ଟିଷ୍କୋରେ ଟ୍ରେନି-ଏକ୍‌ଜିକ୍ୟୁଟିଭ୍ ଭାବେ ଜାମ୍‌ସେଦ୍‌ପୁର। ତା' ପରେ ଯୋଗାଯୋଗ ଆଉ ପ୍ରାୟତଃ ରହିପାରି ନାହିଁ।

ଏମିତିରେ ଝିଅ ତା' ସାଙ୍ଗମାନଙ୍କ ବାବଦରେ ଭାରି ପଜେସିଭ୍। ବେଶୀ କିଛି କୁହେନି। ଆଉ ତା' ବେଷ୍ଟଫ୍ରେଣ୍ଡ ବଜାଜ୍‌ର ପ୍ରେମ କଥା ବାବଦରେ ତ ଆଦୌ ନୁହେଁ। କେବେ କେମିତି କୌତୁହଲ ପ୍ରକଟ କଲେ ଅବା ଅମନ୍-ବଜାଜ୍‌ର ସାମ୍ପ୍ରତିକ ସ୍ଥିତି ବାବଦରେ ପଚାରିଦେଲେ ଓଲଟି ଝିଅ ଚିଡ଼େ ଓ କୁହେ-ପାପା! ବଜାଜ୍ ଭେରି ଭେରି ମ୍ୟାଚିୟୋର୍ଡ୍। ତା'ର ସବୁ ନିଷ୍ପତ୍ତି-ଯାହା ନିଏ ଯାହା ନବ-ହଣ୍ଡ୍ରେଡ୍ ପର୍ସେଣ୍ଟ ରାଇଟ୍।

ଝିଅ ସହ ଖେଳିବାକୁ ତ ମତେ ଭଲ ଲାଗେ, ସେ ରାଗିଲେ କି ଗାଳିକଲେ ମତେ ମହୁ ଭଲି ମିଠା ଲାଗେ, ମଜାରେ ପଚାରେ – ତେବେ କହ ତ, ବଜାଜ୍ ଓଡ଼ିଆ ଡାଲମାକୁ ଆଦରିବ ନା ପଞ୍ଜାବୀ ବଟର ଚିକେନ୍‌କୁ? ଝିଅ ସେପଟୁ (ମୁଁ ଦେଖିପାରୁ ନଥିଲେ ବି ସେ ନିଶ୍ଚେ କୃତ୍ରିମ ରାଗରେ ଆଖି ବଡ଼ ବଡ଼ କରୁଥିବ) କୁହେ – ନୋ ମୋର୍ କୋଶ୍ଚିନ୍ ପାପା ଏବଂ ମୁଁ ନିରବି ଯାଏ।

କିଟ୍ କଲେଜ ଓ ହଷ୍ଟେଲ୍ ଜୀବନର ତିକ୍ତ-ମଧୁର ସ୍ମୃତି ସବୁକୁ ସାଉଁଟି, ଓଢ଼ଣିରେ ବାନ୍ଧି କିଏ କୁଆଡ଼େ ଛିଟିକି ଯାଇଥିଲେ, ପାଞ୍ଚ ବରଷ ପରେ ପୁଣି ସମସ୍ତେ ଏକାଠି ହେଲେ ଝିଅର ବାହାଘରରେ। ବଜାଜ୍ ଆସିଲା ସୁଦୂର ଆମେରିକାରୁ। କହିଦିଏ ଯେ, ଟିଙ୍କୋରୁ ଇସ୍ତଫା ଦେଇ, ଅଲକା ବଜାଜ୍ ଅଫର ପାଇଥିଲା ମାଇକ୍ରୋସଫ୍‌ରୁ ଉଚ୍ଚ ବେତନରେ ତ ଚାଲିଯାଇଥିଲା ଷ୍ଟେଟ୍‌ସ। ଆସୁ ଆସୁ କୁଣ୍ଢେଇ ପକେଇଲା ତା' ବେଷ୍ଟ ଫ୍ରେଣ୍ଡକୁ ବହୁକାଳ ଓ ତା'ପରେ ଆସି ନଇଁପଡ଼ି ନମସ୍ତେ କରିଥିଲା ଆମକୁ। ଠିକ୍ ସେମିତି ହିଁ ଥିଲା ବଜାଜ୍, ଯେମିତି ତାକୁ ଦେଖିଥିଲି ଅନେକ ବର୍ଷ ତଳେ କେନ୍ଦୁଝରରେ। ସାମାନ୍ୟ ଫରକ ଯାହା, ତା' କୁଞ୍ଚୁକୁଞ୍ଚିଆ ମୁରୁମୁରୁ କଳା କେଶ ହେଇଥାଏ ଷ୍ଟ୍ରେଟ୍ ଓ ତା'ର ଲୁକ୍‌କୁ କର୍ପୋରେଟ୍ ଟଚ୍ ଦେଉଥାଏ।

ଝିଅ ବାହାଘରକୁ ତା' ସାଙ୍ଗମାନେ ଖୁବ୍ ଉପଭୋଗ କଲେ। ପରଦିନ ଅପରାହ୍ନରେ ଝିଅକୁ ତା' ଶାଶୁଘରକୁ ବିଦାୟ ଦେଇସାରି, ଅଶ୍ରୁଳ ପରିବେଶରୁ ବାହାରି ଯାଇ, ଛାତ ଉପରେ ପଶ୍ଚିମ ଦିଗନ୍ତରେ ଡୁବନ୍ତ ସୂର୍ଯ୍ୟ ଆଡ଼କୁ ଏକା ଲୟରେ ଚାହିଁ ରହି ଦୀର୍ଘଶ୍ୱାସ ପକାଉଥିବାବେଳେ ଓ ବହୁଥିବା ଲୁହକୁ ପୋଛି ପକାଉଥିବା ବେଳେ ଅଲକା ବଜାଜ୍‌ର ସେଇ ପ୍ରଶ୍ନ – 'ସମ୍ଭବ କି ମାଟି ସହ ଆକାଶର ମିଳନ?' – ମୋ ମନରେ ଜାତ କରିଥିଲା ଏକାଧିକ ପ୍ରଶ୍ନ, ଯା'ର ଉତ୍ତର ମୁଁ ପାଇପାରି ନଥିଲି। ତା' ପରଦିନ ବଜାଜ୍ ଫେରିଗଲା ଆମେରିକା, ମୋ ମନଗହନରେ ଜାତ ରହସ୍ୟକୁ ଅନୁଦ୍‌ଘାଟିତ କରି ଏବଂ ମୋ ମନରେ ଭରିଦେଇ ଅପରିସୀମ କୌତୂହଳ।

ତା'ପରଠାରୁ ମନରେ ଖାଲି ଉଠିଲା ପ୍ରଶ୍ନଟିଏ: ଅମନ୍ ଏବେ କୋଉଠି? ସେଇ ଅମନ୍, ଯିଏ ଥିଲା ଅଲକା ବଜାଜ୍‌ର ସହପାଠୀ ଓ ପ୍ରେମିକ ଏବଂ ଯାହାକୁ ନେଇ ବଜାଜ୍ ତା' ହୃଦୟ କ୍ଷେତରେ ଅନେକ ସ୍ୱପ୍ନର ମଞ୍ଜି ବୁଣିଥିଲା।

(୪)

ବିତି ଯାଇଥାଏ ଆହୁରି ଥୋଡ଼ାଏ ଦିନ। ଯାଇଥାଉ ପୁରୀ। ଜଗନ୍ନାଥ ଦର୍ଶନ ସାରି, ମନ୍ଦିର ଠୁ ଅଳ୍ପ ଦୂରରେ ବଡ଼ଦାଣ୍ଡରେ ସଦମ୍ୟ ଉପସ୍ଥିତି ଜାହିର କରୁଥିବା 'ପାତ୍ର ଶାଢ଼ୀ ସେଣ୍ଟର'କୁ ଗଲି ଦୁଇଟି ଉଦ୍ଦେଶ୍ୟରେ। ଶାଢ଼ୀ ଦେଖିବୁ ଓ

ପସନ୍ଦ ହେଲେ କିଣିବୁ ଏବଂ ହୁଏତ ଦେଖା ହେଇଯିବେ ପାତ୍ର ବାବୁ, ଅମନ୍‌ର ପିତା, ଶାଢ଼ୀ ସେଣ୍ଟରର ପ୍ରୋପ୍ରାଇଟର୍‌। ଦେଖା ହେଲେ ବି।

କିଣାକିଣି ସରିଲା ପରେ ଦେଣନେଣ ତୁଟାଇସାରି ପଚାରିଦେଲି – ମିଷ୍ଟର୍‌ ପାତ୍ର! ଅମନ୍‌ ଏବେ କୋଉଠି?

ସନ୍ତ୍ରାସ୍ତ ଦର୍ଶନ ଓ ମୋରି ପାଖାପାଖି ବୟସର ଭଦ୍ରବ୍ୟକ୍ତି ଜଣଙ୍କ ପ୍ରଥମେ ତ ଚକିତ ମନେହେଲେ, ମାତ୍ର ପରମୁହୂର୍ତ୍ତରେ ଯେବେ ମୋ'ଠାରୁ ଶୁଣିଲେ ମୁଁ ସୌମ୍ୟାର ପିତା, ସେବେ ଯାଇ ତାଙ୍କ ଚକିତ ଭାବ କଟିଲା ଏବଂ ଦୀର୍ଘ ନିଶ୍ୱାସଟିଏ ତାଙ୍କ ଛାତି ଭିତରୁ ଯେମିତି ଓଟାରି ହେଇ ଆସିଲା। ମନେହେଲା ଅନେକ ଅକୁହା ବେଦନା, ଯାହା ଚପି ରହିଥିଲା ଛାତି ଭିତରେ, ଯେମିତି କଲିଜା ବିଦାରି ଉଦ୍‌ଗାରି ହେଇ ଆସିଲା ଦୀର୍ଘଶ୍ୱାସ ଛଳରେ। ଅବଦମିତ ସ୍ୱରରେ ପାତ୍ର ବାବୁ କହିଲେ, ସୌମ୍ୟା କିଛି କହିନାହିଁ?

ସେ ଆମକୁ କିଛି କୁହେ ନାହିଁ। ମୁଁ କହିଲି।

ପାତ୍ର ବାବୁ ପୁଣି ଥରେ ଦୀର୍ଘ ନିଶ୍ୱାସ ପକାଇ କହିଲେ – କ'ଣ ବା କହିଥାନ୍ତା। ମୋ ପୁଅ ମନରୁ ସବୁ ସରସତା ହରିନେଲା ସେ ସୁବିଧାବାଦୀ ଝିଅ।

କୋଉ ଝିଅ? – ମୋ ପାଟିରୁ ଆର୍ତ୍ତନାଦ ଭଳି ବାହାରିଗଲା।

"ବଜାଜ୍‌। ଅଲକା ବଜାଜ୍‌।" ପାତ୍ର ବାବୁଙ୍କ ଛାତି ଭିତରୁ ଓଟାରି ହେଇ ଆସିଲା ଦୀର୍ଘଶ୍ୱାସ। ପୁନରାୟ ଛଳଛଳ ହେଇଯାଇ କହିଲେ, "ମୋ ସରଳ ହୃଦୟ ପୁଅକୁ କଷ୍ଟ ଦେଲା, ସେ ଧୋକାବାଜ୍‌ ଝିଅ ତା' ଜୀବନରେ କଦାପି ଶାନ୍ତି ପାଇବ ନାହିଁ।"

ଅଲକା ବଜାଜ୍‌ ଭଳି ଝିଅ ପୁଣି ଧୋକା ଦେଲା!! ମୁଁ ମୋ ଭିତରେ ପାଇଲି ଖୁବ୍‌ ବେଶୀ ଧକ୍କା। ବିଶ୍ୱାସ ହେଲା ନାହିଁ, ବଜାଜ୍‌ ଭଳି ସ୍ନେହୀ, ସମ୍ୱେଦନାରେ ଭରପୁର ଝିଅଟେ କାହାକୁ ଧୋକା ଦେଇପାରେ! ଠକି ପାରେ ନିଜ ପ୍ରେମକୁ!!

ତେଣିକି ଯାହା ସବୁ କହିଗଲେ ପାତ୍ର ବାବୁ ସେସବୁ ମୋ କାନରେ ତ ବାଜିଲା, ମାତ୍ର ପଶି ପାରୁ ନଥିଲା ଭିତରକୁ। ମନେ ହେଉଥିଲା ଯେମିତି ପରୀ କାହାଣୀରେ ବର୍ଣ୍ଣିତ କୁହୁକିନୀ ମାଲ୍ୟାଣୀ ବାବଦରେ କହୁଛନ୍ତି କଥକ।

“ଓଡ଼ିଶାରେ ଚାରିବର୍ଷର ସୁରୁଖୁରୁ ରହଣି ପାଇଁ ଟାଇମ୍ ପାସ୍ କରୁଥିଲା ମୋ ସରଳବିଶ୍ୱାସୀ ପୁଅ ସହ। ଘର ପରିବାର ଠାରୁ ଦୂରରେ ରହୁଥିଲା ତ, ଆମଠାରୁ ଘର ପରିବାରର ସୁଖ ସ୍ୱାଚ୍ଛନ୍ଦ୍ୟ ଏବଂ ଆଦର ଯତ୍ନ ଆଦାୟ କରି ନଉଥିଲା ସେ ଚାଲାକ୍ ଝିଅ, ମିଠା କଥାର ଜାଲ ବୁଣି। ଆମେ ତାକୁ ପୁଅର ବାକ୍‌ଦତ୍ତା ଭାବେ ଗ୍ରହଣ କରିସାରିଥିଲୁ। ପାତ୍ର ଖାନ୍‌ଦାନ୍‌ର ସମ୍ଭାବ୍ୟ ବଧୂ। ସେ କିନ୍ତୁ ମଝି ରାସ୍ତାରେ ପୁଅଠୁଁ ହାତ ଛଡ଼ାଇ ନେଲା। ବ୍ରେକ୍‌ଅପ୍ ଲାଗି ପୁଅକୁ ବିବଶ କରିଦେଲା। ଓଃ ! ସେଇସବୁ ଦିନମାନଙ୍କରେ ପୁଅର ଘନଘନ ଦୀର୍ଘଶ୍ୱାସ, ଲୁହ, କୋହ ଦେଖିଦେଖି ଆମର କେତେ କେତେ ରାତି ପାହି ଯାଇଛି ଅନିଦ୍ରା ରହି। ସେବେ ପୁଅ ବିକଳ ହେଇ ଦୁହିଁଙ୍କର କମନ୍ ଫ୍ରେଣ୍ଡ ସର୍କଲ୍‌କୁ ନେହୁରା ହେଇଛି – ବଜାଜ୍‌କୁ ବୁଝାଅ, ତାକୁ ତୁମେ ମିଲିମିଶି ବୁଝାଅ ଯେ ତା’ ବିନା ବଞ୍ଚିପାରିବନି ଅମନ୍। ଅମନ୍-ଅଲକା ପରସ୍ପରର ପରିପୂରକ, ଜଣଙ୍କ ବିନା ଆରଜଣଙ୍କ ଅଧୁରା, ବୁଝାଅ, ବୁଝାଅ ତାକୁ। କେହି ପାରିଲେନି। ଜିଦ୍‌ରେ ଅଟଳ ବଜାଜ୍। ସେ ବ୍ରେକ୍‌ଅପ୍ ଚାହେଁ।”

ଏକାରାହାକେ କହିସାରି ପାତ୍ରବାବୁ ଅଚାନକ ଧରି ପକାଇଲେ ମୋ’ ହାତ। ବଡ଼ ବିକଳ ଭାବରେ କହିଲେ – ଆପଣଙ୍କ ଝିଅ ସୌମ୍ୟା ଅଲକା ବଜାଜ୍‌ର ବେଷ୍ଟ ଫ୍ରେଣ୍ଡ ବୋଲି କୁହେ ମୋ ପୁଅ। ସେ କିଛି ଜାଣି ନାହିଁ ? କହି ନାହିଁ ? ଏମିତି ଅଚାନକ ବ୍ରେକ୍‌ଅପ୍ ନିଷ୍ପତ୍ତି ନବାର କାରଣ ? ପୁଅକୁ ଅଧିକ ଖୋଳିତାଡ଼ି ପଚାରିବା ଲାଗି ଆମେ ସାହସ ଜୁଟାଇ ପାରିଲୁ ନାହିଁ। କାରଣ ସେ କିଛି କହିଲାନି। ପଚାରିଲେ ଉଠି ଚାଲିଯାଏ ପାଖରୁ। ସବୁକିଛି ଅସ୍ପଷ୍ଟ ରହିଗଲା। ରହସ୍ୟ ହୋଇ।

ଅମନ୍ ଏବେ କୋଉଠି ? – ପାତ୍ର ବାବୁଙ୍କ ଦୁଃଖରେ ସମଦୁଃଖୀ ହୋଇ ପଚାରିଲି।

“ଅଷ୍ଟ୍ରେଲିଆରେ। ପୁଅର କଷ୍ଟ ଆଉ ଦେଖି ସହି ପାରିଲୁ ନାହିଁ। ନିଷ୍ପତ୍ତି ନେଲୁ, ତା’ର ମଙ୍ଗଳ ଲାଗି ତାକୁ ଦୂରକୁ ପଠାଇଦବୁ। ଦେଶ ବାହାରକୁ। ସକରୁ ମୁକୁଲିଯିବା ଯାକେ ଅତତଃ। ତା’ ମାମୁଁ ଜବ୍ କରନ୍ତି ଅଷ୍ଟ୍ରେଲିଆରେ। ଭଣଜାକୁ ସେ ନେଇଗଲେ ତାଙ୍କ ପାଖକୁ। ପିଲାଟିଦିନୁ ପୁଅର ନିଶା, ପାଇଲଟ୍ ବନିବ। ଇଶ୍ୱର ନ୍ୟାସନାଲ୍ ଫ୍ଲାଇଟ୍ ଉଡ଼ାଇବ। ଦେଶକୁ ଦେଶ ଘୁରି ବୁଲିବ। ବହୁତ ବଡ଼

ସ୍ୱପ୍ନ ଥିଲା ତା'ର। ପାଇଲଟ୍ ବନିବାର ସ୍ୱପ୍ନ। ମୁଁ ତାକୁ ପ୍ରତିଶ୍ରୁତି ଦେଇଥିଲି, ଆଗ ଇଞ୍ଜିନିୟରିଙ୍ଗ୍‌ଟା ସାରିଦେ। ତୋ' ପାଇଲଟ୍ ଟ୍ରେନିଂରେ ଯେତେ ଖର୍ଚ ହେଲେ ହବ, ମୁଁ କରିବି। ତୋ' ସ୍ୱପ୍ନକୁ ମାଟି ହବାକୁ ଦେବିନି। ଭଣ୍ଡାର ସ୍ୱପ୍ନ କଥା ଜଣାଥିଲା ବି ତା ମାମୁକୁ। ମାମୁ ଚିନ୍ତା କଲା, ଆମେ ନିଷ୍ପତି ନେଲୁ, ଅତତଃ ସେମିତି କିଛି ହୁଏ ଯଦି, ହୁଏତ ପାଶୋରାଇ ଦବ ବଜାଜ୍ ସହ ଏକପାଖିଆ ବ୍ରେକ୍‌ଅପର ଦୁଃଖ। ସେଠିକାର ସବୁଠାରୁ ଭଲ, ଆନ୍ତର୍ଜାତିକ ଖ୍ୟାତିସମ୍ପନ୍ନ ଆଭିଏସନ୍ କଲେଜ ANAC ରେ ତାକୁ ଆଡ଼ମିଟ୍ କରିଦେଲୁ। ଟ୍ରେନିଂ ଶେଷ କରିସାରି ସେ ଏବେ କ୍ୱାଣ୍ଟାସ୍ ଏୟାର୍‌ଲାଇନ୍ ଜୟେନ୍ କରିଛି କୋ-ପାଇଲଟ୍ ଭାବେ।

ପ୍ରସନ୍ନତାର ସାମାନ୍ୟ ଝଲକ ଲକ୍ଷ୍ୟ କରୁଥିଲି ପାତ୍ର ବାବୁଙ୍କ ମୁହଁରେ। ପଚାରିଲି – ଏବେ କେମିତି ଅଛି ଅମନର ମନଃସ୍ଥିତି? ଠିକ୍‌ଠାକ୍ ତ?

"ଠିକ୍‌ଠାକ୍ ତ ଲାଗୁଛି। ହେଲେ ସତରେ କ'ଣ ସବୁ ଠିକ୍‌ଠାକ୍ ଥବ?"

ଏତିକି କହିଲାବେଲେ ପୁନର୍ବାର ସେ ଛଲଛଲ ହେଲେ ଓ ରୁମାଲ୍‌ରେ ଆଖି ଘୋଡ଼ାଇ ସେ ଆମକୁ ଲୁହ ଲୁଚାଇଲେ।

(୭)

ପୁରୀରୁ ଫେରିବା ତିନି ଚାରି ମାସ ପରେ ଦିନକର...

ଝିଅ ବାଙ୍ଗାଲୋରରୁ ଫୋନ୍‌ରେ ଜଣାଇଲା – ପାପା! ମାମ୍! ବଜାଜ୍ ଇଣ୍ଡିଆ ଆସୁଛି। ଭୁବନେଶ୍ୱର ଯିବ। ଆମ ଘରେ ରହିପାରେ ଦୁଇ ଚାରି ଦିନ।

ଖବରଟି ଶୁଣିବା ପରେ ମନରେ ଆସିବା କଥା ଯୋଉ ପରିମାଣର ଖୁସି, ତାହା ଆସିଲା ନାହିଁ। ମିଶ୍ର ପ୍ରତିକ୍ରିୟା ଜାତ ହେଲା ମନ ମଧରେ। ନିଶ୍ଚିତ ରୂପେ କିଛିଟା ଖୁସିର। ବେଶୀ ଅଭିମାନର। କହିବାରେ ଦ୍ୱିଧା ନାହିଁ ଯେ, ଅମନର ପିତାଙ୍କ ଠାରୁ ବଜାଜ୍‌ର ନିଷ୍ଠୁରତା ଶୁଣିବା ପରଠାରୁ ମନରେ ଜାତ ହୋଇଥାଏ ମଲିନତା।

ଆଗ୍ରହ ସହକାରେ ଅପେକ୍ଷା କଲି – 'ଅଙ୍କଲ! ଆଇ ଆମ୍ ଇନ୍ ଲଭ୍' – କହିଥବା ତୁଣ୍ଡରୁ ଶୁଣିବା ଲାଗି – 'ତୁମ ଲଭ୍‌ରେ କାହିଁକି ଲାଗିଗଲା ଗ୍ରହଣ?' – ଭଲି ପ୍ରଶ୍ନ (କୌତୂହଳ)ର ଉତ୍ତର।

ଅଧିକ ବିଲମ୍ବ ଘଟିଲା ନାହିଁ। ଅଚାନକ ୫ଢ଼ ସମ ଘରେ ପହଞ୍ଚିଗଲା ଆସି ଅଲ୍‌କା ବଜାଜ୍ ଏବଂ ମୁଁ ଅକ୍ଷମ ଆଶ୍ଚର୍ଯ୍ୟ ସମ ବିସ୍ମୟକୁ ସାମ୍ନା କଲି, ଯେବେ ବଜାଜ୍ ଚିହ୍ନାଇଦେଲା ତା' ପଛରେ ଛିଡ଼ା ହୋଇଥିବା ସୁଦର୍ଶନ ତରୁଣଟିକୁ: ଅକ୍‌ଲ! ମିଟ୍ ମାଇଁ ଲଭ୍, ଅମନ୍।

ଖିଆ ପିଆ ପରେ ଅମନ୍ ମୋ ସ୍ତୁତି ନେଇ ବାହାରିଗଲା, ବହୁବର୍ଷ ପରେ ଭେଟିବ ପୁରୁଣା ସାଙ୍ଗଙ୍କୁ।

ଠିକ୍ ସେମିତି, ଯେମିତି ବହୁ ବରଷ ତଳେ, ଲଞ୍ଚ ଖାଇବା ପରେ, ଆମ ପାଖେ ଗେଞ୍ଜି ହେଇ ବସିଥିଲା ବଜାଜ୍ ଆମ ଖଟ ଉପରେ ଓ କନ୍‌ଫେସ୍ କରିଲା ଭଳି କହିଥିଲା 'ଆଇ ଆମ୍ ଇନ୍ ଲଭ୍', ଏବେ ସେମିତି ଆମ ଦିହିଙ୍କ ମଝିରେ ଗେଞ୍ଜି ହେଇ ବସି ଅଲକା ବଜାଜ୍ କହିଲା – ସାରାଟା ପୃଥିବୀ ମତେ ଭୁଲ ବୁଝିଥିବା ବେଳେ ଜଣେ ହିଁ ସେଥିରେ ସାମିଲ୍ ହେଇ ନଥିଲା। ତା'ର ଥିଲା ମୋ' ପ୍ରତି ଅଖଣ୍ଡ ବିଶ୍ୱାସ ଓ ଆସ୍ଥା। ତା' ସରଳ ବିଶ୍ୱାସ ତାକୁ କହୁଥିଲା, ତୋର ବେଷ୍‌ ଫ୍ରେଣ୍ଡ ଆଉ ଯାହା କିଛି ହେଲେ ହେଇପାରେ, ହେଲେ ଧୋକାବାଜ୍ ନୁହେଁ। ମୋର ସବୁ କଥା ସୌମ୍ୟାକୁ ହିଁ ଜଣାଉଥିଲି, ତା' ପରାମର୍ଶ ନଉଥିଲି, ପ୍ରମିଜ୍ କରାଇଥିଲି, କାହାରିକୁ କହିବୁନି କିଛି, କାହାରିକୁ ବୋଇଲେ କାହାରିକୁ ନୁହେଁ।

"ଏବେ ତ କହ। ସୁଦ୍ଧୁ ବାୟାଣୀତେ।" ମୋ' ମୁହଁରେ ଫିଟି ପଡ଼ିଲା ହାସ। ପ୍ରତ୍ୟୟର। ଆବେଗରେ ଭରପୁର, ନିରୁତା।

"ମୋ ପାଇଁ ତା' ନିଜର ଶୈଶବରୁ ସଞ୍ଚିତ ସ୍ୱପ୍ନକୁ ଚୁରମାର୍ କରିଦବାକୁ ବସିଥିଲା ଇଡିୟଟ୍। ଆରମ୍ଭରୁ ମୁଁ ଜାଣିଛି, ସେ ହିଁ କହିଥିଲା, ଆକାଶରେ ଉଡ଼ିବା ତା' ସ୍ୱପ୍ନ। ସେ ବି ଜାଣିଛି, କାରଣ ଆମେ ପରସ୍ପରଠୁ କିଛି ଲୁଚାଇ ରଖିନାହୁଁ, ଯେ ମୁଁ ମାଟିର ମୋହରେ ବନ୍ଧା। ସାଦାସିଧା ଘରୁଆ ଝିଅଟେ। ଉଚ୍ଚାକାଂକ୍ଷୀ ନିଶ୍ଚେ, ମାତ୍ର ଏମିତି ଯେ, ଦିନମାନର କର୍ମକ୍ଲାନ୍ତି ପରେ ଫେରିବି ଘରକୁ, ବଳକା ସମୟକୁ ବିତାଇବି ମୋ ପରିବାର, ପ୍ରିୟ ପରିଜନଙ୍କ ଗହଣରେ। ଉଇକ୍ ଏଣ୍ଡ ହେବ ମୋର ଏକାନ୍ତ ନିଜସ୍ୱ, ସପରିବାର। କାର୍ଯ୍ୟାଳୟ ଭିନ୍ନ ମୁହୂର୍ତ୍ତେ ସୁଦ୍ଧା ପ୍ରିୟଜନ ସଙ୍ଗତରୁ ଦୂରେଇ ରହିବା ମୋ ଚିନ୍ତାର ବାହାରେ। ଜିଦି କଲା, ଲୋଡ଼ା

ନାହିଁ ତା'ର ପାଇଲଟ୍ ବନିବା, ଆକାଶରେ ଉଡ଼ିବା। ଫୁଙ୍କାରରେ ଉଡ଼େଇଦେବ ସେ ସ୍ୱପ୍ନକୁ। ଖାତିର କରିବ ନାହିଁ କାହାରିକୁ। ତା'ର ଲୋଡ଼ା ପ୍ରେମ ଓ ପ୍ରେମିକା। ଯାହାକୁ ସେ ପତ୍ନୀର ଆସନ ଦେଇସାରିଛି ହୃଦୟ ଭିତରେ। ମୁଁ ହିଁ ତା' ହୃତ୍‌ସ୍ପନ୍ଦନ। ସ୍ପନ୍ଦନ ପାଖେ ସବୁ ତୁଚ୍ଛ। ସ୍ୱପ୍ନ ବି।

ସେ ପାଗଳ ପ୍ରେମିକ, ସେ ବୁଦ୍ଧୁ ବୁଝୁକି ନବୁଝୁ ମୁଁ ବୁଝିଥିଲି, ମୋରି ପାଇଁ ସେ ତା'ର ଆବାଲ୍ୟ-ସାଉଁତା ସ୍ୱପ୍ନକୁ ଫୁଟ୍ କରି ଉଡ଼ାଇଦବ। କବର ଦେଇଦବ। କେମିତି ସହିଥାନ୍ତି ମୋ ପ୍ରେମାସ୍ପଦର ଏତେ ବଡ଼ ତ୍ୟାଗକୁ! ପୁଣି ଖାସ୍ ମୋରି ପାଇଁ! ଯା' ବି ଜାଣୁଥିଲି, ଯେତେ ଯାହା ବୁଝେଇଲେ ବି ବୁଝିବ ନାହିଁ ଇଡିୟଟ୍। ଭାବିଲି। ଖୁବ୍ ଭାବିଲି। ଦିନରାତି ଏକ୍ କରି ଭାବିଲି। ଥଳକୂଳ ମିଳିଲାନି। ଶେଷରେ ମନକୁ ଇସ୍ତାତ ଭଲି ଟାଣ କଲି। ନିର୍ଣ୍ଣୟ ନେଲି। ଦିନକର ଛାତିରେ ପଥର ଲଦି ତାକୁ କହିଦେଲି – ଅମନ୍! ଦେଖ। ମତେ ଭୁଲ୍ ବୁଝିବୁ ନାହିଁ। ଆକାଶ ତୋର ସ୍ୱପ୍ନ। ମାଟି ମୋର ମୋହ। ମାଟି ସହ ଆକାଶର ବନ୍ଧନ ଗୋଟାଏ ଇଲ୍ୟୁଜନ୍। ଜଷ୍ଟ ଇମ୍ପସିବୁଲ୍। ଆଜିଠାରୁ ତୁ ମୁକ୍ତ। ତୋ' ରାସ୍ତାରେ ଆଗେଇ ଯା। ଏବେଠାରୁ ତୋ' ରାସ୍ତା ଅଲଗା ମୋ' ରାସ୍ତା ଅଲଗା। ଭାବିନେ, ମୁଁ ତୋ' ସହ ବ୍ରେକ୍‌ଅପ୍ ଚାହୁଁଛି।

ଏମିତି ଆଶା କରୁନଥିଲା ସେ। ଏମିତି ରୋକ୍‌ଠୋକ୍, ନିର୍ମମ କଥା। ପୁଣି ମୋ ମୁହଁରୁ।

ପାଟିରୁ ତା'ର ବଚନ ସୁରିଲା ନାହିଁ। ମୁଁ ଜାଣୁଥିଲି, ବହୁତ କିଛି ସେ କହିବାକୁ ଚାହୁଁଛି, ଅଥଚ ପାଟି ଖୋଲିପାରୁ ନାହିଁ। ଖୁବ୍ କଷ୍ଟ ପାଉଛି। ଭିତରେ ଭିତରେ ଭାଙ୍ଗିରୁଜି ଯାଉଛି। କଳ୍ପନା କରନ୍ତୁ ଅକଳ, ମୋର ସେତେବେଳକାର ସ୍ଥିତି। ମନକୁ ଆସୁଥାଏ, ଠିକ୍ କରୁଛି ତ ମୁଁ? ତୀବ୍ର ଅପରାଧବୋଧଟିଏ ମତେ ଗୁଡ଼େଇ ଛନ୍ଦି ଦେଉଥାଏ। ତାକୁ ସିଧା ଚାହିଁବା ଲାଗି ସୁଦ୍ଧା ଶକ୍ତି ହରାଇ ବସିଥାଏ। ବହୁ କଷ୍ଟରେ ପୁଣି ମନକୁ ଟାଣ କଲି। ନିୟନ୍ତ୍ରଣକୁ ଆଣିଲି। ପ୍ରେମିକୁ ପାଇବା ଲାଗି ପ୍ରେମକୁ ଶିକୁଳି କରି ପ୍ରେମାସ୍ପଦ ଠିଁ ବେଢ଼ି ପକାଇ ରଖିବା ଲାଗି ନଦେଇ ମନକୁ ଦମ୍ଭ କଲି। ସେ ବୁଦ୍ଧୁକୁ ବୁଝାଇଲି, ପ୍ରେମ ମଣିଷର ଅନ୍ତିମ ଲକ୍ଷ୍ୟ ହୋଇ ନପାରେ। ପ୍ରେମ ବଳ ଦିଏ, ପୁଣି ଦୁର୍ବଳ ବି କରିଦିଏ। ଲକ୍ଷ୍ୟ ସାଧନରେ ଅନ୍ତରାୟ ସାଜେ।

ସେ ହୁଏତ ବୁଝିଲା, କିମ୍ବା ବୁଝିବା ଲାଗି ମୁଁ ତାକୁ ବାଧ୍ୟ କଲି। ସେ ଦମ୍ଭ ଧରିଲା, କିମ୍ବା ଦମ୍ଭ ଧରିବାର ଛଲନା କଲା।

ସେ ଭାରତ ଛାଡ଼ିଦେଲା। ଅଷ୍ଟ୍ରେଲିଆ ଗଲା। ପାଇଲଟ୍ ବନିଲା। ତା' ଆଶୈଶବ ସ୍ୱପ୍ନ ସାକାର ହେଲା।

ମୁଁ ବି ଭାରତ ଛାଡ଼ିଦେଲି। ମାଇକ୍ରୋସଫ୍ଟ ଜଏନ୍ କରି ଆମେରିକା ଚାଲିଗଲି। ସେ ଅଷ୍ଟ୍ରେଲିଆରେ ରହି ଆକାଶରେ ଉଡ଼ିଲା, ମୁଁ ଆମେରିକାରେ ମାଟିକି ଜାବୁଡ଼ି ଧରି ପଡ଼ି ରହିଲି ଏବଂ ଅଚାନକ ଦିନେ ମୁଁ ଆବିଷ୍କାର କଲି, ସେ ବୁଦ୍ଧୁକୁ ବୁଝାଇଦେଲି ସତ, ମାତ୍ର ମୁଁ ବୁଦ୍ଧୁ ତାକୁ ଛାଡ଼ି, ତା' ଠୁଁ ଦୂରେଇ ବଞ୍ଚିପାରିବି ନାହିଁ।

ମନେପଡ଼ିଲା ବହୁବର୍ଷ ତଳେ ଛାତ ଉପରେ ଆପଣ କହିଥିବା କଥାଟି, ପ୍ରେମରେ ସବୁ ସମ୍ଭବ ଏମିତିକି ଆକାଶ ସହ ମାଟିର ମିଳନ, କାରଣ ପ୍ରେମର ଡିକ୍ସନାରୀରେ 'ଅସମ୍ଭବ' ଭଳି ଶବ୍ଦ ନାହିଁ। ତେଣିକି ସବୁ ଯୁକ୍ତି-ପ୍ରତିଯୁକ୍ତି ତୁଚ୍ଛ ମନେହେଲା। ମତେ ମନେହେଲା ଆକାଶ ଠିକ୍, ତାକୁ ମନେହେଲା ମାଟି ଠିକ୍। ସେ ଯଦି ବୁଦ୍ଧୁ, ମୁଁ ତେବେ ମହାବୁଦ୍ଧୁ।

କହୁ କହୁ କୋହ ଉଠିଲା ଓ କାନ୍ଦି ପକେଇଲା ଅଲକା ବଜାଜ୍।

କାନ୍ଦି ପକେଇଲି ମୁଁ ବି।

ଅଲକା ବଜାଜ୍‍ର କପାଳରେ ବାସଲ୍ୟ ମମତାରେ ସିକ୍ତ ଚୁମାଟେ ଦେଇ ମୁଁ କହିଲି – ମୁଁ ଭାରି ଖୁସି। ଏଣିକି ତୁମେ ଦୁହେଁ ତୁମ ଖୁସି ଯାହା ନିଷ୍ପରି ନବାର ନିଅ।

❐❐

ବୁଢ଼ୁ

ସେ ଠିକ୍ ମୋ'ରି ସାମ୍ନାରେ ବସିଥାନ୍ତି। ତଳକୁ ମୁହଁ ପୋତି। ମୁଁ ତାଙ୍କୁ କହିଲି – ବିବାହିତ ପୁରୁଷଙ୍କ କ୍ଷେତ୍ରରେ ତାଙ୍କ ଆକାଉଣ୍ଟରେ ନମିନି ଭାବେ ପତ୍ନୀ ରହିବା କଥା।

ଜଣେ ବ୍ୟାଙ୍କ ଅଧିକାରୀର ଦାୟିତ୍ୱ ମୁଁ ତୁଲାଇଲି ତାଙ୍କୁ ନିୟମଟି ଜଣାଇଦେଇ। ମୋ' କଥା ଶୁଣି ସେ ଗୁମ୍ ମାରି ବସିଲେ।

ମୋ'ରି ବ୍ୟାଙ୍କରେ ଜମାଖାତାଟିଏ ନୂଆ କରି ଖୋଲିବା ଲାଗି ସେ ଆସିଥାନ୍ତି। ଫର୍ମ ଭରି ସାରିଥାନ୍ତି। ତନଖି ବେଳେ ମୋ ନଜରରେ ପଡ଼ିଥିଲା, ସେ ବିବାହିତ। 'ବିବାହିତ' ଇନ୍‌ବକ୍‌ରେ ସେ ଟିକ୍ ଚିହ୍ନ ମାରିଛନ୍ତି, ଅଥଚ ନମିନି ଭାବେ ଉଲ୍ଲେଖ କରିଛନ୍ତି ଅନ୍ୟ ଜଣେ ପୁରୁଷଙ୍କ ନାମ। ବାପା, ଭାଇ କେହି ନିଶ୍ଚେ ନୁହଁନ୍ତି, କାରଣ ସାଙ୍ଗିଆରେ ମେଳ ନାହିଁ।

ମୁଁ ନିୟମ କଥାଟି ଦୋହରାଇଲି। ସେ ବଡ଼ କୁଣ୍ଠିତ ଭାବରେ କହିଲେ – ହଁ ଯେ... ତେବେ ମୋ କ୍ଷେତ୍ରରେ ଟିକେ ଅଲଗା। ଯାହାଙ୍କ ନାମ ଲେଖିଛି ତାଙ୍କୁଇ ନମିନି କରି ଆକାଉଣ୍ଟ ଖୋଲିବି।

ମୁଁ ତାଙ୍କୁ ପ୍ରଶ୍ନିଳ ଦୃଷ୍ଟିରେ ଚାହିଁଲି ଓ ସେ ନୀରବ ରହି ମୁହଁ ପୋତିଲେ।

ମୁଁ କୌତୂହଳୀ ହୋଇପଡ଼ୁଥିଲି। ତାଙ୍କର ଉକ୍ତି 'ମୋ କଥା ଟିକେ ଅଲଗା' ମୋତେ ବେଶୀ ବେଶୀ କୌତୂହଳୀ କରୁଥିଲା। କହିଲି – ଠିକ୍ ଅଛି ମୁଁ ଫର୍ମ ରଖିଲି। ଆଜି ତ ଖୋଲି ହେବ ନାହିଁ, କାଲି ଆକାଉଣ୍ଟ ଖୋଲିବା। ମୋବାଇଲ୍ ନମ୍ବର ତ ଲେଖିଛନ୍ତି, ବାର୍ତ୍ତା ଯିବ, ଆପଣ ଟଙ୍କା ବାନ୍ଧିବେ, ପାସ୍‌ବୁକ୍ ନେବେ।

ଆଉ କିଛି ଉଁ ଚୁଁ ନକହି ସେ ମୋ' ସାମ୍ନାରୁ ଉଠି ଚାଲିଗଲେ।

୩୦ ▢▢▢▢ ସାଇତେଶ ତ୍ରିପାଠୀ

ବ୍ୟାଙ୍କରେ ଚାକିରି ଭିତରେ ବହୁ ମଣିଷଙ୍କ ସହ ଭେଟ ହୁଏ, ମାତ୍ର କାହିଁକି କେଜାଣି ଜଣଜଣଙ୍କ ପ୍ରତି ମନରେ ଜାଗେ କୌତୂହଳ। ଅନୁସନ୍ଧିସୁ ହୁଏ ମନ।

ମୁଁ ରହୁଥାଏ ଚାକିରିସ୍ଥଳରେ ଏକେଲା। ବ୍ୟାଙ୍କ ଛୁଟି ପରେ ସଞ୍ଜ ଏବଂ ରାତି ମତେ ଖାଇଗୋଡ଼ାଏ। ସାଙ୍ଗସାଥୀ ଘର ପରିବାର ମୋ'ଠୁ ବହୁ ଦୂରରେ। ଭଦ୍ରବ୍ୟକ୍ତିଙ୍କ ମୋବାଇଲ୍ ନମ୍ବର ଓ ଘର ଠିକଣା ଗୋଟାଏ ଖିଆଲରେ ଟିପି ଆଣିଥିଲି। ଘରକୁ ଫେରି ହାତମୁହଁ ଧୋଇ ଫ୍ରେସ୍ ହବା ପରେ ସେମିତି ଖିଆଲରେ ତାଙ୍କୁ ରିଙ୍ଗ୍ କଲି। ଏ ଖିଆଲ ବି ବଡ଼ ଅଜବ ଚିଜ।

ସେପଟୁ ମିଠା ଗଳାରେ ଶୁଣିଲି, ହାଲୋ!

ଭଦ୍ରବ୍ୟକ୍ତିଙ୍କର ଚେହେରା ଯେଡ଼େ ସୁଶ୍ରୀ ଓ କୋମଳ, ସେଡ଼ିକି ମିଠା ବି ତାଙ୍କ ଗଳା। ପରିଚୟ ଦେଲି; ପଚାରିଲି, ଫ୍ରୀ ଅଛନ୍ତି କି ଏବେ? ପହଞ୍ଚୁଛି ଆପଣଙ୍କ ପାଖେ।

ମୋର ଅପ୍ରତ୍ୟାଶିତ କଲ୍ ଓ ଆସିବାଟାକୁ ସେ ଆଶ୍ଚର୍ଯ୍ୟ ହୋଇ ଶୁଣିଥିବେ ସତ୍ୟ, ମାତ୍ର ଟାଳିଦେଲେ ନାହିଁ। ସମ୍ମତି ଦେଲେ ଏବଂ ପନ୍ଦର ମିନିଟ୍‌ରେ ମୁଁ ପହଞ୍ଚିଲି ତାଙ୍କ ଘରେ। ସେଇ... ଗୋଟେ ଖିଆଲରେ।

ରୁଚିସମ୍ପନ୍ନ ଘର। ଡ୍ରଇଂରୁମ୍‌ରେ ପରିଚ୍ଛନ୍ନ ବେଡସୋଫା। ପୋର୍ଟେବଲ୍ ଟିଭିଟିଏ ଘରର ଗୋଟେ କୋଣରେ। କାନ୍ଥରେ ଶ୍ରୀ କୃପାଳୁଜୀ ମହାରାଜଙ୍କ ବାଇଣ୍ଟିଂ ଫଟୋ। ଘରସାରା ଖେଳୁଥାଏ ଦାମୀ ଅଗରବତୀର ମିଠା ମିଠା ବାସ୍ନା।

ସେ ଦି'କପ୍ କଫି ବନାଇଲେ। ସୋଫାରେ ବସିଲେ ସାମ୍ନାସାମ୍ନି ହୋଇ।

ମୁଁ ଚିନ୍ତା କରୁଥାଏ, କେମିତି ଆରମ୍ଭ କରିବି କଥା। କହିବି କି, ମୁଁ ଜଣେ ଲେଖକ ଓ ଖିଆଲି ଅନୁସନ୍ଧିତ୍ସାଟିଏ ମତେ ଏଠିକି ଟାଣି ଆଣିଲା! ପୁଣି ଚିନ୍ତାକଲି, କାଲେ ସେ ଏଡ଼େଇଯିବେ ମତେ! ଡର ବି ଥାଏ ମନରେ, କାଲେ ସଫାସଫା କହିଦେବେ, ଆପଣମାନଙ୍କର ଆଉ କିଛି କାମଧଦା ନଥାଏ କି, ଅନ୍ୟର ସମସ୍ୟାରେ ଅଯଥା ମୁଣ୍ଡ ଭର୍ତ୍ତି କରିବା ଛଡ଼ା। ଡର ଅମୂଲକ ବି ତ ନୁହେଁ।

ବାଧ୍ୟ ହୋଇ ହାଲୁକା ମିଥ୍ୟାଟିଏର ଆଶ୍ରୟ ନେଲି।

କହିଲି, ଦେଖନ୍ତୁ, ନିୟମ କହୁଚି ଆପଣ ବିବାହିତ ହେତୁ ଆକାଉଣ୍ଟରେ ନମିନି ପତ୍ନୀ ରହିବା କଥା । ତେବେ ସେମିତି କିଛି ଗ୍ରହଣଯୋଗ୍ୟ କାରଣ ଯଦି ଥାଏ ତ, ମତେ ନିର୍ଦ୍ଵନ୍ଦରେ କୁହନ୍ତୁ । ମୁଁ ସ୍ୱେଶାଲ କେଶ୍‌ରେ ଆଲାଓ କରିଦେବି ।

ଭଦ୍ରବ୍ୟକ୍ତିଙ୍କର ଆକାଉଣ୍ଟଟିଏ ଖୋଲିବା ଥାଏ ଜରୁରୀ ଆବଶ୍ୟକତା । ସାଲାରି ଆକାଉଣ୍ଟ ବ୍ୟବସ୍ଥାନୁଯାୟୀ, ତାଙ୍କ କମ୍ପାନୀର ସବୁ କର୍ମଚାରୀଙ୍କ ଦରମା ସିଧାସଲଖ ଆକାଉଣ୍ଟ ଜରିଆରେ ମିଲିବାକୁ ଥିବାରୁ ଏବଂ କମ୍ପାନୀ ସହ ଆମ ବ୍ୟାଙ୍କ୍‌ର ବୁଝାମଣା ହେତୁରୁ ।

"ମୋ' କଥା ଟିକେ ଅଲଗା" ବୋଲି କହି ନଥିଲି । ସେ କୁଣ୍ଠା ସହକାରେ କହିଲେ ।

ମୁଁ କଫି ପିଉଥିବା ବେଲେ ତାଙ୍କୁଇ ଚାହିଁଥିଲି । ସେ ମଥା ତଲକୁ କରିଥିଲେ । ଥତମତ ହେଇ କହିଲେ, ମୁଁ ଆପଣଙ୍କୁ ବନ୍ଧୁ ଭାବେ ଗ୍ରହଣ କରିପାରିବି କି ?

"ନିଶ୍ଚିତ ରୂପେ । ଧରିନିଅନ୍ତୁ, ଏଇଠୁ ଆରମ୍ଭ ହେଲା ଆମ ବନ୍ଧୁ ସମ୍ପର୍କ ।" ମୁଁ କହିଲି ।

"ଆପଣ ମ୍ୟାରେଡ୍ ?" ସେ ପଚାରିଲେ ମତେ ଚକିତ କରି ଏବଂ ମୁଁ ମୁଣ୍ଡ ଟୁଙ୍ଗାରିଲି । ଅର୍ଥାତ୍ "ହଁ" ଯଦିଓ ଜାଣୁଥାଏ ମୁଁ ତାଙ୍କୁ ଡାହା ମିଛ କହିଲି ।

"ଆରେଞ୍ଜଡ୍ ମ୍ୟାରେଜ୍, ନା ଲଭ୍ ମ୍ୟାରେଜ୍ ?" ସେ ପୁଣି ପଚାରିଲେ ।

କଥା ମୋଡ଼ ବଦଲାଉଥାଏ । ମୁଁ ମିଛ କହିବା ଜାରି ରଖିଲି, ଲଭ୍ କମ୍ ଆରେଞ୍ଜ ।

"ଆପଣ ଭାଗ୍ୟବାନ୍ ।" ସେ ଲମ୍ବ ନିଶ୍ୱାସ ପକାଇ କହିଲେ ।

"କାହିଁକି ?"

"ପ୍ରେମିକାକୁ ପତ୍ନୀ ଭାବରେ ପାଇଲେ । ସମସ୍ତଙ୍କ ଭାଗ୍ୟରେ ସେମିତି ହୁଏନି ।"

ପୁଣି ଏକ ମସ୍ତ ଦୀର୍ଘଶ୍ୱାସ ।

"କିଛି ଅଘଟଣ ନିଶ୍ଚେ ଆପଣଙ୍କୁ ଦାରୁଣ ବ୍ୟଥା ଦେଇଛି । ମୋ ଆଗେ କହିଲେ ଯଦି ତା' ଆପଣଙ୍କୁ ଅଧିକ ବ୍ୟଥା ଦେବ, ତେବେ କହିବା ଦରକାର ନାହିଁ ।"

ମୁଁ ସମ୍ବେଦନଶୀଳ ହୋଇପଡୁଥିଲି ।

ଭଦ୍ରବ୍ୟକ୍ତି ଅଚାନକ ମନେହେଲେ ଉତ୍ତେଜିତ – ନା, ନା, କହିବି ନିଶ୍ଚେ । କାଇଁକି କହିବି ନାହିଁ ? ମୋ ସହ ଯେ ଅନ୍ୟାୟ ହୋଇଛି, କହିବାରେ ଆପଣି ରହିବ କାହିଁକି ?

"କିଏ ଅନ୍ୟାୟ କଲା ଆପଣଙ୍କ ସହ ?"

"ମୋ ବାପା-ମାଆ । ମୋ ପରିବାର । ପ୍ରଚୁର ଭଲ ପାଉଥିଲି ପରିବାରକୁ । ହେଲେ ପ୍ରତିଦାନ ପାଇଲି କି ? ଆପଣ ସାର୍ କଫି ପିଇ ଦିଅନ୍ତୁ, ଥଣ୍ଡା ହୋଇଯିବ ।"

ସେ କହୁଥାନ୍ତି – ପ୍ରଚୁର ଭଲ ପାଉଥିଲି ତାଙ୍କୁ । ଏବେ ବି ପାଉଛି । ପ୍ରବଳ ଭଲପାଇବା ବି ପାଇଛି ତାଙ୍କ ଠାରୁ । ସେ ମୋ' ପ୍ରେମ । ସେ ମୋ ପ୍ରେୟସୀ । ମୋ ମନର ମାନସୀ । ମୋର ସବୁକିଛି ହେଲେ ସେଇ । ହେଲେ ହେଲା କ'ଣ ? ପାଇପାରିଲି କି ତାଙ୍କୁ ପତ୍ନୀ ଭାବେ ? ଊଃ ! କେତେବଡ଼ ଧୋକା ମୁଁ ତାଙ୍କୁ ଦେଲି ଓ ପ୍ରେମର ଦଉଡ଼ରେ ଶୋଚନୀୟ ଭାବେ ହାରିଗଲି ।

ପୁଣି ଏକ ମସ୍ତ ଦୀର୍ଘଶ୍ୱାସ, ଯାହା ମୋ ମନକୁ ପୂରାମାତ୍ରାରେ ଆର୍ଦ୍ର କରିଦେଲା ।

"ମୁଁ ହାରିଗଲି ସାର୍ । ମତେ ହରେଇଦେଲେ ମୋ ପରିବାର, ମୋ ଜନ୍ମଦାତା ଜନ୍ମଦାତ୍ରୀ । ତାଙ୍କ ମନୋନୀତ ଝିଅକୁ ବାହା ହବାକୁ ବାଧ୍ୟ କଲେ ମତେ । ବାଧ୍ୟ କରିବା ଭଳି ପରିସ୍ଥିତି ଉପୁଜାଇଲେ । ଇମୋସନାଲ୍ ବ୍ଲାକ୍ମେଲ୍ ହିଁ ତ କଲେ । ମୁଁ ତ କହିବି, ଇମୋସନାଲ୍ ଅତ୍ୟାଚାର । ସେମାନଙ୍କର ଲଗାତାର ଅତ୍ୟାଚାର ମତେ ବିବଶ କରିଦେଲା । ଜିତାପଟ ତାଙ୍କରି ହେଲା । ବର ହେଇ ଯିବାକୁ ହେଲା ମତେ ତାଙ୍କରି ମନୋନୀତ କନ୍ୟାର ଘରକୁ । ହାତଗଣ୍ଠି ପଡ଼ିଲା । ଅଗ୍ନିକୁ ସାକ୍ଷୀ ରଖି ବାହା ହେଲି, ମାତ୍ର ଗ୍ରହଣ କରିପାରିଲି କି ପରିବାର ମନୋନୀତାଙ୍କୁ ପତ୍ନୀ ଭାବେ ?"

ସୀତେଶ ତ୍ରିପାଠୀଙ୍କ ପ୍ରେମ ଗଳ୍ପ ▫▫▫▫ ୩୩

ସେ ଚୁପ୍ ହେଲେ। ଛଳଛଳ ହେଇ ସାରିଥିଲେ। ତାଙ୍କର ସେଇ ଭାବ ସଂକ୍ରମିତ ହେଇ ଆସିଥିଲା ମତେ।

ନିରବରେ ମୁହୂର୍ତ୍ତ କେତୋଟି କଟିବା ପରେ ସେ ମୁହଁ ଖୋଲିଲେ – ମତେ ଭୁଲ୍ ବୁଝୁଥିବେ ଆପଣ। ହେଲେ ମୁଁ କ'ଣ କରିପାରିଥା'ନ୍ତି? ପତ୍ନୀ ଭାବେ ହୃଦୟ ମଧରେ ତାଙ୍କୁ ସ୍ଥାନ ଦବା ଲାଗି ମୋ ହୃଦୟରେ ଖାଲି ଜାଗା ଆଉ ଥିଲା ବା କେଉଁଠି? ଚେଷ୍ଟା କରିଛି ଖୁବ୍, ହେଲେ ମତେ ବିଶ୍ୱାସ କରନ୍ତୁ ସାର୍, ମୁଁ ପାରିଲି ନାହିଁ। ହାରିଗଲି।

ଦୀର୍ଘଶ୍ୱାସ ପରେ ଦୀର୍ଘଶ୍ୱାସ।

କହିଲେ – ଜାଣିଛି ବଡ଼ ଅନ୍ୟାୟ ହେଲା ତାଙ୍କ ସହ। ବିନା ଦୋଷରେ। ତାହା ପାପ ହିଁ। ଏକଥା ବି ଜାଣେ, ସେ ପାପ ଲାଗି ନର୍କଭୋଗ ସହିବି ସିନା, ଛଳନା କିନ୍ତୁ ଆଦୌ କରିପାରି ନଥାନ୍ତି ତାଙ୍କ ସହ। କଳ୍ପନା କରନ୍ତୁ ସାର୍, ମୋର ସେ ବେଳର ମନଃସ୍ଥିତି, ପୁଣି ଚଉଠି ଶେଯରେ। ମୋ ଛାତି ଭିତରେ ହାତୁଡ଼ି ପିଟୁଥାଏ ତୀବ୍ର ପାପବୋଧ। ଅବସାଦ। ପ୍ରେମିକା ପାଖେ ବିଶ୍ୱସ୍ତ ରହିପାରିଲି ନାହିଁ, ଆଉ ଏବେ ପତ୍ନୀ ପାଖେ ବି ନୁହେଁ। ଏକ ଅବିଶ୍ୱସ୍ତ ପତି କାହାକୁ କହିବା? ପାପତକ ଛାତି ଭିତରେ ଚାପି ଦେଇ ଛଳନା କରି ଚାଲିବାକୁ, ନା ପତ୍ନୀ ଆଗରେ ସତ୍ୟ କନ୍‌ଫେସ୍ କରିବାକୁ? ମୁଁ ମନ ସ୍ଥିର କଲି, କନ୍‌ଫେସ୍ କରିବି। କନ୍‌ଫେସ୍ କରି ଅବିଶ୍ୱସ୍ତ ପତିର ଦୁର୍ନାମ ବରଂ ମୁଣ୍ଡେଇବି ସାରାଜୀବନ।

ଚଉଠି ଶେଯ ଉପରେ ହିଁ ତାଙ୍କୁ କହିଦେଲି, ମୋ'ଠାରୁ ସ୍ୱାମୀପଣ ସେ ଆଶା କରନ୍ତୁ ନାହିଁ। ଯଦିଓ ଏଟା ଖୁବ୍ ବେଶୀ ଅନ୍ୟାୟ ହେଲା। ମାତ୍ର ମୁଁ ନାଚାର। ମୋ' ଭିତରେ ମୁଁ ଦେଖୁଚି କେବଳ ହିଁ କେବଳ ମୋ' ପ୍ରେମିକାକୁ। ସେ ଆବୋରିଛି ମୋ ସମଗ୍ର ସଭାକୁ। ଆଉ କାହାକୁ ମୁଁ ସେ ସ୍ଥାନ ଦେଇପାରନ୍ତି ନାହିଁ।

ଜାଣିଛି ମୁଁ କ୍ଷମାର ଯୋଗ୍ୟ ନୁହଁ। ତଥାପି ତାଙ୍କୁ ହାତ ଯୋଡିଲି, ସେ ମତେ କ୍ଷମା କରନ୍ତୁ। ମୁଁ ତାଙ୍କୁ ସ୍ୱାମୀ ସୁଖ ଦେଇ ନ ପାରିଲେ ସୁଦ୍ଧା ସେ ଆମ ଘରର ବୋହୂ। ଆମ ଘରେ ସେ ସ୍ୱଚ୍ଛଦରେ ଚଲି ପାରନ୍ତି। ନାଇଁ ଯଦି, ତାଙ୍କ ମନରେ କେହି ଯଦି ଥାଆନ୍ତି, ତେବେ ବନ୍ଧୁ ମଣି ମତେ ଖୋଲିକି କହିଦେଇ

ପାରନ୍ତି । ମୁଁ ଖୁସି ହେବି । ସମୟ ସୁଯୋଗ ସୁବିଧା କରି ମୁଁ ବରଂ ଚେଷ୍ଟା କରନ୍ତି ତାଙ୍କ ଦିହିଙ୍କ ମିଳନ ଲାଗି ।

ମୁଁ ଏତେକଥା କହିଲି, ସେ ହୁଁ ଚୁଁ ସୁଦ୍ଧା କଲେ ନାହିଁ । ଝର୍କା ପାଖେ ବସିବସି ରାତି ପୁହାଇଦେଲେ । ପରଦିନ ତାଙ୍କଠାରୁ ଖବର ପାଇ ପହଞ୍ଚିଗଲେ ତାଙ୍କ ବାପା, ଭାଇ । ସେ ଗଲେ ତାଙ୍କ ଘରକୁ ବାପା ଭାଇଙ୍କ ସାଙ୍ଗରେ । ସେଇ ଯେ ଗଲେ, ଆଉ ଲେଉଟିଲେ ନାହିଁ । ବୋଧେ ଛିଃ କରିଦେଲେ ମତେ, ମୋ ଘର ପରିବାରକୁ । ତା' କେଇଦିନ ପରେ ତାଙ୍କ ଘର ତରଫରୁ ମିଳିଥିବା ଉପହାର ସବୁ ଫେରାଇ ନେଲେ । ମାତ୍ର କଥାଟିଏ ଚିନ୍ତାକରି ବଡ଼ କଷ୍ଟ ଆସିଲା ମନରେ ଯେ ସବୁ କିଛି ସତରେ ଫେରାଇ ନେଇପାରିଲେ କି ସେ ? ଚତୁର୍ଥୀ ରାତି ବାସର ଶଯ୍ୟାରେ ମୁଁ ତାଙ୍କ ପାଖେ ସ୍ୱାମୀତ୍ୱ ଜାହିର କରିବା ତ ବହୁଦୂର, ଛୁଇଁ ସୁଦ୍ଧା ନାହିଁ । ମାତ୍ର ଏ ସତ୍ୟ ଜାଣିଲୁ କେବଳ ଆମେ ଦିହେଁ । ଜାଣିଲା ଚଉଠିଘରର ନିର୍ଜନତା ଅବା ଅତିବେଶିରେ ଚଉଠିଘରର ବନ୍ଦ ଦରଜା ଓ ମେଲା ଝର୍କା ବାହାରେ ଜଳଜଳ କରି ଚାହିଁଥିବା ପୁନେଇଁଜହ୍ନ । ହେଲେ କେହି ବିଶ୍ୱାସ କରିବ କି ସେଇ କଥାକୁ ? ସାକ୍ଷ୍ୟ ଦେଇପାରିବ କି ସତେ ଜହ୍ନ ? ଚଉଠିଘରର ଚାରିକାନ୍ତୁ ଅବା ଖଟ ମାଠ ଫୁଲ ?

ସାର୍ ! ମୋ' ପତ୍ନୀ ମତେ ଏକ ଶଠ, ପ୍ରବଞ୍ଚକ ପୁରୁଷ ଭାବେ ଚିହ୍ନିଲେ । ମୋର ଅବସୋସ ନାହିଁ, କାରଣ ମୁଁ ତା'ର ହକ୍ଦାର । ପରିବାରର ବ୍ଲାକ୍‌ମେଲିଂ ଆଗେ ମୁଣ୍ଡ ନୁଆଁଇ ମୁଁ ଯେ ତାଙ୍କ ଜୀବନ ନଷ୍ଟ କଲି, ସେଇ ପାପ ଲାଗି ସେଇତକ ମୋର ପ୍ରାପ୍ୟ । ମାତ୍ର, ଅଇଁଠା ନହୋଇ ମଧ ସେ ସମାଜ ଆଖିରେ ସଜ କୁମାରୀ କନ୍ୟାର ମାନ୍ୟତା ଫେରି ପାଇଲେ କି ?

ଏଇଠୁ ଅଚାନକ ସେ ଖୁବ୍ ଉତ୍ତେଜିତ ମନେହେଲେ । ସଁ ସଁ ନିଶ୍ୱାସ ଟାଣିବା ଭିତରେ ଉତ୍ତେଜିତ ଗଳାରେ କହିଲେ – ଯଦି ନ ପାଇଲେ, ତେବେ ମତେ, ମୋ' ପରିବାରକୁ ସମାଜ ଆଗରେ ଲୋକହସା କରି ଚତୁର୍ଥୀବାସି ଚାଲିଗଲେ କାହିଁକି ? ଟିକିଏ ଧୈର୍ଯ୍ୟ ଧରିଥିଲେ ଆକାଶ କି ଛିଣ୍ଡି ପଡ଼ିଥାନ୍ତା ? ପୃଥିବୀ ସ୍ଥିର ହୋଇଯାଇଥାନ୍ତା ? ସାର୍ ଆପଣ ଆଗ୍ରହ କଲେ ବୋଲି ବ୍ୟକ୍ତିଗତ ଦୁଃଖକଥା ଖୋଲିକି କହିଲି, ନେହେଲେ ମୁଁ କାହାରି ପାଖେ ତୁଣ୍ଟ ଖୋଲେ ନାହିଁ । କାହିଁକି

ଖୋଲନ୍ତି ? କିଏ ବା କରିପାରନ୍ତା ମୋ ସମସ୍ୟାର ସମାଧାନ ? ସହାନୁଭୂତି ମୋର କୋଉ କାମରେ ବା ଲାଗିବ ? ଆପଣ ସାର୍ କଫି ଶେଷ କଲେ ନାହିଁ ଥଣ୍ଡା ହୋଇଗଲା, ଆଉ ଥରେ ବନେଇ ଆଣୁଛି ।

ମୁଁ ବ୍ୟସ୍ତ ହୋଇପଡ଼ିଲି – ନାଇଁ ନାଇଁ ଲୋଡ଼ା ନାହିଁ । ଅନ୍ତରଙ୍ଗ ଭାବରେ କହିଲି – ସମସ୍ତଙ୍କ କ୍ଷେତ୍ରରେ ପ୍ରେମ ବିବାହର ରୂପ ନେଇପାରେ ନାହିଁ । କିଛି ଇଚ୍ଛାକୃତ ଭାବେ, କିଛି ପରିସ୍ଥିତିର ଚାପରେ । ତେବେ ବି ତ ସେମାନେ ନୂଆ ସଂସାର ଗଢ଼ନ୍ତି । ପିଲାଛୁଆର ସଂସାର ଭିତରେ ବିବାହପୂର୍ବ ପ୍ରେମକୁ ଛାତି ଭିତରେ ଚାପି ଦିଅନ୍ତି । ହୃଦୟ ରୁଗ୍‌ରୁଗ୍‌ କରେ, ମାତ୍ର ସମ୍ଭାଳି ନବାକୁ ହୁଏ । ଅତୀତକୁ ଧରି ବର୍ତ୍ତମାନ ଓ ଭବିଷ୍ୟତକୁ ନଷ୍ଟ କରିବାର ମାନେ କ'ଣ ? ଲେଉଟାଇ ପାରିଲେ କି ପୂର୍ବାବସ୍ଥା ? ନା ବଜାୟ ରଖିପାରିଲେ ବର୍ତ୍ତମାନର ସ୍ଥିତାବସ୍ଥା ? ଦି'କୂଳ ହରେଇ ଆପଣ ପାଇଲେ ବା କ'ଣ ? ଯା' ଘଟିବାର ତ ଘଟିଗଲା, ଆପଣ ନିଜ ମନକୁ ଟିକେ ବୁଝେଇ ଦେଇଥିଲେ ହେଇନଥାନ୍ତା ?

"ସେ ସୁଯୋଗ ସେ ମତେ ଦେଲେ ବା କୋଉଠି ?" – ସେ ମୋ କଥାର ଖିଅ ଧରି କହିଲେ – "ଚତୁର୍ଥୀ ବାସି ଛାତିପିଟି ହୋଇ ପଳାଇ ନଯାଇ ଟିକିଏ ଧୈର୍ଯ୍ୟ ଧରିଥିଲେ ହୋଇନଥାନ୍ତା ! ହୁଏତ ଦିନ କେତୋଟା ପରେ, ତାଙ୍କ ସ୍ନେହ ଶ୍ରଦ୍ଧା ପ୍ରେମ ମୋ ସନ୍ତାପିତ ହୃଦୟକୁ ଶୀତଳାଇ ପାରିଥାନ୍ତା ! କିମ୍ବା ହୁଏତ ମୁଁ ପରିବର୍ତ୍ତିତ ସ୍ଥିତି ସହ ନିଜକୁ ଖାପ୍‌ ଖୁଆଇ ନେଇପାରିଥାନ୍ତି ! ସେ ସୁଯୋଗ ସେ ମୋତେ ଦେଲେ ବା କୋଉଠି ? ବୁଝନ୍ତୁ ସାର୍, ଯିଏ ମୋ ଜୀବନରୁ ଅପସରି ଗଲେ, ତାଙ୍କୁ ମୁଁ ମୋର ଉତ୍ତରାଧିକାରୀ କେମିତି ମାନିପାରିବି ?"

"ତା' ହେଲେ ଆପଣ ଦିହିଙ୍କ ମଧରେ ଆଇନତଃ ଡାଇଭୋର୍ସ ହେଇଯିବା ଉଚିତ ହୁଅନ୍ତା । ଅନ୍ତତଃ ଉଭୟ ମୁକ୍ତ ହୁଅନ୍ତେ ।"

"ସେ ସୁଯୋଗ ବି ସେ ମତେ ଦଉଛନ୍ତି କୋଉଠି ? ଖାଲି ପ୍ରତିଶୋଧ ନେଉଛନ୍ତି । ବିଭିନ୍ନ ସମୟରେ ମତେ ଅପମାନିତ କରିଚାଲିଛନ୍ତି ।"

ତାଙ୍କ ଉତ୍ତେଜିତ ଶରୀର ଥରଥର ହୋଇ କମ୍ପି ଉଠୁଥିଲା ।

ଆଉ ଏକ ଅଦମ୍ୟ କୌତୂହଲ କିନ୍ତୁ ମୋ ଛାତି ଭିତରେ ରୁଗ୍‌ରୁଗୁ କରିବା ଆରମ୍ଭ କରିସାରିଥାଏ । ତାଙ୍କଠାରୁ ତାଙ୍କ ଦୁଃଖ କାହାଣୀ ଶୁଣିବା ପରେ,

କାଲେ ମୋ କୌତୂହଲ ପୁଣି ତାଙ୍କ ଦୁଃଖ ବଢ଼ାଇବ, ଅଥଚ ନ ପଚାରିଲେ ମୋ କୌତୂହଲ ମତେ ଅସ୍ଥିର କରୁଥିବ, ଏଇ ଆଶଙ୍କା ଭିତରେ କୁନ୍ଥୁକୁନ୍ଥୁ ହେଇ ପଚାରିଦେଲି – କିଛି ଯଦି ନ ଭାବିବେ, ଆପଣଙ୍କ ଦୁଃଖିନୀ ପ୍ରେମିକାଙ୍କ ବିଷୟରେ କିଛି ଆଲୋକପାତ କରିବେ କି ?

ଭଦ୍ରବ୍ୟକ୍ତିଙ୍କର ଚାହାଣି ମୋ ହୃଦୟକୁ ସନ୍ତାପିତ କରିଦେଲା ।

ଆହା ! ତିନି ତିନିଟା ଜୀବନ ହନ୍ତସନ୍ତ ହେଉଛନ୍ତି ଗୋଟିଏ ଅଘଟଣ ଲାଗି । ଭାବନାତ୍ମକ ଦୃଷ୍ଟିରୁ ତିନୋଟି ଜୀବନ ଛାରଖାର ହୋଇଗଲା କହିଲେ ଅତ୍ୟୁକ୍ତି ହେବ ନାହିଁ । କେଉ ଅପରାଧରୁ ? କି ଅପ୍ରାଧ କରିଥିଲେ ମୋ ସାମ୍ନାରେ ବସି ଅଶ୍ରୁପାତ କରୁଥିବା ସଦାଶୟ ଭଦ୍ରଲୋକ ଜଣକ ? କି ଅପ୍ରାଧ କରିଥିଲେ ତାଙ୍କ ପ୍ରେମିକା ? ତାଙ୍କ ବିବାହିତା ପତ୍ନୀ ? ପ୍ରେମ ଓ ପରିବାରର ଦୋ'ଛକିରେ ଛିଡ଼ା ହୋଇଥିଲାବେଲେ ତାଙ୍କ ଉପରେ ଜୋର କରି ଲଦି ଦିଆଗଲା ଯେ, ବିବାହ ନାମକ ଅନୁଷ୍ଠାନଟିକୁ, ତାକୁ ଠିକ୍ ମତେ ତୁଲେଇ ପାରିଲେ କି ସେ ? ଓଲଟି ଦୋ'ଛକିରୁ ଉଠେଇ ବିଚରା ଭଦ୍ରବ୍ୟକ୍ତିଙ୍କୁ ଫିଙ୍ଗି ଦିଆଗଲା ତ୍ରିଛକିରେ । ଏବେ ସେ କ'ଣ କରିବେ ?

ତାଙ୍କ କଥା ମତେ ଭାବନା ରାଜ୍ୟରୁ ଲେଉଟାଇ ଆଣିଲା । ସେ କହିଲେ – କେନ୍ଦ୍ରାପଡ଼ା କଲେଜରେ ହୋଇଥିଲା ଆମ ସାକ୍ଷାତ । ସେବେ ଆମ ଦିହେଁ ଥାଉ ଛାତ୍ର ।

ଚମକଟିଏ ଲାଗିଲା ମତେ । କାରଣ ଅତୀତରେ କେନ୍ଦ୍ରାପଡ଼ା କଲେଜର ଛାତ୍ର ଥିଲି ବି ମୁଁ ।

ଅଦମ୍ୟ ଆଗ୍ରହରେ ମୋ' ତୁଣ୍ଡରୁ ବାହାରିଗଲା – ତାଙ୍କ ନାଁ ?

"ପ୍ରିୟଙ୍କା ।"

ପୁନର୍ବ ଝଟ୍‌କା ଲାଗିଲା ମତେ ।

ପ୍ରିୟଙ୍କା !! ଇୟେ କ'ଣ ସେଇ ପ୍ରିୟଙ୍କା ହେଇପାରିଥାଏ କି, ଯିଏ ଏକଦା ମୋର ସହପାଠିନୀ ଥିଲା !!

କେଜାଣି !

ମୁଁ ମନ ମଧ୍ୟରେ ସନ୍ତୁଳି ହେବାକୁ ଆରମ୍ଭ କଲି। ତେବେ ମନରେ ଥାଏ ବି ଦ୍ୱିଧା। ଏ ପ୍ରିୟଙ୍କା ଯଦି ସେ ପ୍ରିୟଙ୍କା ହୋଇଥାଏ, ତେବେ ତାହା ମୋ ଲାଗି ସପ୍ତାଶ୍ଚର୍ଯ୍ୟ ଭଳି ହେବ। କାରଣ ପ୍ରିୟଙ୍କା ଭଳି ଝିଅ, ଲାଜକୁଳି ଲତାଟିଏ ସେ, ସିଏ ଯେ ପ୍ରେମ କରିପାରେ, ତାହା ମତେ...

ଭାବନା କାଟିଲା ଭଦ୍ରବ୍ୟକ୍ତିଙ୍କ କଥା – ଦୁଇ ବ୍ୟାଚ୍ ସିନିୟର ଥିଲି। ହଉ ହଉ ହେଇଗଲା ତା' ସାଥୀରେ ପ୍ରେମ। ପ୍ରିୟଙ୍କା କବିତା ଲେଖୁଥିଲା ଏବଂ ମୁଁ ତା' କବିତାମାନଙ୍କର ମୁଗ୍ଧ ପାଠକ, ପ୍ରଶଂସକ ଥିଲି।

ଅପସରି ଗଲା କୁହୁଡ଼ି।

ୟେସ୍, ୟେ ନିଶ୍ଚେ ସେଇ ପ୍ରିୟଙ୍କା। କାରଣ ମୋ ସହପାଠିନୀ ପ୍ରିୟଙ୍କା ସେବେ ବେଶ୍ ଭଲ କବିତା ଲେଖୁଥିଲା ଓ ତା' କବିତା ଛପା ବି ହଉଥିଲା ବୋଲି ମୁଁ ଜାଣେ, ଯଦିଓ କବିତାରେ ମୋର ରୁଚି ନଥାଏ।

ତେବେ ପରିଚୟ ଦେଲି ନାହିଁ ତାଙ୍କୁ। କହିଲି ନାହିଁ ମୋର କେନ୍ଦ୍ରାପଡ଼ା କଲେଜ କନେକ୍ସନ୍‌ର କଥା। କାଳେ କିଛି ଓଲଟାପାଲଟା ଭାବିଦେବେ।

“ଆମ ପ୍ରେମ ଥିଲା ଗଭୀର। ଶାଶ୍ୱତ, ସ୍ୱର୍ଗୀୟ କହିପାରନ୍ତି। ଆମ ଦିହିଁଙ୍କ ପ୍ରେମ ଭିତରକୁ କଦାପି ଧସେଇ ଆସି ନଥିଲା କାମନା। ଅବା ଦେହଜ ଲାଳସା। ମାତ୍ର ସବୁକିଛି ଓଲଟପାଲଟ ହୋଇଗଲା। ଛାଡ଼ନ୍ତୁ, ତାହା ମୋ ଦୁର୍ଭାଗ୍ୟ। ପ୍ରାରବ୍ଧ ଭୋଗ କହିପାରନ୍ତି। ସାର୍, ଆଉ ଟିକେ କଫି ପିଅନ୍ତୁ।

ମୁଁ ନାହିଁ କଲି। ତାଙ୍କ ପତ୍ନୀଙ୍କ ବାବଦରେ ଅଧିକ ପଚାରିବାକୁ ଆଉ ଚାହିଁଲି ନାହିଁ। ବରଂ ପ୍ରିୟଙ୍କା ସମ୍ପର୍କରେ ବେଶୀ ବେଶୀ ଜାଣିବା ପାଇଁ ଚାହିଁଲି। ମାତ୍ର ସେ ପ୍ରିୟଙ୍କା ବାବଦରେ ଖୋଲାଖୋଲି ଗପିବା ଲାଗି ଆଉ କାହିଁକି ଆଗ୍ରହ ପ୍ରକାଶ କଲେ ନାହିଁ।

ଅଗତ୍ୟା ବିଦାୟ ନେବାକୁ ଚାହିଁଲି ଏବଂ ଆସିବା ଆଗରୁ ଭଦ୍ରବ୍ୟକ୍ତିଙ୍କ ଆକାଉଣ୍ଟ ଓପନିଂ କାମଟି ବ୍ୟାଙ୍କରେ ଆସନ୍ତାକାଲି କରିଦବାର ପ୍ରତିଶ୍ରୁତି ଦବାକୁ ଭୁଲିଲି ନାହିଁ।

ଫେରିବା ପରଠାରୁ ମୋ' ମନ ଉଦ୍‌ବେଲିତ ହେଲା ପ୍ରିୟଙ୍କା ସହ ସାକ୍ଷାତ ଲାଗି। ଭେଟ କରିବାକୁ ମନ ହେଲା ବ୍ୟାକୁଳ। ତଥାପି ମନରେ ଥାଏ ସନ୍ଦେହ।

ଇୟେ ପ୍ରିୟଙ୍କା ହୁଏତ ମୋର ଏକଦା ସହପାଠିନୀ ପ୍ରିୟଙ୍କା ନ ହେଇ ବି ଥାଇପାରେ।

ଶେଷକୁ ମିଳିଗଲା ପ୍ରିୟଙ୍କାର ଠିକଣା। ମନ ଟାଣ କଲେ ଈଶ୍ୱର ମିଳିଯାନ୍ତି, ମନ ସ୍ଥିର କରିନେଲେ ସହପାଠିନୀର ଠିକଣା ମିଳନ୍ତା ନାହିଁ।

ଛୁଟି ନେଇ ଛୁଟିଲି ପ୍ରିୟଙ୍କା ଠିକଣାରେ। ପ୍ରିୟଙ୍କା ସହ ଭେଟ ହେଲା ତା' ଘରେ। ପିନ୍ଧିଥାଏ ସାଲୁଆର କମିଜ। ଝିଅବେଳ ଭଳି ଆଉ ଦାଉଦାଉ ଜ୍ଵଳ ନଥାଏ ରୂପକାନ୍ତି। ତୋଫା ଗୋରା ରଙ୍ଗ ଦିଶୁଥାଏ ତମ୍ୟାଲିଆ। ଆଖିତଳେ କ୍ଷୀଣ କଳାଗାର। ପ୍ରିୟଙ୍କା ଦୁଃଖୀ ଦୁଃଖୀ ମନେ ହେଉଥାଏ।

ଅପ୍ରତ୍ୟାଶିତ ଭାବେ ମତେ ଦେଖିଦେଲା ପରେ ପ୍ରିୟଙ୍କା ଅବାକ୍ ହେଲା। ଖୁବ୍ ଖୁସିଟାଏ ବି ହେଲା। "କିରେ। ଏ ଯାଏଁ ମନେରଖିଛୁ ମତେ!" – କହିବା ଭିତରେ ପାଛୋଟି ନେଲା ଘର ଭିତରକୁ। ଚା', ଜଲଖିଆ ଖୋଇଲା ଓ ଲଞ୍ଚ ରାନ୍ଧିବା ପାଇଁ ତା' ମା'ଙ୍କୁ ବରାଦ କଲା।

ଏବେ ଦୁହେଁ ଏକୁଟିଆ, ପ୍ରିୟଙ୍କା। ଘର ଡ୍ରଇଂରୁମ୍‌ରେ।

ଦି' ସହପାଠୀଙ୍କୁ ନିଭୃତ ଆଲାପ ତଥା ଦୁଃଖସୁଖ ହେବା ଲାଗି ସୁଯୋଗ ଦେଇ ସେଠୁ ଅପସରିଗଲେ ପ୍ରିୟଙ୍କାର ବାପା। ସେ ବି ଜଣାଯାଉଥାନ୍ତି ଖୁବ୍ ଦୁଃଖୀ ଦୁଃଖୀ।

ବିନା କିଛି ଉପକ୍ରମଣିକାରେ ମୁଁ କଥା ଆରମ୍ଭ କରିଦେଲି।

"ତୁ ପୁଣି ପ୍ରେମ କରିବସିଲୁ କେମିତି ? ତୋ'ଭଳି ଲାଜକୁଳି...!"

ପ୍ରିୟଙ୍କା ଗମ୍ଭୀର ଦିଶିଲା। ମୁଁ ଡରିଗଲି ଏୟା ଭାବି ଯେ ପ୍ରିୟଙ୍କାକୁ ମୋର ଏମିତି ଅଚାନକ ଠୋସ୍‌ଠାସ୍ କଥା ହୁଏତ ଦୁଃଖ ଦେଲା।

ପ୍ରିୟଙ୍କା ହସିଲା। ଶୁଖିଲା ହସ। ଅତ୍ୟନ୍ତ ରହସ୍ୟମୟ ଢଙ୍ଗରେ କୌତୁକ କଳାଭଳି କହିଲା – କିରେ। କାହାଠାରୁ କିଛି ଶୁଣିଲୁ ବୋଧେ। ହଉ ହେଲା ଏବେ ତୋରି କଥା, ହଉ ହଉ ହେଇଗଲା। ଛାଡ୍ ସେକଥା, ଶୁଣା ତୋ' ଖବର।

“ମୋ କଥା ଛାଡ୍‌। ତୋ’ ପ୍ରେମର ଦୁଃଖଦ ପରିଣତି କଥା ଶୁଣିଲି, ବଡ଼ କଷ୍ଟ ଆସିଲା ମନରେ।”

“ରହ। ଶୁଣିଲୁ? ସତରେ ତେବେ ଶୁଣିଲୁ? କାହାଠାରୁ?”

ପ୍ରିୟଙ୍କାର ପଚାରିବା ଢଙ୍ଗଟି ମତେ ପୂର୍ବାପେକ୍ଷା ଅଧିକ ରହସ୍ୟମୟ ମନେହେଲା।

କହିଲି, ‘ତୋରି ପ୍ରେମିକ ମୁହଁରୁ’ ଏବଂ ତା’ପରେ ମୁଁ ଭଦ୍ରବ୍ୟକ୍ତିଙ୍କ ନାମ ବି କହିଦେଲି। ପ୍ରିୟଙ୍କାର ମୁହଁ ମେଘଢଙ୍କା ଆକାଶ ଭଳି ଗୁମ୍‌ସୁମ୍‌ ହେଇଗଲା। ସେ ନିରୁପାୟ ଭାବେ କହିଲା - ମୋ ଅନୁମାନ ତା’ହେଲେ ଠିକ୍‌। କ’ଣ ଶୁଣିଲୁ?

ତା’ପରେ ମୁଁ କଲି ସବିଶେଷ ବୟାନବାଜି ଓ ପ୍ରିୟଙ୍କା ଶୁଣିଲା।

ଶୁଣିଲା ପରେ ଏମିତିକା ହସଟେ ଉକୁଟିଲା ତା’ ଶୁଖିଲା ଓଠରେ, ଯାହା ମତେ ଭୀଷଣ କଷ୍ଟ ଦେଲା। ପ୍ରିୟଙ୍କା ଭଳି ଶର୍ମିଲି ସୁନ୍ଦରୀ ଝିଅଟେ ମୁହଁରେ ସେମିତିକା ହୃଦୟଭେଦୀ କରୁଣ ହସ ମୋ’ ସମଗ୍ର ସଭାକୁ ଗୋଟାପଣ ଦୋହଲାଇ ଦେଲା। ଓଃ! ଏଭଳି ତୀବ୍ର ଅନୁଭବରେ ଘାରି ହେବାର ଅକଥନୀୟ ଯନ୍ତ୍ରଣା ଆଗରୁ ଭୋଗିଥିବାର ମୋର ମନେହେଲା ନାହିଁ।

ନିରବ, ନିଥର ପରିବେଶ ଭିତରେ ବୈଠକଖାନା ଲାଗୁଥାଏ ଖାଁ ଖାଁ। ପ୍ରିୟଙ୍କା ବସିଥାଏ ମୂର୍ତ୍ତିଟିଏ ଭଳି। ମୁଁ ବି ହେଇଯାଇଥାଏ ସ୍ତବ୍ଧ। କେହି କାହାକୁ କିଛି କହିବା ଲାଗି ଭରସା ଜୁଟେଇ ପାରୁ ନଥାଉ ସତେକି।

କେତେବେଳେକେ ମୁହଁ ଖୋଲିଲା ପ୍ରିୟଙ୍କା। - ତାଙ୍କଠାରୁ ଶୁଣିଲା ପରେ ତୋ’ ପ୍ରତିକ୍ରିୟା କ’ଣ?

“କ’ଣ ଆଉ!” ମୁଁ ଦୀର୍ଘନିଶ୍ୱାସ ପକାଇ କହିଲି।

“ତୋ’ ଭଳି ନରମ ହୃଦୟର ପିଲା, ସମବେଦନାରେ ନିଘେ ଛଳଛଳ ହୋଇଯାଇଥିବୁ ତ ତୁ? ତାଙ୍କ ଦୁଃଖ କଥା ଶୁଣିଲା ପରେ, ନାଇଁ?”

ପୁନଶ୍ଚ ଖେଚ୍‌କା। କାହିଁକିନା ପ୍ରିୟଙ୍କାର କଥାରେ ମୁଁ ଆଘ୍ରାଣ କଲି ଶ୍ଳେଷ। ସ୍ତିମିତ ସ୍ୱରରେ କହିଲି - ହଁ। ଛଳଛଳ ହେଲି। ତାଙ୍କ ପ୍ରତି, ତାଙ୍କ ବିବାହିତା ପତ୍ନୀ ପ୍ରତି, ତାଙ୍କ ଅଭୁଲା ପ୍ରେମ ପ୍ରତି ଆଉ ପ୍ରେମିକା ଅର୍ଥାତ୍‌ ତୋ’ ପ୍ରତି...

"ରହ। ମୁଁ ଯଦି କୁହେ, ସେ ଲୋକର ପ୍ରେମିକା ଫ୍ରେମିକା ଆଦୌ କେହି ନାହାନ୍ତି ବୋଲି।"

ମୁଁ ସତେବା ଆକାଶରୁ ଖସିଲି। ମୋ' ପାଟିରୁ ଅସ୍ଫୁଟ ଆର୍ତନାଦବତ୍ ବାହାରି ଆସିଲା, "ମାନେ। ହ୍ୱାଟ୍ ଡୁ ୟୁ ମିନ୍।"

"ୟେସ୍। ଆଇ ମିନ୍ ଇଟ୍। ସେ ଲୋକର ପ୍ରେମିକା ଫ୍ରେମିକା କେହି ନାହାନ୍ତି। ଅଛି କେବଳ ଗୋଟେ ହତଭାଗିନୀ ପତ୍ନୀ। ବସିଚି ତୋରି ସାମ୍ନାରେ।"

ଆଉ ଟିକକରେ ଝରଝର ଲୁହ ଝରିଥିବ କି ପ୍ରିୟଙ୍କା ଆଖିରୁ।

ମୁଁ ହତବାକ୍ ହେଇଗଲି। ମୋ ମୁଣ୍ଡାରେ ଢୁକୁ ନଥିଲା କିଛି। ସବୁ କିଛି ମନେହେଲା ପ୍ରହେଲିକା ପ୍ରହେଲିକା।

ଏ ମୁଁ କ'ଣ ଶୁଣିଲି! ମୁଁ ହୋସରେ ଅଛି ତ ?

ମୁଁ ନିଜକୁ ନିଜେ ପ୍ରଶ୍ନ କଲି। କାହିଁକି କେଜାଣି ମୋ ଛାତି କରତି ହେଲା ଭଳି ଅନୁଭବ ଦେଲା ମତେ ପ୍ରିୟଙ୍କା।

ପୁନଶ୍ଚ ଆକାଶରୁ ଖସିଲା ଭଳି ଅନୁଭବ। ପ୍ରିୟଙ୍କା ତେବେ ତାଙ୍କ ପ୍ରେମିକା ନୁହଁ, ପତ୍ନୀ!!

ମୋ ସାମ୍ନାରେ ଯିଏ, ସେ ମୋର ଏକଦା ସହପାଠିନୀ ଲାଜକୁଲି ଝିଅ ପ୍ରିୟଙ୍କା, ନା ଏକ ମିଷ୍ଟି ନଭେଲର ମିଷ୍ଟିୟସ୍ ନାୟିକା! କହିଲି ସଙ୍କୁଚିତ ଭାବେ – ମୁଁ କିଛି ବୁଝିପାରୁନିରେ।

ପ୍ରିୟଙ୍କା କହିଲା – ଆରେ ସେ ଲୋକଟିକୁ ବିବାହପୂର୍ବ୍ୟାକେ ମୁଁ ଆଦୌ ଜାଣି ନଥିଲି। ମୁଁ ତ ଥିଲି, ତୁ କହିଲା ଭଳି, ଲାଜକୁଲି ଲତା। ପ୍ରେମ କରିବା ଚିନ୍ତା ଇ ମୋ ମନକୁ ଛୁଇଁ ନଥିଲା କେବେ। ପ୍ରସ୍ତାବ ଆସିଲା, ବାହାଘର ହେଲା। ପ୍ରସ୍ତାବ ଆସିବା ପରେ ମୁଁ ଶୁଣିଥିଲି, ମୋ' ଭାବି ବରଟା ଉଚ୍ଚଶିକ୍ଷିତ, ଫିଲ୍ମ ହିରୋ ଭଳି ଚେହେରା, ଭଲ ବଂଶ ପରମ୍ପରା ଏବଂ ଏକ ବଡ଼ କମ୍ପାନୀରେ ଚାକିରି। ସବୁ ସାଧାରଣ ଝିଅଙ୍କ ଭଳି ମୁଁ ବି ଖୁସି ହେଇଥିଲି। ଗର୍ବ ବି ଅନୁଭବ କରିଥିଲି ଯେବେ ବନ୍ଧୁବାନ୍ଧବଙ୍କ ଠାରୁ ଶୁଣେ ମୋ ଭାବି ବରଟା ସୁପୁରୁଷ। ବାପା-ମାଆଙ୍କ ବାଧ୍ୟ ସନ୍ତାନ ଏତେ ଯେ, ମତେ ଦେଖିବା ଲାଗି ସୁଦ୍ଧା ଆସି ନଥିଲେ।

ପ୍ରିୟଙ୍କା କଣ୍ଠରେ ଭରା ଶ୍ଲେଷ ।

"ଶୁଣ । " ପ୍ରିୟଙ୍କା ଶ୍ଲେଷଭରା କଣ୍ଠରେ କହିବା ଜାରି ରଖିଲା – "ଚତୁର୍ଥୀ ଦିନ ରାତିରେ ମତେ କେତେ ଉପଦେଶ ଦେଲେ । କହି ବସିଲେ ପୋଥ୍ୟ ହେବ । କୃପାଳୁଜୀ ମହାରାଜଙ୍କ ଫଟୋ ସାମ୍ନାରେ ମଥା ନୁଆଁଇ ପ୍ରଣାମ କରିବା ଲାଗି କହିଲେ । ତା'ପରେ ଠିକ୍ ସେଇ କଥା ମତେ କହିଥିଲେ, ଯାହା ତୋ' ଆଗରେ କହିଲେ । ସେଇ ତଥାକଥିତ ପ୍ରେମ, ପ୍ରେମିକା, ବାପା-ମାଆଙ୍କ ଇମୋସନାଲ୍ ଅତ୍ୟାଚାରର କାହାଣୀ କହିଲେ, ପ୍ରେମିକାଟି ଏବେ କାନ୍ଦି କାନ୍ଦି ଶଯ୍ୟା ତିନ୍ତଉଥିବ, ସେ ମୋ ସହ ଏଠି ବାସର ରାତି ପାଲିବେ କୋଉ ଖୁସିରେ ? କୃପାଳୁଜୀ କ୍ଷମା କରିବେ ତ ? ପୁଣି କହିଲେ, ଏ ଘରେ ତୁମେ ବୋହୂ, ମନ ଖୁସିରେ ଚଲ, କିଛି ଅଭାବ ରହିବ ନାହିଁ । ବାହାରକୁ ଆମେ ନିଷ୍ଠେ ପତି-ପତ୍ନୀ, ମାତ୍ର ଶାରୀରିକ ମିଲନର ଚିନ୍ତା ମନକୁ ଆଣିବ ନାହିଁ କଦାପି । ମୁଁ ମୋ ପ୍ରେମିକାକୁ ଧୋଇ ଦେଇ ତୁମକୁ ବିବାହ କଲି । ଏହା ହେବ ମୋର ପ୍ରାୟଶ୍ଚିତ । ସମୟ ସୁବିଧା କରି ଛୁଆଟେ ଆଡପ୍ଟ୍ କରିନେବା । କହିସାରି ସେ ମତେ ଛୁଇଁ ଗେଲ କରିଦେଲେ ।

ମୁଁ ତୋରି ଭାଷାରେ ଲାଜକୁଲିଲତା, ସେମିତି ଲାଜକୁଲି ହେଇ ରହିଗଲି । ପଦୁଟେ ହୁଁ ଚୁଁ ସୁଦ୍ଧା ନକରି । କିନ୍ତୁ ତାଙ୍କ ଛୁଆଁରେ ବୁଜି ହେଇଗଲି ନାହିଁ । କେଡେ ନିର୍ଭୁଭାପ ସେ ଛୁଆଁ, ଓଃ ! ମୋ ହୃଦୟ ଭିତରେ ଯେଉ ଝଡ଼ ବହୁଥିଲା ସେବେ, ତା'ର କଳ୍ପନା ସୁଦ୍ଧା ତୁ କରିପାରିବୁ ନାହିଁ ।

ଅଚାନକ ଉତ୍ତେଜିତ ହୋଇ ପ୍ରିୟଙ୍କା କହିଲା – କ'ଣ କହିଚି ସେ ଲୋକଟା ତତେ ? କାଲେ ତା' ବିବାହିତା ପତ୍ନୀ, ତା'ର ପ୍ରେମିକା କଥା ଜାଣିଲା ପରେ ଚତୁର୍ଥୀବାସି ତା' ଘର ଛାଡ଼ି ବାପଘରକୁ ଚାଲିଗଲା ? ମିଛ । ବିରାଟ ବଡ଼ ମିଥ୍ୟା କଥା କହିଚି ତତେ ସେ ଲୋକ । ସତ୍ୟ ଶୁଣ୍ ମୋ'ଠୁଁ । ମୁଁ ଯଥେଷ୍ଟ ଧୈର୍ଯ୍ୟ ଧରି ସେ ଘରେ ଦିନ କାଟିଲି । କାହାରିକି ମୋ' ଦୁଃଖ କଥା ଜାଣିବାକୁ ସୁଦ୍ଧା ଦେଲି ନାହିଁ । ଆଶା ବାନ୍ଧିଥିଲି, ହୁଏତ ଦିନ କେଇଟା ପରେ ମୋ' ବରର ମନ ବଦଲିଯିବ । ମୋ' ଧୈର୍ଯ୍ୟ, ସହନଶୀଲତା, ସ୍ନେହଭାବ ତାକୁ ବଦଲେଇ ଦବ । ସଂଯମ ଆଚରି ଲାଜକୁଲିଲତା ହେଇ ରହିଗଲି ସେଇଦିନ ଯାକେ, ଯେ ପର୍ଯ୍ୟନ୍ତ ମୁଁ ଜାଣି ନଥିଲି ଯେ ଲୋକଟାର ପ୍ରେମ କାହାଣୀ ତୁଚ୍ଛା ଗାଲ୍ପ ଗପ । ମନଗଢ଼ା

କଥା, ଯହିଁ ତିଳାର୍ଦ୍ଧ ସତ୍ୟତା ନାହିଁ । ତାଙ୍କୁବ୍ ହେଲି, ଲୋକଟା ମତେ ଏତେବଡ଼ ମିଥ୍ୟା କହିଲା କାହିଁକି ?

ଲାଜ ଛାଡ଼ିଦେଲି । ସିଧାସଳଖ ପଚାରିଲି । ଅବଶ୍ୟ ହୋ'ହଲ୍ଲା କରି ନୁହେଁ । ଆମ ଶୋଇଲା ଘର ଚାରିକାନ୍ତ ଭିତରେ । ବିଗିଡ଼ିଗଲା କି ସନ୍ତୁଳନ ? ଲୋକଟା ପ୍ରଚଣ୍ଡ ରାଗରେ ଫାଁ ଫାଁ ହେଲା । ଗାଲୁଭୁରୁଡ଼ି ମାରି ଉହୁଁକି ଆସିଲା ବି, ମାତ୍ର ହାତ ଉଠେଇବା ଲାଗି ବୋଧେ ସାହସ ଜୁଟେଇ ପାରିଲାନି । କ୍ରମେ ଧୈର୍ଯ୍ୟଚ୍ୟୁତି ଘଟିଲା ମୋର ଏବଂ ବାଧ୍ୟ ହେଲି ବାପାଙ୍କୁ ଡକେଇବା ଲାଗି । ଖବର ପାଇବା ମାତ୍ରକେ ବାପା ଯାଇ ମତେ ସେଠୁ ନେଇ ଆସିଲେ, କୌଣସି ପ୍ରଶ୍ନ ନପଚାରି ।

ଆହୁରି ମିଛ ସେ କହିଛି ତୋତେ । ଖାଲି ତତେ କାହିଁକି, ଦୁନିଆ ସାରା ଗାଇ ବୁଲୁଛି, କାଲେ ଯୌତୁକ ଚିଜ ମୁଁ ଉଠେଇ ଆଣିଲି ତା' ଘରୁ । କାଲେ ଡାଇଭୋର୍ସ ସେ ଚାହିଁଲେ ବି ମୁଁ ରାଜି ନୁହେଁ । ଏୟା କହିଲା ତ ସେ ? ଦେଖିବୁ ରହ, ମୁଁ ଭିତରୁ ସଙ୍ଗେସଙ୍ଗେ ଆସୁଛି । କହି ପ୍ରିୟଙ୍କା ଉଠିଗଲା ଓ ମତେ ଦେଖାଇଲା ଫ୍ୟାମିଲି କୋର୍ଟରେ ପେଣ୍ଡିଂ ଥିବା ଛାଡ଼ପତ୍ର କାଗଜାତ୍ । କହିଲା, ବରଂ ସେ ଖେଳୁଚି । ଡାଇଭୋର୍ସ ଚାହୁଁନି, ଲୋକଲଜ୍ଜାକୁ ଡରି । କୋର୍ଟରେ ହାଜିରା ଦଉନି । କହିସାରି ପ୍ରିୟଙ୍କା ହସିଲା ଅସ୍ୱାଭାବିକ ଲମ୍ବ ସମୟ ପାଇଁ ।

ମୁଁ ନିରୀହ ଢଙ୍ଗରେ, ବଡ଼ ହତାଶ ଭାବରେ ପଚାରିଲି – ହେଲେ କ'ଣ ପାଇଁ ଏସବୁ ? କାହିଁକି ଏ ତାମସା ? ମିଛପ୍ରେମ, ମିଛ ପ୍ରେମିକାର ପ୍ରହସନ ? ମୁଁ ବୁଝିପାରୁନି । ଆରେ ଭାଗ୍ୟରେ ଥିଲେ ପୁରୁଷକୁ ମିଳନ୍ତି ତୋ' ଭଲିଆ ସ୍ତ୍ରୀ, ପୁଣି ଭାଗ୍ୟରେ ଥିଲେ ଝିଅକୁ ମିଳନ୍ତି ତୋ' ପତି ଭଲି ସୁପୁରୁଷ ସ୍ୱାମୀ, ଅଥଚ...!

"ଆରେ ବୁଦ୍ଧୁ ! ସବୁ ସମସ୍ୟା ତ ସେଇଠି । ଉପରକୁ ସିନା ଲୋକଟା ସୁପୁରୁଷ, ହେଲେ ଅସଲ କଥାଟି କ'ଣ ଜାଣୁ ?"

ମୁଁ ମୁଗ୍ଧ ହଲେଇଲି ସତସତିକା ବୁଦ୍ଧୁଟିଏ ଭଲି ।

"ତୁ ସତରେ ବୁଦ୍ଧୁ । ବୁଦ୍ଧୁ କାହାଁକା । ଦରବୁଢ଼ା ହେଲୁ, ତଥାପି ବୁଝୁନୁ ?"

"ନା'ରେ ! ସତରେ ବୁଝିପାରୁନି ବିନ୍ଦୁବିସର୍ଗ ।"

ପ୍ରିୟଙ୍କା ଶୁଖିଲା ହସ ଓଠରେ ଉକୁଟାଇ କହିଲା – ଲାଜସରମ ତ ଛାଡ଼ିଲିଣି ସେବେଠାରୁ। ଆରେ ବୁଦ୍ଧୁ। ତୋର ସେ ତଥାକଥିତ ସୁପୁରୁଷଟି ଅଣ୍ଡା ତଳକୁ ପୁରୁଷ ଇ ନୁହେଁ। ଜନ୍ମରୁ ସେ ସେୟା। ଖାସ୍ ସେଇଥିଲାଗି ଲୋକଟାର ଏତେ ଛଳନା। ମିଥ୍ୟା ପ୍ରେମ ଓ କପୋଳକଳ୍ପିତ ପ୍ରେମିକାର ଅବତାରଣା। ଚଉଠି ଘରେ ପୁରୁଷପୁଙ୍ଗବଙ୍କର ପୁରୁଷପଣ ଧରା ନପଡ଼ିବା ଲାଗି ଏକ ସୁଚିନ୍ତିତ ବାହାନା। ଖାସ୍‌କରି ଖାନ୍‌ଦାନୀ ପରିବାରର ଚାପ, ଲୋକଲଜ୍ଜା ଏବଂ ଲୋକଙ୍କ ଟ୍ୟୁପ୍‌ଟାପ୍ – ମୁଖ୍ୟତଃ ଏଇସବୁ କାରଣ ଲାଗି ଲୋକଟା ଅନିଚ୍ଛା ସତ୍ତ୍ୱେ ବାହାହବା ଲାଗି ରାଜି ହେଇଗଲା ସିନା, ହେଲେ ଲୁଚେଇ ରଖିପାରନ୍ତା କି ପତ୍ନୀ ପାଖେ ! କହିଲୁ ? ଏବେ ଖାଲି ଗପୁଛି। ଥରକୁ ଥର। ବାରମ୍ବାର ସେଇ ଏକା ମିଥ୍ୟା କାହାଣୀ ଯେ, ପତ୍ନୀ ନିଷ୍ଠୁର ହେଲା, ଛାଡ଼ି ଚାଲିଗଲା ପ୍ରେମିକା ଲାଗି, ବାସ୍, ଆଉ କିଛି ନୁହେଁ। ଲୋକଙ୍କ ସହାନୁଭୂତି କିଣୁଛି, ନିଜ ଦୁର୍ବଳତା ଉପରେ ପରଦା ଢାଙ୍କିବା ଲାଗି। ଆଉ ତା’ ବ୍ୟାଙ୍କ୍ ଆକାଉଣ୍ଟରେ ନମିନି କଥା ଯେ କହିଲୁ, ସେଇ ଲୋକଟା କାଲେ ତା’ ବୟଫ୍ରେଣ୍ଡ, ବୁଝିଲୁ ତ ବୁଦ୍ଧୁ!

ଓଃ ! କଟ୍ କଟ୍ କରୁଥିଲା ମୋ ମଥା।

ଆଉ ପଦୁଟେ ବି କହିନି ମୁଁ। କହିନି ପ୍ରିୟଙ୍କା।

ମା’ ଡାକିଲେ ଲଞ୍ଚ ରେଡ଼ି, ଖାଇବ ଆସ।

ଯଥାକଥା ଖାଦ୍ୟତକ ତୁଣ୍ଡ ଭିତରକୁ ଠେଲିଦେଇ ବିଦାୟ ନବା ଆଗରୁ ମୁଁ ଅଚାନକ, ସାହସ କୁଲେଇ, ଆବେଗଚାଳିତ ହୋଇ, ପ୍ରିୟଙ୍କା ହାତ ପାପୁଲିକି ଜାବୁଡ଼ି ଧରି କହିଲି – ପ୍ରିୟଙ୍କା ! ତୋ’ ଉପରେ ବହିଯାଇଛି ଯେତେ ଝଡ଼, ସେ ବାବଦରେ ମୁଁ ଚାହିଁଲେ ବା କ’ଣ କରିପାରିବି ? ତେବେ... ଜୀବନକୁ ଆଉଥରେ, ନୂଆ କରି ଜିଇଁବା ପାଇଁ କେବେ ଯଦି ମନ ମଧରେ ସିଦ୍ଧାନ୍ତ ନଉ, ତା’ହେଲେ ମତେ ନିଶ୍ଚେ ମନେପକାଇବୁ। ଆଜି, ଏତେଗୁଡ଼େ ବର୍ଷ ପରେ, ଦ୍ୱିଧାହୀନ ଭାବେ ମୁଁ ତତେ କହୁଚି, ସତରେ ମୁଁ ଗୋଟାଏ ବୁଦ୍ଧୁ ଯିଏ ତା’ର ହୃଦୟର କଥା ମନ ଖୋଲି ସେବେ, ସେଇ କଲେଜ ଦିନମାନଙ୍କରେ ତତେ କହିପାରି ନଥିଲା, ଖାସ୍ କରି ସଂକୋଚ ଏବଂ ତୋ’ ଲାଜକୁଲି ସ୍ୱଭାବ ହେତୁରୁ। ଭୟଟିଏ ମତେ ଜଡ଼

କରି ଦଉଥିଲା, ବାରମ୍ବାର, ଯେବେ ମନ ସ୍ଥିର କରୁଥିଲି ତତେ କହିଦବା ଲାଗି ।
ଆଜି ସାହସ ଜୁଟେଇ କହୁଚି, ଏ ଯାଏଁ ମୁଁ ଅବିବାହିତ ଏବଂ ଆଜି ବି ମୁଁ ତତେ...

ତଥାପି ମୁଁ ବୁଦ୍ଧୁ କା ବୁଦ୍ଧୁ ରହିଗଲି ଏବଂ 'ଆଜି ବି ମୁଁ ତତେ...'
ବାକ୍ୟଟିକୁ ପୂରା କରିପାରିଲି ନାହିଁ ଏବଂ ଏକମୁହାଁ ଚାଲିଆସିଲି । ତା' ଘର ଆଗ
ମୋଡ଼ ବାଙ୍କିଲା ବେଲେ ପଛକୁ ବୁଲି ଚାହିଁ ଦେଖିଲି, ବଲେଇ ଦବାକୁ ଆସି
ପ୍ରିୟଙ୍କା ଗେଟ୍ ଖୋଲି ଯେ ଛିଡ଼ା ହୋଇଥିଲା, ସେଇଟି ଛିଡ଼ା ହୋଇ ରହିଛି ମୋ'
ଫେରିଲା ବାଟକୁ ଚାହିଁରହି, ଠିକ୍ ସେମିତି । ହୁଏତ ମୁଁ ତା' ଦୃଷ୍ଟିରୁ ସମ୍ପୂର୍ଣ୍ଣ ଅନ୍ତରାଲ
ହେବା ଯାଏ ସେ ସେଇଠି ଛିଡ଼ା ହୋଇ ରହିଥିବ ।

ମୁଁ ଦୀର୍ଘଶ୍ୱାସ ପକାଇ ନିଜେ ନିଜକୁ ଧିକ୍କାର କଲି, ବୁଦ୍ଧୁ, ଏବଂ ଗୋଡ଼
ଘୋଷାଡ଼ି ଆଗକୁ ବଢ଼ିଲି ମୋଡ଼ ବାଙ୍କି, ପ୍ରବଲ ଅନିଚ୍ଛା ସତ୍ତ୍ୱେ ।

▢▢

ପରୀକ୍ଷଣ ଶଯ୍ୟାରୁ ଉଠି ଆସିବା ଆଗରୁ ତାପସୀ କଣେଇ ଚାହିଁଦେଲେ ମ୍ୟାଡାମ୍ ଲେଡିଡକ୍ଟରଙ୍କୁ । ସେ ହାତରୁ ଗ୍ଲୋବ୍ସ ଖୋଲି ବେସିନ୍‍ରେ ହାତ ସଫା କରୁଥିଲେ ।

ଲେଡି ଡକ୍ଟର ତରୁଣୀ । ସୁନ୍ଦରୀ । ସମ୍ଭ୍ରାନ୍ତ ରୂପଭେକ ଓ ଠାଣି । ବିବାହିତା ବୋଲି ସୂଚାଉଛି ତାଙ୍କ ସିଥିରେ ହାଲ୍‌କା ସିନ୍ଦୁରଗାରଟେ ।

ହାତ ଧୋଇସାରି ସେ ଚାହିଁଲେ ତାପସୀଙ୍କୁ ସହାସ୍ୟ ବଦନରେ ଓ 'ମାମ୍, ୟୁ ଆର୍ ପରଫେକ୍‌ଲି ଅଲ୍‍ରାଇଟ୍' କହି ହସିଦେଲେ । ତାଙ୍କର ସେ ହସ ଥିଲା ଏକବାରେକେ ପ୍ରଫେସନାଲ୍, କିନ୍ତୁ କାଇଁକି କେଜାଣି ତାପସୀଙ୍କୁ ଲାଗିଲା ଚାଇଁକିନା । ତାଙ୍କୁ ଲାଗିଲା, ହସ ଶେଷ ହେଲା ପରେ ବି ତରୁଣୀ ଡାକ୍ତରାଣୀଙ୍କ ଓଠରେ ତଥାପି ଲାଗି ରହିଛି ଚେନାଏ ତେର୍ଛାହସ । ଆଉ ସେଇଠୁ ଝରୁଛି ପୁଲାଏ ଦୁଷ୍ଟାମି ମିଶା ଶ୍ଲେଷ । ମନେପକେଇ ଦଉଛି ତାଙ୍କର ସେଇ ସ୍ୱଗତୋକ୍ତିତୁଲ୍ୟ ପଦଟି ।

ପରୀକ୍ଷଣର କିଛି ସମଯ ପରେ ହିଁ ସେଇ କଥାଟି କହିଥିଲେ ତରୁଣୀ ଡାକ୍ତରାଣୀ । ଲାଗିଥିଲା, କହିଲେ ଅବା ନିଜକୁ ନିଜେ । ଲାଗିଥିଲା, କଥାପଦକ ଆପେ ଖସି ଯାଇଥିଲା ତାଙ୍କ ତୁଣ୍ଡରୁ, ଖୁବ୍ ଧୀରେ, ନରମ ସ୍ୱରରେ । ପରିଷ୍କାର ଶୁଣିପାରିଥିଲେ କିନ୍ତୁ ତାପସୀ । ଆଉ ଶୁଣିବା ମାତ୍ରକେ ତାଙ୍କ ଆଖି ଚଟ୍‌କରି ଲାଖିଥିଲା ଡାକ୍ତରାଣୀଙ୍କ ଆଖିରେ । ସେଠି ସେ ଲକ୍ଷ୍ୟ କରିଥିଲେ, ଅବା ତାଙ୍କୁ ସେମିତି ଲାଗିଥିଲା, ଯେମିତି ଦୁଷ୍ଟ କୌତୂହଲଟେ ଡକୁଟିଛି ତାଙ୍କ ଆଖି ଯୋଡିକରେ ।

ବୟସ ଚାଳିଶ ଟପିବା ପରଠାରୁ, ଦୁଇବର୍ଷରେ ଥରେ ଅତତଃ ନର୍ସିଂହୋମ୍‌ରେ, କେଇ ହଜାର ଟଙ୍କା ବିନିମୟରେ ଦେହ ଭିତରର ସମ୍ବେଦନଶୀଳ ଅଙ୍ଗମାନଙ୍କର ରୁଟିନ୍ ଚେକ୍‌ପ୍ କରାଇବା ଲାଗି ପରାମର୍ଶ ଦେଇଥିଲେ ହାଉସ୍ ଫିଜିସିଆନ୍‌। ଗାଇନାକଲୋଜିଷ୍କ୍ ପାଖେ। ତାପସୀ ପ୍ରଥମ ଥର ଲାଗି ଆସିଲେ ଚେକ୍‌ପ୍ ଲାଗି। ଟୋଟାଲ୍ ଚେକ୍‌ପ୍ ପ୍ୟାକେଜ୍‌ରେ ଲଙ୍ଗ୍‌ସ୍, ହାର୍ଟ, କିଡ୍‌ନୀ ଠାରୁ ନେଇ ଜରାୟୁ, ଗର୍ଭାଶୟୟାକେ। ତରୁଣୀ ଗାଇନୋକୋଲୋଜିଷ୍କ୍ ତୁଣ୍ଡରୁ ଚେକ୍‌ପ୍ ଆରମ୍ଭ କରିବାର କେଇକ୍ଷଣ ପରେ ଖସିଯାଇଥିଲା ନିରୀହ କୌତୁହଲଟି – ମାମ୍! ୟୁ ଆର୍ ଭର୍ଜିନ୍!!

କଥାଟି କହିଲେନି ତ, ସତେକି ଆକାଶରୁ ଖସିଲେ, ତାପସାଙ୍କୁ ସେମିତି ଲାଗିଥିଲା।

“ଏଡ଼େ ସୁନ୍ଦରୀ ଏତେ ବୟସ ଯାକେ... !” ଭଳି କିଛି ବିସ୍ମୟ ସତେଅବା ତାଙ୍କ ସ୍ୱଗତୋକ୍ତିତୁଲ୍ୟ କଥନରେ ଉହ୍ୟ ରହିଥିଲା।

ତାପସୀ କିଛି ଉତ୍ତର ଦେଲେ ନାହିଁ। ଲେଡି ଡକ୍ଟରଙ୍କୁ ଚାହିଁ ଖାଲି ଟିକେ ହସିଦେଲେ। କିନ୍ତୁ କଠିନ ହୋଇଆସିଥିଲା ତାଙ୍କ କମନୀୟ କୋମଳ ମୁଖଶ୍ରୀ। ତାଙ୍କର ହସରେ ଥିଲା ଏକପ୍ରକାରର ସ୍ୱର୍ଦ୍ଧୀ ଓ ସେଇ ସ୍ୱର୍ଦ୍ଧିତ ଠାଣୀ ହୁଏତ ତରୁଣୀ ଡାକ୍ତରାଣୀଙ୍କୁ ଅପ୍ରସ୍ତୁତ କରିଦେଲା। ତା’ପରେ ପରୀକ୍ଷଣ ଚ୍ୟାମ୍‌ବରରେ ବିରାଜିଥିଲା ନିରବତା। ପରୀକ୍ଷଣ ଶେଷ ହେବା ପରେ ଶଯ୍ୟାରୁ ଉଠିଆସିବା ଆଗରୁ ତାପସୀ ପୁଣିଥରେ କଣେଇ ଚାହିଁଥିଲେ ଲେଡି ଡକ୍ଟରଙ୍କୁ ଓ ଡକ୍ଟର ହସି ଦେଇଥିଲେ – “ମାମ୍! ୟୁ ଆର୍ ପରଫେକ୍‌ଲି ଅଲ୍ ରାଇଟ୍” କହି।

ଫେରିବା ବାଟ ସାରା କାହିଁକି କେଜାଣି ତାପସାଙ୍କ ଆଖି ଆଗରେ ବାରମ୍ବାର ନାଚିଲା ତରୁଣୀ ଡାକ୍ତରାଣୀଙ୍କ ସୁନ୍ଦର ମୁହଁ, ଆଖି ଆଉ... ଓଠ। ସେଇ ଦୁଇ ଓଠ, ଯେଉଁ ଓଠର ତେଢ଼ାହସ ତାକୁ କଣ୍ଟା ଭଳି ବିନ୍ଧ କରିଦେଇଥିଲା। ସେଇ ଦୁଇ ଓଠ ଯୋଉଠୁ ଚକିତରେ ଖସିଯାଇଥିବା ବିସ୍ମୟ ‘ୟୁ ଆର୍ ଭର୍ଜିନ୍!’ – ଯାହା ତାଙ୍କୁ ଉପହାସ ଭଳି ମନେ ହୋଇଥିଲା – ତାଙ୍କୁ କରିଦେଲା ଆନମନା। ଲାଗୁଥିଲା ଅସ୍ତବ୍ୟସ୍ତ।

ମାତ୍ର କ’ଣ ପାଇଁ? ଏମିତି କିଛି ଗୋଟାଏ ଅସ୍ୱାଭାବିକ ଅକଥା କହି ନଥିଲା ତ ସେ ଓଠ! ତାପସାଙ୍କର ‘ୟେସ୍... ଆଇ ଆମ୍...’ ଭଳି ଭାବ ଫୁଟାଇଥିବା

ସ୍ୱର୍ଖିତ ଠାଣୀ ଓ ସଗର୍ବ ଚାହାଣି ସେ ଓଠକୁ ଅପ୍ରସ୍ତୁତ ବନେଇ ବରଂଚ ଚୁପ୍ କରିଦେଇଥିଲା। କିନ୍ତୁ... ଚୁପ୍ ହେଇଯିବା ପରେ ବି ସେ ଓଠରେ ଲାଗିଥିଲା ଯୋଉ ତିର୍ଯ୍ୟକ୍ ହସ ଟିକକ! (ସତରେ ଲାଗିଥିଲା କି?)

ଟ୍ୟାକ୍ସି ଅଟକିଲା। ତାପସୀଙ୍କ ଚଳଚଞ୍ଚଳ ରେସିଡେନ୍‌-କମ୍‌-ଅଫିସ୍ ସାମ୍ନାରେ। ପାଉଣା ନେଇସାରି, ଟ୍ୟାକ୍ସି ଚାଲିଗଲା ତା' ବାଟରେ। ତାପସୀ କିନ୍ତୁ ଘର ଭିତରକୁ ନଯାଇ ପାଦ ଫେରେଇଲେ ପଛକୁ।

ଘରଠାରୁ ଅଳ୍ପ ଦୂରରେ ପାର୍କ୍। ତାପସୀ ପାର୍କ୍ ଭିତରକୁ ଗଲେ। କଣପଟିଆ ସିମେଣ୍ଟ ବେଞ୍ଚଟିରେ ଘଡ଼ିଏ ବସିଲେ ଥକ୍କା ମାରିଲା ଭଲି। ମଥା ଭିତର ଲାଗୁଥାଏ ଜାମ୍। ରୁଗୁରୁଗ୍ କରୁଥାଏ କପାଳ। ଆଖି ଆଗରେ ପୁଣି ନାଚିଲା ସେ ଲେଡ଼ି ଡକ୍ଟରଙ୍କ ମୁହଁ, ଆଖି, ଓଠ। କାନରେ ବାଜିଲା ତାଙ୍କ ସରୁ ଗଳାର ପୁରାପୁରି ପ୍ରଫେସନାଲ୍ ମାପଚୁପ କଥା – ରୁଟିନ୍ ଚେକପ୍ ପରଫେକ୍ଟ୍‌ଲି ଅଲରାଇଟ୍। ୟୁ ଆର୍ ଆବ୍‌ସଲୁଟ୍‌ଲି ଓ.କେ. ମା'ମ୍। ଆପଣଙ୍କ ଦେହ ଭିତରର ସବୁ ସେନ୍‌ସିଟିଭ୍ ଅର୍ଗାନ୍ ଠିକ୍ ମତେ କାର୍ଯ୍ୟ କରୁଛନ୍ତି। ଅନ୍ତତଃ ଦୁଇ ତିନିବର୍ଷ ପାଇଁ ଆପଣ ନିଶ୍ଚିନ୍ତ।

ଡକ୍ଟର ଏତେଗୁଡ଼େ କଥା କହିଥିବା ସତ୍ତ୍ୱେ ସେ କଥା ବାରମ୍ବାର ମନେ ନପଡ଼ି ତାଙ୍କର ସେଇ ପଦକ ସ୍ୱଗତୋକ୍ତି ଭଲି କଥା – 'ମା'ମ୍! ୟୁ ଆର୍ ଭର୍ଜିନ୍!' ଭଲି କଥା ଟିକକ ବେଶୀ ବେଶୀ ମନେପଡ଼ୁଛି କାହିଁକି? କାହିଁକି ତାଙ୍କୁ କରିଦଉଛି ଆନମନା? କାହିଁକି ତାଙ୍କୁ ଏମିତି ଲାଗୁଛି ଯେ କଥାଟି ଡକ୍ଟର କହିଲେନି, ବରଂ ତାସ୍ଲ୍ୟ କଲେ ତାଙ୍କୁ? ଅପମାନ ବି ତ ମନେକରାଯାଇପାରେ ଗୋଟିଏ ଦୃଷ୍ଟିରୁ, କାରଣ ସେ ଅଲୋଡ଼ା? ଯୌନଜଡ଼ତା ଅବା ଶାରୀରିକ ବିସଙ୍ଗତି ଥିବା ଅପୂର୍ଣ୍ଣ ନାରୀଟିଏ? ଏମିତି କିଛି ଭାବିଦେଲେ କି ଡାକ୍ତରାଣୀ?

ତାପସୀ କିଛି ବୁଟଭଜା କିଶ ଗୋଟିଏ ଗୋଟିଏ କରି ପାଟିକୁ ପକାଇଲେ, ଘନଘନ ମନକୁ ଆସି ଆନମନା କରୁଥିବା ଭାବନାଠାରୁ ନିଜକୁ ଅନ୍ୟମନସ୍କ କରିଦିବା ପାଇଁ।

ତାପସୀ ଦାସଗୁପ୍ତ....

ପ୍ରଦେଶର ପ୍ରଭାବଶାଳୀ ସୋସିଆଲ୍ ଆକ୍ଟିଭିଷ୍ଟମାନଙ୍କ ମଧରେ ଅନ୍ୟତମ ଭାବେ ଗଣା ହୁଅନ୍ତି ତାପସୀ। ସେ ବି ମହିଳା କମିଶନର ସକ୍ରିୟ ସଭ୍ୟା। ତାଙ୍କ

ଅଗ୍ନିବର୍ଷୀ ବ୍ୟକ୍ତିତ୍ୱ ପାଖେ ଶଙ୍କିଯାଏ ବ୍ୟବସ୍ଥା। ଧପଧପ ପାଦ ପକେଇ ସେ ଯଦି କେବେ ପଶିଯାନ୍ତି କୋଉ ଦପ୍ତରକୁ, ଥରିଉଠେ ହାକିମଙ୍କ ଚେୟାର୍। ଥାନା ମଝକୁ ଆସିଯା'ନ୍ତି ଯଦି ଯୌତୁକହତ୍ୟା ଅଥବା ବଧୂ ନିର୍ଯ୍ୟାତନା ଅବା ଯୌନ କେଲେଙ୍କାରୀ ଭଳି ମାମଲା ସମ୍ପର୍କରେ ବୁଝାସୁଝା କରିବା ଲାଗି, ସମ୍ଭ୍ରମ ସହକାରେ ତାଙ୍କୁ ଚେୟାର ଅଫର କରନ୍ତି ଥାନା ଇନ୍‌ଚାର୍ଯ୍ୟ। ସମ୍ଭ୍ରମ ସହ ଉହ୍ୟ ଥାଏ ଡର। ସେ ଯେଡ଼େ ଦୁର୍ଦ୍ଦାନ୍ତ ହୋଇଥାନ୍ତୁ ପଛକେ ସାମାନ୍ୟ ଅସଣ୍ତୋଷା ବର୍ଦ୍ଦାନ୍ତ କଲାଭଳି ନାରୀ ନୁହଁନ୍ତି ତାପସୀ। ଉଥଲପୁଥଲ୍ ସୃଷ୍ଟି କରେଇଦେଇ ପାରନ୍ତି ସେ ପ୍ରଶାସନରେ।

ତାପସୀ ସୁନ୍ଦରୀ। ଉଉରଚାଳିଶ ବୟସରେ ବି ମୁଗ୍ଧକରୀ। ଚମରେ ମଲିଚିଆ ଆଭା ଉକୁଟି ଆସିଥିଲେ ବି ରହିଛି ଚମକ। ଲୋଭନୀୟ ଦେହର ଭୂଗୋଳ। ଏ ବୟସରେ ବି ପୁରୁଷ ତାଙ୍କ ପ୍ରେମରେ ପଡ଼ିପାରେ। ସଙ୍ଗ ଲୋଡ଼ିପାରେ। ଲୋଡ଼ିଛନ୍ତି ବି। ହେଲେ ଧରା ଦେଇ ନାହାନ୍ତି ତାପସୀ। ତାଙ୍କ ଶାଣିତ ବ୍ୟକ୍ତିତ୍ୱ ପାଖେ ଫିକା ପଡ଼ିଯାଇଛନ୍ତି ବହୁ ପ୍ରେମିକପ୍ରବର। ମନ ମଝରେ ଆତ୍ମସନ୍ତୋଷ ଲାଭ କରନ୍ତି ତାପସୀ। ଅନ୍ତତଃପକ୍ଷେ ନିରୁପଦ୍ରବ ଭାବେ କରିହବ ସମାଜସେବା।

ଯୋଉ ଏନ୍‌.ଜି.ଓ. ଜରିଆରେ ସମାଜସେବା ଲାଗି ନିଜକୁ ଉଛର୍ଗ କରିଦେଇଛନ୍ତି ତାପସୀ ସେ ସେଇ ଏନ୍‌ଜିଓର ସର୍ବେସର୍ବା। ଏନ୍‌ଜିଓ କାମରେ ସେ ଘୁରି ବୁଲନ୍ତି ଦେଶବିଦେଶ। ନିପଟ ଜଙ୍ଗଲ ଓ ପାହାଡ଼ ମୁଲକଠୁ ନେଇ ଚିକ୍‌ମିକ୍‌ ରାଜଧାନୀ ଯାଏଁ। କାମରେ ନଥାଏ ବିରାମ। କଟିଯାଏ ଦିନ, କଟୁଥାଏ ଜୀବନ। ସମାଜର ଅବହେଲିତ, ନିଷ୍ପେଷିତ ମଣିଷଙ୍କ ସାମାଜିକ ଉତ୍ଥାନ ପାଇଁ, ସେମାନଙ୍କ ଅର୍ଥନୈତିକ ଉନ୍ନତି ପାଇଁ ନିଃସ୍ୱାର୍ଥପର ସେବା କରିଚାଲିବା ଭିତରେ ଯୌବନ ପାରି ହେଇଗଲାଣି କେବେଠାରୁ। ବୟସ ପିନ୍ଧେଇ ଦେଲାଣି ପ୍ରୌଢ଼ତ୍ୱର ବେଡ଼ି।

କେବେ କେମିତି ଶରୀରର ତାଡ଼ନା ଯେ ମନକୁ ଆନମନା କରେ ନାହିଁ ସେ କଥା ତାପସୀ ଜୋର୍ ଦେଇ କହିପାରିବେ ନାହିଁ। କାରଣ କୋଉକୋଉ ଦୁର୍ବଲ ମୁହୂର୍ତ୍ତରେ, ନିଭୃତବେଲାରେ ଶରୀର ଶିରୁଶିର୍ କରିଛି। ମନ ହେଇଛି ଉଚାଟ। ଦେହ ଲୋଡ଼ିଛି ଦେହ। କାମନାକୁ ଚାପି ଦେଇଛନ୍ତି ଜୋର କରି। ଦେହ ମନ ଚାରିପାଖେ ବୁଜିଛନ୍ତି ସଂଯମର ଶକ୍ତ ବାଡ଼। ସେ ବାଡ଼ ଡେଇଁବାକୁ କାହାରିକୁ

ଦେଇନାହାନ୍ତି । ଡେଙ୍ଗିବାକୁ ଚେଷ୍ଟା କରିଥିବା ଲମ୍ପଟଙ୍କର ବି ଅଭାବ ନାହିଁ । ଏନ୍‌ଜିଓର କାର୍ଯ୍ୟଶୈଳୀ ଭିତରେ ଫାନ୍ଦ ପାତିଛି କେବେ ହୁଏତ ଗୋଟିଏ ଅମଲାତନ୍ତ୍ରୀ କିମ୍ବା ମନ୍ତ୍ରୀ । ମାତ୍ର ବିଚକ୍ଷଣ ରୀତିରେ ସେ ଫାନ୍ଦକୁ ଆଢ଼େଇ ଯାଇଛନ୍ତି ତାପସୀ । କେବେ ପୁଣି ପ୍ରଲୋଭନ ଆସିଛି ପ୍ରେମର ମୁଖା ପିନ୍ଧି । ଏଡ଼େଇ ଯାଇଛନ୍ତି ତାପସୀ ସେ ମୁଖାକୁ, ଯେଡ଼େ ନିଖୁଣ ହେଇଥିଲେ ବି ସେ ମୁଖାର ସ୍ୱରୂପ ।

ଏନ୍‌ଜିଓରେ ତାଙ୍କ ସହ କାନ୍ଧରେ କାନ୍ଧ ମିଲେଇ କାମ କରନ୍ତି ଅନୁପମ । ଏନ୍‌ଜିଓର ପରିଚାଳନାରେ ତାଙ୍କର ଏକାନ୍ତ ବିଶ୍ୱସ୍ତ । ଅନୁପମଙ୍କ ଅନୁପସ୍ଥିତି ବେଶ୍ ଅନୁଭୂତ ହୁଏ ସେ ଦିନେ ନ ଆସିଲେ ଅଫିସ୍ । କୋଉଠି ନା କୋଉଠି ନିଶ୍ଚେ ରହିଯାଏ କିଛି ନା କିଛି ଅଭାବ । ଛୋଟରୁ ଛୋଟ ଅଭାବ । ଧର ସଭାଟିଏରେ ଅନୁପସ୍ଥିତ ଅନୁପମ । ଦେଖାଯିବ, ସଭା ଆରମ୍ଭ ଆଗରୁ ପ୍ରଦୀପ ପ୍ରଜ୍ୱଳନ ପାଇଁ ଦୀପ ଆସିଛି, ସଳିତା ଆସିପାରି ନାହିଁ । କିମ୍ବା ଅଛି ଦୀପ ଓ ସଳିତା, ହୁଏତ ଭୁଲିଯାଇଛନ୍ତି ଆଣିବା ଲାଗି ଦିଆସିଲି କି ମହମବତୀ । କୋଉଠି ଉଦ୍‌ଘାଟନୀ ଫିତା କଟାହବ ଅଥଚ ଆସିନି କଇଁଚି । କିମ୍ବା କଇଁଚି ହୁଏତ ଆସିଚି, ଆସିପାରିନି ଟ୍ରେ, ଯେଉଁ ଟ୍ରେ ଉପରେ ଥୁଆ ହୋଇ କଇଁଚି ବଢ଼େଇ ଦିଆଯିବ ମୁଖ୍ୟ ଅତିଥିଙ୍କୁ । ତିଆରି ହେଇଚି ବରାଦ ମୁତାବକ ଚା' କିମ୍ବା କଫି ଅଥଚ ପରଷିବା ଲାଗି କିଣା ହେଇନି ୟୁଜ୍ ଆଣ୍ଡ ଥ୍ରୋ ଗିଲାସ ।

ଅନୁପମ ବିବାହିତ । ବେଶ୍ କେଇବର୍ଷ ତଳୁ ଡିଭୋର୍ସି ବି । ତେବେ ସେ ସମ୍ବନ୍ଧରେ କାହା ସହ କେବେ ବି ଆଲୋଚନା କରନ୍ତିନି ଅନୁପମ । ତାପସୀଙ୍କ ସହ ବି । କିଏ କାହିଁକି, କୋଉଭଳି ପରିସ୍ଥିତିରେ, କାହାକୁ ଡିଭୋର୍ସ କରିବା ଲାଗି ଚାହିଁଥିଲା ପ୍ରଥମେ, ସେଭଳି ପ୍ରସଙ୍ଗ କଥାଛଳରେ କେବେ ବି ଉଠେଇ ନାହାନ୍ତି କେହି । ପଚାରି ନାହାନ୍ତି ତାପସୀ । ସେ ପାଇଁ ଫୁର୍‌ସତ ଥାଏ ବା କୋଉଠି ?

ଏନ୍‌ଜିଓ ଅନୁପମଙ୍କ ଜୀବନ । ତାପସୀ ବାନ୍ଧି ହେଇଯାଇଛନ୍ତି ଏନ୍‌ଜିଓ ଏବଂ ମହିଳା କମିଶନ ମଧ୍ୟରେ । ତା'ରି ମଧ୍ୟରେ ଲୀନ ହେଇଯାଉଛି ବ୍ୟକ୍ତିଗତ ଭାବନା । ଭାବପ୍ରବଣତା ।

କର୍ମକ୍ଷେତ୍ରରେ ଅନୁପମକୁ ଖୁବ୍ ବେଶୀ ଲୋଡ଼ନ୍ତି ତାପସୀ । ଅନୁପମ ଅଭିଜ୍ଞ । ଏନ୍‌ଜିଓ ପରିଚାଳନାରେ ସିଦ୍ଧହସ୍ତ । ତାଙ୍କଠାରୁ ବୟସରେ ସାତ ଆଠ

ବର୍ଷ ବଡ଼ ହେଇପାରଛି। ଉହ୍ସର୍ଗୀକୃତ ମନୋଭାବ ନେଇ ସମାଜସେବା କାର୍ଯ୍ୟଟି କରଛି। ସମାଜର ନିମ୍ନବର୍ଗଙ୍କ ଉନ୍ନତି ପାଇଁ କିଛି ଭଲ କାମ କଲାବେଲେ ମନେହୁଅନ୍ତି ଖୁବ୍ ସମ୍ବେଦନଶୀଲ। ଏକପ୍ରକାରର ଗାର୍ଜନ୍‌-ସୁଲଭତା ଅନୁପମଙ୍କ କାମରେ, କଥାରେ, ବ୍ୟବହାରରେ ଲକ୍ଷ୍ୟ କରନ୍ତି ତାପସୀ, ଯାହା ତାଙ୍କୁ ଆଶ୍ୱାସନା ଦିଏ, ଆସ୍ଥା ସ୍ଥାପନ ଲାଗି ବାଧ୍ୟ କରେ ଭଲମନ୍ଦରେ। ଯା ସତ୍ତ୍ୱେ ନିଜ ଗୁରୁତ୍ୱ ଜାହିର କଲାଭଳି ମନୋବୃତ୍ତି ଠାରୁ ମାଇଲ୍ ମାଇଲ୍ ଦୂରରେ ଥା'ନ୍ତି ଅନୁପମ। ତାପସୀ ବିସ୍ମିତ ହୁଅନ୍ତି। ଉଲ୍ଲସିତ ବି।

ତାପସୀ ଏକ ଆନ୍ତର୍ଜାତୀୟ ସେମିନାରରେ ନିମନ୍ତ୍ରିତ ବକ୍ତାଭାବେ ଯୋଗଦେବା ଲାଗିଯିବେ ମାଉଣ୍ଟଆବୁ। ପୃଥ୍ୱୀର ବଛାବଛା କେତୋଟି ଏନ୍‌ଜିଓର କର୍ମକର୍ତ୍ତାମାନଙ୍କ ସମାବେଶରେ ପାଠ କରିବେ ପ୍ରବନ୍ଧ। ସେଇ ତଥ୍ୟସମ୍ବଲିତ ପେପରରେ ସେ ଉପସ୍ଥାପିତ କରିବେ ଓଡ଼ିଶାର ଆଦିବାସୀମାନଙ୍କ ସମସ୍ୟା। ନିଜ ପ୍ରଦେଶର ଭିନ୍ନଭିନ୍ନ ଜିଲ୍ଲାରେ ଜଙ୍ଗଲାଞ୍ଚଲରେ ଖେଲେଇ ହୋଇ ରହିଥିବା ଭିନ୍ନ ଭିନ୍ନ ପ୍ରଜାତିର ଆଦିମ ଅଧ୍ୟବାସୀମାନଙ୍କର ଦୟନୀୟ ଜୀବନଚର୍ଯ୍ୟା, ଶିକ୍ଷାଦୀକ୍ଷା, ଚଲଣି, ଆର୍ଥିକ ଦୁଃସ୍ଥିତି, ସେମାନଙ୍କ ଅର୍ଥନୈତିକ ଉତ୍ଥାନ ଦିଗରେ ସରକାର ସମେତ ଏନ୍‌ଜିଓମାନଙ୍କର ସକ୍ରିୟ ତଥା ଗୁରୁତ୍ୱପୂର୍ଣ୍ଣ ଭୂମିକା କେଉଁ ଭଳି ହେବା ଆବଶ୍ୟକ ଓ ସେଇ ପରିପ୍ରେକ୍ଷୀରେ ତାଙ୍କ ନିଜ ଏନ୍‌ଜିଓ କିଭଳି ଦୃଷ୍ଟାନ୍ତ ରଖୁଛି ସେ ସମ୍ବନ୍ଧରେ ସବିଶେଷ ତଥ୍ୟ ପ୍ରଦାନ କରିବେ ତାପସୀ ଉକ୍ତ ମହତ୍ଭୂପୂର୍ଣ୍ଣ ଆନ୍ତର୍ଜାତିକ ସେମିନାରରେ।

ପେପର ପ୍ରସ୍ତୁତିରେ ମନଧ୍ୟାନ ଦେଇ ଲାଗିଛନ୍ତି ଅନୁପମ। କମ୍ପ୍ୟୁଟର ସାମ୍ନାରେ ବସି ଗୁଗୁଲ୍ ସର୍ଚ୍ଚ କରି ସଂଗ୍ରହ କରୁଛନ୍ତି ତଥ୍ୟ ଏବଂ ତା'ସହ ମିଲେଇ ଦେଖୁଛନ୍ତି ନିଜ ଏନ୍‌ଜିଓର ବିଗତ ତିନିବର୍ଷର ପ୍ରୋଜେକ୍ଟ ଓ ପ୍ରୋଜେକ୍ଟମାନଙ୍କର ଆଭିମୁଖ୍ୟ, ଅଗ୍ରଗତି ଇତ୍ୟାଦି। ଅନ୍ୟ କୁଆଡ଼ିକି ଧ୍ୟାନ ନାହିଁ। ଆଖି ଲାଖିଛି କମ୍ପ୍ୟୁଟର ସ୍କ୍ରିନ୍‌ରେ। ସାମ୍ନା ଟେବୁଲରେ ଗୋଛାଏ କାଗଜ। ଡାହାଣ ହାତରେ କଲମ। ପାଖରେ ଥୁଆ ହୋଇଥିବା ଫାଇଲ୍ ପୁରିଗଲାଣି ଡାଟା ସମ୍ବଲିତ ହାତଲେଖା କାଗଜ ଓ ପେପର କଟିଂରେ। ଅବିଚଲିତ, ସ୍ଥିର ଅନୁପମ। ଦୁନିଆ ଯେମିତି ସ୍ଥିର ହେଇଯାଇଛି, ଅଟକି ଯାଇଛି କମ୍ପ୍ୟୁଟର ପରଦାରେ।

ତାପସୀ ଅନେକ ବେଳ ପାର୍କରେ ବସିଲା ପରେ ଘରକୁ ଲେଉଟିଲେ। ସବୁ କର୍ମଚାରୀ ଚାଲିଗଲେଣି। ଯାଇନାହାନ୍ତି ଖାଲି ଅନୁପମ। ତାପସୀ ଜାଣନ୍ତି, କାମ ପୁରା ନକରିବା ଯାଏ କମ୍ପ୍ୟୁଟର ସାମ୍ନାରୁ ହଟିବେ ନାହିଁ ସେ। ତାଙ୍କର ଅଫିସ୍ ଘର ଭିତରକୁ ଆସିବାଟା ଅନୁପମ ଜାଣିପାରିଥିବେ କି ନାହିଁ ସନ୍ଦେହ।

କାମ ବେଳେ ସାମାନ୍ୟ ବିଶୃଙ୍ଖଳା ବରଦାସ୍ତ କରନ୍ତି ନାହିଁ ଅନୁପମ। ସେଇବେଳେ ସେ ମନେହୁଅନ୍ତି ଭାରି ରୁକ୍ଷ। ଅନୁପମଙ୍କର ସେଇ ବିଲକ୍ଷଣଟି ସହ ଭଲଭାବେ ପରିଚିତ ତାପସୀ। ନିରବରେ, ନିଃଶବ୍ଦ ପଦପାତରେ ସେ ଛିଡ଼ା ହେଲେ ଆସି ଅନୁପମଙ୍କ ପଛରେ। ତାଙ୍କ ନିଶ୍ୱାସ ନିମ୍ନେ ଛୁଇଁଥିବ ଅନୁପମଙ୍କୁ। ମାତ୍ର ତାଙ୍କର ଉପସ୍ଥିତି ବାବଦରେ କିଛି ବି ପ୍ରତିକ୍ରିୟା ଲକ୍ଷ୍ୟ କରିପାରିଲେ ନାହିଁ ଅନୁପମଙ୍କ ଠାରେ ତାପସୀ। ସେ ସବୁଥିରେ ବି ତାପସୀ ଅଭ୍ୟସ୍ତ।

ଧୀର ସ୍ୱରରେ ସେ ପଚାରିଲେ – 'ଲଞ୍ଚ କରିଛ ?'

ଅନୁପମ ମୁଣ୍ଡ ହଲାଇଦେଲେ, ମାନେ, ନା।

ହଠାତ୍ ତାପସୀଙ୍କୁ ଲାଗିଲା ତାଙ୍କୁ ବି ପ୍ରବଳ ଭୋକ। ସକାଳେ ଖାଲିପେଟରେ ଯାଇଥିଲେ ନର୍ସିଂହୋମ୍। ନର୍ସିଂହୋମରୁ ପାର୍କ। ପାର୍କରେ ବେଶ୍ କେଇଘଣ୍ଟା ଅନ୍ୟମନସ୍କ ଭାବେ କଟେଇ ଫେରିଲେ ଘରକୁ। ତା'ରି ଭିତରେ କେତେବେଳୁ ପାର ହେଇଯାଇଛି ଲଞ୍ଚ ଆଉୱାର। ଫୋନରେ ଅର୍ଡର କଲେ ପରିଚିତ ହୋଟେଲକୁ, ଦିଓଟି ଲଞ୍ଚ ପ୍ୟାକେଟ୍। ଅଧଘଣ୍ଟା ଭିତରେ ହୋମ ଡେଲିଭରି ଆସିଗଲା।

'ଖାଇନିଅ କିଛି' – ଦିଓଟି ପ୍ଲେଟରେ ଖାଦ୍ୟ ବାଢ଼ିସାରି କହିଲେ ତାପସୀ। ପୂର୍ବବତ୍ ଧୀର ଗଲାରେ, ସାମାନ୍ୟ ଡିଷ୍ଟର୍ବ ନହେବା ରାତିରେ।

କମ୍ପ୍ୟୁଟର ସାମ୍ନାରୁ ଉଠିଆସିଲେ ଅନୁପମ, ନିରବରେ। ଡଁ ରୁଁ ସୁଦ୍ଧା ନକରି ଲଞ୍ଚ ଖାଇଲେ ଅନୁପମ, ବି ନୀରବରେ। ଖାଇଲାବେଳେ ସୁଦ୍ଧା ମନ ଚିନ୍ତାଶୀଳ। ଏମିତିକି ଖାଦ୍ୟର ସ୍ୱାଦ ସୁଦ୍ଧା ବାରିପାରୁଛନ୍ତି କି ନା, ସନ୍ଦେହାନ। ପ୍ଲେଟରୁ ହାତ, ହାତରୁ ପାଟି, ଚୋବେଇଲେ କି ନ ଚୋବେଇଲେ ଖାଦ୍ୟତକ ଟୋଟି ଦେଇ ଠେଲି ହେଇଯାଉଛି ପେଟକୁ। ତାଙ୍କୁ ଖାଇବା କୁହାଯାଇ ପାରିବ

ନାହିଁ କଦାପି । ପ୍ଲେଟ୍ ଖାଲି ହେଲା ଯତ୍ରେକତ୍ରେ । ଅନୁପମ ନୀରବରେ ଉଠିଗଲେ କମ୍ପ୍ୟୁଟର ସାମ୍ନାକୁ । ଖାଇଲା ପରେ ପାଟି ସୁଦ୍ଧା ଧୋଇ ନାହାନ୍ତି । ଭାବିଲେ ତାପସୀ, ଜଣେଇଦେବେ, ପୁଣି କ'ଣ ଭାବି ନୀରବ ରହିଲେ । ସେମିତି ନୀରବରେ ଖାଦ୍ୟତକ ଶେଷ କଲାପରେ ମୁହଁ ଧୋଇବା ଲାଗି ଓ୍ୱାସ୍‌ବେସିନ୍ ପାଖକୁ ଉଠିଗଲେ ତାପସୀ । ଅଇଁଠା ପ୍ଲେଟ୍ ତକ ତୋଳିନେଇ ଟେବୁଲ୍ ସଫା କରିଦେଲେ ନୀରବରେ ।

ଆରମ୍ଭ ହେଲା ପୁନର୍ବାର ଅନୁପମଙ୍କର କାମ ।

ଓ୍ୱା ! କାମ କାମ । କାମର ଯେମିତି ବିରାମ ନାହିଁ ।

ବେଳ ଗଡ଼ି ସଞ୍ଜ ହେଲା ।

ସଞ୍ଜ ବୁଡ଼ି ରାତି ଆସିଲା ।

ପେପର ଲେଖା ସରିପାରୁନି ।

ଅନୁପମଙ୍କୁ ଲୋଡ଼ା ଆହୁରି ତଥ୍ୟ । ବ୍ଲାକ୍‌କଫି ଦୁଇକପ୍ ବନାଇଲେ ତାପସୀ । ଚୁପ୍‌କିନା ଥୋଇଦେଲେ ଅନୁପମଙ୍କ ପାଖେ । ଟେବୁଲ୍‌ରେ ଖୁଡ଼୍ ସୁଦ୍ଧା ନକରି ।

ବାଁ ହାତରେ କଫି କପ୍, ଡାହାଣ ହାତରେ ନୋଟ୍ ଲେଖା, ଆଖି ଲାଖିଛି କମ୍ପ୍ୟୁଟର ପରଦାରେ । ସବୁ କାମ ଚାଲୁଥାଏ ଏକା ସଙ୍ଗେ । ଅଭୁତ ଧୈର୍ଯ୍ୟ ଅନୁପମଙ୍କର । କାମ ବେଳେ ସାମାନ୍ୟତମ କ୍ଲାନ୍ତି ଛୁଇଁପାରେନି ତାଙ୍କୁ ।

କୋଉ ଉପାଦାନରେ ଗଢ଼ା ଏ ମଣିଷଟି !

କେବେ କେମିତି ଭାବନାଟିଏ ଆସିଯାଏ ତାପସୀଙ୍କ ମନକୁ । ଉତ୍ତର ମିଳେ ନାହିଁ । ମନର ପ୍ରଶ୍ନ ମନରେ ଗୁଡ଼େଇ ତୁଡ଼େଇ ହୋଇ ରହିଯାଏ, ସେମିତି ଅସମାହିତ ।

ରାତି ଆସୁଛି । ତେବେ ଦିନର ଚିନ୍ତା ନାହିଁ । ଘରେ ଅଛି କର୍ଣ୍ଣଫ୍ଲେକ୍‌, କ୍ଷୀର । ମ୍ୟାଗି ପ୍ୟାକେଟ୍ ବି ଅଛି । ଅନୁପମଙ୍କୁ କାମରେ ବରଂ କିଛିଟା ସାହାଯ୍ୟ କରାଯାଇପାରେ ।

ମାତ୍ର କି ପ୍ରକାରର ସାହାଯ୍ୟ ସେ କରିବେ ?

ସାହାଯ୍ୟ ଲୋଡ଼ନ୍ତି କି ଅନୁପମ ?

କାମ ସରୁନାହିଁ। ଇଣ୍ଟରନେଟ୍‌ରୁ ଖୋଜା ଚାଲିଛି ସାଇଟ୍ ପରେ ସାଇଟ୍। ବିଚକ୍ଷଣ ଗତିରେ ମାଉସ୍ ଚଲାଉଛନ୍ତି ଅନୁପମ। ଟିପି ପକାଉଛନ୍ତି ତଥ୍ୟ ପରେ ତଥ୍ୟ (ଡାଟା)।

କାନ୍ତଘଣ୍ଟା ସୂଚାଇଲା ହାଲକା ମ୍ୟୁଜିକ୍ ଜରିଆରେ ରାତି ନଅ। ରାତି ଦଶ। ଏଗାର...।

'ଭୋକ ଲାଗୁନି?' ତାପସୀ ପଚାରିଲେ କଣ୍ଠକୁ ଯଥାସମ୍ଭବ ଧାର କରି।

ଅନୁପମ ଉତ୍ତର ନକରି ଖାଲି ମୁଣ୍ଡ ହଲେଇଦେଲେ, ଯା'ର ଅର୍ଥ ନା।

ତାପସୀ ସେଠୁ ଉଠି ଚାଲିଗଲେ ମେଲା ଝର୍କା ପାଖକୁ। ଝର୍କା ଦେଇ ଦିଶୁଛି ତାରାଖଚିତ ଆକାଶ। ବଙ୍କୁଳି ଜହ୍ନ।

ନିଷ୍କ୍ରିୟ ପରିବେଶକୁ ମଝିରେ ମଝିରେ ଚିରି ଦଉଛି ନିଶାଚର ପକ୍ଷୀଟିଏର କୁହାଟ। ଝଲକାଏ ପବନରେ ଆଖପାଖରେ ଫୁଟିଥିବା ବାସ୍ନାଫୁଲର ସୁବାସ ଭାସିଆସି ତାଙ୍କୁ ଆନମନା କରିଦେଲା। କିଞ୍ଚିତ୍ ବିଚଳିତ ହେଲା ମନ। କାଇଁକି କେଜାଣି ପୁଣି ଥରେ, ବେଶୀବେଶୀ ମନେପଡ଼ିଲେ ସକାଳର ସେଇ ତରୁଣୀ ଲେଡ଼ି ଡକ୍ଟର, ଆଉ ତାଙ୍କ ତୁଣ୍ଡରୁ ଆକସ୍ମିକ ଖସିଯାଇଥିବା ପଦୁଟେ ବିସ୍ମୟ 'ମାମ୍! ୟୁ ଆର ଭର୍ଜିନ୍!'

ଆଖି ଆଗରେ ନାଚିଲା ଡାକ୍ତରାଣୀଙ୍କ ଆଖିର କୌତୂହଳ। ଓଠ ଧାରରେ ଉକୁଟି ଉଠିଥିବା ତେଚ୍ଛାହାସ (ଅନ୍ତତଃ ସେମିତି ଲାଗିଥିଲା ତାପସୀଙ୍କୁ)। ତାପସୀଙ୍କ ମନକୁ ଅନାଚକ... ଆସିଲା ଭାବନାଟିଏ, ସତରେ ତ!

'ସତରେ ତ!' ଏମିତି ଗୋଟେ ଭାବନା ମନକୁ ଆସିଗଲା ତ, ଭାବନା ପରେ ଭାବନା ଯେମିତି କୁଢ଼େଇ ହେଇପଡ଼ିଲା ତାପସୀଙ୍କ ମନ ମଧ୍ୟରେ।

କ'ଣ ପାଇଁ ସେ ଏବେଯାଏ ଭର୍ଜିନ୍!

ଜନ୍ମରୁ ଯାହା ସେମିତି ଭାବେ ଜିଇଁ ସେ ମରିବେ କାହିଁକି?

ଏମିତି କିଛି ଗୋଟେ ପଣ କରିଛନ୍ତି କି ସେ?

କି ବିରାଟ ଆତ୍ମଭମେଣ୍ଟ ସେ ଅବା କରିବେ ଏଇୟାକୁ ନେଇ?

ଭର୍ଜିନ୍ ଭାବେ ଜିଇଁବାରେ ?

କ'ଣ ବା ଉଣା ପଡ଼ିଯିବ ତାଙ୍କ ଉତ୍ତୁଙ୍ଗ ବ୍ୟକ୍ତିତ୍ୱରେ, ସୁନ୍ଦର ଅନୁଭବଟିଏ ସାଉଁଟିଲେ ?

ଦେହକୁ ଗୋଟାଏ ବିଶେଷ ଅନୁଭୂତିରୁ ବଞ୍ଚିତ ରଖି କ'ଣଟେ ଅଧିକ ହାସଲ କରିବେ ସେ ?

ହେତୁ ପାଇଲା ଦିନୁ ସେ କାଇଁକି କେଜାଣି ବିଶ୍ୱାସ କରିଆସିଛନ୍ତି – ନାରୀ ପୁରୁଷ ସଂସର୍ଗରେ ନାରୀଟିଏ ଲୁଣ୍ଠିତ ହେଇଯାଏ । ଏବେ ତାଙ୍କୁ ଆନ୍ଦୋଲିତ କଲା ପ୍ରଶ୍ନଟିଏ ଅଚାନକ, 'ସତରେ ସେଇଆ ହୁଏ କି ? ନାରୀ ଯଦି ସଂଭୋଗ ପରେ ଲୁଣ୍ଠିତ ହେଇଯାଏ, କ'ଣ ପାଇଁ ପୁରୁଷଟେ ନୁହେଁ ? ଏହା ଏକ ଏକପାଖିଆ ଖେଳ କି, ଯୋଉଥିରେ ଜଣେ ଖେଳାଲି ଖାଲି ଲୁଣ୍ଠନ କରେ, ଅପରଜଣଙ୍କ ଲୁଣ୍ଠିତ ହୁଏ ?'

ଏଯାଏ ସେ ବିଶ୍ୱାସ କରୁଥିଲେ – ପ୍ରେମ ସମ୍ପର୍କରେ ହେଉ ଅବା ନିରୋଳା ବନ୍ଧୁତା ଭିତରେ କୋଉ ଦୁର୍ବଳ ମୁହୂର୍ତ୍ତରେ ଯଦି ସ୍ଥାପିତ ହେଇଯାଏ ନାରୀ–ପୁରୁଷଙ୍କ ଶାରୀରିକ ସମ୍ବନ୍ଧ, ତେବେ ପୁରୁଷଟି ଆଖିରେ ନ୍ୟୂନ ହେଇଯାଏ ନାରୀ । ଏବେ ତାଙ୍କୁ ଅଚାନକ ଆନ୍ଦୋଲିତ କଲା – 'ଯଦି ତାହା, ଯଦି ପୁରୁଷ ଆଖିରେ ସଂଯୋଗ ପରେ ଉଣା ପଡ଼ିଯାଏ ନାରୀର ନାରୀତ୍ୱ, ଠିକ୍ ସେଇ କାରଣରୁ ନାରୀ ଆଖିରେ କାହିଁକି ଉଣା ପଡ଼ିବ ନାହିଁ ପୁରୁଷର ପୌରୁଷ ?'

କିନ୍ତୁ ସତରେ ସେମିତି କିଛି ହୁଏ କି ?

ଆଉ ଝଲକାଏ ବାସ୍ନାୟିତ ପବନ ମେଲା ଝର୍କା ଦେଇ ପଶିଆସି ଛୁଇଁଦେଲା ତାପସୀଙ୍କୁ । ମୁହୂର୍ତ୍ତକ ଲାଗି ଥରି ଉଠିଲା ତାଙ୍କ ତନୁ ଏବଂ ସେଇ ମୁହୂର୍ତ୍ତରେ ତାଙ୍କୁ ଲାଗିଲା, କେତେ ଉଭଟ ତାଙ୍କ ଚିନ୍ତାଧାରା ! କେଡ଼େ ଫମ୍ପା ତାଙ୍କର ବିଶ୍ୱାସ !

'ମ୍ୟାଡାମ୍ !'

ଅନୁପମଙ୍କ ଡାକରେ ଚମକି ପଡ଼ିଲେ ଆନମନା ତାପସୀ । ବୋଧେ ପେପର ପ୍ରସ୍ତୁତି ଲାଗି ତଥ୍ୟ ସଂଗ୍ରହ ଶେଷ ହେଲା । କମ୍ପ୍ୟୁଟର ବନ୍ଦ କରିସାରିଛନ୍ତି ଅନୁପମ । ଯିବା ପାଇଁ ଉଠୁଛନ୍ତି । ଘଣ୍ଟାକୁ ଚାହିଁଲେ ତାପସୀ । ରାତି ବାଆର ବାଜିବାକୁ ଯାଉଛି ।

– 'ଡିନର୍ ଖାଇବ ନାହିଁ ?' ତାପସୀ ପଚାରିଲେ, ୫ର୍କୀ ପାଖେ ଛିଡ଼ା ହୋଇ। ସ୍ମିତ ହସି। କାମ ଶେଷ ହୋଇଗଲା ପରେ ଅନୁପମ ଅନ୍ୟମାନଙ୍କୁ ହାଲୁକା ମନେହୁଅନ୍ତି। ଉଭାନ୍ ହୋଇସାରିଥାଏ ତାଙ୍କ ଗାମ୍ଭୀର୍ଯ୍ୟ। ନିରୁଭାପ କଣ୍ଠରେ କହିଲେ, 'ନା। ଆଉ ଭୋକ ନାହିଁ।'

କିଭଳି ମଣିଷ ଯେ ଅନୁପମ ! ଏତେପରେ ବି କ୍ଲାନ୍ତିର ସାମାନ୍ୟ ଚିହ୍ନବର୍ଣ୍ଣ ନାହିଁ ତାଙ୍କଠି। ସ୍ୱରରୁ ବାରି ହେଉ ନାହିଁ ସାମାନ୍ୟ ଥକାପଣ। କୋଉ ଧାତୁରେ ଗଢ଼ା କେଜାଣି !

"ମ୍ୟାଡାମ୍ ଆପଣ ଥକିଯିବେଣି ରେଷ୍ଟ ନିଅନ୍ତୁ। ରାତି ବହୁତ ହେଲାଣି।" କହିସାରି ଦରଜା ଦିଗରେ ଆଗେଇଲେ ଅନୁପମ। ବଲେଇଦବା ଲାଗି ଗଲେ ତାପସୀ। ଦର୍ଜା ପାଖେ ପହଞ୍ଚ ଶୁଭରାତ୍ରି ଜଣେଇ ସାରି ଦର୍ଜା ଛିଟିକିଣି ଖୋଲିବା ଲାଗି ହାତ ନଉଥିଲେ ଅନୁପମ ତ ତାପସୀ କହିଲେ – 'ଅନୁପମ !'

ସ୍ୱର ଗାଢ଼ା। ଅଟକିଲା ହାତ ଓ ପ୍ରଶ୍ନିଲ ଆଖିରେ ଅନୁପମ ଚାହିଁଲେ ତାପସୀଙ୍କୁ।

"ଅନୁପମ !... ଆଉ କିଛି ସମୟ ରହି...."

କଥା ଅଟକିଲା ତୋଟି ପାଖେ।

କ୍ଷଣିକ ଲାଗି। ଅନୁପମଙ୍କ ସାମ୍ନାକୁ ଆସିଗଲେ ତାପସୀ। ତାଙ୍କ ଜିଜ୍ଞାସୁ ଆଖି ସହ ସିଧାସଳଖ ଆଖି ମିଳେଇ କହିଲେ – "ଅନୁପମ ! ଆଉ କିଛି ସମୟ ରହି... ହୁଏତ... ମାନେ... ଆମେ ବିତେଇ ପାରନ୍ତେ... ଆଇ ମିନ୍ କିଛି ଅନ୍ତରଙ୍ଗ ମୁହୂର୍ତ୍ତ... ସାଉଂଟି ପାରନ୍ତେ କିଛି ସୁଖଦ ଅନୁଭବ... ଆଇ ମିନ୍..."

ସେଇ ମୁହୂର୍ତ୍ତରେ, ପୁନର୍ବାର, ଜୋର୍ ଦଲକାଏ ବାସ୍ନାମୟ ଥଣ୍ଡା ପବନ ୫ର୍କୀ ବାଟେ ଧସେଇ ଆସି ଉଲୁସେଇ ଦେଲା ଦିହିଙ୍କ ତନୁ। ବାସ୍ନାୟିତ କରିଦେଲା ମନ।

ଦରଜା ଛିଟିକିଣି ଆଉ ଖୋଲିଲା ନାହିଁ। ଘର ଭିତର ସାରା ଗୁଞ୍ଜରି ଉଠିଲା ଏକ ମଧୁର ସଙ୍ଗୀତର ଗୁଞ୍ଜରଣ, ଯାହା ଶୁଣି ହୁଏ ନାହିଁ, ଖାଲି ଅନୁଭବ କରିହୁଏ।

ପରଦିନ ସକାଳେ ଅଫିସ୍‌ରେ ଦିହେଁ ମୁହାଁମୁହିଁ ହେଲେ।

ଠିକ୍‌ ସେମିତି ଭାବରେ, ଯେମିତି ହେଇଥିଲେ କାଲି, ପଅରଦିନ, ଅପୁରିଦିନ... ସୁପ୍ରଭାତ ସମ୍ଭାଷଣ ଆଦାନପ୍ରଦାନ ଭିତରେ। ଯଥେଷ୍ଟ ସନ୍ତ୍ରମ ବଜାୟ ରଖି।

କା'ହିଁ! ତାଙ୍କ ପ୍ରତି ଅନୁପମଙ୍କର ଯେ ସ୍ୱତଃସ୍ଫୂର୍ତ ସମ୍ମାନବୋଧ, ସନ୍ତ୍ରମବୋଧ... ତହିଁରେ ଲେଶମାତ୍ର ଊଣାଭାବ ଅବା ଫରକ୍‌ ତ ଲକ୍ଷ୍ୟ କରିପାରୁ ନାହାନ୍ତି ତାପସୀ!

ତାଙ୍କ ଆଖିରେ ଜମାରୁ ନ୍ୟୂନ ଦିଶୁ ନାହାନ୍ତି ତ ଅନୁପମ!

ବରଂ ଗାଢ଼ା ଆତ୍ମୀୟତାରେ ସିକ୍ତ ଲାଗୁଛି ତାଙ୍କ ଆଖିପତା। ଆପଣାର ବୋଧହୁଏ କୁଆଁ ମେଲିଛି ତାଙ୍କ ହୃଦୟ ବଗିଚାରେ। ଟିକିଏ ଯନ୍‌ କଲେ ଯିଏ ମେଲିଯିବ ପାଖୁଡ଼ା ପରେ ପାଖୁଡ଼ା, ହେବ ପୁଷ୍ପବତୀ, ଫଳବତୀ।

ଜୀବନର ଲମ୍ବ ଦଉଡ଼ରେ ସାଥୀଟିଏ ଲୋଡ଼ା ବୋଲି କେବେ ବି ମନକୁ ଆଣିନାହାନ୍ତି ତାପସୀ, ବୟସ ଟପିଲାଣି ଚାଲିଶି। କିନ୍ତୁ.... ଲୋଡ଼ା ନୁହେଁ ବୋଲି ସଂକଳ୍ପ ତ କରିନାହାନ୍ତି କେବେ!!

ଅନୁପମଙ୍କୁ ସାଥୀ ଭାବେ ଗ୍ରହଣ କରାଯାଇପାରେନା କି??

ନିଜେ ନିଜକୁ ପଚାରିଲେ ତାପସୀ।

ଛିଟିକାଏ ସ୍ନିଗ୍ଧ ହସ ଫିଟି ପଡ଼ିଲା ତାଙ୍କ ଓଷ୍ଠ ପ୍ରାନ୍ତରେ।

❑❑

ହୃଦୟ ରାଗ

ଅନି ସହ ସାକ୍ଷାତ ହେଇଗଲା ପୁସ୍ତକମେଳା ପରିସରରେ, ଅଚାନକ । ସେ ତା' ଘରିବର୍ଷର ପୁଅ ହାତକୁ ଧରି ଷ୍ଟଲମାନଙ୍କରେ ଘୁରି ବୁଲୁଥିଲା । ମୋ' ସହ ମୁହାଁମୁହିଁ ହେବାରେ ସେ ସାମାନ୍ୟ ଇତଃସ୍ତତଃ ବୋଧ କଲାଭଳି ମୋର ମନେହେଲା । ମୋତେ ନମସ୍କାର କରି ସେ ତା' ପୁଅକୁ 'ଅଙ୍କଲକୁ ନମ କରିଦେ' କହିଲା ଓ ରୀତିମତ ଅଭିଯୋଗ କଲାଭଳି 'ଭାଉଜଙ୍କୁ ଆଣି ଆଉ କାହିଁକି ଘରଆଡେ ଆସୁ ନାହାନ୍ତି' ବୋଲି ପଚାରିଲା ।

'ତମେ ତ କାଇଁ ଆଉ ଥରୁଟେ ବି ଆମଆଡେ ଆସୁନାହିଁ !' ତା' ଅଭିଯୋଗର ମୁକାବିଲାରେ ମୁଁ ଏଇ ପଦିକ କହିଲି । କଥାଟି କହିଲାବେଳେ ମୋ' ଦୃଷ୍ଟି ସିଧାସଳଖ ଅନିର ମୁହଁ ଉପରେ ନ୍ୟସ୍ତ ଥିବା ହେତୁରୁ ତା'ର ଭାବାନ୍ତର ମୋ ଦୃଷ୍ଟିକୁ ଏଡ଼ାଇ ପାରିଲାନି । ଅନି ମୁହଁ ତଳକୁ କଲା । ପ୍ରଶ୍ୱାସ ସାମାନ୍ୟ ଦୀର୍ଘ ହୋଇ ଦୀର୍ଘତର ନିଃଶ୍ୱାସରେ ଅନ୍ତ ହେଲା । ମାତ୍ର ଏ ପ୍ରତିକ୍ରିୟା ଥିଲା କ୍ଷଣିକ । ପରକ୍ଷଣରେ ଅନି ସ୍ୱଭାବସୁଲଭ ଢଙ୍ଗରେ ହସିଉଠି କହିଲା, "ଆସିଥିଲୁ ପରା !"

"ବର୍ଷକ ତଳେ । ଆମେ ବି ତୁମ ଘରକୁ ଯାଇ ନଥିଲୁ କି ?" ମୁଁ କହିଲି । ଅନି ପୂର୍ବବତ୍ ହସିଲା । ସେ ସମସ୍ତ ହସ ତା'ର ପ୍ରାକୃତିକ ହସ ସହ ସାମଞ୍ଜସ୍ୟ ହୁଏତ ରଖୁଥିଲା, ମାତ୍ର ଥିଲା ଯେ କୃତ୍ରିମ, ଏ ବାବଦରେ ମୋର ସନ୍ଦେହ ନଥିଲା ।

ହସ ଠପ୍ କରି ଅନି ମତେ ଏକପ୍ରକାର ଟାଣି ନେଇଗଲା ଲୋକଗହଳିଠୁଁ ସାମାନ୍ୟ ଦୂରକୁ ଏବଂ ଧୀମା ସ୍ୱରରେ କହିଲା, "ମୋ' ସହ ବାଦ ବାଣ୍ଟତୁନି ଭାଇନା । ଆପଣଙ୍କ ସହ ମୋର ଗୋଟାଏ କି ବରାବରି । ସମୟ କରି ଘରଆଡେ ଆସିଲେ କଥା ହେବା ।"

କହିଲା ଏବଂ ତା' ପୁଅ ହାତ ଧରି ତରତର ହୋଇ ଚାଲିଗଲା ।

ପୁସ୍ତକମେଳା ପରିସରର ଦକ୍ଷିଣ ପାର୍ଶ୍ୱ ସନ୍ନିକଟ କଲୋନୀଗୁଡ଼ିକ ମଧରୁ ଗୋଟିକରେ ତାଙ୍କ କ୍ୱାର୍ଟର ।

ଅନି ମୋ ବାଲ୍ୟବନ୍ଧୁ ମୁନ୍ନା ଓରଫ୍ ଫାଲଗୁନି ମିଶ୍ରର ସ୍ତ୍ରୀ । ଫାଲଗୁନିକୁ ଆମେ ବନ୍ଧୁମାନେ – ସେ ଚିଢ଼ୁଥିବା ତା'ର ପୌରାଣିକ ନାମରେ ନ ଡାକି – ଆବାଲ୍ୟରୁ ମୁନ୍ନା ବୋଲି ଡାକିଥାଉ ।

ପୁରୀ ସହରରେ କଟିଥିଲା ଆମ ଦିହିଁଙ୍କ ଶୈଶବ, କୈଶୋର, ତାରୁଣ୍ୟର କିଛି କିଛି ଅଂଶ । କିଛି କିଛି ଅଂଶ କହିବାର ତାପ୍ର୍ୟମଟି ହେଲା, ମୁନ୍ନା ବାପାଙ୍କ ବଦଲି ଚାକିରି । ତାଙ୍କର ବଦଲି ହେଉଥିଲା ଏବଂ କିଛି ବର୍ଷ, ବେଲେବେଲେ ପୁଣି କିଛି ମାସ ଅନ୍ତରରେ ସେ ପୁନର୍ବାର ଫେରି ଆସୁଥିଲେ ପୁରୀ । ହାତ ଲମ୍ବା ଥିବା ହେତୁରୁ ।

ଶୈଶବକାଲ ଏବେ ବିଶେଷ ମନେପଡ଼େ ନାହିଁ । ମାତ୍ର କୈଶୋର ଏବଂ ପ୍ରାକ୍-ତାରୁଣ୍ୟର କଥା ସବୁ ଜଲଜଲ ଦିଶିଯାଏ ।

ମୁନ୍ନା ଥିଲା ଆମ ବନ୍ଧୁମହଲରେ ଅପେକ୍ଷାକୃତ ଧନୀ ଘରର ପିଲା । ବନ୍ଧୁମାନଙ୍କ ପିଛାରେ ସେ ଅକାତରେ ଖର୍ଚ୍ଚ କରୁଥିଲା । ତା'ର ମାଆ ବି ଥିଲେ ଅତ୍ୟଧିକ ସ୍ନେହୀ । ମାଉସୀଙ୍କ ହାତ ତିଆରି ଚିଲିଚିକେନ୍, ଚାଉମିନ୍, କ୍ୟାପ୍ସିକମ୍ ପକୋଡ଼ା ଇତ୍ୟାଦିର ଆକର୍ଷଣ ଆମ ବନ୍ଧୁମାନଙ୍କ ପାଇଁ ଥିଲା ଅଲଙ୍ଘ୍ୟ ।

ଆପ୍ୟାୟିତ କରିବାର ବିରଲ ମାନସିକତା ଟିକକ ମୁନ୍ନା ହୁଏତ ଉତ୍ତରାଧିକାର ସୂତ୍ରୁ ପାଇଥିଲା ତା' ମାଆଙ୍କ ଠାରୁ । ତେଣୁ ବନ୍ଧୁମହଲରେ ତା'ର ଆଦର ଥିଲା ସର୍ବାଧିକ ।

ବିଶ୍ୱବିଦ୍ୟାଲୟ ପାଠ୍ୟକ୍ରମ ଶେଷ ହେବା ପରେପରେ ମୁଁ ଚାକିରୀ ପାଇଲି ଏକ ପବ୍ଲିକ୍ ସେକ୍ଟରରେ ଏବଂ ମୁନ୍ନା, ବର୍ଷେ ଖଣ୍ଡେ ପରେ ଏକ ରାଷ୍ଟ୍ରାୟତ ଉଦ୍ୟୋଗରେ । ତା'ପରେ ବେଶ୍ କିଛି ଦିନର ଛଡ଼ାଛଡ଼ି ।

ସମୟାନ୍ତରେ ମୋର ବଦଲି ହେଲା ସମୁଦ୍ରକୂଲିଆ ଛୋଟ ସହର ପାରାଦ୍ୱୀପକୁ ଏବଂ ଠିକ୍ ତା'ର ବର୍ଷକ ପରେ ମୁନ୍ନାର ରାଷ୍ଟ୍ରାୟତ ଉଦ୍ୟୋଗର

ପାରାଦ୍ୱୀପ ଶାଖା କାର୍ଯ୍ୟାଳୟକୁ । ଚମତ୍କାର ସଂଯୋଗ । ଭେଟାଭେଟି ହେଲା ପରେ ଦିହେଁ ଖୁବ୍ ଖୁସିଟାଏ ହେଲୁ ।

ଅବଶ୍ୟ ପାରିବାରିକ ସମ୍ପର୍କ ଓ ବନ୍ଧୁତାର ନିବିଡ଼ପଣ ହେତୁ ଏକା ସହରକୁ ବଦଲି ହୋଇ ଆସିବା ଆଗରୁ ବି ଆମ ଦୁହିଁଙ୍କ ମଧ୍ୟରେ ଭାବର ଆଦାନପ୍ରଦାନ ଜାରି ରହିଥାଏ, ଯଦିଓ ସାକ୍ଷାତ ପ୍ରାୟତଃ ହୋଇପାରୁନଥାଏ । ମୋ ବାହାଘରକୁ ତିନି ଚାରି ଦିନ ଛୁଟି ନେଇ ପୁରୀ ଆସିଥିଲା ମୁନ୍ନା । ଦିହିଙ୍କ ବାପା ମାନେ ଚାକିରୀରୁ ଅବସର ନେଇସାରିଥିଲେ । ମୁନ୍ନାର ମା' ସେଇ ଅବସରରେ ମୁନ୍ନା ପାଇଁ ଭଲ ଝିଅଟେ ଦେଖିବା ପାଇଁ ମତେ କହିଥିଲେ ।

ମୁନ୍ନାକୁ ମୁଁ ପଚାରିଥିଲି ତା' ଚାକିରୀ, ଚାକିରୀସ୍ଥଳ ଆଉ ସେଠିକାର ବନ୍ଧୁ ମାହୋଲର କଥା । ମୁନ୍ନା ଉତ୍ତର କରିଥିଲା, "ବିନ୍ଦାସ୍" ।

ମୁନ୍ନା ସବୁକାଲେ ସବୁଠେଇଁ ବିନ୍ଦାସ୍ । ବନ୍ଧୁମାନଙ୍କର ସାନ୍ଧ୍ୟ ଆସର, ଭୋଜି ମଉଜ ପ୍ରାୟତଃ ତା'ରି ଘରେ ଜମିଥାଏ । ନୂଆ ନୂଆ ପ୍ରକାର ଆଇଟମ୍ ରାନ୍ଧି ବନ୍ଧୁମାନଙ୍କୁ ଖୁଆଇବାରେ ତା'ର ଆନନ୍ଦ । ନିଜ ଖାଉ ନଖାଉ ।

ବିଭାଘରର ପନ୍ଦର ଦିନ ପରେ ମୁଁ ଫେରି ଯାଇଥିଲି ମୋ ଚାକିରୀ କ୍ଷେତ୍ର ବାରିପଦା । କହିଦିଏ ଯେ ସେଇ ବାରିପଦାରେ ହିଁ ମୋର ପରିଚୟ ହୋଇଥିଲା ଅନି ସହ ।

ଅନି, ଶୁଭନାମ ଅନୁଶ୍ରୀ, ମୋର ସହକର୍ମୀ ବିକାଶର ସାନ ଭଉଣୀ । ବହୁତ ଭଲ ପିଲା ବିକାଶ । ମୋରି ସମାୟସ୍କ । ଉଭୟ ବୟସ ଓ ପଦବୀ ଦୃଷ୍ଟିରୁ ଦିହେଁ ଥାଉ ଘନିଷ୍ଠ । ମୋ' ବାହାଘରକୁ ବି ଆସିଥାଏ ବିକାଶ । ମାଉସୀଙ୍କ ମୁହଁରୁ 'ମୁନ୍ନା ପାଇଁ ଝିଅଟେ ଦେଖ' କଥାଟି ଶୁଣିଦେଲା ମାତ୍ରକେ ଯେଉ ଝିଅଟିର ମୁହଁ ଚଟ୍‌କିନା ମୋ ଆଖି ସାମ୍ନାରେ ନାଚି ଉଠିଥିଲା, ସିଏ ଅନି ।

ଅନି ବିକାଶ ଠୁଁ ବୟସରେ ଚାରି ପାଞ୍ଚ ବର୍ଷ ସାନ । ତକତକ ଗୋରା ରଙ୍ଗର ଝିଅ । ତା'ର ଚିକ୍‌ଣ ଦାଗହୀନ ତ୍ୱଚା ଆଖି ଝଲସେଇ ଦବା ଭଳି । ମୁହଁର ଗଢ଼ଣ, ଆଖି, ଭୁଲତା ଓ ଓଠର ଗଠନ କେମିତି ଗୋଟେ ବାରିହେଲା ପରି ସ୍ୱତନ୍ତ୍ର, ଅନନ୍ୟ । ତା' ଗୁଲୁଗୁଲିଆ ସ୍ୱର ଶୁଣିବାକୁ ଖୁବ୍ ମିଠା ଲାଗେ । ହସିଲେ ଲାଗେ ସତେକି କଲକଲ ପାହାଡ଼ି ଝରଣାଟିଏ । ଶିକ୍ଷାଗତ ଯୋଗ୍ୟତା ଗ୍ରାଜୁଏଟ୍ ।

ସଙ୍ଗୀତରେ ରୁଚି ରଖେ । ଏତଦ୍‌ଭିନ୍ନ ପକ୍କା ଗୃହିଣୀଟିଏ ବନିବାର ସକଳ ଯୋଗ୍ୟତା ଅନି ଠେଙ୍‌ ଭରପୁର । ଅନି ମତେ ବଡ଼ ଭାଇ ଭାବେ ଯେମିତି ଶ୍ରଦ୍ଧା ଓ ସମ୍ମାନ କରୁଥିଲା, ସେମିତି ବି ଗ୍ରହଣ କରିଥିଲା ଅଧିକତର ବନ୍ଧୁ ଭାବରେ । ମୋ ପ୍ରତି ଅନିର ଥିଲା ପ୍ରଚଣ୍ଡ ଆସ୍ଥା ଓ ଗଭୀର ବିଶ୍ୱାସ ।

ପହିଲି ଦେଖାରେ ହିଁ ମୁନ୍ନାର ପରିବାର ଏବଂ ସ୍ୱୟଂ ମୁନ୍ନା ବିଭାଘର ପାଇଁ ସମ୍ମତି ଦେଇଥିଲେ । ଦ୍ୱିତୀୟ ସାକ୍ଷାତରେ ମୁନ୍ନାର ମା' ଅନି ହାତରେ ମୁଦି ପିନ୍ଧେଇ ଦେଇ ଆସିଥିଲେ । ସେଥିରକ ବି ସାଙ୍ଗରେ ଯାଇଥିଲି ମୁଁ । ମୋର ସ୍ୱଷ୍ଟ ମନେଅଛି, ଅନିକୁ ତା' ପସନ୍ଦ କଥା ପଚାରିବାରେ ସେ ମୋ ହାତ ଧରିପକାଇ କହିଥିଲା, "ଭାଇନା ! ପିଲାଟା ଆପଣଙ୍କ ରେକମେଣ୍ଡେସନ୍‌, ସେଇତକ ମୋ ଲାଗି ଯଥେଷ୍ଟ ।"

"ହେଲା ଯେ, ତଥାପି ପିଲାଟି ତୋ'ର ପସନ୍ଦ ନା ନାଇଁ ?" ମୁଁ ମଜାଲିଆ ଭାବେ କଥାଟି କହିଥିଲି । ଅନି ବି ଉତ୍ତର ଫେରାଇଥିଲା ମଜାଲିଆ ଢଙ୍ଗରେ ।

"ରୂପ ତ ଦେଖିଲି । ନାଁକୁ ଚାହିଁ ଠିକ୍‌ ପୌରାଣିକ ଫାଲଗୁନି ଚରିତ୍ର ଭଳି । ତେଣୁ ସେ ଦୃଷ୍ଟିରୁ ଅପସନ୍ଦ ହେବାର ପ୍ରଶ୍ନ ହିଁ ଉଠୁନି । ଆଉ ଗୁଣ... ସେ ଆପଣଙ୍କ ଘନିଷ୍ଟ ବନ୍ଧୁ ନା ।!" କଥାଟି କହିସାରି ଅନି ହସିଥିଲା ବହୁକାଳ ।

ମତେ ଲାଗିଥିଲା, ହସିଲାନି ତ ଅନି, ଛଲଛଲ ଝରଣାଟିଏ ବହିଗଲା କଳକଳ ନାଦ ତୋଲି, ସ୍ୱଚ୍ଛନ୍ଦ ଭାବେ । ତା' କଥା, ତା' ହସ, ତା' ଭାବରୁ ମୁଁ ନିଶ୍ଚିତ ହୋଇଥିଲି ଯେ, ମୁନ୍ନା ତା'ର ପସନ୍ଦ ହୋଇଛି । ଆଉ ଏକ କଥା ବି କଳିଲି, ତା'ର ମୋ' ପ୍ରତି ଥିବା ଅଗାଧ ବିଶ୍ୱାସ ଓ ଆସ୍ଥା ।

ଠିକଣା ତିଥି, ବାରରେ ବିଭାଘର କର୍ମଟି ସରିଲା । ଝିଅ ବିଦା ବେଳେ ବିକାଶ ମୋ ହାତ ଧରିପକେଇ- କାଲି ପରିକା ମନେଅଛି - କହିଥିଲା, "ଭାଇ ! ପ୍ରସ୍ତାବ ତୁମେ ଦେଇଛ, ସେଇତକ ମୋ ପାଇଁ ଯଥେଷ୍ଟ । ମୋ ଅଲିଅଲୀ ଭଉଣୀ ନିଶ୍ଚେ ଭଲରେ ରହିବ, ସୁଖୀ ହବ ।"

ବିଭାଘର କେଇଦିନ ପରେ ମୁନ୍ନା ଚାଲିଯାଇଥିଲା ତା' ରୁକିରୀ ସ୍ଥଳକୁ । ଅନି ରହିଲା ପୁରୀରେ, ଶାଶୁ ଶ୍ୱଶୁରଙ୍କ ପାଖେ । ମୁଁ ମଝିରେ ମଝିରେ ଅନିର ଖବର ରଖୁଥାଏ । ମୁନ୍ନା ଆଉ ମୋ ସହ ବିଶେଷ ଯୋଗାଯୋଗ ରଖିପାରୁ ନଥାଏ ।

ଅନି ଚିଠିଟେ ଦେଇଥିଲା। ସେଥିରେ ସେ ତା' ଶାଶୁ ଶ୍ୱଶୁର ଦିଅରଙ୍କ ବିଷୟରେ ଗୁଡ଼େ ଲେଖିଥିଲା। କେମିତି ତା' ଶାଶୁଘର ଭଲ, ଦିଅର ଭାରି ଭଲ, ଶ୍ୱଶୁର ତାଙ୍କଠୁ ବି ଭଲ, ଆଉ ଶାଶୁ ସବୁଠୁ ଭଲ। କେମିତି ତା' ଶାଶୁ କାଳେ ହାତରେ ବାଙ୍ଗ ପଡ଼ିଯିବ ବୋଲି ତାକୁ ଭାତ ଗାଳିବାକୁ ଦଉ ନାହାନ୍ତି, କେମିତି ତା' ଶ୍ୱଶୁର ତାକୁ ସାଙ୍ଗରେ ନେଇ ଡେଲି ମାର୍କେଟିଙ୍ଗ୍ କରୁଛନ୍ତି, କେମିତି ତା' ଦିଅର ମନ ଜାଣିଲା ଭଳି ଗୁପଚୁପ୍, ଚାଟ୍, ଦହିବରା ଆଳୁଦମ୍ ବୋହି ଆଣୁଛନ୍ତି ଇତ୍ୟାଦି ଇତ୍ୟାଦି କଥାରେ ଚିଠିଟି ଭରପୁର ଥିଲା। ମୋଟାମୋଟି ଚିଠିଟି ଥିଲା ତା' ସୁଖୀ ବୈବାହିକ ଜୀବନର ଇଶ୍ତାହାର।

ମୁନ୍ନା ସମ୍ପର୍କରେ ସେ ଚିଠିରେ କିନ୍ତୁ ବେଶୀ କିଛି ଲେଖା ନଥିଲା। ଖାଲି ପଦେ ଦି' ପଦ କଥା। ସେ ମାସେ ଦି' ମାସ ଅନ୍ତରରେ ଆସୁଛନ୍ତି। ମତେ ତାଙ୍କ ପାଖକୁ ନବା ପାଁଇ ଶାଶୁ ତାଙ୍କୁ କହୁଥିଲେ। ଆଉ ଶେଷରେ, ଆପଣଙ୍କ ବନ୍ଧୁକୁ ଭଲପାଇବାରେ ମୁଁ ଆଦୌ ହେଳା କରୁନାହିଁ।

ତା' କିଛିଦିନ ପରେ ମୁଁ ଯେବେ ପୁରୀ ଗଲି ଅନି ସହ ସାକ୍ଷାତ ହୋଇପାରିଲାନି। କାରଣ ଅନି ସେତେବେଳକୁ ମୁନ୍ନା ପାଖକୁ ଚାଲିଯାଇଥିଲା। ତେଣିକି କେତେବେଳେ କେମିତି ଖଣ୍ଡେ ଅଧେ ଚିଠି ଛଡ଼ା ମୁନ୍ନା କିମ୍ବା ଅନି ସହ ମୋର ଆଉ ବିଶେଷ ଯୋଗଯୋଗ ରହିପାରିଲାନି। କାର୍ଯ୍ୟର ୫ଂ୫ଟ, ପାରିବାରିକ ଜଞ୍ଜାଳ ଭିତରେ ମୋର ବି ସେ ଆଡ଼କୁ ଆଉ ବିଶେଷ ଧ୍ୟାନ ନଥିଲା।

ଯା'ରି ଭିତରେ ଖବର ପାଇଥିଲି ଅନିର ପୁଅଟେ ହେଇଛି। ମୁନ୍ନା ଟେଲିଫୋନ୍ ଯୋଗେ ଜଣାଇଥିଲା ଏବଂ ଅନି ପଠାଇଥିଲା ବାର୍ଥାଟିଏ। ବାର୍ଥାର ମର୍ମଟି ଥିଲା – ଭଗବାନଙ୍କ ଅଶେଷ କୃପା, ମୁଁ ମା' ହେଇଛି। ମାତୃବ୍ କେଡେ ସୁଖଦ, କେତେ ସ୍ୱର୍ଗୀୟ, ସେଇ ଅନୁଭବ ମୋର ହେଲା। ବଡ଼ ତୀବ୍ର ସେ ଅନୁଭବ। ପୃଥିବୀର ସକଳ ସୁଖଦ ଅନୁଭବର ମାତ୍ରା ଊଣା ପଡ଼ିବ ମାତୃତ୍ୱର ଅନୁଭବ ପାଖେ। ସେ ଦୃଷ୍ଟିରୁ ମୁଁ ଭାଗ୍ୟବତୀ।

ତା' ପରେ ବିତିଯାଇଥିଲା ଚାରିବର୍ଷ। ଆମେ ଦୁଇବନ୍ଧୁ ପୁନର୍ବାର ଭେଟାଭେଟି ହେଲୁ ସମୁଦ୍ରକୂଳିଆ ସହର ପାରାଦ୍ୱୀପରେ। ବଦଳି ପ୍ରକ୍ରିୟାରେ।

ସାକ୍ଷାତ ପରେ ମୁଁ ଭାବି ଉଲ୍ଲସିତ ହେଉଥିଲି ଯେ, ପୁରୀରେ ବିତିଥିବା ଆମ କୈଶୋର ଓ ପ୍ରାକ୍-ତାରୁଣ୍ୟର ସୁଖଦ ସ୍ମୃତିମାନ ପୁନର୍ବାର ଜାଗରୁକ ହେବ ପାରାଦ୍ୱୀପରେ। ଏବେ ପୁଣି ଦୁହିଁଙ୍କର ଅଛି ଘର ସଂସାର। ଏଣିକି ନିତିଦିନିଆ ଆସରର ମଉଜ ସମ୍ଭବ ନହେଲେ ହେଁ ଅନ୍ତତଃପକ୍ଷେ ମାସକୁ ଦୁଇ ଚାରିଥର ଆମେ ସପରିବାର ମିଳିତ ହୋଇପାରିବା, ଭୋଜି ମଉଜର ମଜା ଉଠେଇ ପାରିବା, କେବେ ମୋ' କ୍ୱାର୍ଟର୍‌ରେ ତ କେବେ ମୁନ୍ନା କ୍ୱାର୍ଟର୍‌ରେ।

ଅବଶ୍ୟ ପ୍ରଥମେ କେଇଦିନ ସେମିତି ହେଲା, ମୋରି ବରାଦରେ। ମୁଁ ଲକ୍ଷ୍ୟ କରିପାରୁଥିଲି, ମୁନ୍ନାର ଆଗ୍ରହ ଅବା ଆବେଗ ପୂର୍ବବତ୍ ଆଉ ନାହିଁ। ସେ ଯେମିତି ଭୋଜିର ମଜା ପରିପୂର୍ଣ୍ଣ ପ୍ରାଣରେ ନେଇପାରୁନି, ରୋଷେଇ ବେଳେ ତଦ୍‌ବିର କରୁନି, ମଜା ମଜା କଥା କହୁନି, ବଛା ବଛା ଆଇଟମ୍‌ର ଲିଷ୍ଟ ବନଉନି। ଆଉ ସବୁଠୁ ଉଲ୍ଲେଖନୀୟ କଥାଟି ହେଲା, ସନ୍ଧ୍ୟାବେଳେ ଏକାଠି ହୋଇ ଭୋଜି କରିବାର ପ୍ରସ୍ତାବ ତା' ତରଫରୁ ଆଦୌ ଆସୁନି।

ଅନିର ପାଦ କିନ୍ତୁ ତଳେ ଲାଗେନି। କଟାକଟି ବଟାବଟି ଧୁଆଧୋଇ ସବୁକିଛି ସେ ବିଜୁଳି ବେଗରେ କରିଯାଏ। ମୋ ସ୍ତ୍ରୀକୁ ପ୍ରାୟତଃ କିଛି କରେଇ ଦିଏନି। ଖାଲି ଯାହା ଏଟା ଦିଅ, ମସଲା ଟିକେ ଖରଡ଼ୁଥାଅ, ପୋଦିନା ତକ ବାଛିଦିଅ ଭଲି ହାଲୁକା କାମ କରିବାକୁ ଦିଏ। ଏମିତିକି ମୋ ପ୍ରସ୍ତାବ ଅନୁଯାୟୀ ଯୋଉଦିନ ଆମ ଘରେ ଭୋଜି ହୁଏ, ସେଦିନ ବି ସେ ମୋ ସ୍ତ୍ରୀକୁ କିଛି କରେଇ ଦିଏନି। ମୋ ସ୍ତ୍ରୀ ବେଶୀ କଟାଳ କଲେ କୁହେ – "ଭାଉଜ ତୁମେ ବ୍ୟସ୍ତ ମଣିଷ, ସବୁଦିନେ କେତେ କାମ କରୁଛ। ସକାଳୁ ଉଠି କନ୍‌ଭେଣ୍ଟ ଯାଉଛ, ଯିବା ଆଗରୁ ଟିଫିନ୍ ବନେଉଛ, ସ୍କୁଲରୁ ଫେରି ଲଞ୍ଚ ପାଇଁ ଖାଦ୍ୟ ଗରମ କରୁଛ, ତା' ପରେ ସଞ୍ଝବୁଡ଼ ଘରକରଣା ଓ ରାତି ରୋଷେଇ କରୁଛ, ହପ୍ତାରେ ଥରେ ଦି'ଥର ମାର୍କେଟ୍ କିମ୍ବା ମନ୍ଦିର ନଗଲେ ଭାଇନା ଗାଲିଦେବେ ବୋଲି ତା' ବି ତୁଲାଉଚ; ମୋର କିନ୍ତୁ ଆରାମ୍ ହିଁ ଆରାମ୍, ତା' ବି ଭାଇନାଙ୍କ ଦୟା। ତେଣୁ ଏତେଦିନକେ ଯଦି କାମ କରିବାର ବାହାନା ଟିକକ ମିଳୁଛି, ସେତିକି ମତେ କରିବାକୁ ଦିଅ। ତୁମେ ଖାଲି ପାଖେପାଖେ ଥାଅ, ସେଇତକ ମୋର କୋଟିନିଧି।"

କହିଦେଇ, ରୋଷେଇ ଡେରିରେ ସରିବାର ଥିଲେ ଅନି ଛୁଆ ଦିହିଁଙ୍କୁ ଦୁଇଟି ପ୍ଲେଟ୍‌ରେ ବିସ୍କୁଟ୍, କମଲାଟେ ନାଇଁଟ କଦଳୀଟେ, କାଜୁ କିସ୍‌ମିସ୍ ଧରେଇଦେଇ କୁହେ, ଟିଭିରେ କାର୍ଟୁନ୍ ଦେଖୁଥାଅ । ଖବରଦାର କେହି ଶୋଇବନି ।

ଅନିର କଥାରେ ଥିବା ଚାତୁର୍ଯ୍ୟ ଓ ମମତାସିକ୍ତ ଆନ୍ତରିକତା ମୋ' ସ୍ତ୍ରୀକୁ ଅଭିଭୂତ କରିଦିଏ । ମାତ୍ର କଥା ମଝିରେ ଅନିର 'ଭାଇନାଙ୍କ ଦୟା' ପଦଟିରେ ମୁଁ ଟିକିଏ ଖଟ୍‌କା ବୋଧ କରେ ।

କାହିଁକି କେଜାଣି ମୋର ମନେହୁଏ ଅନିର ସେଇ କଥା ପଦଟିରେ ଉହ୍ୟ ରହିଗଲା ଅନେକ କିଛି । ଗୋଟାଏ ରହସ୍ୟ, ଯା'ର ଚେର ଲମ୍ବିଛି ଗହୀରକୁ ।

ଏମିତିରେ ସପ୍ତ ମହାସାଗରର ଗଭୀରତା ବି ଊଣା ପଡ଼ିବ ନାହିଁ କି ନାରୀ ମନତଳ ପାଖେ !!

ମୁଁ ମୁନ୍ନାକୁ ଅନାଏ । କିଛି ବି ଭାବାନ୍ତର ସେଠି ଲକ୍ଷ୍ୟ କରିପାରେନି । ସେ ଗାଧୋଇପାଧୋଇ ଜାମାଯୋଡ଼ ନାଇ ମୁହାଁରେ ପାଉଡର ମାଖୁଥାଏ । ବୁ ରଙ୍ଗର ଜିନ୍ସ ସାଙ୍ଗକୁ କଳାରଙ୍ଗର ଟି-ସାର୍ଟ୍ ଖୁବ୍ ସୁନ୍ଦର ମାନୁଥାଏ ତାକୁ । ମୁଗ୍ଧ ଭାବେ ମୁଁ ଦେଖୁଥାଏ ଓ ଭାବୁଥାଏ, ମୁନ୍ନାର ଚେହେରା ଏମିତି ଯେ ଜିନ୍ସ ବଦଲି ଯଦି ତାକୁ ଜରିଧଡ଼ି ପାଟ ପିନ୍ଧେଇ ଦିଆଯାଏ, ମନେହେବ ସ୍ୱୟଂ ମଧ୍ୟମପାଣ୍ଡବ ଫାଲଗୁନି ଉଭା ତୁମ ସାମ୍ନାରେ ।

ଆଉ ଦିନକର କଥା । ମୁନ୍ନାର କ୍ୱାର୍ଟରେ ଏକ ଭୋଜି ଆସରର ଘଟଣା । ସେଇ ଆମର ଶେଷ ଭୋଜି । ଚିରାଚରିତ ଢଙ୍ଗରେ ମୁନ୍ନା ପ୍ରସାଧନ ସାରି ସିଧା ମୋ ନିକଟକୁ ଆସିଲା ଏବଂ କହିଲା, 'ଭାଇ ଟିକେ ଏଠୁ ଆସୁଛି' । ସେଇ ପଦିକ କହି ମୁନ୍ନା ବାହାରିଗଲା । ସେତେବେଲେ ମୋ ସ୍ତ୍ରୀ ଥିଲେ ରୋଷେଇ ଘରେ ଏବଂ ଅନି ଛିଡ଼ା ହୋଇଥିଲା ମୋ ନିକଟରେ । ଛୁଆ ଦିଓଟି ଟିଭିରୁ କାର୍ଟୁନ୍ ଦେଖୁଥିଲେ ତନ୍ମୟ ଭାବେ ।

ମୁଁ ଠିକ୍ ଲକ୍ଷ୍ୟ କରିଛି, ମୁନ୍ନା ବାହାରିଯିବା ଆଗରୁ ମତେ ସେଇ ପଦିକ କହିଲା ବେଳେ ଅନିର ଓଠ ଗୋଟେପଟକୁ ସାମାନ୍ୟ ଚତରି ଗଲା । ତା'ର ସେ ତେଢ଼ୀ ହସରୁ ଝରୁଥିଲା ଏମିତିକା ଭାବ ଯା'ର ଅର୍ଥ ବୁଝିବାକୁ ମୁଁ ଥିଲି ଅସମର୍ଥ ।

"ମୁନ୍ନା କୁଆଡ଼େ ବାହାରିଗଲେ କି ?" ରୋଷେଇ ଘରୁ ପଚାରିଲେ ମୋ ସ୍ତ୍ରୀ। ମୁଁ କିଛି କହିବା ଆଗରୁ ଅନି କହିଲା, "ସେ ଏଇଠିକି ଟିକେ ଗଲେ ଭାଉଜ।"

"କ'ଣ କିଛି କାମ ଥିଲା ?"

"ହଁ" – ଅନି କହିଲା।

ମାଂସକକ୍ଷରେ ପାଣି ଯୋଗାଡ଼ି, ପ୍ରେସରକୁକର ଘୋଡ଼ଣି ଆଣ୍ଟିସାରି ତଉଲିଆରେ ହାତ ପୋଛୁପୋଛୁ ରୋଷେଇଘରୁ ବାହାରି ଆସୁଥିଲାବେଳେ ସ୍ତ୍ରୀ ପଚାରିଲେ, "ଏମିତି କି କାମ ଯେ ? ପରେ ହେଇଥିଲେ ଚଲି ନଥାନ୍ତା ?"

"ନାଇଁ ନାଇଁ, ନହେଲେ ନଚଲେ ପରା !" ହସିହସି କହିଲା ଅନି।

"ତୁମ ଭାଇନା କ'ଣ କମ୍ କି !" ସ୍ତ୍ରୀ କହିଲେ ବି ହସିହସି। "ସଞ୍ଜବୁଡ଼େ ଅଫିସରୁ ଫେରି ଘରେ ଟିକେ ଗପସପ ହେବା ଛାଡ଼ି ବସିଯିବେ କାଗଜ କଲମ ଧରି। ନାଇଁ ତ କୋଉ ନା କୋଉ ପତ୍ରିକା ସମ୍ପାଦକଙ୍କ ସାଙ୍ଗେ ଫାଲତୁ ବାର୍ତ୍ତାଳାପ।"

"ହଉ ଥାଉ ଥାଉ, ବେଶୀ ଫଟେଇ ହଉଚ !" – ମୋ କଣ୍ଠରେ ଈଷତ୍ ବିରକ୍ତିର ସୂଚନା ଥିଲା।

"ଦେଖୁଚଟି ଅନି, ମଞ୍ଜି କଥାଟି କହିଲା ତୁଁ କେମିତି... ସବୁ ପୁରୁଷ ପିଲା ଉଣାଅଧିକେ ସମାନ ପରା।"

ମୋ' ସ୍ତ୍ରୀ କହିଲେ ହସି ହସି ଏବଂ ଅନି 'ସବୁ ପୁରୁଷ ସମାନ ନୁହଁନ୍ତି ଭାଉଜ' ବୋଲି କହିଲା ବି ହସିହସି ଏବଂ ହସିଲା କେତେକାଲ ଧରି।

ଅନିର କଥା ପଦିକୁ ତା' କହିଥିବା କଥାର ଲଥା ମଣିଲା ମୋ ସ୍ତ୍ରୀ, ମାତ୍ର ଅନିର କଥାରୁ ଓ କଥା ପର ଲହର ହସରୁ ମୁଁ ପାଇଲି 'ଭାଇନାଙ୍କ ଦୟା' ଭଲି କଥା ପରବର୍ତ୍ତୀ ଦ୍ୱିତୀୟ ଝଟକା।

ରୋଷେଇ ସରିବାର ଅଧ ଘଣ୍ଟା ଖଣ୍ଡେ ପରେ ମୁନ୍ନା ପହଞ୍ଚିଥିଲା, ହାତରେ ମିଠାପାନ, ଥମ୍ସଅପ୍ ବୋତଲ ଓ ଆଇସକ୍ରିମ୍ ବାର୍ଟେ ଧରି।

"ଦେଖିଲ ତ ମୁନ୍ନା କ'ଣ ପାଇଁ ଯାଇଥିଲେ" – କହିଲେ ମୋ ସ୍ତ୍ରୀ ଏବଂ ଅନି ହସିହସି ଯୋଡ଼ିଲା, "ନହେଲେ ନଚଲେ ବୋଲି ମୁଁ କହୁନଥିଲି କି। ଖାଇବା ଆଗରୁ ଥମ୍ସଅପ୍, ଖାଇବା ପରେ ଆଇସକ୍ରିମ୍ ନହେଲେ ତାଙ୍କର ନଚଲେ।"

ମୁନ୍ନା ଯା' ମଧ୍ୟରେ ପୋଷାକ ବଦଳିସାରି ବାଥ୍‌ରୁମ୍ ଭିତରେ ପଶିସାରିଥିଲା । ଉକ୍କଟ ଜର୍ଦ୍ଦାପାନ ଚୋବେଇବା ଏଣିକି ମୁନ୍ନାର ବଦାଭ୍ୟାସରେ ହୁଏତ ପରିଣତ ହୋଇସାରିଥିଲା । ଧୁଆଧୋଇ ହୋଇସାରି ମୁନ୍ନା ବାଥ୍‌ରୁମ୍‌ରୁ ବାହାରିଗଲା, ସଫା ଟ୍ରାଉଜର୍ ପଞ୍ଜାବି ପିନ୍ଧି ପକେଇ ଓ 'ରୋଷେଇ କେତେଦୂର ଗଲା ?' ବୋଲି ପଚାରିଲା । ମାତ୍ର ତା'ର ସବୁ କାର୍ଯ୍ୟ ମତେ ଯନ୍ତ୍ରଚାଳିତବତ୍ ବୋଧ ହେଉଥିଲା । ଖାଇଲାବେଳେ ବି ଠିକ୍ ସେମିତି । ଆଗ୍ରହ ନାହିଁ, ନାହିଁ ସରାଗ ।

କହିଛି ତ, ସେଇ ଥିଲା ଶେଷ ଭୋଜି । ତା' ପରଠାରୁ ମୁଁ ଆଉ ଆଗ୍ରହ ଦେଖାଇ ନାହିଁ କିୟା ମୁନ୍ନା ତରଫରୁ ପ୍ରସ୍ତାବ ଉଠିନି । ମନ ଛକପକ ହେଲେ ବି ଜୋର୍ କରି ମନକୁ ଚାପି ଦେଇଛି । କ୍ରମେ ଯା' ଆସ ବି କମି କମି ଏକବାରକେ ବନ୍ଦ ହୋଇଗଲା । ମଝିରେ ମଝିରେ ବିକାଶ ଫୋନ୍‌ରେ 'ଅନି କେମିତି ଅଛି ?' ପଚାରିଦେଲେ ମୁଁ ବି ଅନି ଭଲ ଅଛି କୁହେ । ଯାଉଁ ଅଧିକ ମୁଁ ଆଉ କିଛି କହିପାରନ୍ତି ନାହିଁ । ଯା'ର ଅର୍ଥ ଏୟା ହେଇପାରେ – ଆମ ଭିତରେ ଯା-ଆସ ନାହିଁ ବୋଲି ଅନି ହୁଏତ ତା' ଭାଇକୁ ଜଣେଇ ଦେଇନି । ମୋ' ତରଫରୁ ଜଣାଇବାର ପ୍ରଶ୍ନ ଉଠୁ ନଥିଲା ।

ମୁନ୍ନା ସହ ଆଉ ପ୍ରାୟ ଦେଖା ହଉ ନଥାଏ । ମୁନ୍ନା ଅନିକି ନେଇ ଆମ ଘରଆଡ଼େ ଆସୁ ନଥିବା ହେତୁ ମୋ ସ୍ୱାଭିମାନୀ ପତ୍ନୀ ମତେ ତାଙ୍କଆଡ଼େ ନଯିବା ଲାଗି ତାଗିଦ୍ କରିଦେଇଥାନ୍ତି ।

କେବେକେବେ ଛୁଟିରେ ପୁରୀ ଗଲେ ମୁନ୍ନାର ବାପା, ମା', ଭାଇ ଗୁଡ଼େଇ ତୁଡ଼େଇ ପଚାରନ୍ତି ମୁନ୍ନା, ଅନି ଏବଂ ତାଙ୍କ ପୁଅର ଭଲମନ୍ଦ । 'ସେମାନେ ଖୁବ୍ ଭଲରେ ଅଛନ୍ତି' – ଏଇ ସଂକ୍ଷିପ୍ତ ଉଉରଟି ଭିନ୍ନ ଅତିରିକ୍ତ କିଛି କହିବା ପାଇଁକା ମୋ ପାଖେ ଭାଷା ବା ଭାବ ନଥାଏ ।

ଯା' ମଧ୍ୟରେ ଖବର ପାଇଲି, ମୁନ୍ନା ପ୍ରାୟତଃ ଅନିକି ପୁରୀରେ ଛାଡ଼ି ଆସୁଥାଏ । ତା' ବାପା-ମାଆ ତାଙ୍କ ବୋହୂ ଏବଂ ନାତିକୁ ବହୁତ ବେଶି ମିସ୍ କରୁଛନ୍ତି ବୋଲି ତା'ର ଧାରଣା ହୋଇଥାଏ । କେବେ କେମିତି ରାସ୍ତାଘାଟରେ ଅବା ମାର୍କେଟ୍‌ରେ ଦେଖା ହୋଇଗଲେ ଏବଂ ଅନିର ଅନୁପସ୍ଥିତିରେ ତା' ଖାଇବା ପିଇବାର ହେଉଥିବା ଅସୁବିଧା କଥା ପଚାରିଦେଲେ ମୁନ୍ନା 'ବାପା-ମା-ଭାଇଙ୍କୁ ତ

ପୁଣି ଦେଖିବାକୁ ହବ ନା !' ଭଳି କଥା ନିର୍ଲିପ୍ତ ଢଙ୍ଗରେ କହି ଏବଂ ଏଣୁତେଣୁ ଆଉ ଦି'ପଦ କଥା ହୋଇ ବିଦାୟ ନିଏ । 'ଆଜି ଇଲିସି ମାଛର ବେସର ତୋ ଭାଉଜ ବନେଇଛି, କିମ୍ବା ମାଂସଖୋଲ ହେଇଛି ଘରଆଡ଼େ ଆ' ଭଳି କଥା କହିବାକୁ ଚାହିଁଲେ ବି ମୋ ତୋଟି ପାଖେ ଅଟକିଯାଏ । ଖାଲି ଯାହା ଦୀର୍ଘନିଶ୍ୱାସଟେ ପକାଏ ।

ମୁନ୍ନାର ଏମିତିକା ଅସ୍ୱାଭାବିକ ଆଚରଣ ସମ୍ପର୍କରେ ମୁଁ ବା ମୋ ସ୍ତ୍ରୀ କେବେ ବି ଘରେ ଆଲୋଚନା କରିନାହୁଁ । ହୁଏତ ଅନିକୁ ପଚରା ଯାଇପାରିଥାନ୍ତା, ମାତ୍ର ସେମିତିକା ପରିବେଶ ବା ପରିସ୍ଥିତି ଜୁଟିନାହିଁ । ଆଉ ଆଜି ଗୁଡ଼େ ଦିନ ପରେ ପୁସ୍ତକମେଲାରେ ଅନି ସହ ଅଚାନକ ସାକ୍ଷାତ ।

ଅନିର 'ଭାଉଜଙ୍କୁ ଆଣି ଆଉ କାହିଁକି ଘରଆଡ଼େ ଆସୁନାହାନ୍ତି ?' ଭଳି ଅଭିମାନୀ ଅଭିଯୋଗ ଏବଂ ଉତ୍ତରରେ 'ତୁ ତ କାଇଁ ଆଉ ଥରୁଟେ ବି ଆମଆଡ଼େ ଆସୁନାହିଁ ଭଳି ମୋର ଅଭିମାନିଆଁ ଉତ୍ତର । ପରିଶେଷରେ ପୁଣି ତା' ସହ ବାଦ ନା ବାଣ୍ଡିବା ପାଇଁ, ଆମ ସହ ତା'ର ବରାବରି ନ କରିବା ପାଇଁ ଓ ତା' ଘରଆଡ଼େ ଆସିଲେ କଥା ହେବା ପାଇଁ ସକରୁଣ ଅନୁରୋଧ ।

ତରବରରେ ଏଇତକ କହିଦେଇ ପୁଅ ହାତ ଧରି ତରତର ହୋଇ ଚାଲିଗଲା ଅନି । ତା'ର କ୍ରମଶଃ ଅପସୃୟମାନ ଧୋବଫରଫର କୃଶାଙ୍ଗ ଶରୀର ଆଡ଼େ ମୁଁ ଚାହିଁଥିଲି ଅପଲକ ନୟନରେ ।

ମୋର ମନେହେଲା, ମେଞ୍ଚାଏ ଜମାଟ'ବନ୍ଧା ରହସ୍ୟ ଯେମିତି ମୋରି ଆଖି ସାମ୍ନାରେ ମତେ ରହସ୍ୟଭେଦର ସୁରାକ୍ ଦେଇସାରି ମୋଠୁଁ ଦୂରେଇ ଯାଉଛି, ନିକଟେଇବାର ଆକୁଳ ଆମନ୍ତ୍ରଣ ଜଣେଇସାରି । ଦୀର୍ଘନିଶ୍ୱାସଟିଏ ପକାଇ ଅଗତ୍ୟା ସେ ଦିଗରୁ ମୁହଁ ଫେରେଇଲି ।

ପୁସ୍ତକମେଲା ଉଦ୍ୟାପନ ଉତ୍ସବରେ ମୋର ଏକ କବିତାଗ୍ରନ୍ଥ ଉନ୍ମୋଚିତ ହେଲା । ଅବଶ୍ୟ ପୁସ୍ତକମେଲାରେ ପୁସ୍ତକ ଉନ୍ମୋଚନ ବ୍ୟାପାରଟି ଏକ ବିରାଟ ପ୍ରହସ୍ନ ଭିନ୍ନ ଅନ୍ୟ କିଛି ହେଇ ହିଁ ନପାରେ । କାରଣ ସେଠି ପୁସ୍ତକଟି ସମ୍ପର୍କରେ ନା କେହି ଦି' ପଦ ଆଲୋଚନା କରନ୍ତି ନା ଉନ୍ମୋଚକ ବ୍ୟାପାରଟିକୁ ଗୁରୁତ୍

ଦିଅନ୍ତି । ତେବେ ମୋ ପାଇଁ ଉନ୍ମୋଚକ କବି ଜଣଙ୍କ ଯାହା ଥିଲେ ସାନ୍ତ୍ୱନା । କାରଣ ସେ ସଜ୍ଜନ କବି ତାଙ୍କର ସକଳ ହାଇପ୍ରୋଫାଇଲ୍‍ ପରିଚୟ ଉର୍ଦ୍ଧ୍ୱରେ କେବଳ ହିଁ କେବଳ ନିରୁତା କବିଟିଏର ଅନୁଭବ ଦିଅନ୍ତି ।

କବିତା ପୁସ୍ତକ ଉନ୍ମୋଚନ ଦୁଇଦିନ ପରେ ଥାଏ ଶନିବାର । ମୋ’ କାର୍ଯ୍ୟାଳୟ ଭଳି ମୁନ୍ନାର କାର୍ଯ୍ୟାଳୟରେ ବି ସେଦିନ ହାଫ୍‍ ଡେ । ଅର୍ଥାତ୍‍ ମୁନ୍ନା ପ୍ରାୟ ଦିନ ସାଢ଼େ ଦୁଇଟା ସୁଦ୍ଧା ଘରକୁ ଫେରି ଆସିବା କଥା । ମାତ୍ର ସଞ୍ଜବୁଡ଼ି ସରିକି କବିତା ବହି ଖଣ୍ଡିଏ ଧରି ମୁନ୍ନା କ୍ୱାର୍ଟରରେ ପହଞ୍ଚିଲା ବେଳକୁ ମୁନ୍ନା ଫେରିନଥିଲା । ଥିଲା ଖାଲି ଅନି ଏବଂ ତା’ ପୁଅ ।

କାଇଁକି କେଜାଣି ମୋ ପାଦ ଦ୍ୱାରବନ୍ଧ ସେପାଖେ ଅଟକିଗଲା । ଭାଇନା, ଭିତରକୁ ଆସିବେନି ନା କ’ଣ ଭଳି କଥା ଅନି ମୁହଁରୁ ଶୁଣିଲା ପରେ ଅଗତ୍ୟା ମୋତେ ଘର ଭିତରକୁ ଆସିବାକୁ ହେଲା । ମୁଁ ସୋଫାରେ ବସୁ ନ ବସୁଣୁ ଅନି ତେଣେ ଚା’ ବସେଇ ସାରିଲାଣି ।

ଗୁଡ଼େ ଦିନ ହବ ଆସି ନଥିବା ହେତୁ ନିହାତି ପରିଚିତ ସେ ଘର ବି ମତେ ଅପରିଚିତ ଅପରିଚିତ ମନେହେଉଥାଏ । ସବୁ ଆସବାବ ତ ଯଥା ସ୍ଥାନରେ ଅଛନ୍ତି । ସୋଫା କଭର, ଡୋର୍‍ ସ୍କ୍ରିନ, ଉଇଣ୍ଡୋ ସ୍କ୍ରିନ, କାନ୍ଥରେ ଟଙ୍ଗା ହୋଇଥିବା ପେଣ୍ଟିଙ୍ଗ, ଏମିତିକି ଟିଭି, ୱାସିଙ୍ଗ୍‍ ମେସିନର ସ୍ଥାନ ମଧ୍ୟ ବଦଳି ନାହିଁ । କିଛି ବୋଲି କିଛି ବଦଳିନି । ତା’ହେଲେ ମତେ ସବୁକିଛି ବଦଳିଲା ବଦଳିଲା ଲାଗୁଥାଏ କାହିଁକି ? ?

ମନ ଭିତରେ ଏଇ ପ୍ରଶ୍ନଟି ଗୁଡ଼େଇତୁଡ଼େଇ ହେଲା ତ ମିଳିଗଲା ବି ଉତ୍ତର । ଆରେ ସତେ ତ । କିଛି ବଦଳିନି ସତ, ହେଲେ ବଦଳିଛି ଯେ ମନ ! ମନ ବଦଳିଗଲେ ସକଳ ପାର୍ଥିବ ବଦଳିଲା ବଦଳିଲା ଲାଗେ ନାହିଁ କି !

“ଭାଇନା, କ’ଣ ଗୁଡ଼େ ଭାବୁଛନ୍ତି, ଚା’ ନିଅନ୍ତୁ । ଇସ୍‍ କି ସୁନ୍ଦର ହୋଇଛି ବହିର କଭର । କ’ଣ ଆପଣଙ୍କ ଲେଖା ବହି ?”

ଚାଙ୍କିନା କଟିଗଲା ଅନ୍ୟମନସ୍କତା, ଅନିର ତାଗିଦ୍‍ରେ । ତା’ ହାତରୁ ଚା’ କପ୍‍ ନବା ଭିତରେ କହିଲି, “ହଁ ମୋରି କବିତା ବହି, ତୋ’ ପାଇଁ ଖଣ୍ଡିଏ ଆଣିଥିଲି । ମୁନ୍ନା କ’ଣ ଏଯାଏ ଫେରିନି ?”

“ସେ ଫେରୁ ଫେରୁ ରାତି ଦଶ, ସାଢ଼େ ଦଶ, ଏଗାର, ସାଢ଼େ ଏଗାର, ବାଆର ବି ହୋଇପାରେ ।” ଅନି ହସିହସି କଥାଟିକୁ ଏମିତି ଦିହସୁହା ଢଙ୍ଗରେ କହିଲା, ଯେମିତିକି ମୁନ୍ନାର ଫେରିବା ସମୟକୁ ନେଇ ସେ ଆଦୌ ଚିନ୍ତିତ ନୁହେଁ ।

“କ’ଣ ଏମିତି କାମ ପଡ଼ିଗଲା ଆଜି ?” ମୋର ପଚାରିବାଟା ଥିଲା ନିହାତି ଔପଚାରିକ ଏବଂ ସେଥିରେ ବିଶେଷ ଅନୁସନ୍ଧିସ୍ୱା ବି ନଥିଲା । ମାତ୍ର ଅନିର ପରବର୍ତ୍ତୀ ଉତ୍ତର ମତେ ସଜାଗ କରିଦେଲା ।

ଆଖି ବଡ଼ ବଡ଼ କରି ଅନି କହିଲା, “ଆଜି !” କାମଟି ତ ନିତିଦିନିଆଁ । ବର୍ଷକ ତଳେ ଆମର ଶେଷ ଭୋଜି ବେଳେ ଜାମାଯୋଡ଼ ହେଇ ‘ଏଇଠୁ ଆସୁଛି’ କହି ଡାକ୍ତର ଯିବା ଏବଂ ପାଖାପାଖି ଦୁଇ ଅଢ଼େଇ ଘଣ୍ଟା ପରେ ଫେରିବା କଥାଟି କ’ଣ ମନେ ପଡୁନି ?”

“ହଁ ଯେ, ହେଲେ ମୋର ଯାହା ମନେପଡ଼ୁଛି, ମୁନ୍ନା ତ ସେଦିନ ଆମ ସମସ୍ତଙ୍କ ପାଇଁ ଆଇସକ୍ରିମ୍, କୋଲ୍‌ଡ୍‌ରିଙ୍କ୍‌ସ୍ ଆଣିବା ପାଇଁ ଯାଇଥିଲା ।”

“ଆପଣ କେଡ଼େ ସରଳ ଭାଇନା, ଭାଉଜଙ୍କ ଭାଗ୍ୟ । ତଳକୁ ଓହ୍ଲେଇଲେ ପରା ଆଇସକ୍ରିମ୍ ଦୋକାନ । ସେଟା ଥିଲା ତୁଚ୍ଛା ବାହାନା ।”

“ବାହାନା ! କ’ଣ ପାଇଁ ?” ମୋର ସଜାଗ ପ୍ରଶ୍ନ ।

“ନହେଲେ ନଚଳେ ପରା । ସେଦିନ କହି ନଥିଲି ।”

“ତୋ’ କଥାରେ ମୁଁ ଖାଲି ଘାଣ୍ଟିଚକଟି ହେବି ସିନା ଅନି, ଖିଅ ପାଇବିନି । ତେଣୁ କଥାଟି ଖୋଲିକି କହ ।”

ଅନି ପୁଣି କଳକଳ ହେଇ ହସିଲା ଏବଂ କହିଲା, “ଖୋଲିକି କହିବି ବୋଲି ତ ସେଦିନ ଡାକିଥିଲି । କିଞ୍ଚିତ ମାତ୍ରାରେ ବୋଝ ହାଲୁକା କରିବା ପାଇଁ । ଖୋଲା ମୁଢ଼ ନେଇ ଆସିଛନ୍ତି ତ ? ଭାଉଜକୁ ଆଣିଲେନି ? ନ ଆଣିଛନ୍ତି ଭଲ ହୋଇଛି । ଯା’ ହେଲେ ବି ଭାଉଜ କ’ଣ ଆଉ ଆପଣଙ୍କ ଭଳି ଆପଣାର ହୋଇପାରିବେ । ଆପଣାର ମଣିଷ ଆଗରେ ସିନା ନିଜକୁ ଖୋଲିଦେଇ ହୁଏ ।”

ଶେଷ କଥାଟି ଉପରେ ଅନିର ଦୀର୍ଘଶ୍ୱାସ ମତେ ଆହୁରି ସଜାଗ କରିଦେଲା । କାରଣ ସେଇଥିରୁ ମୁଁ ପାଇଲି ରହସ୍ୟର ସାତତାଳ ପାଣିତଳ ଗହୀର ପ୍ରଦେଶର କିଞ୍ଚିତ ଆଭାସ ।

“ଏମିତିରେ ସେ ଭାରି ଭଲ ମଣିଷ ଭାଇନା, ଆପଣଙ୍କ ଛଡ଼ା ଏକଥା ବେଶୀ ଅଧିକ କିଏ ଜାଣେ। ସରଳ, ଅମାୟିକ, ଏକଦା ଖାଇବା ଖୋଇବାରେ ପ୍ରଚୁର ଆନନ୍ଦ ପାଉଥିବା ଲୋକଟିଏ।”

“ଏକଦା କହିଲୁ ଯେ ଅନି? ମୁନ୍ନାର ସରଳ ଆମାୟିକ ପଣ କ’ଣ କେବଳ ଅତୀତ!!”

“ତା’ ହୋଇନଥିଲେ ଭୋଜିଦିନ ସନ୍ଧ୍ୟାରେ ଆପଣଙ୍କୁ ଏକୁଟିଆ ଛାଡ଼ି, ମିଛ କହି ସେ ତାଙ୍କ ନିତିଦିନିଆ ଗସ୍ତକ୍ରମରେ ବାହାରି ଯାଇଥାନ୍ତେ!! ଅନ୍ତତଃ ସେଇଦିନଟି ସଂଭଳା ପଡ଼ିଯାଇ ନଥାନ୍ତେ ଭାଇନା!!”

“ହେଲେ ମୋ ଜାଣିବାରେ ତ ମୁନ୍ନାର ଏମିତି କିଛି କାର୍ଯ୍ୟ ନିତିଦିନିଆ ନଥିଲା?”

“ଚାକିରୀ ସ୍ଥାନକୁ ନଯାଇ ଥିବା ଯାକେ। ଚାକିରୀ ପାଇ ବାପା ମା’ଙ୍କ ପାଖ ଛାଡ଼ିଲା ପରେ ଚାକିରୀ ସ୍ଥାନର ଏକଲାପଣ, ଜଣକ ଏକଲାପଣରୁ ଅନୁଚିତ ଫାଇଦା ଉଠେଉଥିବା ସ୍ୱାର୍ଥୀ ବନ୍ଧୁ ମହଲ ଏବଂ କିଛି କିଛି ପୁଣି ସ୍ଥାନର ମହାମ୍ୟ ତାଙ୍କୁ ଡାଆ ବଦଲେଇବାରେ ଗ୍ରହଣ କଲେ ପ୍ରମୁଖ ଭୂମିକା।” – କହିଲା ଅନି।

ମୁଁ ଲକ୍ଷ୍ୟ କରି ବ୍ୟଥା ପାଇଲି, ଯେ ଅନିର ଆଖି କ୍ରମଶଃ ଛଳଛଳ ହୋଇ ଆସୁଛି। କପ୍ ନେବା ବାହାନାରେ ଅନି ଉଠିଗଲା ଏବଂ ରୋଷେଇ ଘରେ ବେସିନରେ ମୁହଁ ଆଖି ଧୋଇଧାଇ ହୋଇ ଆସିଲା। ସୋଫା ଉପରେ ବସିପଡ଼ି ଚିରାଚରିତ ଢଙ୍ଗରେ ହସୁହସୁ କହିଲା, “ଛାଡ଼ନ୍ତୁ ଭାଇନା, କ’ଣ ମିଳିବ ଆପଣଙ୍କୁ ଏ ସବୁରୁ।”

ଅନି ନେଲା ଆଉ ଏକ ଦୀର୍ଘଶ୍ୱାସ। କେମିତି କେଜାଣି ଅନିର ହାତମୁଠା ଉପରେ ମୋ ଡାହାଣ ହାତର ପାପୁଲି ପଡ଼ି ଆପେ ମୁଠା ହୋଇଗଲା। ହୁଏତ ତା’ ଥିଲା ସ୍ୱତଃସ୍ଫୁର୍ତ, ସହାନୁଭୂତିସୂଚକ। ଅନିର ଛଳଛଳ ଦୃଷ୍ଟି ଚଟ୍କରି ସେଇଠି ପଡ଼ିଲା, ମୁହୂର୍ତ୍ତିକ ପାଇଁ ହେଲେ ସୁଦ୍ଧା ତା’ର ସୁନ୍ଦର ମୁହଁକୁ ଆବୋରିଲା କଠୋରତା। ମାତ୍ର ପଲକ ମାତ୍ରକେ ସେ ମୁହଁରେ ସ୍ୱାଭାବିକତା ଉକୁଟାଇ ରହସ୍ୟମୟ ହସରେ ହସି କହିଲା, “ପରିସ୍ଥିତି ଓ ପରିବେଶର ବି କେମିତି ଗୋଟାଏ କୁ–ପ୍ରଭାବ ମଣିଷ ଉପରେ ହୁଏତ ଥାଏ।”

ଅନି ହୁଏତ ମୁନ୍ନା ପ୍ରସଙ୍ଗରେ ତା'ର ଅନୁଭବ କଥାଟି କହିଥିବ, ମାତ୍ର କରେଣ୍ଟ ଖାଇଲା ଭଳି ତା' ହାତମୁଠା ଉପରୁ ମୋ' ମୁଠା ହାତ ଆପେ ଶିଥିଳ ହୋଇଗଲା ଏବଂ ହାତ ଉଠେଇ ଆଣି ମୁଁ ମନେ ମନେ ନିଜକୁ ଧିକ୍କାର କଲି ।

ଅନି କହିଲା, "ଆପଣଙ୍କର ଲୋକଟିକୁ କିଛି ମିଲୁ ବା ନ ମିଲୁ କହିବା ଲୋକ କିନ୍ତୁ କିଛିଟା ହାଲୁକା ବୋଧ କରେ । ଆପଣଙ୍କୁ ସେଟିକି ଆପଣାର ମଣୁ ନଥିଲେ ଭାଇନା, ମୁଁ ଜମାରୁ ଆପଣଙ୍କ ସମୟ ନଷ୍ଟ କରନ୍ତି ନାହିଁ ।"

ମୁଁ ନିଜକୁ ଅଧିକ ଧିକ୍କାରିଲି, ଅବଶ୍ୟ ଯଥାସମ୍ଭବ ଭାବ ଲୁଚେଇବାକୁ ଚେଷ୍ଟା କରି ।

ଅନି କହୁଥିଲା, "ବନ୍ଧୁ ଗୋଟେଇବାରେ ଆପଣଙ୍କ ବନ୍ଧୁଟି ଧୁରନ୍ଧର ନା ଭାଇନା, ସେଠି ବି ଅନେକ ବନ୍ଧୁ ଜୁଟିଗଲେ । ଜଣେ ଦି'ଜଣ ସହକର୍ମୀ, ଜଣେ ଖୁଚୁରା କଂଟ୍ରାକ୍ଟର, ସେ କଂଟ୍ରାକ୍ଟରର ଗୋଟେ ଯୋଡ଼େ ବାତେରା ସପ୍ଲାୟର । ସେ ଖୁଚୁରା ଲୋକଟିର ରୂପଭେଖ, କେଶବାଶ, ଅଲରା ଦାଢ଼ି, ତା' ସାଙ୍ଗକୁ ତାର ଓଜନିଆ କଥା ଶୁଣିଲେ ମନେହେବ, ଯେମିତି ପୃଥିବୀ ଯାକର ବୋଝ ମୁଣ୍ଡେଇଛି ସେଇ । ସେ ପୁଣି ଗଜଲପ୍ରେମୀ । ତେଣିକି ଜମିଲା ଆସର ।

ଆପଣ ଭାଇନା ତ ଜଣେ କବି । ଟିକିଏ କଳ୍ପନା କରନ୍ତୁ ତ – ଏକଲା ପରିବେଶ, ଅଛ ଆଲୁଅ ଅଛ ଅନ୍ଧାର ଭିତରେ ଧୀମା ସ୍ୱରରେ ବାଜୁଥିବେ ଗୁଲାମ୍ ଅଲ୍ଲୀ ନାଇଁ ତ ପଙ୍କଜ୍ ଉଧାସ୍, ରୋଷେଇ ଘରୁ ଆସୁଥିବ କଷା ମାଂସର ଆଈଁଶିଆ ବାସ୍ନା – ସେଥିକି କମ୍‌ସେକମ୍ ଡ୍ରିଙ୍କସ୍ ଟେ ଲୋଡ଼ା ବୋଲି ଆମ ତୁମ ଭଳି ମାମୁଲି ଲୋକ ନ ଚାହିଁଲେ ବି ଗଜଲପ୍ରେମୀ ଖୁଚୁରା କଂଟ୍ରାକ୍ଟର ନିହାତି ରଖିଥିବେ ନା ନାହିଁ ? ତାଙ୍କୁ ତାଙ୍କର ସେଇ ଗୋଟେ ଯୋଡ଼େ ବାତେରା ସପ୍ଲାୟର ସମର୍ଥନ କରିଥିବେ ନା ନାହିଁ ? ଯାକର ସହକର୍ମୀ ଜଣେ ଦି' ଜଣ ନୀରବ ସମର୍ଥନରେ ମୁରୁକି ହସା ମାରିଥିବେ ନା ନାଇଁ ? ଏତେ ଗୁଡ଼େ ଘଟଣା ଘଟିବା ପରେ ଆପଣଙ୍କ ବନ୍ଧୁବସଲ ବନ୍ଧୁଟିର ଆଉ କିଛି ଚାରା ଥିବ କି ?"

ଏକାରାହାକେ ଏତେଗୁଡ଼େ ଶ୍ଲେଷପୂର୍ଣ୍ଣ କଥା ବୟାନ କରିସାରି ଅନି ଘନଘନ ନିଶ୍ୱାସ ନେଲା । ତା' ଛାତିର ଉଠପଡ଼ରୁ ମୁଁ ଅନୁମାନ କରିପାରୁଥିଲି ତା'

ଛାତି ଭିତରେ ଯେମିତି ଗବଗବ ହେଇ ଫୁଟୁଚି ଦୁଃଖ, ଦୁଃଷ୍ଟେଷ୍ଟା, କ୍ରୋଧର ଫେଣ୍ଟାଫେଣ୍ଟି ଭାବ।

"ତେଣିକି ନିତି ଜମିଲା ଆସର।" ଅନି କହୁଥାଏ। "ସେଇ ନିତିଦିନିଆ କାର୍ଯ୍ୟକ୍ରମରେ ଖାଇବା ଉପରେ କ୍ରମେ ଜୋର୍ ଜମିଗଲା, ପିଇବାଟା ହିଁ ମୁଖ୍ୟ। ଦିନ ତମାମ୍ ଠିକ୍। ଖୁସିବାସି, ଦୁଃଖସୁଖ, ବାପା-ମା' ଭାଇଙ୍କ ଚିନ୍ତା - ସଞ୍ଜ ବୁଡ଼ିଲେ ମନ ଆନମନା। ଆପଣ ଭାବୁଥିବେ ମୁଁ ଏସବୁ କଥା କେମିତି ଜାଣିଲି। ଏସବୁ ମୋ ଆଖିଦେଖା, ଅନୁଭବର କଥା। ମୁଁ ପାଖରେ ନଥିଲାବେଲେ ଆସର ବସେ ଘରେ, ପାଖରେ ଥିଲେ ବାହାରେ। ଦିନେ ନହେଲେ ନଟଲେ। ଆପଣଙ୍କୁ ଚିଠିରେ ଲେଖିଥିଲି ନା, ମୋ ହୃଦୟବାନ୍ ଶାଶୁ ମୋତେ ତାଙ୍କ ପାଖକୁ ଏକରକମ୍ ଜୋର କରି ପଠାଇଥିଲେ, ପୁଅର ଖାଇବା ପିଇବାରେ ଅସୁବିଧା ଦର୍ଶାଇ। ମାତ୍ର ସତ୍ୟଟି ହେଲା, ପୁଅର ଅସଙ୍ଗତ ଚାଲିଚଲଣ ସମ୍ପର୍କରେ ହୁଏତ ଶଶୁର ପାଇଥିଲେ ସୂଚନା ଅବା ବଂଶ ରକ୍ଷା ପାଇଁ ସ୍ତ୍ରୀ ପୁରୁଷ ଏକାଠି ହେବା ଜରୁରୀ ବୋଲି ମୋ ଅନୁଭବି ଶାଶୁ ଜାଣୁଥିଲେ।"

ଅନି ନୀରବିଗଲା ଓ କହିଲା, "ଭାଇନା! ବୋର ଲାଗୁଚି କି?"

"ନାଇଁ ନାଇଁ, ମନରେ କଷ୍ଟ ଆସୁଛି ଯାହା।"

"ସେ କଷ୍ଟକୁ ସାଇତି ରଖନ୍ତୁ ଭାଇନା, ମୋ' ପ୍ରତି ସହାନୁଭୂତି ଦେଖେଇବାରେ ସାରି ଦିଅନ୍ତୁ ନାହିଁ। ଚା' ଟିକେ ଆଣେ?"

"ତୁ ରାତି ପାଇଁ ରୋଷେଇ କରିବୁନି କି ଅନି?"

"ଆମେ ମା' ଛୁଆ ଦି'ଟା ମ୍ୟାଗି ଫ୍ୟାଗି ସିଝେଇ ଖାଇଦେବୁ। ସେ ତାଙ୍କ ଖଟିରୁ ଖାଇକି ଆସିବେନି କି।"

"ଏଟା ବି ନିତିଦିନିଆଁ?"

"ନାଇଁ, ପ୍ରାୟଦିନିଆଁ। କୋଉଦିନ କେମିତି ମନ ହେଲେ ଘରେ ଖାଆନ୍ତି, ଯୋଉଦିନ ଟିକେ ଅଲଗା ମୁଡ୍ ଥାଏ। ବେଶୀ ବୁଝେଇ କହିବା କି ଦରକାର?"

ଦେଖିଲି, ଏମିତିକା ଦିହଉଲୁସା କଥା ମୋ ଆଗରେ ନିର୍ବିକାର ଭାବେ କହୁଥିଲା ବେଲେ ସେ ଥିଲା ଦୁଃଖରେ ଜରଜର। କ୍ରମଶଃ ସେ ହେଲା ପ୍ରଗଲ୍ଭା।

ତେଣିକି ଏକ ବେପରୁଆ ବଣ୍ୟ ଝରଣା ଭଳି ସେ ଖାଲି ବହିଗଲା ଉନ୍ମତ୍ତ ଭାବେ, ଥଲକୂଳ ନ ମାନି । ହୁଏତ ଆମ କଥା-ପ୍ରସଙ୍ଗଟି ଅବଲୀଳା କ୍ରମେ ତା' ସାତତାଳ ଗହୀର ସ୍ପର୍ଶକାତର ଇଲାକାକୁ ଖୁଞ୍ଚାଟିଏ ମାରିଦେଇଥିଲା ।

ଅନି କହି ଚାଲିଲା, "ରାତି ଅଧ ସରିକି ଫେରିବେ । ଆଲକହଲର ଉଗ୍ର ଗନ୍ଧକୁ ଘୋଡ଼େଇବାର ବିକଳ ପ୍ରୟାସରେ ପାଟିରେ ଥିବ କଡ଼ା ଜର୍ଦ୍ଦାପାନ । ବାଥରୁମ୍‌ରେ ପଶିବେ ଘଣ୍ଟେ ପାଖାପାଖି, ସେଠୁ ବାହାରି ଆଇନା ଆଗରେ ଛିଡ଼ା ହେବେ, ପାନିଆରେ କେଶ ରାମ୍ପିବେ, ଫିନ୍‌ ଫିନ୍‌ ପଞ୍ଜାବୀ ଦେହରେ ଗଲେଇ ପୁଣି ଆରିଶି ଆଗରେ ଛିଡ଼ା ହେବେ, ସତେକି ନିଜକୁ ସେ ନୂଆ କରି ଦେଖୁଛନ୍ତି ।"

ଅନି କିଛ୍ତ୍‍ କାଳ ନୀରବ ହେଲା । ମୁଁ ଥିଲି କେବଳ ନୀରବ ଶ୍ରୋତା । କ'ଣ ଅବା ବୋଧ ଦେଇପାରନ୍ତି ମୁଁ ମୋ ପ୍ରଗଲ୍‌ଭା ଆମ୍ମାୟାଟିକୁ!

ଅନି କହିଲା, "ଆରିଶି ସାମ୍ନାରୁ ଆସି ମୋ ପାଖେ ବସିବେ ସୋଫାରେ, ଦିହକୁ ଦିହ ଲଗାଇ । ମୁଁ ଦେଖିଥିବା ଆନିମଲ୍‌ ପ୍ଲ୍ୟାନେଟ୍‌ ଚ୍ୟାନେଲ୍‌ ବଦଲାଇ ଫ୍ୟାସନ୍‌ ଟିଭି ଚ୍ୟାନେଲ୍‌ ଖୋଲି ଅଧଲଙ୍ଗୁଲି ଝିଅଙ୍କ ପ୍ୟାରେଡ୍‌ ଦେଖିବେ । ମୁଁ ଉଠିଯାଉଥିବି, ମୋ ହାତ ଧରି ପକାଇ କହିବେ, କାଲି ପରା ରବିବାର । ସକାଳ ବ୍ରେକ୍‌ଫାଷ୍ଟ ସାଉଥ୍‌ ଇଣ୍ଡିଆନ୍‌ରେ ଖାଇବା, ଲଞ୍ଚ କରିବା ଚାଇନିଜ୍‌ ରେଷ୍ଟୋରାଁରେ, ସନ୍ଧ୍ୟାକୁ ଯିବା ମନ୍ଦିର ଆଉ ତୁମ ଭାଇନାଙ୍କ ଘରଆଡ଼େ । ଯିବା ଯିବା ହେଇ ଯାଇପାରୁନେ, କାଲିକି ନିଶ୍ଚେ ଯିବା । ସେଠି ଦିନର ଖାଇବା, ଆସନ୍ତା ରବିବାର ପାଇଁକା ସେମାନଙ୍କୁ ନିମନ୍ତ୍ରଣ ବି ଜଣେଇ ଦେଇ ଆସିବା । ମୁଁ ନୀରବରେ ସବୁ ଶୁଣୁଥିବି, କିଛି ହଁ ପ୍ରତିକ୍ରିୟା ପ୍ରକାଶ ନକରି । କାରଣ ମୁଁ ଜାଣୁଥିବି, କେବେ ବି ଘଟିବାକୁ ଯାଉ ନଥିବା ଘଟଣାମାନଙ୍କର ଏମିତି ସବୁ ମିଠା ପ୍ରତିଶ୍ରୁତି ଏକ ଅତ୍ୟନ୍ତ ବିରକ୍ତିକର କାର୍ଯ୍ୟକ୍ରମର ଉପକ୍ରମଣିକା ମାତ୍ର । ବାଧା ବି ଦେଉ ନଥିବି ଏୟା ଚିନ୍ତାକରି ଯେ, ଲୋକଟିର ଅଳଶ ଆଗ୍ରହକୁ – ଯାହା ଅନତିବିଳମ୍ବେ ଆପେ ଧଉଁଲିଯିବ – ମୁଁ ଭାଙ୍ଗିଦେଇ ପାପ ଅର୍ଜିବି କାହିଁକି ? ମୋ କଥାଗୁଡ଼ା ଶୁତିକଟୁ, ନିର୍ଲ୍‌ଜ ନିର୍ଲ୍‌ଜ ମନେ ହେଉଛି ନା ଭାଇନା ?"

ଅନି କହୁଥାଏ, "ତା'ପରେ କଅଁଳେଇ ପଡ଼ିବେ, ପୁଅ ଶୋଇଲାଣି ? ସତେ ଅବା ପୁଅ ନିତି ଚାହିଁ ବସିଥାଏ ବାପର ଫେରିବା ବାଟକୁ ତା' ବୋକି

ମା' ଭଳି ଏତେ ରାତି ଯାଏକେ। ଧୀରେ ଉଠି ପୁଅ ଶୋଇଲା ଘର ଦରଜା ଆଉଜେଇ ଛିଟିକିଣି କିଲିବେ। ଫେରି ସୋଫା ଉପରେ ବସି ମୋତେ ଚାହିଁ ହସିବେ ଅର୍ଥପୂର୍ଣ୍ଣ ହସ। ମୁଁ ବି ହସିଦେବି, ଯଦିଓ ଜାଣୁଥିବି ମୋ ହସ କୃତ୍ରିମ, ଯଦିଓ ଜାଣୁଥିବି ସେ ହସର ଚରମ ପରିଣତି କ୍ଲାନ୍ତି ନୁହେଁ, ବିରକ୍ତି। ତା' ପରେ ସେ ଚ୍ୟାନେଲ୍ ବଦଲାଇ ଭିଡିଓ ଚ୍ୟାନେଲ୍ ଖୋଲିବେ ଏବଂ ମୋ' ନୀରବ ପ୍ରତିବାଦକୁ ଦେଖି ନ ଦେଖିଲା ଭଳି ଭିସିଡିରେ ଭରିବେ ବ୍ଲୁ ଫିଲ୍ମ କ୍ୟାସେଟ୍। ସେତେବେଳେ ସେ ଥରୁଥିବେ ଗୋଟାପଣ, ନିଶ୍ୱାସ ନଉଥିବେ ଘନଘନ। କ୍ୟାସେଟ୍ ଚଲୁଥିବ, ମୋ ଦୃଷ୍ଟି ଟିଭି ପର୍ଦ୍ଦାରେ ନଥିବାର ଲକ୍ଷ୍ୟକରି ସେ ଜୋର୍ କରି ମୋ ମୁହଁ ସ୍ୟାଡକୁ ବୁଲେଇ ଦଉଥିବେ। ଘନିଷ୍ଠରୁ ଘନିଷ୍ଠତର ପୁଣି ଘନିଷ୍ଠତମ ହେବାକୁ ଚେଷ୍ଟା ଆରମ୍ଭ କରିଦେବେ। କ'ଣ ଅନୁଭବ କରିବେ କେଜାଣି, ଉଠିପଡି ଫ୍ରିଜ୍‌ରୁ ହ୍ୱିସ୍କି କାଢ଼ି ଦୁଇଚାରି ଢୋକ ଢକଢକ କରି ପିଇଯିବେ। ସିଂହ ଦର୍ପରେ ମାଡ଼ି ଆସିବେ ଓ ପରମୁହୁର୍ତ୍ତରେ ବୁଲା କୁଢ଼ି ପରି ଧକେଇ ଧକେଇ କହିବେ, ଦେଖିଲ ଦେଖିଲ ପୁଅଟା ଉଠି ପଡ଼ିଲା କି କ'ଣ। କହି ସେ ନିଜେ ଉଠି ପଡ଼ିବେ। ପୁଅ ଶୋଇଥିବ ଗାଢ଼ ନିଦରେ, ଶାନ୍ତିରେ। ମୁଁ ତାଙ୍କ ଦୟନୀୟ ସ୍ଥିତିକୁ ବିକଳ ଦୃଷ୍ଟିରେ ଚାହିଁଥିବି, ଯୋଉଥିରେ ଭରିଥିବ ଏଭଳି ଭାବ, ଯାହାକୁ ନିଜ ପ୍ରତି ଧିକ୍କାର ଏବଂ ତାଙ୍କ ପ୍ରତି ତାଚ୍ଛଲ୍ୟ ଭିନ୍ନ ଆଉ କିଛି ହିଁ କୁହାଯାଇ ନପାରେ।

ଅନି ଆଖି ପୋଛିଲା। ଶ୍ଲେଷଭରା କଣ୍ଠରେ କହିଲା, "ଭାଇନା, କେହି ଜଣେ ମହାକବି - ବୋଧେ ସେକ୍ସପିୟର କହିଥିଲେ ନା, ମଦ ସ୍ପୃହା ବଢ଼ାଏ, ମାତ୍ର ମନକୁ କରିଦିଏ ନିଷ୍କ୍ରିୟ। ଦେହକୁ ନିୟନ୍ତ୍ରଣ କରେ ମନ ତ। ବର୍ଷ ବର୍ଷ ଧରି ଅତ୍ୟାଚାରିତ ଗୋଟିଏ ଶିଥିଳ ଦେହ, ନିଷ୍କ୍ରିୟ ମନଠୁ ସ୍ତ୍ରୀ ଆଉ ଅଧିକ କ'ଣ ଆଶା କରିପାରେ। ଚରମ ଲକ୍ଷ୍ୟ କାଳେକାଳେ ତାଙ୍କ ପାଇଁ ଅପହଞ୍ଚ। ପହିଲେ ପହିଲେ ମୁଁ ସନ୍ତୁଷ୍ଟିର ଛଲନା କରୁଥିଲି - କାଲେ ତାଙ୍କଠାରେ ହୀନମନ୍ୟତା ସୃଷ୍ଟି ହେବ, କାଲେ ସେ ହୀନମନ୍ୟତା ତାଙ୍କ ଭିତରେ ବସା ବାନ୍ଧି ତାଙ୍କୁ ଫାଲ୍‌ଗୁନିରୁ ବୃହନ୍ନଳା ବନେଇଦବ, ସେଇ ଆଶଙ୍କାରେ। ସେ ହୁଏତ ମୋ ଛଲନା ବୁଝିପାରୁଥିଲେ, ସେଥିପାଇଁ ଫତେଇ ଫତେଇ ପଚାରୁଥିଲେ। ଅଧିକ ଫତେଇହେଲେ ମୁଁ ବିରକ୍ତ ହୋଇ କହୁଥିଲି, ମୋତେ କାହିଁକି ପରଖୁଛ, ନିଜକୁ ପରଖୁନ। ସେ ତା'ପରେ ଏକବାରକେ ଚୁପ୍ ହୋଇଯାଉଥିଲେ। ତା'ପରଦିନ ମୋତେ ନେଇ ଛାଡ଼ି ଦେଇ

ଆସୁଥିଲେ ପୁରୀରେ। କାରଣ ଠିକ୍ ତା'ପରେପରେ କାଲେ ତାଙ୍କର ମନେପଡ଼ି ଯାଉଥିଲା, ତାଙ୍କ ବାପା ମା' ତାଙ୍କ ବୋହୂ ଏବଂ ନାତିକୁ ବହୁତ ମିସ୍ କରୁଛନ୍ତି। ମୁଁ ବି ଆଶ୍ୱସ୍ତ ହେଉଥିଲି। ଅନ୍ତତଃ ମୁକ୍ତି ମିଲେ ତ ସେଠି ଏଭଲି ବିରକ୍ତିରୁ। ଅନ୍ତତଃ ଦୁଇ ଚାରୋଟି ଦୀର୍ଘଶ୍ୱାସ ତ ସେଠି ନେଇହୁଏ, ନିର୍ଦ୍ଧନ୍ଦରେ।

ଅନି ଚୁପ୍ ହେଲା ମାତ୍ରକେ ଆଗ୍ରହ ଦମନ କରି ନପାରି ମୁଁ ପଚାରିଦେଲି, ହେଲେ ଅନି, ତୋର ତ ପୁଣି ପୁଅଟିଏ...!!

ମୋ' କଥା ଅଧାରୁ ଅଟକିଗଲା ଅନିର କଲକଲ ହସରେ। ତା' ହସ ମୋତେ ପରିହାସ ଭଲି ମନେହେବାରେ କିଛି ବୈଚିତ୍ର୍ୟ ନଥିଲା। ତେବେ ଗମ୍ଭୀର ପରିସ୍ଥିତିକୁ ଆଶ୍ଚର୍ଯ୍ୟଜନକ ଭାବେ ହାଲୁକା କରିଦେଇ ନିଜ ନିୟନ୍ତ୍ରଣକୁ ନେଇଯାଉଥିବା ଭଲି ବିରଳ ବ୍ୟକ୍ତିତ୍ୱର ଅଧିକାରିଣୀ ଅନି। ଅନି କହିଲା, "ସେଇ ପୁଅଟି ଜାଣନ୍ତୁ ଭାଇନା, ମୋ ସମ୍ବଳ। ମୋ ଆଶା, ମୋ ଭରସା, ଜିଇଁବାର କା' ବା ରାହା, ଯା' କିଛି କହିପାରନ୍ତି ଆପଣଙ୍କ କବି ଭାଷାରେ। ସେଇଟା ମୋ ଅନୁଭବି ଶାଶୁଙ୍କ ଦୟା, କହୁ ନଥିଲି କି। ନେଡ଼ିଗୁଡ଼ କହୁଣିକି ବୋହିଯିବା ଆଗରୁ ଅନ୍ତତଃ ପୁଅଟେ ହାସଲ୍ କରିନେଇଛି। ତା'ଛଡ଼ା ବୋଝ ହାଲୁକା କରିବା ଲାଗି ଆପଣଙ୍କୁ ସବୁ ଖୋଲି କହିବି ବୋଲି ସିଦ୍ଧାନ୍ତ କରିନେଇଛି ଯେତେବେଲେ, କହିବାରେ ଦ୍ୱିଧା ନାହିଁ ଯେ, ବିନ୍ଦୁଏ ରେତ ଗର୍ଭ ସଞ୍ଚାର ପାଇଁ ପରା ଯଥେଷ୍ଟ। 'ବାପ ବନିଗଲେ ଗଡ଼ ଜିତିଗଲି' ଭଲି ଭାବନା ନାରୀକୁ ସନ୍ତୁଷ୍ଟ ଦେବାରେ ଅସମର୍ଥ ପୁରୁଷର ଆତ୍ମସାନ୍ତ୍ୱନା ଭିନ୍ନ ଅନ୍ୟ କିଛି ହିଁ ହୋଇ ନପାରେ। ଗଡ଼ ଜିତିବା ତ ବହୁଦୂର, ସେମାନେ ଏରୁଣ୍ଡି ଡେଇଁଥାନ୍ତି କି ନା ସନ୍ଦେହ।

ଅନିର ଶ୍ଳେଷ ମୋ ହୃଦୟକୁ ମନ୍ଥି ପକେଇଲା ଭଲି ଅନୁଭବ ଦେଉଥାଏ। ବହୁଦିନ ତଲେ ଅନି କଥା ଛଲରେ କହିଥିବା ସେଇ ପଦିକ କଥା 'ଭାଇନାଙ୍କ ଦୟା' ଆଜି ଏକ ସହସ୍ରଫେଣୀ ନାଗ ଭଲି ମୋତେ ଦଂଶନ କରୁଥିଲା ଏବଂ ମୋର ଯନ୍ତ୍ରଣା ଜର୍ଜରିତ ମନ ବିଲାପ କରୁଥିଲା, ତୋର ଏ ଦହନ, ଏ ଜ୍ୱାଲା ପାଇଁ ମୁଁ ବି ପରୋକ୍ଷ ଭାବେ ଦାୟୀ। ମୁଁ କଦାପି ଭାବି ନଥିଲି ଅନି, ମୋରି ଦିଆ ପ୍ରସ୍ତାବ ତୋ' ଲାଗି ବରଦାନ ନହୋଇ ଅଭିଶାପ ପାଲଟିଯିବ। ମୋତେ ତୁ କ୍ଷମା କରିଦେ, କ୍ଷମା କରିଦେ।

ମାତ୍ର ପ୍ରକାଶ୍ୟରେ ମୁଁ ପଦୁଟିଏ ସୁଦ୍ଧା କହିପାରିଲିନି ଅନି ସାମ୍ନାରେ, କାଲେ ଅନି ଭାଙ୍ଗି ପଡ଼ିବ, କାଲେ କାନ୍ଦି ପକେଇବ ଝରଝର ଲୁହ ଗାଲି, ସେଇ ଆଶଙ୍କାରେ।

ଅନି କହିଲା – କାଲକ୍ରମେ ସେ ଡରିଲେ, ମୋତେ, ମୋ ଉପସ୍ଥିତିକୁ, ଏମିତିକି ଶୋଇଲା ଶେଯକୁ। ବେଶିବେଶି ବେଲ କାଟିଲେ ଘର ବାହାରେ, ଖଟିରେ। ବେଶିବେଶି ପିଇଲେ, ମୋରି ସାମ୍ନାରେ। ଆକଟ କଲେ ଖିଙ୍କାରି ହେଲେ, ଫିଙ୍ଗା ଫୋପଡ଼ା କଲେ, ଥରେ ଦି' ଥର ହାତ ବି ଉଠେଇ ଦେଲେ। ବେଶି ପାଟିତୁଣ୍ଡ କଲେ ବିଷ ପିଇଦେବେ ବୋଲି ଧମକ ଦେଲେ। ବେଲେବେଲେ ଦୟା ହୁଏ ଫଁ-ହରା ମଣିଷଟିର ଦୟନୀୟ ସ୍ଥିତି ପାଇଁ। ପୁଣି ଭୟ ବି ହୁଏ, କାଲେ ହୀନବଲ ଲୋକଟି ହରେଇ ବସିବ ମନୋବଲ, କାଲେ ଅବହେଲିତ ହେଇଯିବ ମୋ ପୁଅ, ପୁଅର ଭବିଷ୍ୟତ, ଯିଏ ମୋର ଏକମାତ୍ର ଅବଲମ୍ବନ। ତେଣିକି ମୁଁ ନିଜେ ଡରିଗଲି। ବ୍ୟକ୍ତିଗତ ଆଶା, ଅନିଶା, ଲାଲସା, ଅଭିପ୍ସା ଆଦିକି ଚାପିଦେଲି ନିଜ ଭିତରେ ଜୋର କରି, କହିପାରନ୍ତି, କବର ଦେଇଦେଲି। ତାଙ୍କୁ ଦିନେ ଖୋଲାଖୋଲି କହିଦେଲି, ମୋର ଆଉ ସେସବୁ ଲୋଡ଼ା ନାହିଁ। ମୋ ପରିବାରର ସୁରକ୍ଷା ଆଗରେ ସେସବୁ ତୁଚ୍ଛ।

ସେ ମୋ କଥାକୁ ବିଶ୍ୱାସ କଲେ କି ନକଲେ ମୁଁ ଜାଣିବାକୁ ଆଗ୍ରହୀ ହେଲି ନାହିଁ। ବାପାର କର୍ତ୍ତବ୍ୟ ଟିକକ ତୁଲେଇବାରେ ସେ ହେଲା କଲେ ନାହିଁ ଓ ତେଣିକି ତାଙ୍କ ସାନ୍ଧ୍ୟ ଆସର, ଘରକୁ ଫେରିବାରେ ବିଲମ୍ବ ଇତ୍ୟାଦି ପ୍ରତି ମୁଁ ରହିଲି ନିର୍ଲିପ୍ତ। ଉଦାସୀନ କହିଲେ ବରଂ ଅଧିକ ଯୁକ୍ତିଯୁକ୍ତ ହେବ।

"ହେଲେ ଅନି, ଏମିତି କେତେ ଦିନ?"- ମୋ କଣ୍ଠ ହେଲା ଆର୍ଦ୍ର।

ଅନି ଅଚାନକ ମନେହେଲା ଭୀଷଣ ଉତ୍ତେଜିତ। ତୀକ୍ଷ୍ଣ କଣ୍ଠରେ କହିଲା, "ରୋଗବୈରାଗ ଅବା ଦୁର୍ଘଟଣା ହେତୁକ କିଛି ଗୋଟାଏ କଥା ଅଲଗା। ସେ କ୍ଷେତ୍ରରେ ତ୍ୟାଗ ଗ୍ରହଣୀୟ। ମାତ୍ର ନିଜେ ନିଜକୁ ତଲିତଲାନ୍ତ କରି ସ୍ୱୀକୁ ତଲିତଲାନ୍ତର ଅନୁଭବରେ ଜଲାଇବା କ'ଣ ଠିକ୍? ଏଇଟା କି କ୍ଷମଣୀୟ? କାଇଁ ପଚାରିଲେନି ତ ଭାଇନା, ଏତେସବୁ ଭିତରେ କେବେ କ'ଣ ମୋ ମନ ଅମାନିଆଁ ହୋଇ ମୋ ଦେହକୁ ଅପଥଚାରିଣୀ ହେବାକୁ ପ୍ରବର୍ତ୍ତାଇ ନାହିଁ?"

"ସେକଥା ପଚାରି ମୁଁ ତୋର ଅପମାନ କରିବି କାହିଁକି ଅନି! ମୁଁ କ'ଣ ତୋତେ ଜାଣିନି!"

ମୋ ଆଖିରେ, ମୁହଁରେ ଖେଳୁଥିଲା ଗଭୀର ପ୍ରତ୍ୟୟ।

ଅନି ମନେହେଲା ଅଧିକ ଉତ୍ତେଜିତ - "କାଇଁ! ଆପଣଙ୍କ ବନ୍ଧୁଙ୍କ ଭଲି ମୋ ଦେହ ମନ ନିଷ୍କ୍ରିୟ ନା ମୁଁ ଜଣେ କାମନା-ବାସନା-ରହିତ ସନ୍ୟାସିନୀ? ? ? ମୁଁ ଚାହିଁଲେ କ'ଣ ତାଙ୍କର କେହି ନା କେହି ସହକର୍ମୀ, ପଡ଼ୋଶୀ, ନାଇଁତ ମୋ ସମବୟସ୍କ ଦିଅରଙ୍କ ସହ ମାଟି ଦିହସୁଖ ଆଦାୟ କରିପାରନ୍ତି ନାହିଁ? ମୋ କ୍ଷେତ୍ରରେ ତା' ବି ବିଶେଷ ଅନୁଚିତ କର୍ମ ମନେହୁଅନ୍ତାନି ବୋଧହୁଏ, ନା କ'ଣ କହୁଛନ୍ତି ଭାଇନା? ?

ଅନିର ଶରୀର ଗୋଟାପଣ ଥରିଗଲା କ୍ରୋଧରେ। ତା' ଭିତରେ ବହୁକାଳୁ ଚାପା ପଡ଼ି ରହିଥିବା ଅଶାନ୍ତ ସତ୍ତାଟି ସତେ ଅବା ବିଦ୍ରୋହ କଲା। ମୋ ଅହଂକାରୀ ପୁରୁଷ ସତ୍ତା ପ୍ରତି ତାଚ୍ଛଲ୍ୟ କରି, ଆଙ୍ଗୁଳି ନିର୍ଦ୍ଦେଶ କରି ସେ ପଚାରିଲା, କାହିଁ କେତେ ଯୁଗ ତଳୁ ନାରୀ ମନ ତଳେ ଉବୁକି ଉଠି ମିଳେଇ ଯାଉଥିବା ଅସମାହିତ ପ୍ରଶ୍ନଟିଏ। ଯା'ର ଉତ୍ତର ସେ ଲୋଡ଼ୁଥିଲା, ରୀତିମତ ଦାବୀ କରୁଥିଲା, ମୋ'ଠୁଁ ଏଇ ଘଡ଼ିସନ୍ଧି ମୁହୂର୍ତ୍ତରେ।

ମୁଁ ଅନିକୁ ସିଧାସଳଖ ଚାହିଁବାକୁ ଅସମର୍ଥ ହେଉଥିଲି। ତା' ଆଖିରୁ ଝରୁଥିଲା ଅଗ୍ନିସ୍ଫୁଲିଙ୍ଗ। ଅଚାନକ ମୋର ମନେହେଲା, ମୁଁ ଆଉ ମୁଁ ହୋଇନାହିଁ, ଅନି ଆଉ ଅନି ହେଇନାହିଁ, କି ଆମେ ଦୁହେଁ ଆଉ ଛୋଟିଆ କାର୍ଟର ଘରଟି ଭିତରେ ଆବଦ୍ଧ ହୋଇ ରହିନାହୁଁ। ଆମେ କ୍ରମଶଃ ପରିବ୍ୟାପ୍ତ ହୋଇଯାଉଛୁ, କାଳ କାଳାନ୍ତର ଦେଇ ଅନନ୍ତକାଳ ଯାଏଁ। ଗୋଟେପଟେ ମୁଁ, ଆରପଟେ ଅନି। ଅନି ପଚାରୁଛି ପ୍ରଶ୍ନ, ମୋ'ଠୁଁ ଲୋଡ଼ୁଛି ଉତ୍ତର। କେତେ ରଙ୍ଗରେ କେତେ ଢଙ୍ଗରେ ଆଦର୍ଶର ନାନାଦି ଦ୍ୱାହି ଦେଇ ମୁଁ ତା' ପ୍ରଶ୍ନର ଉତ୍ତର ଦେଉଛି। ମାତ୍ର ସବୁଥର... ଅନି କିଛି କହିବା ଆଗରୁ ହସି ହସି ଗଡ଼ିଯାଉଛି କାଳ। ତାଳିମାରି କହୁଛି-କହୁନି ତ ଟିଟିକାର କରୁଛି - ହେଲାନି, ହେଲାନି। ମୁଁ ପୁଣି ଭାବି ଚିନ୍ତି ବୁଲେଇ ବାଙ୍କେଇ କହୁଛି ସେଇ ଏକା କଥାକୁ, ବାରମ୍ବାର। ମାତ୍ର ମୋ ପୁରୁଷପଣର ଚାଲାକି କାଳ ଆଖିରୁ ବାଦ୍ ପଡ଼ୁନି ଏବଂ କାଳ ଆଉରି ଜୋରରେ ଟିଟିକାର କରି କହୁଛି, ଧେତ୍, ଛଳନା, ସୁଝୁ ଛଳନା। ତେଣିକି ଆରମ୍ଭ ହେଇଯାଉଛି ଆମ

ଦିହିଁଙ୍କ ମଧରେ ଘମାଘୋଟ ବାକ୍ ଯୁଦ୍ଧ । ବିରକ୍ତ କାଳ ଆମ ଦିହିଁଙ୍କୁ ଠେଲି ଗଡ଼େଇ ଦେଉଛି ଏବଂ ଆମେ ଦୁହେଁ କାଳର ଗଡ୍ଡାଳିକାରେ ଗଡ଼ିଗଡ଼ିକା ଚାଲିଛୁ ତଳକୁ ତଳକୁ । ଯୁଦ୍ଧ କିନ୍ତୁ ଯେ ଆରମ୍ଭ ହୋଇଛି ଅନନ୍ତ କାଳୁ, ସରିବାର ନାଁ ଧରୁନି । ଅନି ସେଇ ଏକଇ ପ୍ରଶ୍ନ ମତେ ପଚାରି ଚାଲିଛି ବାରମ୍ବାର, ଅଥଚ ମୋ' ପାଖେ ଆଉ କିଛି ବି ଉତ୍ତର ଅବଶେଷ ନାହିଁ । ତେଣୁ ମୁଁ ହଉଛି ବ୍ୟତିବ୍ୟସ୍ତ ।

“ଭାଇନା, କ'ଣ ହେଲା ! ଆପଣ ଏମିତି ଥରୁଛନ୍ତି ଯେ ? ଆରେ ମୁଁ କ'ଣ ସତରେ ସେମିତି କିଛି ଅକର୍ମ କରିପକେଇଛି ନା କ'ଣ ? ମୁଁ ଖାଲି ସମ୍ଭାବନାର କଥାଟିଏ କହୁଥିଲି ସିନା ।”

“ମୁଁ ଜାଣେ... ମୁଁ ଜାଣେ...” କହି ମୁଁ ଦେହରେ କଣ୍ଠିଥିବା ଝାଳ ପୋଛିଲି ଏବଂ ଆଉ କପେ ଚା' ବରାଦ କଲି ।

“ନା, ଆଉ ଚା' ମିଳିବନି । ଏତେ ରାତିରେ ଚା' ପିଇଲେ ପେଟ ଗରମ ହେବ । ଭାଉଜ ତେଣେ ରନ୍ଧାରନ୍ଧି ସାରି ଚାହିଁଥିବେ । ଆପଣ ବରଂ ଘରକୁ ଯାଆନ୍ତୁ ଭାଇନା । ଆପଣଙ୍କ ବନ୍ଧୁ ଯଦି ଏଘନେ ପହଞ୍ଚିଯିବେ, ଆକାଶପାତାଳ କେତେ କ'ଣ ବାଜେ କଥା ଭାବିଦେଇ ଯିବେ । ଭୟାଳୁ ହେବା ସାଥେ ସାଥେ ସେ ଅତିମାତ୍ରାରେ ସନ୍ଦେହୀ ହୋଇଯାଇଛନ୍ତି । ତାଙ୍କର ବେଶୀ ସନ୍ଦେହ ପୁଣି ମତେ ।”

“କ'ଣ କହୁଛୁ ଅନି !! ମୁନ୍ନା ଏତେ ତଳକୁ...!!”

“ଏଟା ସ୍ୱାଭାବିକ୍ ଭାଇନା । ଆପଣ ବି ଗପ କବିତାରେ କଥାଟିକୁ ଦର୍ଶାଉଥିବେ, ମାତ୍ର ନିଜର କେହି ବେଳକୁ ଶୁଣିବାକୁ ବା ସ୍ୱୀକାର କରିବାକୁ କଷ୍ଟ ଲାଗେ । ସେଥିପାଇଁ ସେଦିନ ପୁସ୍ତକମେଳାରେ କହିଥିଲି... ଛାଡ଼ନ୍ତୁ, ମୁଁ କୁଆଡ଼େ ଗଲେ ଅଇଲେ ବି ତାଙ୍କର ସନ୍ଦେହ । ନିଜ ପୁରୁଷକାରକୁ ଧିକ୍କାର କରିବା ଛାଡ଼ି ସେ ଏଘନେ ମୋ ନାରୀତ୍ୱକୁ ଅଧିକରୁ ଅଧିକ ସନ୍ଦେହ କରୁଛନ୍ତି । ମୁଁ ହସିଲେ ବସିଲେ, ସିନେମା ଗୀତ ଟିକେ ଗୁଣୁଗୁଣେଇଲେ କି ଟିଭି ଖୋଲିଲେ, ପଡ଼ିଶାଙ୍କ ସହ ଦି' ପଦ କଥା ହେଲେ, ବାପଘର ଯିବା କଥା ତୁଣ୍ଡକୁ ଆଣିଲେ, ଏମିତିକି ଆପଣଙ୍କ ଆଡ଼େ ଯିବା କଥା ଉଠେଇଲେ, ସବୁଥିକି ତାଙ୍କର ସନ୍ଦେହ ।

ମୁଁ ଦୀର୍ଘନିଶ୍ୱାସ ପକେଇ ଉଠି ଛିଡ଼ାହେଲି । ଭଙ୍ଗା ଗଳାରେ କହିଲି, “ତୋ' ମନରେ ସେଦିନ କଷ୍ଟ ଦେଇଥିଲି ମତେ କ୍ଷମା କରିଦେବୁ । ସେ କବିତା ବହି ତେବେ...”

“ମୋ ପାଖେ ଥାଉ । ପଚାରିଲେ କହିବି ପୁସ୍ତକମେଳାରୁ କିଣିଛି ।”

ମୁଁ ଆଉଥରେ ଦୀର୍ଘନିଶ୍ୱାସ ପକେଇ ଦରଜା ଆଡ଼କୁ ଆଗେଇ ଯାଉଥିଲି ତ ଅନି କହିଲା, “ମୁଁ ଜାଣେ ଭାଇନା, ମୋ’ କଥା, ମୋରି କଥା ଆପଣଙ୍କୁ ଭୀଷଣ କଷ୍ଟ ଦେଇଥିବ । ଆପଣଙ୍କୁ ଅଯଥା କଷ୍ଟ ଦେଇଥିବାରୁ କ୍ଷମା କରିଦେବେ ।”

ମୋ ପାଦ କଣ୍ଢା କିଲିଦେଲା ଭଲି ଠିଏ କିନା ରହିଗଲା । ମୁହଁ ଖୋଲି କିଛି କହି ନପାରିଲେ ବି ମୋ’ ଭାବନା କହୁଥିଲା, କଷ୍ଟ ତୁ ମତେ ଦେଇନୁ ଅନି, ତତେ କଷ୍ଟ ଦେଇଛି ମୁଁ । ହେଇପାରେ ମୋ ଅନିଚ୍ଛାକୃତ, ହୋଇପାରେ ଏ କଷ୍ଟ ତୋର କପାଳଲିଖନ, ହେଲେ ସେ ଲିଖନକୁ ଆନ କରିଦେଲା ଭଲି ସାମର୍ଥ୍ୟ ମୋର ଥାଆନ୍ତା ଭଲା !

ଅନି ପାଖକୁ ଆସି ନଇଁପଡ଼ି ପ୍ରଣାମ କଲା । ମୋ ଭାବନା ବୁଝିପାରିଲା ଭଲି କହିଲା, “ମୋ କଷ୍ଟ ଆଉ କିଏ ଦୂର କରିପାରିବ ଭାଇନା, ସିଏ ନ ଚାହିଁଲେ । କଷ୍ଟ ଦେବେ ଯଦି ସେଇ, ଦୂର ଯଦି କରିବେ ସେଇ । ତାଙ୍କୁ ଛାଡ଼ି ଦେଇ ତ ପାରିବିନି ନା ।”

ମୁଁ ଅନି ପାଖରୁ ବିଦାୟ ନେଇ ଏକମୁହାଁ ଫେରିଲି । ତା’ ପରଠୁ, କାଲେ ମୋତେ ନେଇ ତା’ ପରିବାରରେ ଅଧିକ ଅଶାନ୍ତି ସୃଷ୍ଟି ହେବ, ସେଇ ଆଶଙ୍କାରେ ଆଉ ତା’ ସହ ଯୋଗାଯୋଗ ରଖିନି । କଦବା କ୍ୱଚିତ୍ ତା’ କ୍ୱାର୍ଟର ସାମ୍ନା ରାସ୍ତା ଦେଇ ଗଲାବେଳେ ଆଖି ଆପେ ତା’ କ୍ୱାର୍ଟର ଆଡ଼େ ଘୁରିଯାଏ ତ ଲାଗେ ଦଲକାଏ ଶୀତଲ ହାୱା ଯେମିତି ସେଇଠୁ ବହିଆସି ମୋ ମୁହଁରେ ଲେସି ହୋଇଗଲା ।

‘ଅନିର ଦୀର୍ଘଶ୍ୱାସ ନୁହଁ ତ !’ – ମୁଁ ପାଏ ଏକ ପ୍ରଚଣ୍ଡ ଚମକ ଏବଂ ତୀବ୍ର ଗତିରେ ସେଠୁ ଅପସରିଯାଏ ।

ପନ୍ଦର ଦିନ ଖଣ୍ଡେ ପରେ ଅନିର ଫୋନ୍ ଆସିଲା । ଅନି କହିଲା, “କବିତା ବହିଟି ପଢ଼ିଲି । ଖୁବ୍ ଭଲ ଲାଗିଲା । ସମ୍ପର୍କକୁ ନେଇ ଚମତ୍କାର ବ୍ୟାଖ୍ୟା କରିଛନ୍ତି ଆପଣ କବିତା ଗୁଡ଼ିକରେ ।”

ମୁଁ କୃତକୃତ୍ୟ ହେଲି । ଧନ୍ୟବାଦ ଦେଲି ଓ ଜ୍ଞାପନ କଲି କୃତଜ୍ଞତା ।

ତା’ପରେ କିଛି କାଲର ନୀରବତା । କିଛି କହିବି କହିବି ଗୁଡ଼େଇ ତୁଡ଼େଇ ହବା ଭିତରେ ଅନି କହିଲା, “ଆଉ କିଛି କହିବେ ଭାଇନା ?”

"ନାଇଁ... କଥା କ'ଣ କି...", ମୁଁ ଥତମତ ହେଲି, ପୁଣି ମନ ଟାଣ କରି ପଚାରିଦେଲି, "ତୁ ଯେ ସେଦିନ କହିଲୁ ତାଙ୍କୁ ଛାଡ଼ିଦେଇ ତ ପାରିବିନି ନା', ସେଟା କ'ଣ ପାଇଁ? କ'ଣ ତୋ ଛୁଆର ବାପ ହେତୁ ନା ଆମ ନିମ୍ନମଧ୍ୟବିତ୍ତ ସଂସ୍କାର ହେତୁ?"

ଅନି କିୟତ୍‌କାଲ ଗୁମ୍‌ ହେଇ ରହିଗଲା। ତା'ପରେ କଳକଳ ହସି ଉଠି କହିଲା, "କଥାଟି ପଚାରିଲେ ଯେ, କ'ଣ କିଛି ଗପ ଫପ ଲେଖିବାର ଯୋଜନା କଲେଣି ନା କ'ଣ! ସେ ଯାହାବି ହଉ, ଆପଣ କିନ୍ତୁ ଏକଦମ୍‌ ଠିକ୍‌ କଥା କହିଲେ। ଖାଲି ଟିକିଏ ନାକୁରୁ ସଂଶୋଧନ କରନ୍ତୁ। ପ୍ରଥମ କଥା, ମୋ ଛୁଆର ବାପ ହବା ଆଗରୁ ସେ ମୋ ସ୍ୱାମୀ। ଦ୍ୱିତୀୟ କଥା, ହେତୁଟି ଆମ ନିମ୍ନମଧ୍ୟବିତ୍ତ ସଂସ୍କାର ନୁହେଁ, ଆମ ମା' ଜେଜେମା' ପ୍ରଦତ୍ତ ଭାରତୀୟ ସଂସ୍କାର। ତୃତୀୟ କାରଣଟିଏ ବି ରହିଛି।

"କ'ଣ ସେଇଟା?" ମୁଁ ଅବଦମିତ ସ୍ୱରରେ ପଚାରିଦେଲି।

ପୁନର୍ବାର ବେଶ୍‌ କିଛି କାଲର ନୀରବତା।

ନାରୀ ମନତଲ ଗଭୀର ଇଲାକାର ଗହନ ଅନ୍ଧାର ଭିତରେ ନୂଆ ଶିଖାଟିଏ ଆବିଷ୍କାର କରିବାର ଉତ୍କଣ୍ଠା ଭିତରେ ମୁଁ ଅଧୈର୍ଯ୍ୟ ଅନୁଭବ କରୁଥିଲି।

"ତାଙ୍କ ପ୍ରତି ମୋର ପ୍ରଚୁର ଭଲ ପାଇବା।"

ଅନି କହିଲା ଏବଂ ଟକ୍‌ କରି ଫୋନ୍‌ କଟିଗଲା।

ମୁହୂର୍ତ୍ତକ ପାଇଁ ମତେ ଲାଗିଲା, ଅନି ମିଛ କହିଲା, ହୁଏତ ତା' ଜୀବନର ପହିଲି ମିଛ। ମାତ୍ର ମୁଁ ଜାଣେ, ଅନି, ମୁଣ୍ଡ କଟିଯିବ ପଛକେ ତା' ତୁଣ୍ଡରୁ ମିଛ ପଡ଼ିବ ନାହିଁ। ପ୍ରେମର ଏକ ପୃଥକ୍‌ ପରିଭାଷା ଛାପ ଛାଡ଼ୁଥିଲା ମୋ ଚେତନାରେ।

ମୁଁ ନେଲି ଏକ ଦୀର୍ଘ ନିଶ୍ୱାସ। ତାହା ଅଶ୍ୱସ୍ତିର ଅବା ଆଶ୍ୱସ୍ତିର ସେ ସମୟରେ ମୁଁ କଦାପି ମୋ ମନ ମଧରେ ତର୍ଜମା କରିନାହିଁ। କାରଣ ସେ ତର୍ଜମାକୁ ମୁଁ ଅନୁଚିତ ଏବଂ ଅନାବଶ୍ୟକ ମଣିଛି।

□□

ପ୍ରିୟତମ ଇଚ୍ଛା

ଶ୍ରେୟା ପାଟିଲ୍ ଚିଠି ଦେଇଛି । ଚିଠି ପାଇଲା ପରେ ଅର୍ଣ୍ବଙ୍କୁ ଆବୋରିଛି ଯୁଗପତ୍ ବିସ୍ମୟ । ବିସ୍ମୟକୁ ବଳି ଯାଉଛି ଉଲ୍ଲାସ । ବିଶ୍ୱାସ ହେଉନି, ଏ ତଡ଼ିତ୍ ଏସ୍‌ଏମ୍‌ଏସ୍ ଯୁଗରେ ସେ ପାଇଲେ ଚିଠିଟିଏ ଯାହାର ପ୍ରେରିକା ପୁଣି ଶ୍ରେୟା ପାଟିଲ୍ !

ଶ୍ରେୟା ପାଟିଲ୍ ଚିଠି ଦେଇଛି, ଏତେ ବରଷ ପରେ ! !

କାହିଁ କେତେ ବରଷ ତଳେ, ହାଇଦ୍ରାବାଦର ରେଲ୍‌ଷ୍ଟେସନ୍‌ରେ ଶ୍ରେୟା ପାଟିଲ୍‌କୁ ରେଲରେ ବସେଇ ବିଦାୟ ଦେବା ବେଳେ ଆଖିରୁ ଝରୁଥିବା ଅନର୍ଗଳ ଲୁହରେ ଆଖି ଝାପ୍‌ସା କରି ନୀରବରେ ଅର୍ଣ୍ବ ତାକୁ କହି ଦେଇଥିଲେ ଅନେକ କଥା । କହିଥିଲା ତାଙ୍କ ଆଖିର ଲୁହ, ଛାତି ତଳର କୋହ ଓ ମୁହଁରେ ଉକୁଟିଥିବା ଅକଥନୀୟ ବ୍ୟଥା । କେମିତି ଭୁଲି ପାରିବେ ଅର୍ଣ୍ବ !

ସେଦିନଟି ଥିଲା ନୂଆ ବର୍ଷ । ମସିହା ୧୯୮୦ ।

ଶ୍ରେୟା ପାଟିଲର ଦୁଇ ଆଖି ଲୁହରେ ବତୁରି ଫୁଲାଫୁଲା ଦିଶୁଥିଲା । ଦିଶୁଥିଲା ରକ୍ତଜବା ସମ ଲାଲ୍ । ଟ୍ରେନ୍ ସ୍ପିଡ଼୍ ଧରିବା ଯାକେ ସେ ଜାବୁଡ଼ି ଧରିଥିଲା ଅର୍ଣ୍ବଙ୍କ ହାତ । ଅର୍ଣ୍ବ ଟ୍ରେନ୍‌ର ଧୀର ଗତି ସହ ତାଲଦେଇ ଆଗକୁ ଚାଲୁଥିଲେ । ଗତି ସହ ଗତି ବଢ଼େଇ ଦୌଡ଼ିଥିଲେ ବି କିଛି ବାଟ । ତା'ପରେ ହାତରୁ ହାତ ଖସି ଯାଇଥିଲା । ଟ୍ରେନ୍ ପଛେପଛେ, ପ୍ଲାଟ୍‌ଫର୍ମ ଟପି ରେଲ ଧାରଣାର କଡ଼େ କଡ଼େ, କିଛି ଦୂର ଦୌଡ଼ିଥିଲେ ଅର୍ଣ୍ବ ଓ ଶ୍ରେୟା ପାଟିଲର ହଳଦୀ ରଙ୍ଗର ଓଢ଼ଣୀ ପୁରାପୁରି ଲୁଚିଯିବା ପରେ ଫାଁ କିନା ନିଶ୍ୱାସଟେ ବାହାରି ଆସିଥିଲା ତାଙ୍କ ସର୍ବାଙ୍ଗକୁ ଥରେଇ ଦେଇ । ସେ ସେଇଠି ବସି ପଡ଼ିଥିଲେ ଲଥ୍‌କିନି । ପ୍ଲାଟ୍‌ଫର୍ମ ବାହାରେ,

ରେଲଧାରଣା କଡ଼ରେ । ବସିଥିଲେ ବେଶ୍ କିଛିକାଳ, ଶୂନ୍ୟ ଦୃଷ୍ଟିରେ ଆକାଶର ବିସ୍ତୃତିକୁ ଚାହିଁ । ଆକାଶର ନୀଳିମା, ବୃକ୍ଷମାନଙ୍କ ସବୁଜିମା ସେବେ ତାଙ୍କୁ ମନେ ହୋଇଥିଲା ଧୂସର । କେତେକାଳ ପରେ ପାଦ ଘୋଷାରି ସେ ଫେରିଥିଲେ ରେଲଷ୍ଟେସନ୍‌ରୁ ହାଇଦ୍ରାବାଦର ପିଝିକୁ ।

ତେଣିକି ହାଇଦ୍ରାବାଦ ସହର ତାଙ୍କୁ ବେରଙ୍ଗ ଲାଗିଥିଲା । ଦପ୍ତରର କୋଲାହଲ ଭିତରେ ସେ ଖାଁ ଖାଁ ନିଃସଙ୍ଗତା ଅନୁଭବ କରିଥିଲେ । କାହାକୁ କିଛି କହି ନଥିଲେ ଅର୍ଣ୍ଣବ । ସହକର୍ମୀମାନେ ଯାହା କେବଳ ଲକ୍ଷ୍ୟ କରୁଥିଲେ ତାଙ୍କ ଆନମନା ଭାବ । ଉଦାସୀନ । ମାତ୍ର କାରଣଟି ସେମାନଙ୍କ ପାଇଁ ରହିଯାଇଥିଲା ଅଜଣା ।

ଏମିତି କିଛି ଦୁଃଖ-ଫର୍ଦ୍ଦ ଛପିଯାଏ ଛାତିତଲେ, ଯାହାକୁ ନ ପଢ଼େଇଲେ କେହି ପଢ଼ି ପାରନ୍ତି ନାହିଁ ।

ଶ୍ରେୟା ପାଟିଲ୍ ବିଦାୟ ନେଇ ଚାଲିଗଲା ପରେ ଅର୍ଣ୍ଣବଙ୍କୁ ତୀବ୍ର ଅବସାଦ ଓ ଅପରାଧବୋଧରେ ଆଚ୍ଛନ୍ନ କରି ରଖିଥିଲା, ନିଜ ତୁଣ୍ଡରୁ ସେ ଠେଲିପେଲି ବହୁ କଷ୍ଟରେ ନିଗାଡ଼ି ଦେଇଥିବା ସେଇ କେଇପଦ କଥା ।

"ଏଇ ଆମର ଶେଷ ଦେଖା... ଯା'ପରେ ଆମେ ପରସ୍ପର କଥା ହେବା ନାହିଁ, ଗ୍ରୀଟିଙ୍ଗ୍‌ସ୍ ପଠେଇବା ନାହିଁ, ଉଇସ୍ କରିବା ନାହିଁ... ଭାଲେଣ୍ଟାଇନ୍ ଡେ ହେଉ କି ନିଉ ଇୟର୍ ।"

ତା'ପରେ ପାଟିରୁ ଆଉ ବଚନ ବାହାରି ନଥିଲା, ରୁନ୍ଧି ଦେଇଥିଲା କଣ୍ଠ । ନାଲି ପଡ଼ିଥିବା ଛଳଛଳ ଆଖିରେ ତାଙ୍କୁ ଅପଲକ ଭାବେ ଚାହିଁରହି ନୀରବରେ ସେଇ କେଇପଦ ନିଷ୍ଠୁର କଥା ଶୁଣି ଯାଇଥିଲା ଶ୍ରେୟା ପାଟିଲ୍ ।

ଆଉ ତା' ପରଠୁଁ... ପ୍ରଚଣ୍ଡ ଅଭିମାନରେ କି କ'ଣ ଶ୍ରେୟା ପାଟିଲ୍ ଆଉ କେବେ ବି ଫୋନ୍ କରିନଥିଲା, ଚିଠି ଲେଖି ନଥିଲା, ଏମିତିକି ହାଇଦ୍ରାବାଦର ମାଟି ମାଡ଼ି ନଥିଲା । ଅଥଚ ଆଜି...!!

ଆଜି ଏତେଗୁଡ଼ାଏ ବର୍ଷ ପରେ ଶ୍ରେୟା ପାଟିଲ୍ ଚିଠି ଦେଇଛି । ଦପ୍ତର ଠିକଣାରେ ।

ସେଇ ଦୂର ଅତୀତରୁ ଉତ୍ତୀର୍ଣ୍ଣ ବୟସରେ ଉପନୀତ ହେବାଯାଏଁକେ ଅର୍ଷ୍ବଙ୍କୁ କୌଣସି ଘଟଣା ଆଉ ଏତେ ଖୁସି ଦେଇପାରି ନଥିଲା, ଯୋଉ ଖୁସି ତାଙ୍କୁ ଆଚ୍ଛନ୍ନ କରିଦେଇଛି ଶ୍ରେୟା ପାଟିଲର ଚିଠି ପାଇବା ପରେ।

ଚିଠିଟିକୁ ଛାତିରେ ଜାକି ଧରିଲେ ଅର୍ଷ୍ବ। ଚିଠି ଉପରେ ତୁମା ପରେ ତୁମା ଆଙ୍ଗିଦେଇ ଯିବାର ତରୁଣସୁଲଭ ଚପଲତା ବୟସ ଦାୟରେ କୋଉକାଳୁ ସେ ପାରି ହେଇ ଆସିଲେଣି। ତଥାପି ତାଙ୍କୁ ଲାଗିଲା, ଯେମିତି ତାଙ୍କ ମନରେ ଗଜୁରିଲା ପକ୍ଷ ଓ ଅମାନିଆଁ ମନ ଉଡ଼ି ବୁଲିବାକୁ ଚାହିଁଲା ଦିଗ୍‌ବିଦିଗ। କାହିଁ କେତେ ବରଷ ତଳୁ ଧୂସର ଲାଗୁଥିବା ହାଇଦ୍ରାବାଦ ସହର ତାଙ୍କୁ ପୁଣିଥରେ ରଙ୍ଗୀନ୍ ମନେହେଲା।

ଶ୍ରେୟା ପାଟିଲ୍ ଚିଠିରେ ସମ୍ବୋଧନ କରିଛି 'ମାଇଁ ଡିୟର ଫ୍ରେଣ୍ଡ ଅର୍ଷ୍ବ'। କାହିଁକି କେଜାଣି ଚାଙ୍କିନି ଲାଗିଲା ଅର୍ଷ୍ବଙ୍କୁ। ଆବୋରି ବସିଲା ଅଭିମାନ। ସମ୍ବୋଧନରୁ 'ଫ୍ରେଣ୍ଡ' ଶବ୍ଦଟି ବାଦ୍ ଦେଇ କେବଳ 'ମାଇଁ ଡିୟର ଅର୍ଷ୍ବ' ଲେଖି ପାରି ନଥାଆନ୍ତା ଶ୍ରେୟା ପାଟିଲ୍!!

ପ୍ରଚଣ୍ଡ ଅଭିମାନ ଅର୍ଷ୍ବଙ୍କ ଆଖିକି ଝାପ୍‌ସା କରିଦେଲା। ମନକୁ ବୋଧଦେଇ, ଚଷମା ଖୋଲି ଆଖି ପୋଛିଲେ ଓ ଚିଠି ପଢ଼ିଲେ।

ଶ୍ରେୟା ପାଟିଲ୍ ଲେଖିଛି, ଔପଚାରିକତା ଓ କୁଶଳ ବାର୍ତ୍ତାଦି ପରେ, "ବତିଶ ବର୍ଷ ତଳେ ହାଇଦ୍ରାବାଦ ଛାଡ଼ିବା ପରଠୁଁ ମୁଁ ଆଉ ସେ ସହରର ମାଟି ସିନା ମାଡ଼ିନାହିଁ, ମାତ୍ର ହାଇଦ୍ରାବାଦରେ ଛାଡ଼ିଦେଇ ଆସିଥିବା ମୋ ପ୍ରିୟ ବନ୍ଧୁଟିର ଖବର ମୁଁ ବରାବର ରଖିଛି। ତୁମେ ବୋଧେ ତୁମ ବନ୍ଧୁବାଟିକୁ ପାଶୋରିଦେଲ, ମୁଁ କିନ୍ତୁ ତୁମକୁ ଭୁଲିବା ଲାଗି ଚେଷ୍ଟା ସୁଦ୍ଧା କରିନାହିଁ! କାହିଁକି କରିଥାନ୍ତି? ବତିଶ ବର୍ଷ ତଳେ ଆମ ଦୁହିଁଙ୍କ ଜୀବନରେ ଘଟିଥିଲା ଯୋଉ ଟ୍ରାଜେଡ଼ି ତା' ପାଇଁ ତ ତୁମେ ଆଦୌ ଦାୟୀ ନଥିଲ, ବରଂ ଦାୟୀ କିଛିମାତ୍ରାରେ ଥିଲି ମୁଁ। ତୁମେ ତ ମନକୁ ଅବାଧ କରିସାରିଥିଲ, ରୋକ୍ ଲଗାଇଥିଲି ମୁଁ। ଛାତିରେ ପାହାଡ଼ ଲଦି, ଲୁହରେ ବନ୍ଧ ବାନ୍ଧିଦେଇ। ଛାଡ଼ ସେସବୁ, ଯେତେ ଝୁରିଲେ ବି ତାହା ଆମ ଅତୀତକୁ ଆମକୁ ଆଉ ଫେରାଇ ନେବନି। ଯୋଉ ବିରହୀ କବି ଗୀତଟି

ଲେଖିଥିଲେ – କୋଇ ଲୌଟା ଦେ ମେରେ ବିତେ ହୁଏ ଦିନ୍ – ସେ ବି ଜାଣିଥିବେ,
ବିତି ଯାଇଥିବା ଦିନ କେବେ ବି ଫେରି ଆସିବ ନାହିଁ।

ବାସ୍ତବ କଥାଟି ହେଲା, ବତିଶି ବର୍ଷ ତଳର ସେଇ ଟ୍ରାଜେଡ଼ି ପରେ ବି
ଆମେ ବଞ୍ଚିଛେ। ବଞ୍ଚିଯିବା ବି ଆଉ କେଇଟା ବର୍ଷ ଦିହେଁ ଦିହଁକ ଅତୀତରେ
ସ୍ୱପ୍ନରେ, ସେଇସବୁ ସୁନ୍ଦର ଦିନମାନଙ୍କ ମଧୁର ସ୍ମୃତିରେ। ତା'ରି ଭିତରେ ଆମକୁ
ତୁଲେଇବା ପାଇଁ ହବ ବି କିଞ୍ଚିତା ସାଂସାରିକ ଦାୟିତ୍ୱ, ଯେମିତି ତୁଲେଇ ଆସିଛେ
ଏ ଯାକେ, ଗୁଲାରେ ପଡ଼ିବା ଭଳି।

ତୁମ ପୁଅ ଅଙ୍କିତ୍ ଏବେ ଦିଲ୍ଲୀରେ ନା! ଏମ୍‌ସ୍‌ରେ ନ୍ୟୁରୋ ସର୍ଜନ୍।
ଜାଣି ଖୁସି ହବ, ମୋ' ଝିଅ ବି ଏମ୍‌ସ୍‌ରେ। ମେଡ଼ିସିନ୍ ସ୍ପେଶାଲିଷ୍ଟ। ସେଇ ମୋର
ଗୋଟିଏ। ସୌନ୍ଦର୍ଯ୍ୟା। ଆକୃତି ପ୍ରକୃତି ଆଉ ସ୍ୱଭାବ ଠିକ୍ ତା' ମା' ଭଳି। ବାପା,
ମା', ପରିବାରର ଇଚ୍ଛା ଅନିଚ୍ଛା ଓ ଆଶୀର୍ବାଦକୁ ସର୍ବାଦୌ ଗୁରୁତ୍ୱ ଦେଉଥିବା ଝିଅ।
ଶୁଣନ୍... ଥରେ ତାକୁ ପଚାରିଦେଲି, ତୁମେ ଡାକ୍ତରମାନେ ତ ପଢ଼ିଲା ବେଳଠାରୁ
ସାଥୀ ଖୋଜି ନେଇଥାଅ। ଯଦି କାହାକୁ ପସନ୍ଦ କରିଥାଅ ତ କୁହ, ବାହାଘର
କରିଦବା। ଝିଅ କ'ଣ କହିଲା ଜାଣିଛ... କହିଲା, 'ଆଇ! ଦିନ ରାତି ଏକ୍ କରି
ମୁଁ ମେଡ଼ିକାଲ୍ ଏଣ୍ଟ୍ରାନ୍ସ୍ ପାଇଥିଲି। ପଢ଼ିଲାବେଳେ ମତେ ଦିନରାତି ଅନ୍ତ ନଥିଲା।
ତୁମେ ଯାହାକୁ ମିନ୍ କରୁଛ ପସନ୍ଦ, ସେମିତିକା ପସନ୍ଦ ପାଇଁ ମୋ' ପାଖେ ସମୟ
ନଥିଲା। ଆଉ ବିବାହ ?... ତୁମ ପସନ୍ଦ, ମୋ ପସନ୍ଦ।

ତୁମ ପୁଅ ଅଙ୍କିତ୍ ବାବଦରେ ମତେ ବେଶୀ କିଛି ଜଣା ନାହିଁ। ଜୀବନସାଥୀ
ମାମିଲାରେ ତା'ର ପସନ୍ଦ ନାପସନ୍ଦ ବାବଦରେ। ବତିଶି ବର୍ଷ ତଳେ ଆମ ସମ୍ପର୍କ
ଗୋଟାଏ ବିରାଟ ଟ୍ରାଜେଡ଼ିକୁ ଜନ୍ମ ଦେଇଥିଲା। ମୁଁ ତୁମର ବାନ୍ଧବୀ ବନି ରହିଗଲି।
ଏବେ ସମ୍ବନ୍ଧୀ ବନିବା ଲକ୍ଷ୍ୟରେ ଏ ଚିଠି ଜରିଆରେ ମୁଁ, ମୋ' ଝିଅ ସୌନ୍ଦର୍ଯ୍ୟାର
ବିବାହ ପ୍ରସ୍ତାବ ତୁମ ପୁଅ ଅଙ୍କିତ୍ ପାଇଁ ପଠାଉଛି। ତେବେ ଅଙ୍କିତ୍ ତା' ନିଜ
ତରଫରୁ କାହାରିକୁ ପସନ୍ଦ କରିଥାଏ ତ... ଅର୍ଣ୍ଣବ! ମୋର ଦୃଢ଼ ବିଶ୍ୱାସ ତୁମେ
ନିଶ୍ଚେ ଉଉମ ପିତା ସାବ୍ୟସ୍ତ ହେବ ଏବଂ ଅଙ୍କିତର ପସନ୍ଦକୁ ସ୍ୱୀକୃତି ଦେବ।
ପିତାମାତାଙ୍କ ସ୍ୱୀକୃତି ଓ ଆଶୀର୍ବାଦ ବିନା ବିବାହ ସ୍ୱର୍ଗରେ ଅନୁଷ୍ଠିତ ହୁଏ ନାହିଁ,
ହୁଏ ରାକ୍ଷସ ବିବାହ। ସନ୍ତାନର ପସନ୍ଦ ଅପସନ୍ଦକୁ ନିର୍ବିଚାରରେ ନାକଚ କରିଦବା

ବି ଉତ୍ତମ ପିତାର ଲକ୍ଷଣ ନୁହେଁ। ମୁଁ ଖୁସି ହେବି, ତୁମ ସମ୍ବନ୍ଧୀ ବନି ନପାରିବା ସତ୍ତ୍ୱେ, ଏତେ ଖୁସି ଯାହା ତୁମେ କଳ୍ପନା ସୁଦ୍ଧା କରିପାରିବ ନାହିଁ। ଏତେ ଖୁସି... ଓଃ ନା, ମୁଁ ତାକୁ ବୟାନ ସୁଦ୍ଧା କରିପାରିବି ନାହିଁ..."

ଚିଠିରେ ଯା' ପରଠାରୁ ଆଉ କିଛି ଲେଖା ନାହିଁ। ଅଛି ଖାଲି ମେଞ୍ଚେ ଲୁହର ଦାଗ ଓ ତା' ତଳକୁ... ଇତି ତୁମର ଶ୍ରେୟା।

କଥା ଠିକ୍ ପାଖେ ଅଟକି କଣ୍ଠକୁ ରୁନ୍ଧି ଦେଲା ଭଳି କଲମ ବି କ'ଣ ଲୁହରେ ରୁନ୍ଧି ହେଇଯାଏ ! !

ଅର୍ଷବଙ୍କ ଅଜାଣତରେ ଆଖିରୁ ଝରି ପଡ଼ିଥିବା କେଇ ଟୋପା ଲୁହ ଶ୍ରେୟା ପାଟିଲର ଲୁହ ଦାଗ ସହ ମିଶି ଏକାକାର ହେଇଯାଇଥିଲା ! ମନ୍ଥୁ ହେଇଯାଉଥିଲା ଛାତି ଭିତରଟା। 'ଉତ୍ତମ ପିତା' ଶବ୍ଦଟିକୁ ବାରମ୍ବାର ଉଚ୍ଚାରଣ କରିଛି ଶ୍ରେୟା, ଯାହା ଉପରେ ଦୃଷ୍ଟି ଲାଖି ରହିଗଲା ଅର୍ଷବଙ୍କର। କ୍ରମେ ଦିଶିଯାଉଥିଲା ଗୋଟେ ରାଗିଲା ମୁହଁର ଛବି, ଯୋଉ ମୁହଁର କଠୋରତା ଓ ଗମ୍ଭୀର କଣ୍ଠର ଅଲଂଘ୍ୟ ଆଦେଶ ତାଙ୍କୁ ନିର୍ବାକ୍ ବନେଇ ଦେଇଥିଲା ବତିଶି ବର୍ଷ ତଳେ...

ଆଜି ଏଇ ଉତ୍ତୀର୍ଣ୍ଣ ବୟସରେ ସୁଦ୍ଧା ସେ ବଜ୍ରନିର୍ଘୋଷ କଣ୍ଠସ୍ୱର ମନେପଡ଼ିଗଲେ ସେ ଜଡ଼ ପାଲଟି ଯାଆନ୍ତି। ସେ ତୁଣ୍ଡରୁ ନିର୍ଗତ ନିର୍ଦ୍ଦେଶକୁ ଲଂଘନ କରିବାର ମାନସିକତା ଆଜିସୁଦ୍ଧା ସେ ନିଜ ଭିତରେ ଏକ‍ଜୁଟ୍ କରିପାରି ନାହାନ୍ତି। ଅଥଚ କରିବା ପାଇଁ ଚାହିଁଥିଲେ ଦିନେ... ଛାତିରେ ପଥର ଲଦି, ମନକୁ କଙ୍କରବତ୍ ଦୃଢ଼ କରି... ସେଇ ବତିଶି ବର୍ଷ ତଳେ...

ଚିଠିରେ ଶ୍ରେୟା ପାଟିଲ ନିଷ୍କପଟ ଭାବେ ନିଗାଡ଼ି ଦେଇଛି ତା'ର ଆବେଗ। ବାନ୍ଧବୀରୁ ସମ୍ବନ୍ଧୀ ବନିବାର ସଦିଚ୍ଛା। ଉତ୍ତମ ପିତାର ଭୂମିକା ସମ୍ପର୍କରେ ଜୋର ଦେଇ ସେ ତା' ଅଜାଣତରେ କିନ୍ତୁ ଉଖାରି ଦେଇଛି ବତିଶି ବର୍ଷ ତଳର ଟ୍ରାଜେଡ଼ିକୁ। ପ୍ରୌଢ଼ ଅର୍ଷବଙ୍କୁ ସମୟର ଉଜାଣିରେ ଠେଲି ଦେଇଛି ବତିଶି ବର୍ଷ ତଳକୁ।

ଆଃ ! ବତିଶି ବର୍ଷ ତଳର ସେଇ ଦୁର୍ଭାଗ୍ୟପୂର୍ଣ୍ଣ ଦିନ ମାନ...

ଏବେ ଅର୍ଷବ୍ କାହାକୁ ଦେଖୁଛନ୍ତି ସାମ୍ନାରେ ! !

ତାଙ୍କ ସାମ୍ନାରେ ଜଣେ ଦୀର୍ଘକାୟ ତରୁଣ, ଉଜ୍ଜ୍ବଳ ଗୌରବର୍ଣ୍ଣର ସୁନ୍ଦର ସୁଠାମ ସୌଷ୍ଠବ ବିଶିଷ୍ଟ ଯୁବକ ଅର୍ଣ୍ଣବ୍ । ସେଇ ତରୁଣ ଅର୍ଣ୍ଣବ୍ ଛିଡ଼ା ହୋଇଛନ୍ତି ତାଙ୍କରି ଗାଁ ଘର ଅଗଣାରେ ଦୋଷୀଟିଏ ଭଳି । ଭିତର ଘରେ ତଳକୁ ମୁହଁ ପୋତି ଡରିମରି କାକୁସ୍ତଙ୍କ ଭଳି ଛିଡ଼ା ହେଇଚି ବୋଉ ଓ ତ୍ରସ୍ତ ହରିଣୀ ସାମ୍ନାରେ କ୍ରୁଦ୍ଧ ସିଂହ ସମ ବାପା ।

ବୋଉ ହୁଁ ଚୁଁ ସୁଦ୍ଧା କରିବା ଲାଗି ହୁଏତ ସାହସ ଜୁଟେଇ ପାରୁନି । ଶୁଭୁନାଇଁ ତା’ର ସ୍ଵର । ଅର୍ଣ୍ଣବ୍‌ଙ୍କ କାନରେ ବାଟୁଲି ଭଳି ଟାଇଁ ଟାଇଁ ବାଜୁଛି ବାପାଙ୍କ କଥା ଶୁଦ୍ଧ ଇଂରାଜୀରେ । ବାପା କଥା କହିଲା ବେଳେ ପରିସ୍ଥିତି ପରିବେଶକୁ ଚାହିଁ କୁହନ୍ତି ଶୁଦ୍ଧ ଇଂରାଜୀରେ ବା ଶୁଦ୍ଧ ଓଡ଼ିଆରେ । କୌଣସି ପ୍ରକାର ଗୋଳିଆମିଶାକୁ ତାଙ୍କର ଆକଣ୍ଠ ଘୃଣା । ନିଜ କଥା, ଭାଷା, ଚଳଣି, ସଂସ୍କାର ଓ ସଂସ୍କୃତିରେ ଶୁଦ୍ଧତାକୁ ସର୍ବାଧିକ ଗୁରୁତ୍ଵ ଦେଉଥିବା ବାପା କାଣିଚାଏ ସୁଦ୍ଧା ବ୍ୟତିକ୍ରମ ବରଦାସ୍ତ କରିପାରନ୍ତି ନାହିଁ ଓ କ୍ରୋଧରେ ହିତାହିତଜ୍ଞାନ ହରେଇ ବସନ୍ତି । ଏମିତି କ୍ରୋଧ କେତେବେଳେ ତାଙ୍କ ସ୍ଟ୍ରୋକ୍‌ର କାରଣ ବନିପାରେ, ଏମିତି ସତର୍କବାଣୀ କେଇବାର ଶୁଣେଇ ସାରିଛନ୍ତି ବି ଡାକ୍ତର ପିଇସା, ଯିଏ ଜଣେ ହାର୍ଟ୍ ସ୍ପେଶାଲିଷ୍ଟ ।

ବୋଉ ପିଲାଟିଦିନୁ ଜଣେ ଆଦର୍ଶ କନ୍ୟା, ଆଦ୍ୟ କୈଶୋରରୁ ଜଣେ ଆଦର୍ଶ ବଧୂ ଓ ମା’ ବନିଲା ପରେ ଜଣେ ଆଦର୍ଶ ମାତା । ମାତ୍ର ତା’ ଶିକ୍ଷାଗତ ଯୋଗ୍ୟତା ଅପର ପ୍ରାଇମେରୀ ଯାକେ । ତେଣୁ ବାପାଙ୍କ ତୁଣ୍ଡରୁ ଯେ ଅନର୍ଗଳ ଛୁଟୁଥିଲା ବନ୍ଧୁକଗୁଳି ଭଳି ଇଂରାଜୀ କଥା, ତାହା କେବଳ ହଁ କେବଳ ତାଙ୍କୁଇ ଲକ୍ଷ୍ୟ କରି, ତାଙ୍କୁଇ ଶୁଣେଇ, ସେ ବାବଦରେ ଅର୍ଣ୍ଣବ୍‌ଙ୍କର ତିଳାର୍ଦ୍ଧ ସନ୍ଦେହ ନଥିଲା ।

ବାପା କହୁଥାନ୍ତି ଗର୍ଜିଲା ଭଳି – କହିଦିଅ ତାକୁ, ନିଜ ଇଚ୍ଛାର ବାଦ୍‌ଶାହା ବନିବା ପାଇଁ ଯଦି ଇଚ୍ଛା କରୁଛି, ତା’ହେଲେ ମୋ’ ଲାଗି ଶୁଦ୍ଧି ହେଇପଡ଼ୁ । ସବୁ ସହିବି ହେଲେ ଆମ ପରମ୍ପରା ଓ ସଂସ୍କୃତିରେ ଅପମିଶ୍ରଣକୁ ବରଦାସ୍ତ କରିବି ନାହିଁ ଜୀବନ ହାରିଦେବି, କହିଦିଅ ତାକୁ ।

ବାପା ଆଉ କ'ଣ କ'ଣ ଗାଳି ପକେଇଲେ ତୁଣ୍ଡରୁ ସେସବୁ ଶୁଣିବା ଲାଗି ଧୈର୍ଯ୍ୟ ନଥିଲା ଅର୍ଷବଙ୍କର । ମନ ବିଦ୍ରୋହ କରିଥିଲା । ସେଇଦିନ ସଞ୍ଜ ସୁଦ୍ଧା ସେ ବାହାରି ଆସିଥିଲେ ଘରୁ, ହାଇଦ୍ରାବାଦର କର୍ମସ୍ଥଳକୁ, ପଦୁଟିଏ କଥା ନକହି ।

ବାଟସାରା ଅର୍ଷବଙ୍କ କାନରେ ଘନଘନ ବାଜୁଥିଲା ବାପାଙ୍କର ତୋଡ଼ ଓ ଧମକ । ଯାହା କୁହନ୍ତି ନିଶ୍ଚେ କାର୍ଯ୍ୟକାରୀ କରନ୍ତି ବାପା । ସାଲିସ୍ ତାଙ୍କ ଜାତକରେ ନାହିଁ ।

ଅର୍ଷବ୍ ଜାଣୁଥାନ୍ତି, ତାଙ୍କୁ ନେଇ ବାପାଙ୍କ ମନରେ ଅନେକ ଆଶା । ତା'ର କାରଣ ତିନି ପୁଅଙ୍କ ଭିତରେ ଅର୍ଷବ୍ ହିଁ ଖୁବ୍ ବେଶୀ ଭଲ ପଢୁଥାନ୍ତି । 'ସାନ ଟୋକାଟା କୁଳର ମାନ ବଢ଼ାଇବ', ଏଇ କଥାଟି ବାପା ଅନେକବାର ବୋଉ ଆଗରେ କହିବାର ସେ ଶୁଣିଛନ୍ତି । ତାଙ୍କ ପଢ଼ା ବାବଦରେ ଖର୍ଚ୍ଚବାର୍ଚ୍ଚ ଲାଗି ଜମାରୁ ପରୁଆ କରିନାହାନ୍ତି ବାପା । ସେ ଜମାନାରେ ବି ସେ ତାଙ୍କ ପାଇଁ ଖଣ୍ଡି ଦେଇଥାନ୍ତି ଟ୍ୟୁସନ୍ ମାଷ୍ଟର । ବଡ଼ ଦୁଇ ଭାଇ ପଢ଼ା ପାଖେ ବସୁଥାନ୍ତି ନିଶ୍ଚେ, ହେଲେ ମାଷ୍ଟଙ୍କ କଡ଼ା ଦୃଷ୍ଟି ଥାଏ ତାଙ୍କରି ପଢ଼ା ଉପରେ । ୟା' ପଛରେ ବି ଥିଲା ହୁଏତ ବାପାଙ୍କ ଇଙ୍ଗିତ ।

ତିନି ପୁଅଙ୍କ ପାଠପଢ଼ା ଲାଗି ବାପା ଗୁଡ଼େ କରଜ ବି କରିପକେଇଥିଲେ । ହପ୍ତାରେ ତିନିଥର ନିଶ୍ଚିତ ଆଙ୍ଷ ଖାଉଥିବା ବାପା ଥରୁଟିଏକୁ କମେଇ ଦେଇଥିଲେ । ଖାସିମାଂସର ଝୋଳ ହାପୁଡ଼ି ହାପୁଡ଼ି ଖାଇବାର ମଜା ନେଉଥିବା ବାପା ସନ୍ତୁଷ୍ଟ ହେଲେ ଆମ୍ବମାଛରେ । ପାଟକପୁରା କଦଳୀ ଲାଗି ବୋଉର ଦୁର୍ବଳତା ହେତୁ ବାପା ବଜାର ଗଲେ ନିଶ୍ଚେ କିଣି ଆଣନ୍ତି ପାଟକପୁରା କଦଳୀ, ତା' ବି ଆଣିବା ବନ୍ଦ କରିଦେଇଥିଲେ ।

ବୟସ ବଢ଼ିବା ସାଥେ ସାଥେ ଅର୍ଷବ୍ ବୁଝିପାରିଥିଲେ ବାପାଙ୍କ ତ୍ୟାଗର କଥା । ଉପରର ସ୍ଥାନ ନେଉଥିବା ସମ୍ଭ୍ରମ ସହ ବେଶୀ ବେଶୀ ଯୋଡ଼ି ହେଇଯାଇଥିଲା ଶ୍ରଦ୍ଧା ।

ଅର୍ଷବ୍ ବଡ଼ ପର୍ସେଣ୍ଟେଜ୍ ରଖି ମାଟ୍ରିକ୍ ପାସ୍ କଲାପରେ ବଡ଼ କଲେଜରେ ପାଠ ପଢ଼ିଲେ ଓ ହଷ୍ଟେଲରେ ରହିଲେ । ବଡ଼ ଦୁଇଭାଇଙ୍କ କମ୍ ମାର୍କ୍ ହେତୁ

ସେମାନେ ପଢ଼ିବା ଲାଗି ବାଧ୍ୟ ହେଲେ ଗାଁ କଲେଜରେ। ସହରରେ ବଡ଼ଘର ପିଲାଙ୍କ ମେଳରେ କାଲେ ପୁଅ ମନରେ ହୀନମନ୍ୟ ଭାବ ଜାତ ହେବ ପୋଷାକପତ୍ର କିମ୍ବା ହାତଖର୍ଚ୍ଚକୁ ନେଇ, ସେ ବାବଦରେ ବାପା ଥିଲେ ମାତ୍ରାଧିକ ସଚେତନ।

ଏତେ ସତ୍ତ୍ୱେ ବି ଅର୍ଣ୍ଣବଙ୍କର ସାହସ କୁଲାଏ ନାହିଁ ବାପାଙ୍କ ସାମ୍ନାସାମ୍ନି ହେବା ପାଇଁ। ସେ ଯାହା କୁହନ୍ତି ବୋଉକୁ। ବୋଉ ଜରିଆରେ ବାପାଙ୍କୁ। ତାଙ୍କର ସବୁ ଇଚ୍ଛା, ସବୁ ଫରମାସ୍ ଅଚିରେ ପୂରଣ କରନ୍ତି ବାପା। ଅର୍ଣ୍ଣବ୍ ମର୍ମେମର୍ମେ ଉପଲବ୍ଧି କରି ଉତ୍ଫୁଲ୍ଲ ହୁଅନ୍ତି ଯେ କଡ଼ା ଓ ରାଗୀ ମଣିଷଟି ଭିତରେ କେବଳ ହିଁ କେବଳ ପୁତ୍ରବତ୍ସଳ ବାପାଟିଏ ଲୁଚିଛପି ରହିଛି।

ଭଲ କମ୍ପାନୀ, ଭଲ ଦରମା ତାଙ୍କୁ ଟାଣି ଆଣିଥିଲା ହାଇଦ୍ରାବାଦ। ବାପା ଚାହିଁଥିଲେ ଦେଶର ଗୋଟାଏ ନାମୀ ଦାମୀ ବିଜିନେସ୍ ମ୍ୟାନେଜ୍ମେଣ୍ଟ କଲେଜରେ ଅର୍ଣ୍ଣବ୍ ଏମ୍.ବି.ଏ.ଟା ସାରି ଦିଅନ୍ତୁ। ସେଥିପାଇଁ ସେ ଜମିବାଡ଼ି ବିକ୍ରି କରିଦବା ପର୍ଯ୍ୟନ୍ତ ରିସ୍କ ନେବାକୁ ପ୍ରସ୍ତୁତ ଥିଲେ। ମାତ୍ର ଅର୍ଣ୍ଣବ୍ ବୁଝିପାରିଥିଲେ, ବାପା ତିନି ପୁଅଙ୍କ ପଢ଼ା ଖର୍ଚ୍ଚ ତୁଲେଇ ଏକରକମ ଦେବାଳିଆ ହୋଇସାରିଛନ୍ତି। ପୈତୃକ ଚାଷଜମି ବିକ୍ରି ହେଇଗଲେ ବାପା ନିଃସ୍ୱ ହେଇଯିବେ। ବୋଉ ଜରିଆରେ ବାପାଙ୍କୁ ପ୍ରତିଶ୍ରୁତି ଦେଇଥିଲେ ଅର୍ଣ୍ଣବ୍, ଦି’ ଚାରି ବର୍ଷ ଚାକିରି ପରେ ସେ ବାପାଙ୍କ ଏମ୍.ବି.ଏ. ସ୍ୱପ୍ନ ନିଷ୍ଠେ ପୂରା କରିବେ।

ପ୍ରଥମ ମାସର ଉଚ୍ଚ ଅଙ୍କ ଦରମାରୁ ନିଜ ଖର୍ଚ୍ଚ ବାଦ୍ କରି ସେ ବାପାଙ୍କ ନିକଟକୁ ମନିଅର୍ଡର କରିଦେଇଥିଲେ। ଫେରନ୍ତି ମନିଅର୍ଡରରେ ଫେରି ଆସିଲା ସେ ଟଙ୍କା ବାପାଙ୍କ ପାଖରୁ ଗୋଟିଏ ଧାଡ଼ିକିଆ ଲେଖା ସହ, ‘ଉଚ୍ଚଶିକ୍ଷା ଲାଗି ସଞ୍ଚୟ ରଖ। ଯଥେଷ୍ଟ ଅଛି ଆମ ପାଖେ ଚଳିବା ଲାଗି।’

ହାଇଦ୍ରାବାଦ ଦପ୍ତର ଠାରୁ ଅର୍ଣ୍ଣବ୍ ରହୁଥିବା ପି.ଜି. (ପେଇଂଗେଷ୍ଟ ଘର)ର ଦୂରତ୍ୱ ସାତ ଆଠ ମାଇଲ୍ ସେ ପ୍ରତିଦିନ ବସରେ ଯା’ ଆସ କରିଥାନ୍ତି।

ଦିନକର ବସରେ ଥାଏ ଭାରି ଭିଡ଼। କଷ୍ଟେମଷ୍ଟେ ଅର୍ଣ୍ଣବ୍ ଯୋଗାଡ଼ିଥାନ୍ତି ଗୋଟେ ସିଟ୍। ପର ଷ୍ଟପେଜ୍‌ରେ ବସକୁ ଉଠିଲେ ଦୁଇଜଣ ମହିଳା। ଜଣେ ପ୍ରୌଢ଼ା, ତରୁଣୀଟିଏର ହାତ ଧରି। ବସର ଠେସାଠେସି ଭିତରେ କଷ୍ଟେମଷ୍ଟେ ଛିଡ଼ା ହେଲେ।

ପ୍ରୌଢ଼ା ଜଣଙ୍କ କଚ୍ଛା ମାରି ଶାଢ଼ୀ ପିନ୍ଧିଥାନ୍ତି ଏବଂ ଦିଶୁଥାନ୍ତି ଅତିଶୟ ସମ୍ଭ୍ରାନ୍ତ। ତାଙ୍କ ସାଥାରେ ଥା'ନ୍ତି ଯେ ତରୁଣୀ, ସିଏ ଦୃଷ୍ଟି ଆକର୍ଷଣ କଳାଭଳି ସୁନ୍ଦରୀ। ଅନିନ୍ଦ୍ୟ ରୂପସୀ, ସାଦାସିଧା ପରିପାଟୀ ଭିତରେ ସୁବ୍ଦ। ତାଙ୍କ ରୂପର ଔଜଲ୍ୟ ବାରିହେଇ ପଡ଼ୁଥାଏ।

ପ୍ରୌଢ଼ା ଭଦ୍ରମହିଲା ଭିତରର ଠେସାଠେସିରେ ଝାକି ହେଇ ଆସିଲେ ଅର୍ଣ୍ବଙ୍କ ସିଟ୍ ପାଖକୁ। ଅର୍ଣ୍ବଙ୍କୁ କେମିତି ମାଡ଼ିମାଡ଼ି ପଡ଼ିଲା ଓ ସେ ଭଦ୍ରମହିଲାଙ୍କୁ କହିଲେ ଇଂରାଜୀରେ – ଆପଣ ବସନ୍ତୁ, ମୁଁ ଛିଡ଼ା ହେଉଚି। ଭଦ୍ର ମହିଲା ପରିଷ୍କାର ଇଂରାଜୀରେ କହିଲେ – ଧନ୍ୟବାଦ୍। ମୋ' ଲାଗି ଆପଣ କଷ୍ଟ କରନ୍ତୁ ମୁଁ ଏହା ଚାହେଁ ନାହିଁ। ତାଙ୍କ କଣ୍ଠର ଲାଲିତ୍ୟ ପ୍ରଭାବିତ କଲାଭଳି, ଠିକ୍ ତାଙ୍କର ଉଚ୍ଚାରଣ ଭଳି। ଅର୍ଣ୍ବଙ୍କ ତୁଣ୍ଡରୁ ଆପେ ଖସିଗଲା – ଯଦି ମୋର ମା' ଛିଡ଼ା ହେଇଥାନ୍ତେ ଭିତରେ, ବସି ପାରନ୍ତି କି ମୁଁ ?

ଭଦ୍ରମହିଲାଙ୍କ ଚାହାଣି ସୂଚାଇଥିଲା ମୁଗ୍ଧପଣ।

ଅର୍ଣ୍ବ ଛିଡ଼ା ହେଲେ ଏବଂ ସେ ବସିଲେ ଆଉ ପଦୁଟିଏ ନକହି। କଥା ଛଳରେ ଅର୍ଣ୍ବ ଜାଣିଲେ ଭଦ୍ରମହିଲା ମରାଠୀ। ଅଳ୍ପ ଦୂରରେ ଛିଡ଼ା ହେଇଛନ୍ତି ଯେ ତରୁଣୀ, ସେ ଜଣଙ୍କ ତାଙ୍କ ଝିଅ ଶ୍ରେୟା ପାଟିଲ୍।

ଠିକଣା ଦିଆନିଆ ବି ହେଲା ସେଇ ବସ୍ ଭିତରେ। ଉଦ୍ଦିଷ୍ଟ ସ୍ଵପେଜ଼ରେ ଅର୍ଣ୍ବ ଓହ୍ଲାଇଗଲା ବେଳେ ଭଦ୍ରମହିଲା କହିଲେ, ଦେଖାହେବ ଶୀଘ୍ର।

ଦେଖାହେଲା ବି।

ଠିକ୍ ତା' ପରଦିନ।

ଶନିବାର ଓ ରବିବାର, ଏଇ ଦୁଇଦିନ ଅର୍ଣ୍ବଙ୍କ କମ୍ପାନୀର ଉଇକ୍‌ଏଣ୍ଡ ଛୁଟି। ପିଜିମେଟ୍‌ମାନେ ନିଜ ନିଜ କାମରେ ବାହାରି ଯାଇଥିଲେ। ଦିନ ଦଶ ପାଖାପାଖି ଅର୍ଣ୍ବ ନିଦରୁ ଉଠି ଅଳସ ଭାଙ୍ଗୁଥିବା ବେଳେ କଲିଂବେଲ୍ ବାଜିଲା ଓ ଅର୍ଣ୍ବ ହାଇ ମାରିବା ଭିତରେ ଆଉଜା ହେଇଥିବା କବାଟକୁ ଖୋଲିଦେଇ ସାମ୍ନାରେ ଦେଖିଲେ ଶ୍ରେୟା ପାଟିଲ୍‌ର ମା'କୁ।

ଅର୍ଣ୍ବ ବ୍ୟସ୍ତ ହେଇ ପଡ଼ିଲେ। ପିଜିରେ କଟୁଛି ଜୀବନ। ବିକ୍ଷିପ୍ତ ଭାବେ ଖେଳେଇ ହେଇ ପଡ଼ିଥାଏ ଆସବାବପତ୍ର। ଖଟ ଉପରେ ଲୋଚାକୋଚା

ବିଛଣାଚାଦର, ତକିଆ। ସମ୍ଭ୍ରାନ୍ତ ମହିଳା ଜଣଙ୍କର ଉପସ୍ଥିତି ଅର୍ଣ୍ଣବଙ୍କୁ ସଙ୍କୁଚିତ କରିଦେଲା। ତରତରରେ ସଜଡ଼ାସଜଡ଼ି କରିବାକୁ ତତ୍ପର ହେଉଥିଲେ, ହସିହସିକା ବାରଣ କଲେ ଶ୍ରେୟା ପାଟିଲ୍‌ର ମା'। ଅଳ୍ପ କ୍ଷଣ ପରେ ଆସିଲା ପୁଣି ସ୍ୱୟଂ ଶ୍ରେୟା ପାଟିଲ୍‌ ତଳେ ଟ୍ୟାକ୍ସୀକୁ ବିଦା କରିସାରି। ପିନ୍ଧିଥାଏ ସଫେଦ୍‌ ରଙ୍ଗର ପୋଷାକ। ତୋଫା। ଗୋରା ଶରୀରକୁ ଆପାଦଗଳାବନ୍ଧ ଘୋଡ଼େଇ ରଖିଥିବା ଏମ୍ବ୍ରୋଡରୀକରା ସାଲୁଆର କମିଜ ଭିତରେ ଶ୍ରେୟା ପାଟିଲ୍‌ ଦିଶୁଥାଏ ଅପୂର୍ବ।

ସତେବା ସ୍ୱର୍ଗରୁ ସଦ୍ୟ ଓହ୍ଲେଇ ଆସିଥିବା ତୋଫା ପରୀଟିଏ।

ଶ୍ରେୟା ପାଟିଲ୍‌ ମୃଦୁ ମୃଦୁ ହସି ନମସ୍କାର ଜଣାଇଲା।

ଅର୍ଣ୍ଣବଙ୍କୁ ଲାଗିଥିଲା, ଯେମିତି ଦୁଇ ଧାଡ଼ି ମୁକ୍ତା ଭିତରୁ ଖସି ପଡ଼ିଲା ଆଙ୍ଗୁଲାଏ ମଲ୍ଲୀ।

ଶ୍ରେୟା ପାଟିଲ୍‌ ଫର୍ମାଲିଟିକୁ ଅପେକ୍ଷା ନକରି ବସିଲା ତାଙ୍କ ଖଟ ଉପରେ, ଅସ୍ତବ୍ୟସ୍ତ ବିଛଣା ଚାଦରକୁ ନିଜେ ସଜାଡ଼ିଦେଇ। ଶ୍ରେୟାର ମା' ଷ୍ଟଡ଼ିଟେବୁଲ୍‌ ସଂଲଗ୍ନ ଚେୟାର ଉପରେ ବସିଲେ ଓ ଅର୍ଣ୍ଣବଙ୍କୁ ଠାରିଲେ ବସିବା ଲାଗି। ଚା' କିମ୍ବା ସେମିତି କିଛି ଲାଗି ବ୍ୟସ୍ତ ନହେବା ପାଇଁ ତାଗିଦ୍‌ କଲେ। ତାଙ୍କ ତାଗିଦାରେ ବାରିହେଇ ପଡ଼ୁଥିଲା ବାତ୍ସଲ୍ୟ।

ଅର୍ଣ୍ଣବ୍‌ ଅଗତ୍ୟା ଖଟ ଉପରେ ବସିଲେ ଶ୍ରେୟା ପାଟିଲ୍‌ ଠାରୁ ଦୂରତ୍ୱ ବଜାୟ ରଖି। କଥା ଛଳରେ ଶ୍ରେୟାର ମା' କହିଥିଲେ, ଅର୍ଣ୍ଣବଙ୍କ ବାବଦରେ ଜାଣିବା ପରେ, ସେମାନେ ଔରଙ୍ଗାବାଦର ଜମିଦାର ପରିବାରର ସଦସ୍ୟ। ହାଇଦ୍ରାବାଦରେ ରହିଛି ତାଙ୍କର ଇଷ୍ଟେଟ୍‌। ବର୍ଷରେ କେଇ ମାସ ତାଙ୍କୁ ହାଇଦ୍ରାବାଦ ଆସିବାକୁ ପଡ଼େ ଇଷ୍ଟେଟ୍‌ର ଆୟ ବ୍ୟୟ ବୁଝିବା ଲାଗି। ଶ୍ରେୟା ତାଙ୍କର ଏକମାତ୍ର ଝିଅ। ପୋଷ୍ଟ ଗ୍ରାଜୁଏସନ୍‌ ପଢ଼ା ଶେଷ କଲା ଏଇ ବର୍ଷ। ଜବ୍‌ କରିବା ପାଇଁ ମନ, ହେଲେ ମୁଁ ମନା କରୁଛି।

କଥାବାର୍ତ୍ତା ଲମ୍ବିଥିବା ଭିତରେ ଟ୍ରେ ଟିଏରେ ଅର୍ଣ୍ଣବଙ୍କ ଲାଗି ଖାଇବାର ନେଇ ଆସିଲା ପିଜିର ପରିଚାରକ। ଅରୁଆଭାତ ସାଙ୍ଗରେ ସାମ୍ବର, ରସମ୍‌, ଚାରୁ, ପାମ୍ପଡ଼ ଓ ଆଚାର। ନାମକୁ ମାତ୍ର କୁଦୁରିର ନାଲିଆ ସବ୍‌ଜି। ତାକୁ ଦେଖିଲା ପରେ

ଶ୍ରେୟାର ମା' କଣ୍ଠରେ ମାତୃ ସୁଲଭ ସହାନୁଭୂତି ଭରି କହିଲେ – ତୁମ ଓଡ଼ିଶାର ଲୋକେ ବେଙ୍ଗଲ୍ ଭଳି ଭାତ ସାଙ୍ଗରେ ଡାଲି ତରକାରୀ ଭଜା ଖାଇବାକୁ ଭଲପାଅ । ଖଟ୍ଟା ରାଗ ତୁମର ପସନ୍ଦ ନୁହେଁ । କେମିତି ଆଡ଼ଜଷ୍ଟ୍ କରୁଛ ?

ଅର୍ଷ୍ଣବ୍ ବଡ଼ ସଙ୍କୁଚିତ ଭାବେ କହିଥିଲେ – ହାଇଦ୍ରାବାଦ ସହରଟି ମୋର ଭାରି ପ୍ରିୟ, କେବଳ ଯା'ର ଲଞ୍ଚ ଆଉ ଡିନରକୁ ଛାଡ଼ିଦେଲେ । ରୋଜ୍ ରୋଜ୍ ସେଇ ସେଇ ଖଟ୍ଟା ଓ ରାଗ ମତେ ଡିସେଣ୍ଟ୍ ପେସେଣ୍ଟ୍ ବନେଇ ସାରିଲାଣି ।

ଶ୍ରେୟା ପାଟିଲ୍ ହସ ହସି ଲୋଟିଗଲା ପ୍ରାୟେ ହେଲା । ହସିବା ଭିତରେ କହିଲା – ଆନ୍ଧ୍ରରେ ଓଡ଼ିଶା ଖାଦ୍ୟ କାହୁଁ ମିଳିବ । ହଁ, ନିଜେ ରୋଷେଇ କଲେ ଅବା ମିଳନ୍ତା ଡିସେଣ୍ଟ୍ରୁ ମୁକ୍ତି ।

କହିସାରି ପୁଣି ହସିଲା ଶ୍ରେୟା । ଖିଲିଖିଲି କରି ।

ଅର୍ଷ୍ଣବ୍‌କୁ ଲାଗିଥିଲା, ପାହାଡ଼ି ଝରଣାଟିଏ ଅଚାନକ ଫୁଲିଉଠି ବହି ଆସିଲା ଅବା କଳକଳ ଛଳଛଳ ସଙ୍ଗୀତ ଗାନ ଭିତରେ । ଶ୍ରେୟା ପାଟିଲର ଲହର ହସ ଦ୍ୱାରା ସଂକ୍ରମିତ ହୋଇ ହସି ପକାଇଥିଲେ ବି ଅର୍ଷ୍ଣବ୍ । ମା' କହିଥିଲେ – ପିଜିରେ ରୋଷେଇ ସମ୍ଭବ ନୁହେଁ । ତୁମେ ବାବା ବରଂ ପିଜି ଛାଡ଼ିଦେଇ ଆମ ଇଷ୍ଟେଟ୍ ଘରକୁ ଉଠିଆସ । ସେଇଠି ଆମ ରୋଷେଇରେ ଖାଇନବ ।

ପ୍ରଥମ ସାକ୍ଷାତରେ ଏତେ ବଡ଼ ଅଫର୍ ଗ୍ରହଣ କରିବା ଲାଗି ଅର୍ଷ୍ଣବ୍‌କୁ ମାଡ଼ି ମାଡ଼ି ପଡ଼ିଥିଲା । ସେ ରହିଯାଇଥିଲେ ନୀରବ । ଅନୁଭବୀ ଭଦ୍ରମହିଳା ଅର୍ଷ୍ଣବଙ୍କ ମନ କଥା ଜାଣିପାରି କହିଥିଲେ – ଆମ ଘରକୁ ସିଫ୍ଟ କରିବା ତୁମକୁ ହୁଏତ ଠିକ୍ ଲାଗୁନାହିଁ । ତେବେ ଇଷ୍ଟେଟ୍ କାମରେ ଆଉ ଦୁଇ ତିନି ମାସ ତ ଆମେ ଏଠି ଅଛୁ । ସେଇ କେଇଦିନ ମୁଁ ଲଞ୍ଚ ପଠାଇଦେବି ତୁମ ପାଇଁ । ନା, ମନା କର ନାହିଁ । କହିଲ ଦେଖି, ଯଦି ମୋ' ପୁଅ ଖାଇବା ଲାଗି ହଇରାଣ ହଉଥାନ୍ତା ସହି ପାରନ୍ତି କି ମୁଁ !

ବସର ଭିଡ଼ ଭିତରେ ଅର୍ଷ୍ଣବ୍ କହିଥିବା କଥା ତାଙ୍କରି ପାଖକୁ ଲେଉଟିଲା ଟିକିଏ ଭିନ୍ନ ବାଗରେ ।

ଯା'ପରେ ଅର୍ଷ୍ଣବ୍ ଆଉ କିଛି କହିପାରିଥାନ୍ତେ କି ?

ପରଦିନ ରବିବାର ବି ଦପ୍ତର ଛୁଟି । ଠିକ୍ ବାର ସାଢ଼େ ବାର ପାଖାପାଖି ପହଞ୍ଚି ଯାଇଥିଲା ମଧ୍ୟାହ୍ନ ଭୋଜନ । ଟିଫିନ୍‌କାରିଅର୍‌ର ବାହକ ସ୍ୱୟଂ ଶ୍ରେୟା ପାଟିଲ୍ ।

ଅର୍ଷବ୍‌କୁ ଲାଗିଥିଲା ଅପ୍ରସ୍ତୁତ ଓ ସେ ବ୍ୟସ୍ତ ହୋଇ ପଡ଼ିଲେ । ମାତ୍ର ସେମିତି କିଛି ନ ହେବା ଲାଗି ବେଶ୍ ସହଜ ଢଙ୍ଗରେ ତାଗିଦ୍ କରିଥିଲା ଶ୍ରେୟା ଓ କହିଥିଲା, 'ମୋ ହାତରେ ଏବେ କିଛି କାମ ନାହିଁ । ଘରେ ବସି ବୋର ହଉଥିଲି । ଯା' ହଉ ଆଈ ସୌଜନ୍ୟରୁ ଛୋଟମୋଟ କାମଟେ ମିଳିଗଲା, ମୁଁ ଖୁସି । ଆମେ ମା'ଙ୍କୁ ଆଈ କହୁ, ଜାଣ ତ ?' କହିସାରି ଶ୍ରେୟା ପାଟିଲ୍ ହସିଦେଇଥିଲା ଓ ଅର୍ଷବ୍ ମନା କରିବା ସତ୍ତ୍ୱେ ନିଜେ ବାଢ଼ି ଦେଇଥିଲା ପ୍ଲେଟ୍‌ରେ । ବାଧ୍ୟ କରି ପେଟପୂରା ଖୁଆଇଥିଲା । ବଡ଼ ତୃପ୍ତିରେ ସ୍ନେହମୟୀ ଜନନୀଙ୍କ ହାତରନ୍ଧା ଖାଦ୍ୟ ଭୋଜନ କରିଥିଲେ ଅର୍ଷବ୍ ।

ଅର୍ଷବ୍‌କୁ ଖୁଆଇ ସାରି ଫେରିଲା ବେଳେ ଶ୍ରେୟା କହିଥିଲା ହସି ହସି – ଛୋଟମୋଟ ନୁହେଁ, ଖୁବ୍ ବଡ଼ କାମଟେ ଆଜି କଲି । ଜଣେ ଭଲ ମଣିଷଙ୍କୁ ତୃପ୍ତି ସହକାରେ ପେଟପୂରା ଖୁଆଇ ପାରିଥିବାର କାମ ।

ଶ୍ରେୟା ପାଟିଲ୍ ଚାଲିଯାଇଥିଲା । ଆଚ୍ଛନ୍ନ କରିଦେଇଗଲା ଅର୍ଷବ୍‌ଙ୍କ ସର୍ବସତ୍ତାକୁ । ସେଇଦିନ ଜାଣି ହାଇଦ୍ରାବାଦ ସହରଟା ତାଙ୍କୁ ଇନ୍ଦ୍ରଧନୁର ରଙ୍ଗରେ ମାଖି ହୋଇଥିବା ଭଳି ଲାଗିଥିଲା ଓ ସେ ସହରକୁ ବେଶୀ ବେଶୀ ଭଲ ପାଇଲେ ।

ଠିକ୍ ସେମିତି ଚାଲିଲା ପ୍ରତିଦିନ । ବାର ବାଜିଲେ ଅର୍ଷବ୍ ଦପ୍ତରରୁ ଚାଲି ଆସନ୍ତି ପି.ଜି. ଏବଂ ଲଞ୍ଚ ଖାଇସାରି ଯାଆନ୍ତି ଦପ୍ତର । ଆମ୍ନାୟତା ବଢ଼ିଲା ତ କୋଉଦିନ ଯଦି ଆସିବାରେ ବିଳମ୍ବ ଘଟୁଥିଲା ଶ୍ରେୟା ପାଟିଲ୍‌ର, ଅର୍ଷବ୍ ମନ ଉଣା କରିଦେଉଥିଲେ । ଶ୍ରେୟା କହୁଥିଲା ବନେଇ ଚୁନେଇ, କୋଉ ଆଇଟମ୍ ସେ ନିଜେ ବନେଇଛି । କୋଉ ଆଇଟମ୍ ସେ ଆଉଠୁଁ ଶିଖିଛି ଏବେଏବେ । ତା'ରି ଭିତରେ ଥରେ ଦୁଇଥର ଅର୍ଷବ୍ ଯାଇ ଘୁରି ଆସିଲେଣି, ପାଟିଲ୍ ପରିବାରର ହାଇଦ୍ରାବାଦୀ ଇଷ୍ଟେଟ୍ ବଙ୍ଗଲା । ଦିନର ଖାଇବା ଲାଗି ନିମନ୍ତ୍ରଣ କଲେଣି ମା'ଙ୍କୁ, ଶ୍ରେୟା ପାଟିଲ୍‌କୁ । ତାରକା ହୋଟେଲ୍‌ରେ ବିଲ୍ ପେମେଣ୍ଟ ବେଳେ ମା' ମନ

ଭଣା କରନ୍ତି 'ମାଆ ସାଙ୍ଗରେ ଥିଲେ ପେମେଣ୍ଟ ମାଆ କରିବା କଥା' ଭଳି
ଯୁକ୍ତିଯୁକ୍ତ କାରଣ ଦର୍ଶାଇ ଓ ସବୁଥର ଅର୍ଣ୍ଣବ୍ 'ରୋଜଗାରିଆ ପୁଅ ସାଥୀରେ ଥିଲେ
ସେଟା ପୁଅର ଦାୟିତ୍ୱ' କହି ଚାଲି ଦିଅନ୍ତି ଅର୍ଣ୍ଣବ୍ ।

ଶ୍ରେୟା ପାଟିଲ୍ ରୋକ୍‌ଠୋକ୍ କଥା କୁହେ । ସବୁଦିନେ ସେ ସେମିତି ।
କଥା ବୁଲେଇ ବାଙ୍କେଇ କହିଲା ଭଳି ଝିଅ ସେ ନୁହେଁ । ବେଲେବେଲେ ତ ଅର୍ଣ୍ଣବ୍
ଅପ୍ରସ୍ତୁତ ହେଇଯାଉଥିଲେ । ଦିନକର, ପିଜିକୁ ଟିଫିନ୍ ଧରି ଆସିବା ପରେ ଶ୍ରେୟା
ପାଟିଲକୁ ଅର୍ଣ୍ଣବ୍ କହିଥିଲେ, "କୃତଜ୍ଞତାର ବୋଝରେ ମୁଁ ନଇଁ ପଡ଼ିଲିଣି ଶ୍ରେୟା,
ମତେ ଭାରି ମାଡ଼ି ମାଡ଼ି ପଡ଼ୁଛି ।' ଶ୍ରେୟା ଟିଫିନ୍ କାରିଅର୍ ତଲେ ଥୋଇଦେଇ,
ଅର୍ଣ୍ଣବ୍‌ଙ୍କ ଆଖିରେ ଆଖି ମିଳେଇ ଓ ତାଙ୍କୁ ସମ୍ମୋହିତ କରିଦେଇ ତାଙ୍କୁ କହିଥିଲା –
ମତେ ବାହାହେଇ ପଡ଼ିଲେ ସବୁ ସମସ୍ୟାର ତ ଅନ୍ତ ହେଇଯାଆ, ନା ନାଇଁ !
ପାଖକୁ ଆସିଯା'ନ୍ତି । ରୋଜ୍ ଦୌଡ଼ା ଧାପଡ଼ାରୁ ବି ମତେ ତ୍ରାହି ମିଳିଯାଆ ।

ଏଇତକ କହିଦେଇ ଶ୍ରେୟା ପାଟିଲ ଲହରେଇ ଲହରେଇ ହସିଥିଲା ଓ
ଜୋର ଜୋର ପାଦ ପକେଇ ଲେଉଟିଗଲା । ଦୁଇ ଚାରି କଦମ୍ ପରେ ଅଟକି,
ବୁଲିପଡ଼ି ପଛକୁ ଚାହିଁଥିଲା ଓ 'କିଛି ଭୁଲ୍ କଥା କହିଦେଲି କି ?' କହିସାରି
ଫିକ୍‌କରି ହସିଦେଇ ଚାଲିଯାଇଥିଲା ।

ଶ୍ରେୟା ପାଟିଲ ଚାଲିଯିବା ପରେ ଅର୍ଣ୍ଣବ୍‌ଙ୍କୁ ଲାଗିଥିଲା ସେ ଯେମିତି
ଆକାଶରେ ଉଡ଼ି ବୁଲୁଛନ୍ତି । କେତେ ରଙ୍ଗର ଜାତିଜାତିକା ପ୍ରଜାପତିଙ୍କ ମେଳରେ ।
ଅଚାନକ ଅନୁଭବର ଝଟ୍‌କାଟିଏ ଲାଗିଥିଲା – ସତେ ତ ! ଆରେ ସତେ ତ !

ସେ ନିଜ ଭିତରକୁ ନିରିଖେଇ ଚାହିଁଥିଲେ, ଦୃଷ୍ଟି ଗହୀରେଇ ହୃଦୟ
କନ୍ଦରକୁ ଓ ସେଠି ସେ ଆବିଷ୍କାର କରିଥିଲେ ଶ୍ରେୟା ପାଟିଲକୁ । ଶ୍ରେୟା ପାଟିଲ
କେବେଠାରୁ ସେଠି ଆସ୍ଥାନ ଜମେଇ ସାରିଛି । ତାକୁ ବାଦ୍‌ଦେଇ ଅର୍ଣ୍ଣବ୍ ଆଉ
କଳ୍ପନା ସୁଦ୍ଧା କରିପାରୁ ନାହାନ୍ତି ହୃଦୟର ସ୍ଥିତି ।

ପରଦିନ ହିଁ ସେ ଶ୍ରେୟା ପାଟିଲର ସୁନ୍ଦର ଦୁଇ ଆଖିରେ ଆଖି ମିଳେଇ,
ତା'ର ନରମ ହାତ ପାପୁଲିକୁ ଚମ୍ପାକଡ଼ି ଆଙ୍ଗୁଲି ସମେତ ନିଜ ହାତରେ ମୁଠାଇ
ଧରି କହିଥିଲେ ସେଇ ତିନୋଟି ମ୍ୟାଜିକ୍ ଶବ୍ଦ, 'ଆଇ ଲଭ୍ ୟୁ' । ଶ୍ରେୟା ପାଟିଲ
ଭଳି ସ୍ମାର୍ଟ ଝିଅ ଯେ ଏଇ ତିନୋଟି ଶବ୍ଦ ତାଙ୍କ ମୁହଁରୁ ଶୁଣିଦେଇ ଏତେ ବେଶି

ଝାଉଁଳି ପଡ଼ିଲା, ତାହା ଲକ୍ଷ୍ୟ କରି ଆମୋଦିତ ହୋଇଥିଲେ ଅର୍ଣ୍ଣବ। ଶ୍ରେୟାର ଆଇ ଆଶୀର୍ବାଦ କରିଥିଲେ ଓ କହିଥିଲେ, 'ଘରେ ଜଣାଅ। ବିବାହ କେବଳ ବରକନ୍ୟା ଦୁହିଁଙ୍କର ବନ୍ଧନ ନୁହେଁ, ଦୁଇ ପରିବାରର ବନ୍ଧନ।'

ଅର୍ଣ୍ଣବ୍ ଶ୍ରେୟାକୁ କହିଥିଲେ - ଆମ ସମ୍ପର୍କ ବାବଦରେ ମୁଁ ଯଦି ଘରେ ନ ଜଣାଏ ?

ଶ୍ରେୟା ଆଖି ବଡ଼ ବଡ଼ କରି କହିଥିଲା - କିଛି ଲୁଚାଇବ ନାହିଁ। ତୁମ ବାପାଙ୍କର ତୁମ ଲାଗି ଯେ ତ୍ୟାଗ ତାକୁ କସ୍ମିନ୍‌କାଲେ ହେୟ ମଣିବ ନାହିଁ। ମୁଁ ବିଶ୍ୱାସ କରେ, ପିତାମାତାଙ୍କ ସ୍ୱୀକୃତି ଓ ଆଶୀର୍ବାଦ ବିନା ବିବାହ ସ୍ୱର୍ଗରେ ଅନୁଷ୍ଠିତ ହୁଏ ନାହିଁ, ହୁଏ ରାକ୍ଷସ ବିବାହ ଏବଂ ସେ ବିବାହ କଦାପି ସଫଳ ହୁଏ ନାହିଁ। ତୁମ ପିତା ଜଣେ ଉଉମ ପିତା। ସେ ନିଶ୍ଚେ ତାଙ୍କ ପରିପକ୍‌ ସନ୍ତାନର ପସନ୍ଦକୁ ସ୍ୱୀକୃତି ଦେବେ।

ମନ ଭିତରେ ପ୍ରବଳ ଡର ହେତୁ ଅର୍ଣ୍ଣବ୍ କିନ୍ତୁ ଏଡ଼େ ହଠାତ୍ ଘରେ ଉଠେଇ ପାରିନଥିଲେ ଶ୍ରେୟା ପାଟିଲ୍ ପ୍ରସଙ୍ଗ।

ହାଇହ୍ୟାବାଦ୍‌ରୁ ପାଟିଲ୍ ମା'-ଝିଅଙ୍କ ଔରଙ୍ଗାବାଦ ଫେରିବା ଦିନ ପାଖେଇ ଆସୁଥିଲା। ଅଚାନକ ପ୍ରସ୍ତାବ ଦେଇଥିଲେ ଆଇ - ଦିନ କେତୋଟା ଛୁଟୀ ନେଇ ଅର୍ଣ୍ଣବ୍ ଚାଲନ୍ତୁ ନା ଔରଙ୍ଗାବାଦ।

ପ୍ରସ୍ତାବ ଲୋଭନୀୟ। ଅସ୍ୱୀକାରର ହେତୁ ନଥିଲା।

ଔରଙ୍ଗାବାଦ ପାଟିଲ୍ ଇଷ୍ଟେଟ୍‌ରେ ପହଞ୍ଚ ହତଚକିତ ହେଇଥିଲେ ଅର୍ଣ୍ଣବ୍। ଯେତୋଟା କଳ୍ପନା ସେ କରିଥିଲେ ତା'ଠାରୁ ବହୁଗୁଣ ଅଧିକ ଥିଲା ପାଟିଲ୍ ଖାନ୍‌ଦାନର ପ୍ରତିପଭି। ମାତ୍ର ରୂପରେ ଗୁଣରେ ଐଶ୍ୱର୍ଯ୍ୟରେ ରାଜକୁମାରୀ ଠାରୁ କୋଉଠିରେ ଉଣା ନଥିବା ଶ୍ରେୟା ପାଟିଲ୍ ଓ ରାଜରାଣୀ ଭଳି ପ୍ରତିପଭିଶାଳିନୀ ଆଇଙ୍କର ଅହଂରହିତ ମିଜାଜ୍ ଓ ଚାଲିଚଲଣ ଅଙ୍ଗେ ଲିଭେଇ ଆଶ୍ଚର୍ଯ୍ୟ ହେଉଥିଲେ ଅର୍ଣ୍ଣବ୍।

ପ୍ରଥମ ଦୁଇଦିନ ବିତିଲା ପାଟିଲ୍ ପରିବାରର ସଦସ୍ୟମାନଙ୍କ ସହ ପରିଚୟ, ସମ୍ଭାଷଣ, ହସଖୁସି ଓ ଖାନାପିନାରେ। ତୃତୀୟ ଦିନ ଆଇ ପ୍ରସ୍ତାବ ଦେଇଥିଲେ - ଇଷ୍ଟେଟ୍ ଘୁରିବାକୁ ଯାଇପାରନ୍ତି ଅର୍ଣ୍ଣବ୍। ଅର୍ଣ୍ଣବ୍ ଖୁସିମନରେ ସ୍ୱୀକୃତି ଦେଇଥିଲେ।

ଦୁଇଟି ଚହଟ ଚିକ୍‌ଣ ଘୋଡ଼ା ଅସ୍ତାବଲରୁ ଆସିଗଲେ ତୁରନ୍ତ । ଅର୍ଷ୍ବଙ୍କୁ ତାଜୁବ୍‌ କରି ମାଟିଆ ରଙ୍ଗର ଢିଲା ଫୁଲ୍‌ପ୍ୟାଣ୍ଟ, ତାକୁ ଆଣ୍ଠୁଯାଏ ଚାପି ଧରିଥିବା ଆଣ୍ଠୁଏ ଉଚ କଳା ଲେଦର୍‌ସୁଜ୍‌, ଧଳା ଫୁଲ୍‌ସାର୍ଟ, ମୁଣ୍ଡରେ ହ୍ୟାଟ୍, ହାତରେ ହ୍ୱୀପ୍‌ ଧରି ସାମ୍ନାରେ ହାଜର ହେଇଥିଲା ଶ୍ରେୟା ପାଟିଲ୍‌ ।

ଅର୍ଷ୍ବ ବିସ୍ମୟରେ ଜଡ଼ ବନି ଶ୍ରେୟା ପାଟିଲର ରାଜକୀୟ ଠାଣୀବାଣୀକୁ ଚାହିଁ ରହିଥିଲେ ଡବଡବ ଆଖିରେ, ଶ୍ରେୟା ହସିହସିକା ଆଗେଇ ଆସି ତାଙ୍କ ହାତ ଧରିବା ଯାକେ ।

ଅର୍ଷ୍ବଙ୍କ ମନରେ ମଥା ପିଟୁଥିଲା ସଂଘାତ ।

ଇୟେ କ'ଣ ସେଇ !

ହାଇଦ୍ରାବାଦରେ ତାଙ୍କ ଲାଗି ରୋଷେଇ କରି, ଟିଫିନ୍‌ କାରିଅର୍ ସଜାଡ଼ି, ବସ୍‌ରେ କିମ୍ବା ଅଟୋରିକ୍ସାରେ ପିଜିକୁ ଆସୁଥିବା ଓ ନିଜ ହାତରେ ପରଶି ଦେଇ ବଲେଇ ବଲେଇ ଖୁଆଉଥିବା ଡାଉନ୍‌-ଟୁ-ଆର୍ଥ ଶ୍ରେୟା ପାଟିଲ୍‌ ! !

ଦେବୀ ପାର୍ବତୀ ଓ ମହିଷମର୍ଦ୍ଦିନୀ ଦୁର୍ଗା, ଉଭୟ ରୂପରେ ଦେବୀ ମା' କିନ୍ତୁ ଅଦ୍ଵିତୀୟା । ଅର୍ଷ୍ବଙ୍କର ସେଇ କଥା ବେଶୀ ବେଶୀ ମନେପଡ଼ିଥିଲା ।

ଘୋଡ଼ାଚଢ଼ା ବିଦ୍ୟାଟି ତାଙ୍କୁ ଅଜଣା – ଏଇ କଥାଟି ବିନମ୍ର ଭାବେ ଜଣାଇବା ପରେ ଇଷ୍ଟେଟ୍‌ ଜିପ୍‌ରେ ଶ୍ରେୟା ତାଙ୍କୁ ଘୁରାଇବାକୁ ନେଇଥିଲା ଇଷ୍ଟେଟ୍‌ ।

ଆଖି ଯୋଉଯାକେ ପାଏ, ସେ ସମସ୍ତ ସବୁଜିମାର ମାଲିକ ପାଟିଲ୍‌ ପରିବାର । ଜିପ୍‌ ଧୀର ଗତିରେ ଆଗଉଥିବା ବେଳେ ଶହ ଶହ ଲୋକଙ୍କ ପ୍ରଣିପାତ ସୂଚାଉଥାଏ ପାଟିଲ୍‌ ଖାନ୍‌ଦାନ୍‌ ପ୍ରତି ସେମାନଙ୍କ ଅସୁମାରୀ ଶ୍ରଦ୍ଧା ଓ ସମ୍ମାନ ।

ଅର୍ଷ୍ବ ଯେତେ ଦେଖୁଥିଲେ ସେତେ ବେଶୀ ମୁଗ୍ଧ ହେଉଥିଲେ ।

"ଲୋକଙ୍କର ଆମ ଲାଗି ଏତେ ସ୍ନେହ ଶ୍ରଦ୍ଧାର ହେତୁ ଜାଣିବାକୁ ଚାହଁ ?" ପଚାରିଥିଲା ଶ୍ରେୟା ପାଟିଲ୍‌ ।

"ନିଶ୍ଚୟ ଚାହିଁବି ।" କହିଥିଲେ ଅର୍ଷ୍ବ ।

"ଇଷ୍ଟେଟର ପ୍ରଚୁର ଆମଦାନୀକୁ କେବଲ ଆମେ ଭୋଗ କରୁନା । ପିତାଙ୍କ ଠାରୁ ଆମକୁ ଏଇ ସଂସ୍କାର ମିଳିଛି ଯେ, ଏ ଆମଦାନୀରେ ଭାଗୀଦାର

ଏମାନେ ସମସ୍ତେ । ଗୋଟେ ଆଡ଼ମ୍ବରଶୂନ୍ୟ ଜୀବନ ଜିଇଁବାର ପ୍ରେରଣା ଆମକୁ ମିଳିଛି ପିତାଙ୍କ ଠାରୁ ।

ଏଇ କଥା କହିଲାବେଳେ ଶ୍ରେୟା ପାଟିଲର ସୁନ୍ଦର ମୁହଁଟି ଉପରେ ମେଘଢ଼ଙ୍କା ସୂର୍ଯ୍ୟଙ୍କ ନରମ କିରଣ ପ୍ରତିଫଳିତ ହୋଇ ଚକ୍‌ଚକ୍ କରୁଥିଲା ସ୍ୱର୍ଗୀୟ ଆଭାରେ ।

ଫେରନ୍ତି ରାସ୍ତାରେ ଅର୍ଷ୍ବ୍ ପଚାରି ଦେଇଥିଲେ – ତିନିଦିନ ବିତିଗଲା, ଅଥଚ ତୁମ ପରିବାରର ମୁଖ୍ୟ, ତୁମମାନଙ୍କ ଆଦର୍ଶ ଓ ପ୍ରେରଣାର ଉସ୍ସ ତୁମ ମହାନ୍ ପିତାଙ୍କ ଦର୍ଶନ କାହିଁ ପାଇଲି ନାହିଁ ତ ?

ଶ୍ରେୟା ପାଟିଲ୍ ମୁହଁରେ ସୃଷ୍ଟି ହେଇଥିଲା ଅଚାନକ ଭାବାନ୍ତର । ହସିଦେଇ ସେ କେବଳ କହିଥିଲା – ନିଶ୍ଚେ ଦେଖା ପାଇବ ।

ଔରଙ୍ଗାବାଦ୍‌ରେ ପାଞ୍ଚଦିନ ରହିବା ପରେ ଅର୍ଷ୍ବ୍ ପାଟିଲ୍ ପରିବାର ସହ ଯାଇଥିଲେ ଶିରିଡ଼ି । ସାଇବାବାଙ୍କ ପବିତ୍ର ପୀଠ ଶିରିଡ଼ି । ଶିରିଡ଼ି ମାଟିରେ ପହଞ୍ଚ ଅର୍ଷ୍ବ୍ ସେ ପବିତ୍ର ମାଟିରୁ ଟିକିଏ ଆଣି ମଥାରେ ଲଗାଇଥିଲେ ।

ସାଇବାବାଙ୍କ ପୀଠ ଠାରୁ ବେଶ୍ କିଛି ଦୂରରେ ଥାଏ ଏକ କୁଟୀର । କୁଟୀର ଘରେ ରହୁଥାନ୍ତି ଜଣେ ଦୀର୍ଘ ଶ୍ମଶ୍ରୁ ଜଟାଜୁଟଧାରୀ ସନ୍ନ୍ୟାସୀ । ଗେରୁଆ ରଙ୍ଗର ବସ୍ତ୍ର ପିନ୍ଧିଥିବା ଗୌରବର୍ଣ୍ଣର ସେ ଦୀର୍ଘଦେହୀ ସନ୍ନ୍ୟାସୀଙ୍କର ବଡ଼ ବଡ଼ ଦୁଇ ଆୟତ ଚକ୍ଷୁ ଥାଏ ସର୍ବଦା ଅର୍ଦ୍ଧଉନ୍ମୀଳିତ । ଓଠରେ ଖେଳି ବୁଲୁଥାଏ ପ୍ରଶାନ୍ତ ହାସ୍ୟ । ପ୍ରଶସ୍ତ କପାଳରୁ ଛିଟିକି ପଡୁଥାଏ ତେଜ ।

ତେଜସ୍ୱୀ ସନ୍ନ୍ୟାସୀଙ୍କ ଦର୍ଶନ ମାତ୍ରେଇ ମନରେ ଉଦ୍ରେକ ହେଉଥାଏ ଅଚଳାଚଳ ଭକ୍ତି । ଜଣଙ୍କ ପରେ ଜଣେ ଶ୍ରଦ୍ଧାଳୁ ସନ୍ନ୍ୟାସୀଙ୍କୁ ପ୍ରଣାମ କରୁଥାନ୍ତି । ଶ୍ରେୟା ପାଟିଲର ଆଇ ଆଣ୍ଠୁ ମାଡ଼ି କଲେ ପ୍ରଣିପାତ । ପ୍ରଣାମ ଜଣାଇଲା ଶ୍ରେୟା । ଅର୍ଷ୍ବ୍ । ଅନ୍ୟ ପରିବାର ସଦସ୍ୟ । ସନ୍ନ୍ୟାସୀଙ୍କ ବାମ ପାରୁଶରେ ଛିଡ଼ା ହେଇଥାନ୍ତି ଆଇ । ଧୀମା ସ୍ୱରରେ ସେ ମରାଠୀ ଭାଷାରେ କିଛି କହିଲେ ସନ୍ନ୍ୟାସୀଙ୍କୁ । ସନ୍ନ୍ୟାସୀ ସ୍ମିତ ହସି ଅର୍ଷ୍ବ୍‌ଙ୍କ ମଥାରେ ହାତ ଛୁଆଁଇ ଆଶୀର୍ବାଦ କଲେ ଓ ପରେ ପରେ ହାତ ଛୁଆଁଇଲେ ଶ୍ରେୟାର ମଥାରେ । କୁଟୀରରୁ ବାହାରିବା ବେଳେ ଆଇଙ୍କ ଆଖିରେ

ଢଳଢଳ କରୁଥିଲା ଲୁହ । ସେ ଲୁହ ଆନନ୍ଦର ବୋଲି ଅର୍ଣ୍ଣବ୍ ଅନୁମାନ କରିଥିଲେ ।
ଲୁହ ଢଳଢଳ କରୁଥିଲା ବି ଶ୍ରେୟା ପାଟିଲ୍ ଆଖିରେ ।

କୁଟୀର ଠାରୁ କିଛି ଦୂର ଚାଲିଆସିବା ପରେ ଶ୍ରେୟା ପାଟିଲ୍ ଅର୍ଣ୍ଣବଙ୍କୁ ଧୀମା ସ୍ୱରରେ କହିଥିଲା, ଜାଣିଛ !

ଅର୍ଣ୍ଣବ୍ ପ୍ରଶ୍ନିଲ ଆଖିରେ ଚାହିଁଥିଲେ ଶ୍ରେୟାକୁ ।

ଆଇ ଥା'ନ୍ତି ଦୁହିଁଙ୍କ ଠାରୁ ଦୂରରେ ।

ଅର୍ଣ୍ଣବଙ୍କ ଜିଜ୍ଞାସୁ ମନକୁ ସ୍ୱୟଂଭୂତ କରିଦେଇ ଶ୍ରେୟା ପାଟିଲ୍ ପୂର୍ବବତ୍ ଧୀମା ଗଳାରେ କହିଥିଲା - ସେ ମୋ ବାବା ।

ପରମୁହୂର୍ଭରେ ଶ୍ରେୟାର ସ୍ୱର ଶୁଭିଥିଲା କାନ୍ଦକାନ୍ଦ - ଆମ ପାଖେ ସବୁ ଅଛି, ଖାଲି ବାବା ନାହାନ୍ତି ।

ଅର୍ଣ୍ଣବଙ୍କ ପାଟିରୁ ବଚନ ସ୍ଫୁରି ନଥିଲା ।

ଅପ୍ରତ୍ୟାଶିତ ଅକସ୍ମାତ ଧକ୍କାଟିଏ ତାଙ୍କୁ ଯେମିତି ଜଡ଼ ବନେଇ ଦେଇଥିଲା ।

ଶ୍ରେୟା ପାଟିଲ୍ ଫାଁ କିନି ନିଶ୍ୱାସ ପକେଇ କହିଥିଲା - ମତେ ସେବେ ଜମାରୁ ଆଠ କି ନଅ ବର୍ଷ ବୟସ । ବାବାଙ୍କୁ ବୈରାଗ୍ୟ ଗ୍ରାସିଲା । ସେ କାଳେ ଖୋଜି ପାଇଲେ ଜୀବନର ସତ୍ୟ ଓ ଘରସଂସାର ତାଙ୍କୁ ତୁଚ୍ଛ ମନେହେଲା । ଇଷ୍ଟେଟ୍, ପ୍ରପର୍ଟି, ପ୍ରତିପତ୍ତି, ସୁନ୍ଦରୀ ପତ୍ନୀ, ତାଙ୍କ ଆଖିର ତାରା ସାଜିଥିବା ଏକମାତ୍ର କନ୍ୟା ଅର୍ଥାତ୍ ମୁଁ ଏବଂ ସହସ୍ରାଧିକ ଆକୁଳ ବଂଶଧର ମଣିଷଙ୍କୁ ତ୍ୟାଗକରି ବାବା ସନ୍ନ୍ୟାସ ନେଲେ । ସେବେଠାରୁ ବାବାଙ୍କ ବାସ ଏଇଠି, ଶିରିଡ଼ିର କୁଟୀର ଭିତରେ । ଦୈନିକ ଓଲିଏ ଆହାର, ମାତ୍ର ତେଜ ଦେଖିଲ ତ ! ସେ ସବୁ ତ ଠିକ୍, ହେଲେ ମତେ ଲାଗେ ଆମେ ସର୍ବହରା । ଆଃ, ଛାଡ଼ ସେସବୁ । ଏବେ ଖୁସି ଖବରଟେ ଶୁଣ । ବାବାଙ୍କ ସଦୟ ସ୍ୱୀକୃତି ଓ ଆଶୀର୍ବାଦ ଲାଭ କରିଛି ଆମ ଦୁହିଁଙ୍କ ସମ୍ପର୍କ ଏବଂ ବିବାହ ପ୍ରସ୍ତାବ ।

ଏଇ କଥାଟିକୁ କହିଲା ବେଳେ ଶ୍ରେୟା ପାଟିଲର ମୁହଁରୁ ଦୁଃଖର କଳାବାଦଲ ଅପସରି ଚକ୍କରି ଝଲସି ଉଠିଲା ଖୁସିର ବିଜୁଳି । ପ୍ରାପ୍ତିର ଆନନ୍ଦ ତାକୁ ଆତ୍ମହରା କରିଦେଇଥିଲା ଓ ସେ ଖିଲ୍ ଖିଲ୍ ହେଇ ହସି ଉଠିଲା ।

ଓଃ ! ଚମକି ପଡ଼ିଲେ ଅର୍ଣ୍ବ୍ ।

ଶ୍ରେୟା ପାଟିଲ୍‍ର ବତିଶି ବର୍ଷ ତଳର ସେ ଖିଲ୍‍ଖିଲ୍‍ ହସ ବତିଶି ବର୍ଷ ପରେ ହୁବହୁ ଅଜାଡ଼ି ହେଇ ପଡ଼ିଲା ସତେକି ତାଙ୍କ କାନରେ ଓ ସେ ଚମକିଲେ ।

ଛାତିକି ରୁନ୍ଧିଦେଲା ଭଳି ଯନ୍ତ୍ରଣା ତାଙ୍କ ନିୟନ୍ତ୍ରଣ ବାହାରକୁ ଚାଲିଗଲା ଓ ସେ 'ଓଃ' ଭଳି ଆର୍ତ୍ତନାଦ କରି ଉଠିଲେ । ଖିଲ୍‍ଖିଲ୍‍ ହସ ପରେ ପରେ ତାଙ୍କ କାନରେ ଅଜାଡ଼ି ପଡ଼ିଲା ବାପାଙ୍କ ବତିଶି ବର୍ଷ ତଳର ତୋଡ଼, ବାଟୁଲି ଭଳି ଟାଇଁଟାଇଁ ହେଇ ବାଜୁଛି କାନରେ – କହିଦିଅ ତାକୁ, ଆମ ପରମ୍ପରା, ଆମ ସଂସ୍କୃତିରେ ସାମାନ୍ୟ ଅପମିଶ୍ରଣ ସୁଝ୍ଦା । ମୁଁ ବରଦାସ୍ତ କରିବି ନାହିଁ, ଜୀବନ ହାରିଦେବି କହିଦିଅ ତାକୁ ।

ଆଃ ! ପୁନର୍ବାର ଆର୍ତ୍ତନାଦ କଲେ ଅର୍ଣ୍ବ୍ ।

ଆଖି ସାମ୍ନାରେ ଜଳଜଳ ହେଇ ଦିଶିଯାଉଛି ପୁଣି ବତିଶି ବର୍ଷ ତଳର ସେଇ ଦୃଶ୍ୟ – ଗାଁରୁ ଏକମୁହାଁ ଚାଲିଆସି, ରେଲ ଚଢ଼ି, ନଖାଇ ନଶୋଇ କଳାକାଠ ବନି ଯେବେ ସେ ପହଞ୍ଚିଥିଲେ ଶ୍ରେୟା ପାଟିଲ୍‍ ପାଖେ, ତାଙ୍କୁ ସେଇଭଳି ଅବସ୍ଥାରେ ଦେଖି କାନ୍ଦି ପକେଇଥିଲେ ଶ୍ରେୟାର ଆଇ । ଶ୍ରେୟା ତାଙ୍କୁ ପାଛୋଟିଲା ଭଳି ଘର ଭିତରକୁ ନେଇଯାଇ ଆର୍ମଚେୟାରରେ ବସେଇ ଗରମ କଫି କପ୍‍ଟେ ଧରେଇ ଦେଇଥିଲା । କଫି ପିଇଲା ଭିତରେ ଫାଁ ଫାଁ ନିଶ୍ୱାସ ତାଙ୍କ ପିଞ୍ଜରା ଦୋହଲାଇ ଦେଉଥିଲା । ଶ୍ରେୟାର ହାତକୁ ଜାବୁଡ଼ି ଧରିଥିଲେ ଅର୍ଣ୍ବ୍ । ସାଁ ସାଁ ନିଶ୍ୱାସ ସହ ଗୋଲେଇଫେଣ୍ଡି ତାଙ୍କ ତୁଣ୍ଡରୁ ଖସିଯାଇଥିଲା ପ୍ରତ୍ୟୟ – ଆମେ କେବେ ବାହା ହବା ?

ଶ୍ରେୟା ପାଟିଲ୍‍ ମୁହଁରୁ ବଚନ ସୁରି ନଥିଲା । କି ଉତ୍ତର ସେ ଦେଇଥାଆନ୍ତା ସେଇ ମୁହୂର୍ତ୍ତରେ ଅର୍ଣ୍ବ୍‍କୁ ? ତାଙ୍କର ତଳକୁ ଝୁଁକି ପଡ଼ିଥିବା ମୁହଁରେ ହାତର ଧୀର ପରଶ ଦେଇ ଶ୍ରେୟା ପଚାରିଥିଲା ମୃଦୁ ସ୍ୱରରେ – ଘରେ କ'ଣ କହିଲେ ?

ଅର୍ଣ୍ବ୍‍ ହେଲେ ଉତ୍ତେଜିତ । କହିଲେ – ବାପା ଆମ ସମ୍ବନ୍ଧକୁ ସଂସ୍କୃତିର ଅପମିଶ୍ରଣ ଦ୍ଵାହୀ ଦେଇ ଅସ୍ୱୀକାର କଲେ । ଆତ୍ମହତ୍ୟା କରିଦେବେ କହିଲେ, ଯେମିତି ଜୀବନ ଉପରେ ବି ତାଙ୍କର ରହିଛି ଏକଚାଟିଆ ଅଧିକାର, ମୋ'

ଉପରେ ତାଙ୍କ ପିତୃତ୍ଵର ଅଧିକାର ଭଲି । ଘର ସହ ସବୁ ସମ୍ପର୍କ ମୁଁ ତୁଟେଇ ଦେଇ ଆସିଛି । ଆମେ ବାହା ହବା ।

ଶ୍ରେୟା ପାଟିଲ୍ ସାନ୍ତ୍ଵନା ଦେବାକୁ ଚେଷ୍ଟା କରିଥିଲା ଓଠରେ ଜବରଦସ୍ତ ହସ ଫୁଟେଇ । ମାତ୍ର କୋଉ ଖଣ୍ଡରେ ଆଖିରୁ ଟପ୍‌ଟପ୍ ଲୁହ ଝରି ଚାଲିଥିଲା ସଂଯମର ବନ୍ଧବାନ୍ଧ ଡେଇଁ । ଖରଶ୍ଵାସ ନେଉଥିବା ଅର୍ଷ୍ଵବ୍‌ଙ୍କ ଦୃଷ୍ଟିରେ ଏସବୁ ପଡ଼ିନଥିଲା କିଛି । ସେ ପ୍ରଶ୍ନ ଦୋହରାଇ ଥିଲେ କେବଳ — ଆମେ କେବେ ବାହା ହବା ?

"ଉଠ । ଲୁଗା ବଦଳି ସାଉଁରବାଥ୍ ନିଅ ଖୁବ୍ କ୍ଲାନ୍ତ ହେଇଛ । ମୁଁ ତେଣେ ଦେଖେ ତୁମଲାଗି ଆଇ କ'ଣ ବନେଉଛି କିଚେନ୍‌ରେ ।" ଶ୍ରେୟା ତାଙ୍କ କାନ୍ଧ ଥାପୁଡ଼ି କହିଥିଲା ।

ସେଇଦିନ ରାତିରେ ମା' ତା'ର ଅଜଟ ଛୁଆକୁ ବୁଝେଇବା ଢଙ୍ଗରେ ଶ୍ରେୟା ପାଟିଲ୍ କହିଥିଲା ଅର୍ଷ୍ଵବ୍‌ଙ୍କୁ — ତୁମ ବାପାଙ୍କ ମନରେ ପରମ୍ପରା, ଚଳଣି ଓ ସଂସ୍କୃତିକୁ ନେଇ ଶଙ୍କା । ତୁମ ଲାଗି ତାଙ୍କ ଅସୀମ ତ୍ୟାଗର କଥା ଶୁଣିଛି ତୁମରି ମୁହଁରୁ । ତାଙ୍କ ସଦୟ ସ୍ଵୀକୃତି ଓ ଆଶୀର୍ବାଦ ବିନା ଆମ ଦାମ୍ପତ୍ୟ କଦାପି ସୁଖକର ହେବ ନାହିଁ । ଆଜି ମୁଣ୍ଡକୁ ହାତ ପାଇଗଲା, ରୋଜଗାରକ୍ଷମ ହେଇଗଲ ବୋଲି ତୁମେ ତାଙ୍କୁ ଅଗ୍ରାହ୍ୟ କରିଦବ ? ଏଠି ଆମେ ସୁଖ ସାଉଁଟୁଥିବା ବେଳେ ବାପାଙ୍କ ଆଖିରୁ ତେଣେ ଲୁହ ଝରୁଥିବ, ତୁମେ କଳ୍ପନା କରିପାରୁଛ ଅର୍ଷ୍ଵବ୍ ସେ ଦୃଶ୍ୟ ।

ଶ୍ରେୟା ପାଟିଲ୍ ଦୀର୍ଘଶ୍ଵାସ ପକାଇଥିଲା । କେଇକ୍ଷଣ ପରେ ପୁଣି କହିଥିଲା — ମୁଁ ବୁଝୁଛି, ତୁମେ ଏବେ ଯେଉଁଭଳି ସ୍ଥିତି ଓ ମାନସିକ ଅସନ୍ତୁଳନ ଭିତର ଦେଇ ଗତି କରୁଛ, ବାପାଙ୍କ ପ୍ରତି ତୁମର ସମ୍ଵେଦନା ଶୂନ୍ୟ ହିଁ ରହିବ । ମୋ' କଥା ତୁମକୁ ନିରର୍ଥକ ମନେହେବ । ତଥାପି କହୁଚି, ମତେ ଅଭିଶାପ ପଚ୍ଛକେ ଦିଅ, କହିବାକୁ ଦିଅ । ମୋ' ବାବା ମୋ' ଲାଗି ବାପର କର୍ତ୍ତବ୍ୟ କିଛି ତୁଲାଇ ନାହାନ୍ତି । ଆଇର ଭରା ଯୌବନରେ ନେଲେ ସନ୍ନ୍ୟାସ । ଆମ ମନରେ ତାଙ୍କ ଲାଗି ଅସୁମାରୀ କ୍ଷୋଭ । ବନ୍ଦ ଘରେ ବନ୍ଦ ଦରଜା ସେପଟେ ଥାଇ ମୁଁ ଶୁଣିଛି ଆଇର ବିକଳ କାନ୍ଦ । ଅନୁଭବ କରିଛି ତା'ର ତତଲା ନିଶ୍ଵାସ । ଅନ୍ତର ତଳର ହା'ହୁତାଶ । ଅଙ୍ଗେ ଲିଭେଇଛି ତା'ର ଚିଡ଼ିଚିଡ଼ା ଭାବ । ସେବେ କାନ୍ଦି କାନ୍ଦି ଶୋଇ ତିଣ୍ଟେଇଛି ।

ବାପାଙ୍କ ପ୍ରତି ଆସିଛି ପ୍ରଚଣ୍ଡ କ୍ରୋଧ। ତଥାପି କହୁଛି... ସେଦିନ... ଶିରିଡ଼ିର ପର୍ଣ୍ଣକୁଟୀରରେ ବାପା ଆମ ବିବାହ ପ୍ରସ୍ତାବକୁ ଯଦି ସ୍ୱୀକୃତି ଦେଇ ନଥାନ୍ତେ.... ଅର୍ଣ୍ଣବ୍... ତା'ହେଲେ ହୁଏତ...

ଆଉ ଆଗକୁ କହିପାରି ନଥିଲା ଶ୍ରେୟା ପାଟିଲ୍, ଉଠି ଚାଲିଯାଇଥିଲା କୋହ ଚାପି। ସେତେବେଳେ ବହୁଥିଲା ଯେଉଁ ଝଞ୍ଝା ତା'ର ବିଶ୍ୱୁବ୍‌ଧତାର ମାତ୍ରା କଳନା କରିବା ବତିଶି ବର୍ଷ ପରେ ବି ଆଜି ଦୁରୂହ ମନେହୁଏ।

କାନ୍ଧରେ ହାତର ସସ୍ନେହ ପରଶ ପାଇ ଅର୍ଣ୍ଣବ୍ ଚାହିଁ ଦେଖିଥିଲେ, ଆଇ। ବ୍ୟାକୁଳ ଭାବେ ସେ ଆଉଜି ଯାଉଥିଲେ ଆଇଙ୍କ ଛାତିରେ ଓ ବିକଳ ଭାବେ ଚାହିଁଥିଲେ ଆଇଙ୍କ ଲୁହବତୁରା ଆଖିକି। ଲୁହ ବନ୍ଧବାଡ଼ ମାନି ନଥିଲା ଓ ଅର୍ଣ୍ଣବ୍ କାନ୍ଦିଥିଲେ ପିଲାଙ୍କ ଭଳି। ଘର ଭିତରୁ ଶୁଭୁଥାଏ ଶ୍ରେୟା ପାଟିଲର କଇଁକଇଁ କାନ୍ଦର ଲହର।

କ'ଣ କରିଥା'ନ୍ତେ ସେତେବେଳେ ଅବା ଆଇ !

କାହାକୁ କି ସାନ୍ତ୍ୱନା ସେ ଦେଇପାରିଥାନ୍ତେ ସେ ବିଲକ୍ଷଣ ବେଳାରେ !

ଆଇ ବନିଯାଇଥିଲେ ପଥର। ନିର୍ବାକ୍। ନିସ୍ତବ୍ଧ।

ଠିକ୍ ତା' ପରଦିନ ଶ୍ରେୟା ପାଟିଲ୍ ଔରଙ୍ଗାବାଦ ଚାଲିଯାଇଥିଲା। ହାଇଦ୍ରାବାଦକୁ ଶେଷ ନମସ୍କାର ଜଣେଇଲା।

'ଏଇ ଆମ ଶେଷ ଦେଖା... ଯ଼ା'ପରେ ଆମେ ପରସ୍ପର କଥା ହେବା ନାହିଁ, ଗ୍ରୀଟିଙ୍‌ସ୍ ପଠେଇବା ନାହିଁ, ଉଇସ୍ କରିବା ନାହିଁ... ଭାଲେଣ୍ଟାଇନ୍ ଡେ ହେଉ କି ନିୟୁ ଇୟର୍...''

ଆଃ ! ପୁନର୍ବାର ନୀରବ ଆର୍ତ୍ତନାଦ କଲେ ଅର୍ଣ୍ଣବ୍।

ବାପାଙ୍କ ନିଷ୍ଠୁର କଥାର ବାଟୁଲି ତୁଳନାରେ ନିଷ୍ଠୁରତର ମନେହେଲା ଅର୍ଣ୍ଣବ୍‌କୁ ତାଙ୍କ ତୁଣ୍ଡରୁ ବାହାରିଥିବା ସେଇ କେଇପଦ କଥା... ହାଇଦ୍ରାବାଦର ରେଲ୍‌ଷ୍ଟେସନ୍‌ରେ... ଶ୍ରେୟା ପାଟିଲକୁ ୧୯୮୦ ନୂଆବର୍ଷରେ ଶେଷ ବିଦାୟ ଦେବା ବେଳେ...

ଆଖିରୁ ଲୁହ ପୋଛି, ଲେଟର ପ୍ୟାଡରେ ଶ୍ରେୟା। ପାଟିଲ୍ ଚିଠିର ଉତ୍ତର ତୁରନ୍ତ ଲେଖି ବସିଲେ ଅର୍ଣ୍ବ... ପ୍ରିୟ ବାନ୍ଧବୀ ସମ୍ୟୋଧନ ଓ ଔପଚାରିକତା ପରେ...

ଅଙ୍କିତ୍ ଠିକ୍ ତୁମ ଝିଅ ସୌନ୍ଦର୍ଯ୍ୟା ଭଳି। ଓ୍ୱାନ୍ ଟ୍ରାକ୍ ବୟ। ରୋଗୀ ଓ ରୋଗୀସେବା। ମୁଁ କାହିଁ କେତେକାଲୁ ତାକୁ କହିସାରିଛି – ବାପା ତୁମ ପସନ୍ଦର ଯଦି କେହି ଝିଅ ଥାଆନ୍ତି ମତେ ଜଣାଇବ। ଭାରି ସ୍ୱଷ୍ଟବାଦୀ ଖୋଲା ହୃଦୟର ପିଲା ଅଙ୍କିତ୍। ଏଯାଏ କିଛି କହିନି ମାନେ ସେମିତି କେହି ଝିଅ ତା' ଜୀବନରେ ନାହାନ୍ତି। ତୁମ ଚିଠି ମୋ' ପାଇଁ କ'ଣ, ସେ କଥା ମୋ' ଭିତରେ ସାଇତା ରହୁ। ତୁମ ଆନ୍ତରିକ ସଦିଚ୍ଛାକୁ ମୋର ପ୍ରିୟତମ ଇଚ୍ଛା ମଣି ମୁଁ ଅଙ୍କିତ୍ ସହ ଏ ବାବଦରେ ତୁରନ୍ତ କଥା ହେବି। ଉତ୍ତମ ପିତାଟିଏ ଭଳି। ଅଙ୍କିତ୍ ତା' ବାପାର ଇଚ୍ଛା ନିଶ୍ଚେ ପୂରଣ କରିବ ଏ ଭରସା ମୋର ଅଛି, ଭରସା ରଖ...।"

❑❑

ରୁଦ୍ଧନ

ଅଙ୍କିତା ସହ ମୋର ବନ୍ଧୁତା ଗଲା ଚାରିବର୍ଷ ହେବ ନିବିଡ଼, ଯଦିଓ ଭାବଗତ ସମ୍ପର୍କ ବେଶ୍ କେଇବର୍ଷର ପୁରୁଣା । ଆମ ଦୁହିଁଙ୍କ ମଧରେ ବନ୍ଧୁତ୍ୱର ଯେ ଆକର୍ଷଣ ତାହା ଅହେତୁକ ବି ନୁହେଁ । ସେ କଥାଟି କହିବି ପରେ । ରାଉରକେଲାରେ ମୁଁ ରହୁଥିବା ଘରଠାରୁ ଦୁଇ ଚାରିଘର ଛଡ଼ାରେ ରୁହନ୍ତି ଅଙ୍କିତାର ପରିବାର । ତା' ପରିବାର ବୋଇଲେ ତା' ବାପା ମା', ତା' ପ୍ରିୟ ପୁଷି ବିଲେଇ, ଆଉ ସେ ନିଜେ, ବାଇଶି ବର୍ଷର ତରୁଣୀ, ଅଙ୍କିତା ପ୍ରିୟଦର୍ଶିନୀ ।

ଅଙ୍କିତା ତା' ବାପା ମା'ଙ୍କର ଗୋଟିଏ ବୋଲି ଝିଅ । ଗୋଟିଏ ହେତୁ ଗେହ୍ଲା । ଚୁଲ୍‌ବୁଲି ଏବଂ ଜିଦ୍‌ଖୋର ବି ।

ରାଉରକେଲାର ଅନ୍ୟତମ ସମ୍ଭ୍ରାନ୍ତ ଅଞ୍ଚଳ ସେକ୍‌ଟର-୪ରେ, ଆଇ.ଜି.ପାର୍କ୍ ସନ୍ନିକଟ ସାମ୍ବାଦିକଙ୍କ ଲାଗି ଉଦ୍ଦିଷ୍ଟ ୩-ଆର୍ କ୍ୱାର୍ଟର୍‌ଟିଏରେ ରୁହନ୍ତି ମୋ ପରିବାର ।

ମୋ ପରିବାରରେ ମୁଁ, ବୋଇଲେ ଯୁବ ସାମ୍ବାଦିକ ଏବଂ ଗାନ୍ଧିକ ଶିବାଶିଷ ଗଡ଼ନାୟକ; ମୋ ଜୀବନର ଆଦ୍ୟ ତଥା ଏକମାତ୍ର ପ୍ରେମିକା ଓ ପରବର୍ତ୍ତୀ ପର୍ଯ୍ୟାୟରେ ପତ୍ନୀ ଶତରୂପା, ଯା'ର ରୂପକାନ୍ତି ଅର୍ଖ ନୂଆ ଚାନ୍ଦିରୂପାର ଗହଣା ଭଳି ଧପଧପ ଧଳା ଓ ଚିକ୍‌ମିକ୍ । ଆଉ ଗୋଟେ ଦୁଷ୍ଟ ବାଳକ, ମାନେ ମୋ ଛଅ ବରଷର ପୁଅ ସମାସ ଓ ତା' ଟେଡିବିୟର ।

ଅଙ୍କିତା ଉଚ୍ଚଶିକ୍ଷିତା ଓ ସୁନ୍ଦରୀ । ଶ୍ୟାମଳୀ ଓ ପତଳା । ଭାବନାରେ ଅପ୍‌-ଟୁ-ଡେଟ୍, ବିଚାରରେ ଆଧୁନିକା । ସ୍ୱଭାବରେ ଜିଦ୍‌ଖୋର, ହୃଦୟରେ ଛଳଛଳ । ଏତଦ୍‌ଭିନ୍ନ ଅତିମାତ୍ରା ଭାବପ୍ରବଣ ଓ ନିଶା ତା'ର ସାହିତ୍ୟ । ବାଣୀବିହାରରୁ ସୋସିଓଲୋଜିରେ ପୋଷ୍ଟଗ୍ରାଜୁଏସନ୍ ପରେ ଘରେ, ବାପା ମା'ଙ୍କ ପାଖେ ।

ଗବେଷଣା ଲାଗି ଅଙ୍କିତାର ନାହିଁ ଆଗ୍ରହ। ଅଧ୍ୟାପନାକୁ ତା'ର ଦୂରୁ ଝୁହାର। କିରାଣି ମିରାଣି ଚାକିରୀ ଲାଗି ସେ ନୁହେଁ ଲାଲାୟିତ। ଲକ୍ଷ୍ୟ କମ୍ପିଟିଟିଭ୍। ଘରେ ରହି ଧୁମ୍ ପଢ଼େ – ପାଠ ଏବଂ ଗପ, ଧୁମ୍ ବରାଦ କରି ବନାଏ, ଖାଏ ଓ ଖୁଆଏ ଚଟ୍‌ପଟା, ପୁଷୀ ସହ ଖେଳେ, ବାପା ପାଖେ ଗେହ୍ଲା ହୁଏ, ମା' ପାଖେ ନସରପସର ହଉଥାଏ, ଜଗିଙ୍ଗ ଲାଗି ଆଇ.ଜି. ପାର୍କ୍ ଯାଏ ଏବଂ ବନ୍ଧୁମାନଙ୍କ ସହ ଅବସରବେଳେ ଚାଟିଂ କରେ। ପତ୍ରପତ୍ରିକା ମଗାଏ ଓ ପଢ଼େ ପ୍ରଚୁର।

ଅଙ୍କିତା ବାଣୀବିହାରରେ ପି.ଜି. କରିବାର ଦଶ ବାର ବର୍ଷ ତଳୁ ସେଇ ବାଣୀବିହାରୁ ଓଡ଼ିଆ ସାହିତ୍ୟରେ ପୋଷ୍ଟ ଗ୍ରାଜୁଏସନ୍ ସାରି, ଭଲ ଭଲ ଚାକିରିକୁ ଠୁକ୍‌ରେଇ ଦେଇ ମୁଁ ଯୋଗ ଦେଇଥାଏ ଓଡ଼ିଶାର ଅନ୍ୟତମ ସର୍ବାଧିକ ପ୍ରସାରିତ ଖବରକାଗଜରେ ସହ-ସମ୍ପାଦକ ଭାବେ। ତା'ର କାରଣ ଆବାଲ୍ୟ ମୁଁ ସାହିତ୍ୟ-ମନସ୍କ ଏବଂ ମୋ ମନୋନୀତ ପେଷା ସହ ମୋ ନିଶା ସାହିତ୍ୟ ଯୋଡ଼ି ହେଇ ରହିବା ମୁଁ ଚାହୁଁଥିଲି। ହେଲା ବି ସେୟା। ଉକ୍ତ ବହୁପଠିତ ସମ୍ବାଦପତ୍ର ରବିବାସରୀୟ ସାହିତ୍ୟ ପୃଷ୍ଠାର ସମ୍ପାଦନା ଓ ସଂଯୋଜନା ଦାୟିତ୍ୱ ମତେ ନ୍ୟସ୍ତ କରାଗଲା।

ମୋ ଗପ ଲେଖା ଆରମ୍ଭ ହେଲା ସେବେଠାରୁ। ଅବଶ୍ୟ ଛାତ୍ରାବସ୍ଥାରେ ଡାଇରୀ ପୃଷ୍ଠାରେ ମୁଁ ଗପ ନାମରେ କିଛି ଲେଖିଥିଲି, ମାତ୍ର ସେସବୁ ଡାଇରୀ ପୃଷ୍ଠାରେ ବନ୍ଦୀ ହୋଇ ରହିରହି ରଦ୍ଦି ହେଇଯାଇଥିଲା।

ହୃଦୟକୁ ହଲଚଲ କରିଦେବା ଭଲି କଳ୍ପନା ଆଧାରରେ ମୁଁ ଯେବେ ଲେଖିଲି 'ଭାତଥାଲି' ଶୀର୍ଷକରେ ଗପଟିଏ ଏବଂ ସେ ଗପଟି ଛପିଲା ଓଡ଼ିଶାର ସର୍ବମାନ୍ୟ ସାହିତ୍ୟ ପତ୍ରିକାଟିଏର ଗଳ୍ପ-ବିଶେଷାଙ୍କରେ, ସେଇ ଗପଟିକୁ ଜାଣ ମୁଁ ଦିଏ ମୋ ପ୍ରଥମ ଗଳ୍ପର ମାନ୍ୟତା। ସ୍ୱୀକାର କରିବି, ଗପଲେଖାର ପୃଷ୍ଠଭୂମିରେ କେବଳ କଳ୍ପନା ନଥିଲା, ଥିଲା ମୋ ବାଣୀବିହାର ଦିନମାନଙ୍କରେ ମୁଁ ଦିନକର ସାଉଁଟିଥିବା ବିରଳ ଅନୁଭୂତି।

ସେଇ ଯେ ଅନୁଭୂତି ହଲଚଲ କରିଦେଇଥିଲା ମୋ ହୃଦୟକୁ, ସ୍ଥୁଳ ଦୃଷ୍ଟିରେ ତାହା ନିଷିଦ୍ଧ ପର୍ଯ୍ୟାୟରେ ହିଁ ଯିବ। ଛାତ୍ରାବସ୍ଥାରେ ସେମିତିକା ଅନୁଭୂତି ହାସଲର ଅଭୀପ୍ସା ଥିଲା ଏକ ନିରୀହ କୌତୂହଲ ଏବଂ ଜିଜ୍ଞାସା ମାତ୍ର।

ସାତେଶ ତ୍ରିପାଠୀଙ୍କ ପ୍ରେମ ଗଳ୍ପ ▢▢▢▢ ୧୦୩

ଏବେ କୁହେ, 'ଭାତଥାଳି'- ଯାହା ଥିଲା ମୋ ଗାଳ୍ପିକ ଜୀବନର ଆଦ୍ୟ ଉନ୍ମେଷ ତଥା ପହିଲି ପୁଲକ - ସେଇ ଗପଟି ଛପାଯିବା ବେଳର ଅପ୍ରତ୍ୟାଶିତ ମୁଗ୍ଧ-ବିସ୍ମୟ ଏବଂ ପ୍ରାପ୍ତ ପୁଲକର କଥା ।

ଲେଖିସାରିବା ପରେ ଗପଟିକୁ, ଭାବୁଥାଏ କୋଉ ପତ୍ରିକାକୁ ପଠାଇବି । ପ୍ରତିଷ୍ଠିତ ପତ୍ରିକା କାହିଁକି ବା ଛାପିବେ ଅର୍ଦ୍ଧ ନୂଆ ଗାଳ୍ପିକଟିଏର ଗପ !

ମାତ୍ର ପଠାଇଲି ମୋର ଇଷ୍ଟିତ ପତ୍ରିକାଟିକୁ, ଶତରୂପାଙ୍କ ଠାରୁ ପ୍ରୋତ୍ସାହନ ପାଇ ।

ଶତରୂପା ମୋ ପ୍ରେମିକା, ମୋ ଗପର ପ୍ରଥମ ପାଠିକା ଓ ସମାଲୋଚିକା । ମୋର ପ୍ରେରଣା, ପ୍ରୋତ୍ସାହିକା ଓ ଦିଗ୍‌ଦର୍ଶିକା - ବାଣୀବିହାର ଦିନୁଁ ।

ବାଣୀବିହାର ଛାତ୍ର ଥିଲାବେଳେ ଲେଖୁଥିଲି ଯେ ଡାଇରୀ ପୃଷ୍ଠାରେ ଗପ ନାମରେ କିଛି, ସେସବୁର ପ୍ରଥମ ପାଠିକା ଶତରୂପା କଦାପି ପ୍ରୋତ୍ସାହିତ କରି ନଥିଲା ପତ୍ରପତ୍ରିକାକୁ ପଠାଇବା ଲାଗି ଓ ସମ୍ଭବତଃ ତାହା ହିଁ ଥିଲା କାରଣ, ସମସ୍ତ ଲେଖା ଡାଇରୀ ପୃଷ୍ଠାରେ ରହି ରହି ରଦ୍ଦି ହୋଇଗଲା ।

ମାତ୍ର 'ଭାତଥାଳି' ଗପଟି ପଢ଼ିବା ମାତ୍ରକେ ଶତରୂପାର ମୁହଁ ଉଜ୍ଜ୍ୱଳ ଦିଶିଥିଲା ଏବଂ ସେ ହିଂମତ ଦେଇଥିଲା - ୟେସ୍ । ୟୁ ହାଭ୍ ଡନ୍ ଇଟ୍ । ନିଶ୍ଚେ ପଠାଅ ଏବଂ ତୁମ ଇଷ୍ଟିତ ପତ୍ରିକାକୁ ହିଁ ପଠାଅ ।

ମତେ ଅପେକ୍ଷା କରୁଥିଲା ଏକ ମୁଗ୍ଧ-ବିସ୍ମୟ ।

ସେ ପତ୍ରିକାର ଗୁଣଗ୍ରାହୀ ବରିଷ୍ଠ ସମ୍ପାଦକ ତାଙ୍କ ଗଳ୍ପ-ବିଶେଷାଙ୍କରେ ସ୍ଥାନିତ କଲେ ମୋ ଗପଟିକୁ ଏବଂ କହିବା ବାହୁଲ୍ୟ, ବହୁ ସୁପ୍ରତିଷ୍ଠିତ ତଥା ସର୍ବମାନ୍ୟ ଓ ସମର୍ଥ ବରିଷ୍ଠ ଗାଳ୍ପିକମାନଙ୍କ ମଧ୍ୟରେ ମୁଁ ଥିଲି ଏକମାତ୍ର କନିଷ୍ଠ; ରାଜହଂସଙ୍କ ମେଳରେ ବକ ସଦୃଶ ।

ଗଳ୍ପଟି ପ୍ରକାଶ ପାଇଲା ଏବଂ ତୁରନ୍ତ ବହୁ ଗୁଣୀ ତଥା ବିଦ୍ୱାନ୍ ପାଠକଙ୍କ ଦୃଷ୍ଟି ଆକର୍ଷଣ କଲା । ପ୍ରତିକ୍ରିୟା ମିଳିଲା ଅପ୍ରତ୍ୟାଶିତ । ଗୁଣୀ ସମ୍ପାଦକ ଜଣକ ମଧ୍ୟ ସେଇ ବିଶେଷାଙ୍କର ସମ୍ପାଦକୀୟରେ ଲେଖିଥିଲେ, କାହିଁକି ସେ ଚୟନ କଲେ ଏଇ ଗପଟିକୁ ବହୁ ବରିଷ୍ଠଙ୍କ ସହିତ ।

ମିଳିଥିଲା ବହୁ ଚିଠି। ବିଭିନ୍ନ ବର୍ଗର ପାଠକଙ୍କ ଠାରୁ (ସେବେ ପାଠକ ଚିଠି ବି ଲେଖୁଥିଲେ)। ପ୍ରତି ଚିଠିକୁ ତନ୍ନ ତନ୍ନ କରି ମୁଁ ପଢୁଥିଲି। ଗୋଟିଏ ଚିଠି, ସୁନ୍ଦର ତଥା ପରିଚ୍ଛନ୍ନ ଅକ୍ଷରରେ ଲେଖା ଚିଠି, ମତେ ତା'ର ପ୍ରେରିକାଙ୍କ ବାବଦରେ କୌତୂହଳୀ କରିଦେଇଥିଲା। ପ୍ରେରିକା ଜଣକ ଥିଲେ ରାଉରକେଲାର ଅଙ୍କିତା ପ୍ରିୟଦର୍ଶିନୀ ନାମକ ଝିଅଟିଏ। ହୁଏତ ନୂଆ ନୂଆ କଲେଜରେ ପାଦ ଥାପୁଥିବା କିଶୋରୀଟିଏ। ଝିଅଟିର ଚିଠିର ଛତ୍ରେଛତ୍ରେ ଫୁଟି ଉଠିଥାଏ ତା' ଅନୁସନ୍ଧିତ୍ସୁ ମନ। ଗପଟିକୁ ସେ ବାରମ୍ବାର ପଢ଼ିଚି ଓ ଗପ ପଛର ଗପ ଆବିଷ୍କାର କରିବାକୁ ଚାହିଁଛି। ଝିଅଟି ଚିଠିରେ ପଚାରିଥିଲା ଗୁଡ଼ିଏ ପ୍ରଶ୍ନ ତା' ପ୍ରିୟ ଗାଳ୍ପିକ ଜଣକୁ ଏବଂ ଲୋଡ଼ିଥିଲା ଉତ୍ତର। ମୁଁ ବି ତୁରନ୍ତ ଲେଖି ବସିଥିଲି ଚିଠିଟିଏ ତା'ର ପ୍ରଦତ୍ତ ଠିକଣାରେ।

ଅଙ୍କିତା ପ୍ରିୟଦର୍ଶିନୀର ଜିଜ୍ଞାସା ଓ ମୋ ଉତ୍ତର କେତୋଟି ଥିଲା ଏଇ ପ୍ରକାରେ :

ଅଙ୍କିତା ପଚାରିଥିଲା: ଗଳ୍ପଟି ଗାଳ୍ପିକଙ୍କ କଳ୍ପନା ମାତ୍ର ନା ଅନୁଭବର କଥା ?

ମୋର ଉତ୍ତର ଥିଲା: ଅନୁଭବ ବିନା ଗପ ଲେଖି ହୁଏନି।

ଅଙ୍କିତାର ପ୍ରଶ୍ନ: ରାଜଧାନୀରେ ସତରେ ଥାଆନ୍ତି ? ବେଶ୍ୟା ?

ମୋର ଉତ୍ତର: ଲେଖିଚି ତ ଗପରେ। ହଁ, ଥାଆନ୍ତି।

"ଆମ ରାଜ୍ୟରେ ସେମିତିକା ବୃତ୍ତି ନିଷିଦ୍ଧ ପରା ?"

"ନିଷେଧ ନିଷେଧ ଜାଗାରେ। ବେପାର ବେପାର ଜାଗାରେ। ଏଠି ସବୁକୁ ନିଷେଧ ପୁଣି ସବୁ ଖୋଲାମେଲା।"

"ଗପଟି ଧର ତୁମର ନିଚ୍ଛକ୍ କଳ୍ପନା ନହୋଇ ଅନୁଭବ ହେଇଥାଏ, ତା'ହେଲେ ସତରେ କ'ଣ ତୁମେ ଖାଲି ବେଶ୍ୟା ଦେଖିବାକୁ ଯାଇଥିଲ ମନରେ କୌଣସି ଲାଳସା ନରଖି ?"

"ଏ ମୋ' ବାଣୀବିହାର ଛାତ୍ରାବସ୍ଥାରେ ଏକ ନିରୀହ କୌତୂହଳ ମାତ୍ର ଥିଲା।"

"ଯେଉ ବୟସ୍କା ମାଉସୀର ଦୋକାନରୁ ଗଳ୍ପନାୟକ ଚା' ପାଉଁରୁଟି କିଣି ଖାଉଥିଲା ତାକୁ ବେଶ୍ୟା ଭାବେ ଦେଖିବା ତା' ଲାଗି ଅଭାବନୀୟ ନିଶ୍ଚେ ଥିଲା। ମାତ୍ର ଏହା ଅତିନାଟକୀୟ ମନେ ହେଉନାହିଁ କି ? ଏହା କ'ଣ ସମ୍ଭବ, ଜଣେ ବୟସ୍କା ମହିଳା ଏଭଳି ଧନ୍ଦାରେ ଥାଇପାରେ ?"

"ସବୁ ସମ୍ଭବ। ମଜ୍‌ବୁରି। କେହି ଖୁସି ମନରେ ଏ ନିଲ୍ଲଜ ଧନ୍ଦା ଆଦରେ ନାହିଁ।"

ଅଙ୍କିତାର ଶେଷ ପ୍ରଶ୍ନଟି ମତେ ଛଳଛଳ କରିଦେଇଥିଲା। ଠିକ୍ ଯେମିତି ମୁଁ କାନ୍ଦିଥିଲି ଗପର କ୍ଲାଇମାକ୍ସୁ ଲେଖିଲା ବେଲେ।

ଅଙ୍କିତା ପଚାରିଥିଲା – ବେଶ୍ୟାଟି ଠାରେ ମା'ପଣର ଆରୋପ ହିଁ ଗପଟିର ବୈଶିଷ୍ଟ୍ୟ। ଏମିତି ଗପ ମୁଁ କାହିଁ ପଢ଼ି ନଥିଲି। ଓଡ଼ିଆ ଗଳ୍ପ ସାହିତ୍ୟରେ ଏମିତି ଗଳ୍ପ କେହି ଆଗରୁ ଲେଖିଥିବା ନେଇ ବି ମୁଁ ସନ୍ଦିହାନ। ଏ ଅଭୁତ ପରିକଳ୍ପନା ବା ପରିଣତିର ପ୍ରେରଣାଟି କ'ଣ ?

ମୋର ଉତ୍ତର ଥିଲା – ପ୍ରେରଣା ମୋ ମା'। ଗରମ ଗରମ ଭାତ ଥାଲିରେ ବାଢ଼ିଦେଇ ସେ ଡାକ ପକାନ୍ତି, 'ଶୀଘ୍ର ଆ'। ଖାଇଦେ, ଭାତ ଥଣ୍ଡା ହେଇଯିବ'। ମୋ ଅନୁଭବ ସେବେ ବି ସେୟା ହୋଇଥିଲା। ସେ ବିଚାରୀ ମାଉସୀ କାହୁଁ ଜାଣିବ ଯେ, ମୁଁ କିଛି କୁସ୍ତିତ ଲାଲସା ପୋଷଣ କରି ସେ ନିଷିଦ୍ଧ ଇଲାକାକୁ ଯାଇ ନଥିଲି। ଯାଇଥିଲି ନିରୀହ କୌତୁହଳର ପୂର୍ତି ଲାଗି। ଯେ ସିନେମାରେ ଦେଖିଲା ଭଳି ଚିକିମିକି ପୋଷାକ ପିନ୍ଧିଥିବା ଓ ସୁନ୍ଦର ଗୀତ ଗାଇ ମୁଜରା କରୁଥିବା ବାଈ ବା ବେଶ୍ୟା ସତରେ ଥାଆନ୍ତି ? ମାତ୍ର ବାସ୍ତବତାର ନଗ୍ନ ଚିତ୍ର ଯେ କେତେ ନିର୍ମମ, ତାହା ମୋର ହୃଦ୍‌ବୋଧ ହୋଇଥିଲା, ମତେ ଚକିତ କରି ଯେବେ ମାଉସୀକୁ ଆବିସ୍କାର କଲି ମଳିନ ବେଶଭୂଷାରେ ଏବଂ ସେ ଡାକିଲା ମତେ, 'ଆସ ବାବୁ, ଶୀଘ୍ର କାମ ସାର'। ସେବେ ମୁଁ କାନ୍ଦି ପକେଇଥିଲି ଓ ମୋ ଛଳଛଳ ଆଖି ସାମ୍ନାରେ ମତେ ଦିଶିଗଲା ମୋ ମା', କେବଳ ମା', ଯିଏ ସତେକି ମୋ' ଲାଗି ଗରମ ଗରମ ଭାତ ଥାଲିରେ ବାଢ଼ିଦେଇ ମତେ ଡାକୁଚି 'ବାବୁରେ ! ଶୀଘ୍ର ଆ, ଖାଇଦେ', ୪ !

ଅଙ୍କିତାକୁ ଦେଇଥିଲି ଯେ ଚିଠି, ତା'ର ଏଇତକ ଅଂଶ ଲେଖି ସାରିବା ସୁଦ୍ଧା ଅନେକ ଦୀର୍ଘଶ୍ୱାସ ମୋ ଛାତିକି ବିଦୀର୍ଣ୍ଣ କରିଦେଇଥିଲା ଓ ତୁଣ୍ଡରୁ 'ଓଃ !' ଶବ୍ଦ ବାରମ୍ବାର ବାହାରି ଆସୁଥିଲା ।

ସେବେ ଆଉ ଏକ ଅନୁଭବ ବି ମୋର ହୋଇଥିଲା ।

ଯେ ଯୋଉ ଗପ ଗାଳ୍ପିକର ହୃଦୟତନ୍ତ୍ରୀକୁ ଯେତେ ବେଶୀ ଆଦୋଳିତ କରିଥିବ ସେ ଗପ ପାଠକ ହୃଦୟକୁ ସେତେ ବେଶୀ ଛୁଇଁବ । ଯୋଉ ଗପ ଗାଳ୍ପିକଙ୍କ ଆଖିରେ ଲୁହ ଭରିଦେଇଥିବ ସେ ଗପ ପାଠକ ଆଖିରୁ ଲୁହ ନିଗାଡ଼ି ଆଣିବ ।

ପ୍ରଥମ ଗଳ୍ପର ଅକଳ୍ପନୀୟ ସଫଳତା ପରବର୍ତ୍ତୀ ଦିନ ମାନଙ୍କରେ ମୁଁ ଅନେକ ଗପ ଲେଖିଲି, ଅନେକ ଗପ ଛପା ହେଲା ଏବଂ ପ୍ରତିଟି ଗପ ସାଉଁଟିଲା ଅଜସ୍ର ପାଠକୀୟ ଶ୍ରଦ୍ଧା । ପ୍ରତିଥର ମିଳୁଥିଲା ରାଉରକେଲାରୁ ଚିଠି । ଅଙ୍କିତାର ପାଠକୀୟ ମୁଗ୍ଧପଣ ସମ୍ବଳିତ ଚିଠି । ପ୍ରତିକ୍ରିୟାର ସାନ୍ଦ୍ରତା କେବେ ବହୁ ଅଧିକ ତ କେବେ ଅପେକ୍ଷାକୃତ ଭାବେ ଊଣା । ସେଇଥିରୁ ମୁଁ କଳି ପାରୁଥିଲି, ଅଙ୍କିତା ଅନ୍ଧ ସ୍ତାବକ ନୁହେଁ, ସଜ୍ଞ ଚକ୍ଷୁସ୍ମାନ୍ ପାଠିକା ।

ସେସବୁ ଦିନମାନ ଥାଏ ବଡ଼ ରୋମାଞ୍ଚକର ।

ସମ ଭାବେ ଆମୋଦଦାୟୀ ବି ।

ଖବରକାଗଜରେ ଲେଖାପଢ଼ା କାମ, ଦରକାର ବେଳେ କାଟଛାଣ୍ଟ, ଲେଖକ ମାନଙ୍କ ସହ ଭାବର ଆଦାନପ୍ରଦାନ, ବିଶିଷ୍ଟ ଅତିବିଶିଷ୍ଟ ମାନଙ୍କ ସାକ୍ଷାତକାର ଆଣିବା ଓ ତାକୁ ସଜାଇବା ଭିତରେ ବେଳ ଅନ୍ତ ନଥାଏ ।

କ୍ରମେ କ୍ରମାଗତ ଭାବେ ବଢ଼ି ଚାଲୁଥାଏ କାର୍ଯ୍ୟର ଚାପ । କ୍ରମେ ଅଫିସ୍ ଆସିବା ସମୟ ତ ନିଶ୍ଚେ ଠିକ୍ ରହୁଥାଏ, ମାତ୍ର ଫେରିବାର ରହିଲାନି ନିର୍ଦ୍ଦିଷ୍ଟ ସମୟ । ତା'ରି ଭିତରେ ବି ନାନା ଦିଗରୁ ନାନାଦି ଚାପ, ନାନାଦି ଅନୁରୋଧ, ଅନୁଯୋଗ, ଅଭିଯୋଗ, ଅଳି ।

ନୂଆ ନୂଆ ଲେଖୁଥିବା ପୁଅ ଝିଅଙ୍କ ଆଡ଼ୁ, ବିଶେଷ କରି ନୂଆ ନୂଆ କବିତା ଲେଖୁଥିବା କବିଙ୍କ ଆଡ଼ୁ ଶୁଣେ ଛଳନାପୂର୍ଣ୍ଣ କଥା, ଅହେତୁକ ପ୍ରଶଂସା ଏବଂ ତତ୍ପରବର୍ତ୍ତୀ ଅନୁରୋଧ, 'ସାର୍ ! ଆପଣଙ୍କ ଗପ ମୁଁ ଖୋଜି ଲୋଡ଼ି

ପଢ଼େ, ଆପଣ ମୋ ପ୍ରିୟତମ ଗାଳ୍ପିକ, ମୋର ପ୍ରେରଣା, କବିତା (ଗପ ବି)ଟିଏ ଆପଣଙ୍କ ଖବରକାଗଜର ରବିବାର ସାହିତ୍ୟ ପୃଷ୍ଠା ଲାଗି ପଠାଇଛି, ଦେଖିବେ, ପ୍ଲିଜ୍ ଦେଖିବେ, ପ୍ଲିଜ୍ ସାର୍।'

ଅତିଷ୍ଠ ଲାଗେ। ସମୟ କୋଉ ଖଣ୍ଡରେ ଖସି ଯାଉଥାଏ। ସୁଯୋଗ ତରଳି ଯାଉଥାଏ ହାତ ମୁଠାରୁ। ମୁଁ ମୋ ମୂଳ ପରିଚୟ ହରାଉଥାଏ। ହରାଇ ଚାଲୁଥାଏ। ନୂଆ ଗପ ଲେଖିବା ଲାଗି କ୍ରମାଗତ ଭାବେ ଅସମର୍ଥ ହେଉଥାଏ। ପ୍ରେରଣା ପାଉ ନଥାଏ। କିଛି କିଛି କଥା ଆଦୋଳିତ କଲେ ବି ସ୍ପୃହା ହରାଉଥାଏ।

କର୍ମକ୍ଲାନ୍ତ ସପ୍ତାହାନ୍ତରେ ଏବଂ ଫୁରସତ ମିଳିବା ମାତ୍ରକେ ମନ ଲୋଡୁଥାଏ ଖଟି। ଖଟିରେ ଏକାଠି ହେଉ ପ୍ରାୟତଃ ତିନିଜଣ। ତିନି ସମାୟୁଦ ସର୍ଜନମନସ୍କ, ସହୃଦୟ ବନ୍ଧୁ।

ସଞ୍ଜୟ, ସରୋଜ ଏବଂ ଶିବାଶୀଷ ଅର୍ଥାତ୍ ମୁଁ। ସେ ଖଟିରେ ଗୁଳିଖଟି କରୁନା ଆମେ। କାହା ବିରୁଦ୍ଧରେ ଅଭିଯୋଗ ବାଢୁନା ଅବା କରୁନା କାହା ପଛରେ ଚୁଗୁଲି। ଆମେ ତିନି ସମବୟସ୍କ ବନ୍ଧୁ ବିୟର୍ ପାନ ଭିତରେ ସେୟାର୍ କରୁ ନିଜ ନିଜର ଅନୁଭୂତି, ପ୍ରେମାନୁଭୂତି, ଆବେଗ, ସ୍ୱପ୍ନ, ସ୍ୱପ୍ନଭଙ୍ଗ ଏବଂ ସାହିତ୍ୟ।

ଥରକର ସଞ୍ଜୟ ଆଉ ସରୋଜ ଜାଣିବାକୁ ଚାହିଁଥିଲେ – ଆଶୀଷ! (ସେ ଦୁହେଁ ମତେ ଶିବାଶୀଷ ନ ଡାକି ଆଉ ଟିକେ ସରଳ କରି ଆଶୀଷ ବୋଲି ଡାକିଥାନ୍ତି) 'ଭାତଥାଲି' ଗପଟି ତୁମର ପହିଲି ପୁଲକ ବା ପ୍ରଥମ ଗପ ହବ କେମିତି ? ବାଣୀବିହାର ଦିନ ମାନଙ୍କରେ ପରା ତୁମେ କିଛି ଗପ ଲେଖିଥିଲ ?

ମୁଁ ବିୟର୍‌ର ହାଲୁକା ହାଲୁସିନେସନ୍ ଭିତରକୁ ଯାଇସାରିଥାଏ। ମନ ଥାଏ ହାଲୁକା। ଚିନ୍ତାରହିତ। ଚେତନାରେ ରୋମାଣ୍ଟିକ୍ ରୋମାଣ୍ଟିକ୍ ଭାବ। ହସି ହସି କହିଥିଲି – ଶତରୂପା ପୁଣି ମୋ' 'ପହିଲି ପ୍ରେମ' ହେଲେ କେମିତି ? ତୁମେ ତ ଜାଣ, ବାଣୀବିହାରରେ ପଢୁଥିବା ବେଳେ ଆଉ ଗୋଟେ ଝିଅ ସହ ମୋ ବନ୍ଧୁତା ପ୍ରଗାଢ଼ ହୋଇଥିଲା। ସେ ଝିଅ ସହ ସମ୍ପର୍କ ଯେମିତି ମୋର ପ୍ରେମ ନଥିଲା, ଥିଲା ଭ୍ରମ, ଠିକ୍ ସେମିତି ଡାଇରୀ ପୃଷ୍ଠାର ସେସବୁ ଲେଖା, ଗପ ନଥିଲା, ଥିଲା ଭାଷାର କସରତ ମାତ୍ର।

ଦୁଷ୍ଟ ସଞ୍ଜୟ ଜାଣିସିଆଣା ହେଇ କଥା ଲମ୍ଭାଇଥିଲା – ଆଶୀଷ! କେମିତି ଜାଣିଲ, ଭ୍ରମ?

"ପ୍ରେମ ହେଇଥିଲେ ସେ ମେଡ଼ିକାଲ୍ ପଢ଼ୁଥିବା ଝିଅ କ'ଣ ସର୍ତ ରଖିଥାନ୍ତା ଯେ ମୁଁ ଯଦି ଆଇ.ଏ.ଏସ୍. ହେବି ତା'ହେଲେ ସେ ମତେ ବାହା ହବ! ସୁଖସନ୍ଧାନୀ ସେ ଡାକ୍ତରୀ ପାଠ ପଢ଼ୁଥିବା ଝିଅ ସଉଦାବାଜି କରୁଥିଲା, ପ୍ରେମ କରୁ ନଥିଲା। ମୋ ପ୍ରଥମ ପ୍ରେମ ଶତରୂପା।"

ଆଉ ଥରକର ହସି ହସି ଲୋଟିଯାଇଥିଲା ଖଟିରେ, ଦୁଷ୍ଟ ସଞ୍ଜୟ। କହିଥିଲା ତା'ର ଏକ ମଜାଲିଆ ଅନୁଭୂତି, ମଜା ପଛରେ ଉହ୍ୟ ଥାଏ କିନ୍ତୁ ତା'ର କ୍ଷୋଭ! କଥାଟି ଏମିତି:

ଏକ ବିବାହ ଭୋଜିରେ ସଞ୍ଜୟର ଜନୈକ କବି-ବନ୍ଧୁ ତାଙ୍କ ପତ୍ନୀଙ୍କ ସହ ସଞ୍ଜୟର ପରିଚୟ କରାଇବାକୁ ଯାଇ କହିଲେ, "ଭେଟ ଜଣେ ଉଦୀୟମାନ ଚିତ୍ରକରଙ୍କୁ।"

କଥାଟି ସଞ୍ଜୟକୁ ବାଧିଲା, କାରଣ ତା' କବି-ବନ୍ଧୁ ଅସହିଷ୍ଣୁପଣରେ ହୁଏତ ସଞ୍ଜୟର କବି-ପରିଚୟକୁ ହତ୍ୟା କରିବାର ଅପପ୍ରୟାସ ହିଁ କଲେ।

ସଞ୍ଜୟ ତୁରନ୍ତ ତାଙ୍କ ସାଥୀରେ ଥିବା ଆଉ ଜଣେ ବନ୍ଧୁକୁ ଉକ୍ତ କବି-ବନ୍ଧୁଙ୍କର ପରିଚୟ ଦେଇ କହିଥିଲା, "ଭେଟ ଜଣେ ସାମ୍ୱାଦିକଙ୍କୁ"।

ପରେ ନିଜ ତୀରରେ ଆହତ ଉକ୍ତ କବି-ବନ୍ଧୁଟି ସଞ୍ଜୟକୁ ଏକାନ୍ତରେ ଯେବେ କହିଲେ କି 'ମୋ କବି ପରିଚୟକୁ ଢୋକି ଦେଲ ସଞ୍ଜୟ!', ସେବେ ତୁରନ୍ତ ଜବାବ୍ ପାଇଲେ "ଯେମିତି ତୁମେ ଢୋକିନେଲ ମୋର କବି ପରିଚୟ। ମୁଁ ଯଦି କବି ନୁହେଁ, କେବଳ ଚିତ୍ରକର, ତୁମେ କିପରି କବି ହେବ (?) ତୁମେ ବି କେବଳ ସାମ୍ୱାଦିକ।"

ଖଟିରେ ହସି ହସି ଲୋଟି ଯାଇଥିଲୁ ତିନି ବନ୍ଧୁ।

ବେଳେବେଳେ ଦୁଇବନ୍ଧୁ ଚିନ୍ତା ବ୍ୟକ୍ତ କରନ୍ତି – ଆଶୀଷ! କାର୍ଯ୍ୟ ଚାପ କ'ଣ ଏତେ ଅଧିକ ଯେ ତୁମେ ଗପ ଲେଖିପାରୁ ନାହଁ? ନୂଆ ଗପ କାହିଁ?

ମୋ' ମୁହଁ ସେବେ ଶୁଖିଯାଏ। ନିଶା ଉଭୁରିଯାଏ। ଖଟି ଭାଙ୍ଗେ।

ଏମିତି କଟୁଥାଏ ଦିନ । ଗଜ୍‌ଭଡ଼ା କର୍ମବ୍ୟସ୍ତ ଦିନମାନ ।

ଖବରକାଗଜ ଦୁନିଆଁରେ ଅକ୍ଲାନ୍ତ ପରିଶ୍ରମ ଫଳ ଦେଖାଇଲା । ହେଲା ମୋର ବହୁ-ଆକାଂକ୍ଷିତ ପ୍ରମୋସନ୍ । ଯିବାକୁ ହେଲା ରାଉରକେଲା ।

ସେତେବେଳେ କି ଜାଣିଥିଲି, ରାଉରକେଲାରେ ମତେ ଅପେକ୍ଷା କରୁଥାଏ ଏକ ମୁଗ୍‌ଧ-ବିସ୍ମୟ !!

ଅଙ୍କିତା ପ୍ରିୟଦର୍ଶିନୀ, ଯିଏ ମୋର ପ୍ରିୟ ପାଠିକା, ତା' ସହ ଦେଖା ଏଇ ରାଉରକେଲାରେ ।

ରାଉରକେଲା ଆସିବା ଦିନ କେଇଟା ପରେ, ଦିନକର ଅଚାନକ...

ସେ ଦିନଟି ଥାଏ ସପ୍ତାହାନ୍ତ ଛୁଟିର ଦିନ । ଘର ଭିତରକୁ ଅକସ୍ମାତ୍‌ ଝଡ଼ ଭଳି ପଶିଆସି ଅଙ୍କିତା, ବିନା କିଛି ଔପଚାରିକତା ତଥା ଉପକ୍ରମଣିକାରେ ଶତରୂପାଙ୍କୁ କହିଥିଲା –

"ନମସ୍କାର ମ୍ୟାଡାମ୍‌ । ଆଜି ଜାଣିଲି, ଧେତ୍‌ କି ପଡ଼ୋଶୀ ଯେ ମୁଁ, ଯେ ଆମ ଘରର ଏତେ ନିକଟରେ ରହିଲେଣି ଆସି ଶିବାଶିଷ ଗଡ଼ନାୟକ । ତୁରନ୍ତ ଆସିଗଲି ଦେଖା କରିବାକୁ ମୋ ପ୍ରିୟ ଗାଳ୍ପିକଙ୍କୁ ।

ଶତରୂପା ହେଇଯାଇଥାନ୍ତି ନିର୍ବାକ୍‌ । ଅଚିହ୍ନା ନୂଆ ସ୍ୱର ଶୁଣି, ଭିତର ଘର ୫ର୍କ‌ ପାଖ ଖଟ‌ ଉପରେ ଯେ ଲମ୍ବି ଯାଇଥିଲି, ଉଠି ଆସିଲି ଡ୍ରଇଂରୁମ୍‌କୁ ଓ ମତେ ଦେଖିବା ମାତ୍ରକେ ଆତମ୍ବିତା ଅଙ୍କିତା ପାଟିରୁ ବାହାରି ଯାଇଥିଲା – ବାପରେ ! ବୃସ୍‌ଲି ! ମୁଁ ତ ଭାବିଥିଲି ଅକ୍‌ଲ‌ ଅକ୍‌ଲ‌ ଲାଗୁଥିବେ !

ହସ ରୋକି ପାରି ନଥିଲେ ଶତରୂପା । ପତି ପରମେଶ୍ୱରଙ୍କ ଛଡ଼ ପରିକା ଲମ୍ବା ଓ ହାଡୁଆ ଦିହ, ଧାରୁଆ ମୁହଁ ଉପରେ ନିବଦ୍ଧ ହେଲା ତାଙ୍କ ଆଖି ଓ ସେ ଫେଁ କିନା ହସି ଦେଇଥିଲେ ।

ସତେ ତ ! ତାଙ୍କ ଆଖିରେ ଏ ଯାଏଁ କେମିତି ଧରାପଡ଼ି ନଥିଲା ସ୍ୱାମୀଙ୍କ ଚେହେରାର ବୈଶିଷ୍ଟ୍ୟ !

ଠିକ୍‌ କୁମ୍‌ଫୁ-ମାଷ୍ଟର ଦିବଂଗତ ବୃସ୍‌ଲିଙ୍କ ଭଳି ଚର୍ବିଶୂନ୍ୟ ସୁରଧାର ଚେହେରା ଓ ମୁହଁ । ଆଖି, ନାକ ଅବଶ୍ୟ ଚାଇନିଜ୍‌ ଲିଙ୍କ୍‌ ସଦୃଶ ନୁହେଁ, ମାତ୍ର ଚେହେରା ମୋଟାମୋଟି ବୃସ୍‌ଲି ଟାଇପ୍‌ ।

ନୂଆ ଆବିଷ୍କାର ଶତରୂପାଙ୍କୁ ପୁଲକିତ କରିଥିଲା ଓ ସେ ଅଙ୍କିତାକୁ ପ୍ରଥମ ଦେଖାରୁ ପସନ୍ଦ କରିଥିଲେ । ହସି ହସି କହିଥିଲେ – ତୁମେ ବଡ଼ ଚୁଲବୁଲି ।

ମୁଁ ହସି ହସି କହିଥିଲି – ହ୍ୱାଟ୍‌ ଏ ପ୍ଲିଜାଣ୍ଟ ସରପ୍ରାଇଜ୍‌ !

ଅଙ୍କିତା ଶତରୂପାଙ୍କୁ ଚାହିଁ କହିଥିଲା – ତାଙ୍କୁ ମୁଁ କ'ଣ ଡାକିବି ? ସାର୍‌ ନା ଭାଇ ?

"ଅଙ୍କଲ ଡାକ, ହାଃ ହାଃ…" – ଶତରୂପା ଜୋର ଜୋର ହସିକି କହିଥିଲେ ଓ କହିବା ପରେ ଲହରେଇ ଲହରେଇ ହସିଥିଲେ ।

"ନା, ମୁଁ ଡାକିବି ଲି, ବ୍ୟସ୍‌ଲିଙ୍ଗ ପଞ୍ଚ ଭଳି ତାଙ୍କ ଗପ ମତେ ଚମ୍‌କେଇ ଦିଏ । ହାଲୋ !"

"ହାଲୋ !" ଚମକିଥିଲି ବି ମୁଁ ।

"ଲି । ହେଲା ତ ?" ଅଙ୍କିତା ଆଖିରେ ଦୁଷ୍ଟାମୀ ଓ ପରମୁହୂର୍ତ୍ତରେ ଅଭିଯୋଗ । ଅଭିଯୋଗ ତୀବ୍ର ଓ ଆନ୍ତରିକତାରେ ଭରପୁର ।

"ନୂଆ ଗପ ତ କାହିଁ କେତେ କାଳୁ ଆଉ ଦେଖୁନି ! ଗପ ଲେଖାରୁ ସନ୍ୟାସ ନେଇଗଲେ କି ?"

ଅଙ୍କିତା ସହ ମୁହାଁମୁହିଁ ହବା, କହିବାରେ ଦ୍ୱିଧା ନାହିଁ, ରୋମାଞ୍ଚିତ କରିଥିଲା ମତେ । ତେଣିକି ଅଙ୍କିତା ପ୍ରାୟତଃ ଚାଲିଆସୁଥିଲା ଘରକୁ, ଶତରୂପାଙ୍କ ପାଖକୁ । କେବେ କେବେ ଭଲମନ୍ଦ ଚଟପଟା ନେଇ, 'ମୁଁ ହାତରେ ବନାଇଛି ଭାଉଜ' କହି । ସେ ଆସିଲେ ଘର ଭରିଉଠିବା ଭଳି ମନେହୁଏ ଶତରୂପାଙ୍କୁ । ଦୁଷ୍ଟ ବାଳକ ସମାସର ପ୍ରିୟ ବନିଥାଏ ଅଙ୍କିତା । ତାକୁ ଚୁଲ୍‌ବୁଲିପଣରେ କହେ 'ତୋ ଟେଡିବିୟର୍‌ ସହ ମୋ ପୁଷିକୁ ବାହା କରିଦବା, କେତେ ମଜା ହବ' ଓ କହିସାରି ହସି ହସି ସମାସକୁ କୋଳେଇ ନେଇ ଗେହ୍ଲା କରିଦିଏ । ତାକୁ ଧରେଇଦିଏ ତା' ପସନ୍ଦର ଚକ୍‌ଲେଟ୍‌ । ଅଙ୍କିତା ଆସିଲେ ଶତରୂପା ଓ ସେ ଦିହେଁ ଏକାଠି ଖାଆନ୍ତି, ହସାହସି ହୁଅନ୍ତି, ଗପନ୍ତି କେତେ ଆଦର କେତେ କଥା । ଅଙ୍କିତା ଯେ କମ୍ପିଟିଟିଭ୍‌ ଲାଗି ପ୍ରସ୍ତୁତି ଭିତରେ ଅଛି ସେଥିଲାଗି ପ୍ରୋସାହିତ କରନ୍ତି ଶତରୂପା ।

ମୋ ସହ ଅଙ୍କିତାର ବେଶୀ ଦେଖା ହେଇପାରେନି, ମୋ କାର୍ଯ୍ୟଚାପ ହେତୁ। ମାତ୍ର ଯେତେବେଳେ ବି ଦେଖାହୁଏ, ସେଇ ଏକା ଅଭିଯୋଗ ଅଙ୍କିତାର। ସେଇଭଳି ତୀବ୍ର, ଆନ୍ତରିକତାରେ ଭରା ଦାବୀ – ନୂଆ ଗପ କେବେ ?

ମୁଁ ସବୁଥର ଚମକେ। ଛାତି ଭିତରେ ରୁଗରୁଗ୍ ଯନ୍ତ୍ରଣା ଅନୁଭବ କରେ।

ପ୍ରଥମ ଗପରୁ ହିଁ ପ୍ରଚୁର ପ୍ରସିଦ୍ଧି ସାଉଁଟିଥିବା ଓ ପରବର୍ତ୍ତୀ ଗପ ସବୁର ବିପୁଳ ପାଠକୀୟତା ସତ୍ତ୍ୱେ ମୁଁ ଯେ ଗପ ଲେଖି ନାହିଁ ଦୀର୍ଘ ବର୍ଷ ହେବ !!

ମୁଁ ଗ୍ଲାନିରେ ଶାଙ୍କୁଡ଼ି ଯାଏ ଓ ମନେ ପକାଏ....

ଚାରିବର୍ଷ ତଳେ ଯେବେ ଭୁବନେଶ୍ୱର ଛାଡ଼ି ରାଉରକେଲା ଆସିବା ପାଇଁ ହେଲା ସେବେ ମୁଁ ଦୁଃଖୀ ଥିଲି। ସମଭାବରେ ଥିଲି ଉଲ୍ଲସିତ ବି।

ଦୁଃଖର ହେତୁ, ଭୁବନେଶ୍ୱର ହେଡ଼ଅଫିସରେ, ଗଞ୍ଜଛଡ଼ା ହୋଇ ବି ମୁଁ ଥିଲି ସୁଖୀ ରାଜପୁତ୍ର। ପ୍ରବୃଦ୍ଧି ସହ ବୃଦ୍ଧିର ତାଲମେଲ ଥିଲା। ସପ୍ତାହ ଭିତରେ ଦୁଇ ତିନି ଥର ଜମୁଥିଲା ଆସର। ଆସର ଭାଙ୍ଗିଗଲା।

ଉଲ୍ଲାସର ହେତୁ, ପଦୋନ୍ନତି ସହ ମିଳିଲା ସ୍ୱାଧୀନ ଦାୟିତ୍ୱ।

ପତ୍ନୀ ଶତରୂପା ବୋଧ ଦେଇଥିଲେ: ମନ ଊଣା କର ନାହିଁ। ଇଂରାଜୀରେ ଆମର ପ୍ରବାଦଟିଏ ନାହିଁ, ଇଟ୍ ଇଜ୍ ବେଟର ଟୁ ବି ହେଡ଼ ଅଫ୍ ଏ ଡଗ୍ ଦ୍ୟାନ୍ ଟୁ ବି ଟେଲ୍ ଅଫ୍ ଏ ଲାୟନ୍। ଭଲ ହବ, ନୂଆ ଦାୟିତ୍ୱ ନବ, ନୂଆ ଜାଗା ଯିବ, ନୂଆ ଲୋକଙ୍କ ସହ ମିଶିବ, ପଦବୀର ଗରିମା ବଢ଼ିବା ସାଙ୍ଗକୁ ଆର୍ଥିକ ଉନ୍ନତି ବି ହବ। ଏଠି, ହେଡ଼ ଅଫିସରେ, ତୁମେ ଥିଲ ନିର୍ଭରଶୀଳ, ନିର୍ଦ୍ଦେଶ ପାଳୁଥିଲ। ସେଠି ସବ୍‌ଅଫିସରେ, ହବ ଦିଗ୍‌ଦର୍ଶକ, ଦବ ନିର୍ଦ୍ଦେଶ। ନୂଆ ଚରିତ୍ର ନୂଆ ପରିବେଶ ମିଳିଯିବେ, ପୁଣି ଗଢ଼ିବ ଗପ।

ମାତ୍ର ହେଲା କ'ଣ ?

ଏଠି ସ୍ୱାଧୀନ ଭାବେ ଗୁରୁ ଦାୟିତ୍ୱ ମୁଣ୍ଡେଇ ମୁଁ ହରେଇ ବସିଲି ଗଳ୍ପଲେଖାର ପ୍ରେରଣା।

ଅଙ୍କିତା ପଚାରେ, ପଚାରି ଚାଲେ, ପଚାରି ଚାଲୁଥାଏ ବାରମ୍ବାର। ବ୍ୟତିବ୍ୟସ୍ତ କରେ। ମୁଁ ନୀରବ ରୁହେ। ଗତ୍ୟନ୍ତର ନଥାଏ। ଅତି ବେଶିରେ

ହସିଦିଏ। ଅଙ୍କିତା ହୁଏତ ଏତେଟା ଉଦାସ, ବେପରୁଆଭାବ ମୋ ପାଖୁ ଆଶା କରୁ ନଥାଏ। ସେ ମୁହଁ ଶୁଖାଏ। ପ୍ରବଳ ଜିଦ୍‌ଖୋର ଅଙ୍କିତା। ମୁଁ ଯେତେ ଉଦାସୀନ ରହୁଥାଏ, ତା' ଜିଦ୍‌ ହୁଏତ ସେତେ ବେଶୀ ବଢ଼ୁଥାଏ।

ଏମିତି ଦିନକର ମୋର ସପ୍ତାହାନ୍ତ ଛୁଟିଦିନରେ ଚାରିହେଁ ଯାଇଥାଉ ଆଇ.ଜି. ପାର୍କ। ମୁଁ, ଶତରୂପା, ପୁଅ ସମାସ ଆଉ ଅଙ୍କିତା। ଯୋଜନା ରଖିଥାଉ ପାର୍କ୍‌ରୁ ଫେରି ଯିବୁ ମେ ଫେୟାର। ସେଇ ଷ୍ଟାର ହୋଟେଲରେ ଖାଇବୁ ଲଞ୍ଚ। ଜଷ୍ଟ ଫର ଏ ଚେଞ୍ଜ।

ଛାଇ ଜାଗା ଦେଖି ବସିଲୁ। ସମାସ ଆଉ ଅଙ୍କିତା ଦୋଲି ଝୁଲିଲେ। ଚାରିହେଁ ଟ୍ରୟଟ୍ରେନର ମଜା ନେଲୁ। ସ୍ନାକ୍ସ ଖାଇବା ଭିତରେ ପ୍ରସ୍ତାବ ଦେଲା ଅଙ୍କିତା, ବୋଟିଙ୍ଗ୍‌ କରିବା।

"ନା ବାବା ନା, ଭାରି ଡର ମୋର ପାଣିକି। ତମେ ଦିହେଁ ଯାଅ, ମୁଁ ଏଠି ବସି ଏଫ୍.ଏମ୍. ରେଡ଼ିଓରୁ ଗୀତ ଶୁଣୁଛି। ସମାସ ଦୋଲି ଝୁଲୁ। ଶୀଘ୍ର ଫେରିଲେ ଯିବା ମେ ଫେୟାର।"

ଶତରୂପା ଫୈସଲା ଶୁଣାଇଦେଲେ।

କୁଣ୍ଠପ୍ରକାଶର ହେତୁ ନଥିଲା।

ବୋଟିଙ୍ଗ୍‌ କରିବା ଭିତରେ ଏଣିକି ତେଣିକି ଚାହିଁ ରହି ପ୍ରକୃତିର ନୈସର୍ଗିକ ଶୋଭା ଉପଭୋଗ କରୁଥିବା ବେଳେ ଅଙ୍କିତା ମତେ ପୁନର୍ବାର ଚମକେଇ ଦେଲା।

"ହେଇ.... ଶୁଣ ଗୋଟେ କଥା.... ତୁମାଟେ ଉପହାର ଦେବି ଯେବେ ପଢ଼ାଇବ ନୂଆ ଗପ।"

ଓଠ ଚାପି ରୂପ୍ କିନା କହିଦେଲା ଅଙ୍କିତା। କହିସାରି, ମୋ ପ୍ରତିକ୍ରିୟାକୁ ଆଡ଼ଦେଖା କରିଦେଇ ପୁଣି ଯୋଡ଼ିଲା, "ଆଇ ପ୍ରମିଜ୍।"

କଥାଟି କହିଲା ବେଳେ ଅଙ୍କିତା ଆଖିରେ ଉକୁଟିଥାଏ 'ଯେ ଠାଦା ରହା' ଭଳି ପ୍ରତ୍ୟୟ। ନଥାଏ ଦୁଷ୍ଟାମି ଅବା ଚୁଲ୍‌ବୁଲିପଣ।

ବୋଟ୍‌ କୂଳରେ ଲାଗିଲା।

ଯୋଉଦିନ ଗପଟିକୁ ଲେଖି ଶେଷ କଲି, ଆଗ ପଢ଼ାଇଲି ଅଙ୍କିତାକୁ, ଆଇ.ଜି. ପାର୍କ୍‌ରେ ବସିକି ନୁହେଁ, ଅଙ୍କିତାର ଆଗ୍ରହ କ୍ରମେ ହନୁମାନ ବାଟିକାରେ।

ଗପଟିକୁ ଶୁଣିଲା ଏବଂ ମୁଗ୍ଧ ହେଲା ଅଙ୍କିତା।

“ଏଠୁ ତେବେ ପୁନରାରମ୍ଭ ହେଲା ଗଡ଼ନାୟକ ଗଙ୍କର ଘୋଷଯାତ୍ରା।” ଅଙ୍କିତା କହିଲା। ପୁଣି କହିଲା – ରୂପା ଭାଉଜ ଶୁଣିଲେ ଏ ଗପ ?

ମୁଁ କହିଲି – ନା। ପ୍ରେରଣାଦାତ୍ରୀ ତୁମେ। ତେଣୁ ଆଗେ ଶୁଣିବା ହକ୍‌ ବି ତୁମର।

“ଏ ସୁନ୍ଦର ମୁହୂର୍ତ୍ତ ମରିବା ଯାଏ ଭୁଲିପାରିବି ନାହିଁ। ସୁପ୍ତ ସିଂହକୁ ଜଗାଇ ପାରିଲି।” ଅଙ୍କିତା କହିଲା ମୁଖମଣ୍ଡଳରେ ପ୍ରଚୁର ଆତ୍ମସନ୍ତୋଷ ଉକୁଟାଇ।

ମୁଁ ସ୍ମିତ ହସି କହିଲି, “ଉଠିବା ତେବେ।”

“ଆଉ ଚୁମା ?” ଆଖି ନଚେଇ କହିଲା ଚୁଲବୁଲି।

“ଥାଉ, ଲୋଡ଼ା ନାହିଁ।”

“କେମିତି ମ ! ଚୁମା ଲୋଭରେ ସିନା କଲମ ଧରିଲା। କଥା ଦେଇଛି, କଥା ହୁଡ଼ିବି ? ଅନ୍ୟାୟ ହେବ ନାହିଁ ? କୁହ, କୋଉଠି ଚୁମା ଲୋଡ, କପାଲରେ, ଗାଲରେ, ନା....”

ଚୁଲବୁଲି ଆଖିରେ ଏବେ ଦୁଷ୍ଟାମୀ।

ଦୁଷ୍ଟାମୀ ଖେଳିଲା ବି ମୋ ଆଖିରେ, “ଅଟକିଗଲ ଯେ ? ନା...?”

ମୋ କଥା ଏଡ଼ାଇଗଲା ଅଙ୍କିତା। କହିଲା, “ଶୁଣ ତ ! କପାଲରେ ଚୁମାଦେଲେ ମା’ ମା’ ମନେହେବି। ଗାଲ ଓ ଓଠ ତ ରୂପା ଭାଉଜଙ୍କ ଗୋଟାପଣ, ମୋ ଲାଗି ତେବେ ବାକି ରହିଲା କ’ଣ ?”

କହିସାରି ଚୁଲବୁଲି ଏମିତି ମୁଖଭଙ୍ଗୀ କଲା, ଯେମିତିକି ସେ ସତ୍ୟରକ୍ଷା କରି ନପାରିଲେ ଆକାଶରୁ ତାରାମାନେ ଖସି ପଡ଼ିବେ।

“ଶୁଣ।”– ମୁଁ ମୁଗ୍ଧ ଭାବରେ କହିଲି – “ଚୁମା ଦବାକୁ ଚାହଁ ତ ? କହିଲ ଦେଖି, ତୁମେ ପ୍ରକୃତରେ ଭଲପାଅ କାହାକୁ ? କିଏ ତମ ଲାଗି ମହତ୍ତ୍ୱ

ରଖେ ? ଗଛ ନା ଗାଙ୍ଗିକ ? କାହାକୁ ହୃଦୟରେ ଥାପି ପୂଜ ତୁମେ ? ରାମଙ୍କୁ, ରାମାୟଣକୁ, ନା ବାଲ୍ମୀକିଙ୍କୁ ? କୃଷ୍ଣଙ୍କୁ, ମହାଭାରତକୁ, ନା ବ୍ୟାସଙ୍କୁ ? ଚୁମା ଦବ ତ ଦିଅ, ନିଅ, ମୋର ଏ କଲମକୁ ଚୁମାଟେ ଦିଅ। ୟା'ପରେ ମୋ କଲମର ପ୍ରତିଟି ଗଛ ହେବ ରସାଣିତ ତୁମ ଚୁମ୍ବନର ଉଷ୍ଣତାରେ।"

ଅଙ୍କିତାର ଦୃଷ୍ଟି ନିବଦ୍ଧ ଥିଲା ମୋରି ଆଖିରେ।

ସେ ଥିଲା ମୋ ମୁଗ୍ଧ ଶ୍ରୋତ୍ରୀ। ମନ୍ତ୍ରମୁଗ୍ଧ ମନେ ହେଉଥିଲା।

ସେ ମୋ କଲମ ମିଶା ହାତକୁ ତା' ଦୁଇହାତ ପାପୁଲିରେ ଜାବୁଡ଼ି ଧରି ଶ୍ରଦ୍ଧାରେ ତୋଳିନେଲା ଓ ମୋ ପାପୁଲି ଉପରେ ଆଙ୍କିଦେଲା ଗାଢ଼ ଚୁମ୍ବନ।

❑❑

ଜଟାୟୁ

ତଥାପି ଚିନ୍ ଏଜ୍ ଟପି ନଥିବା ସେଇ ଛାତ୍ରଟି ଥିଲା ଅବିଚଳିତ । ପାଞ୍ଚ ସାତଟା କଲେଜ ପଢୁଆ ସ୍ୱର ଏକ୍ ହୋଇ ସୁଦ୍ଧା ସହପାଠୀ ପିଲାଟିକୁ ବୁଝେଇବାରେ ବିଫଳ ହୋଇଥିଲେ ଯେ, ଜଟାୟୁ ସାର୍ବଜନୀନ ଭାବେ 'ପ୍ରତିବାଦ ବା ପ୍ରତିରୋଧ'ର ପ୍ରତୀକ ନୁହେଁ, ବରଂ ନିର୍ଦ୍ଦିଷ୍ଟ ଭାବେ 'ଅନ୍ୟାୟ-ଅପକର୍ମ ବିରୁଦ୍ଧରେ ପ୍ରତିବାଦ ବା ପ୍ରତିରୋଧ'ର ପ୍ରତୀକ । ଅନ୍ତତଃ ରାମାୟଣ ସେୟା ଇଙ୍ଗିତ କରେ ।

"ରାମାୟଣକୁ ଗୋଲି ମାର, ଲଜିକାଲି କୁହ ।" ତାଚ୍ଛଲ୍ୟ କଲା ଛାତ୍ର ଜଣକ ।

"ନ୍ୟାୟ, ଧର୍ମ ତଥା ସତ୍‌କର୍ମକୁ ସୁଦ୍ଧା ପ୍ରତିବାଦ ଓ ପ୍ରତିରୋଧ କରାଯିବାର ଯଥେଷ୍ଟ ନଜିର୍ ରହିଛି ନା ନାଇଁ !" ଲଜିକାଲ କହିଲେ ସେମାନେ ।

"ନ୍ୟାୟ ଅନ୍ୟାୟ, ସତ୍ ଅସତ୍, ଧର୍ମ ଅଧର୍ମ, ଏଗୁଡ଼ା ଏକ ଏକ ରିଲେଟିଭ୍ ଟର୍ମ୍ । ଜଣକ ପାଇଁ ଯାହା ଅନ୍ୟାୟ, ଅସତ୍, ଅଧର୍ମ; ଅପର ପାଇଁ ତାହା ସତ୍, ନ୍ୟାୟ, ଧର୍ମ ହୋଇପାରେ । ତୁମରି ରାମାୟଣକୁ ନିଅ । ପୃଥିବୀର ସକଳ ସୁନ୍ଦର ଚିଜ୍ ଭଳି ସୁନ୍ଦରୀ ସୀତା ବି ତା'ର ଭୋଗ୍ୟା ବନିବା ନିହାତି ଅନୁଚିତ ନୁହେଁ – ଏଇ ଚିନ୍ତାଧାରାପୁଷ୍ଟ ରାବଣ ଲାଗି ସୀତାହରଣ ଥିଲା ଉଚିତ୍ କାର୍ଯ୍ୟ । ତା' ଚିନ୍ତାଧାରାକୁ ତ ଦୋଷ ଦେଇ ହେବନି, କାରଣ 'ବୀରଭୋଗ୍ୟା ବସୁନ୍ଧରା' ଏକ ଶାସ୍ତ୍ରସମ୍ମତ ଜନପ୍ରିୟ ବୋଲି, ନୁହେଁ କି ?"

ଛାତ୍ରଟି ଅବିଚଳିତ ଭାବେ କଥାଟି କହିଲା । ସକଳେ ଚୁପ୍ ରହିବାକୁ ଉଚିତ୍ ମଣିଲେ ଏବଂ ସେମାନଙ୍କୁ ନିଜ ଅକାଟ୍ୟ ଯୁକ୍ତି ବଳରେ ହରେଇ ପାରିଥିବାର ପୁଲକରେ ସେ ପୁଲକିତ ହେଲା ।

ହସ୍ଟେଲ୍ କମନ୍‌ରୁମ୍‌ରେ ଚାଲିଥିବା ଅପରାହ୍ନ ଆଲାପ ପରେପରେ ସନ୍ଧ୍ୟା ଆଗତ ପ୍ରାୟେ ଯେଉଁ। କୋଠରୀକୁ ଯିଏ ଯିବା ଆଗରୁ ସେମାନେ କହିଲେ, “ଏଟା ତୋ’ ଲଜିକ୍ ନୁହେଁ। ଏଟା ତୋ’ ଇଲ୍ୟୁଜନ୍ (ଭ୍ରମ)। ଦିନେ ବୁଝିବୁ।”

ତାସ୍କ୍ଲ୍ୟମଖା ନେତିବାଚକ ଟିଡ୍ଡିକାରଟିଏ ମାରି ଛାତ୍ର ଜଣଙ୍କ ହସ୍ଟେଲରୁ ବାହାରିଗଲା ଓ ସ୍ପୋର୍ଟିଙ୍ଗ୍ ବାଇକ୍‌କୁ ଗୋଟିଏ କିକ୍‌ରେ ଷ୍ଟାର୍ଟ ମାରି ପୂରା ଦମ୍‌ରେ ଛୁଟେଇଦେଲା ସମୁଦ୍ରକୂଳ ଆଡ଼େ।

ଯେ ହେଲା ଅରୁଣ। ଦାମ୍ଭିକ କିଶୋର। ସଦା ପ୍ରଫୁଲ୍ଲ ସତେଜ ଚେହେରା। ଶରତର ନିର୍ମେଘ ଆକାଶ ପରି ପରିଷ୍କାର ପରିଚ୍ଛନ୍ନ।

ସହରର ସବୁଠୁଁ ସମ୍ଭ୍ରାନ୍ତ ବୁକ୍ ଷ୍ଟଲରୁ ବାରିଷ୍ଟର ଗୋବିନ୍ଦ ଦାସଙ୍କ ଅଲ୍‌ଟାଇମ୍ ପପୁଲାର୍ ନଭେଲ୍ ‘ଅମାବାସ୍ୟାର ଚନ୍ଦ୍ର’ କିଣିଲା ଅରୁଣ। ତା’ ପାଇଁ ନୁହେଁ, ମଞ୍ଜୁ ପାଇଁ। ଗତକାଲି ଏଇ ନଭେଲ୍‌ଟିକୁ କଲେଜ୍ ଲାଇବ୍ରେରୀରୁ ଖୋଜୁଥିବାର ଏବଂ ନ ପାଇବାର ହତାଶା ମଞ୍ଜୁଠାରେ ଲକ୍ଷ୍ୟ କରିଛି ଅରୁଣ।

ମଞ୍ଜୁ ତାକୁ ପ୍ରତିଶ୍ରୁତି ଦେଇଥିଲା ଓ ପ୍ରତିଶ୍ରୁତି ରକ୍ଷାକରି ସମୁଦ୍ର କୂଳରେ ଅପେକ୍ଷା କରିଥିଲା।

ଅରୁଣ ଅନୁଭବ କଲା ତା’ ଦାମ୍ଭିକ ଚିତ୍ତରେ ଅଚାନକ ବିଚଳନ। ଗୋଟେ ଅହେତୁକ ଉତ୍ତେଜନା।

ଦୁଇ ପ୍ୟାକେଟ୍ ମସଲା ମୁଢ଼ି କିଣି ଗୋଟେ ଅରୁଣ ହାତକୁ ବଢ଼ାଇବା ଅବସରରେ ମଞ୍ଜୁ ନିହାତି ହାଲୁକା ଭାବେ କହିଲା –ସଞ୍ଜବୁଢ଼ ସମୁଦ୍ରକୂଳିଆ ମସଲାମୁଢ଼ିର ମଜା ଅଲଗା। ହଁ, ଘରଭଜା ମୁଢ଼ି ନଡ଼ିଆ ତୁଳନାରେ କିଞ୍ଚିଟା ହୁଏତ କମ୍, ନା କ’ଣ କହୁଚୁ?

ମଞ୍ଜୁର ସହଜତା ଅରୁଣ ପାଇଁ ଥିଲା ଯନ୍ତ୍ରଣାଦାୟକ। ଏକ ବାଲୁକାସ୍ତୂପ ଉପରେ ବସି ମସଲା ମୁଢ଼ି ଚୋବାଉ ଚୋବାଉ ନିର୍ଲିପ୍ତ ଭାବେ ମଞ୍ଜୁ କହିଲା – କହ! କ’ଣ କହିବୁ?

ଅରୁଣ ଢ୍ଲେପ ଢୋକିଲା।

“ଦେଖ୍! ପରୀକ୍ଷା ମୁଣ୍ଡ ଉପରେ। ଠିକ୍ ଭାବେ ପ୍ରସ୍ତୁତି ବି ଆରମ୍ଭ କରିନି। ତେଣୁ...”

ମଞ୍ଜୁ ଅରୁଣକୁ ସିଧାସଳଖ ଚାହିଁ ଆଖିରେ ଆଖି ମିଶେଇ କହିଲା ।

ତା'ର ସଦାବେଳେ ସେମିତି ସିଧାସଳଖ କଥା । ଆଖିରେ ଆଖି ମିଳେଇ ରୋକ୍‌ଠୋକ୍ । କ୍ଷୁରଧାର ଭଳି ।

ଅରୁଣର ଛାତି ଥରି ଉଠିଲା ସେଇ ଦିନର କଥା ମନେପଡ଼ି, ଯୋଉଦିନ ହୃଦୟର ସକଳ ଆବେଗକୁ ଏକାଠି କରି ସ୍ୟାହି ଭିତର ଦେଇ ସଞ୍ଚରି ଦେଇଥିଲା କାଗଜଖଣ୍ଡଟି ଉପରେ ଓ ସ୍ନାୟୁଜ ଦୁର୍ବଳତାକୁ ବହୁ କଷ୍ଟରେ ନିୟନ୍ତ୍ରଣରେ ରଖି ସେ ଖଣ୍ଡିକ ବଢ଼େଇ ଦେଇଥିଲା ମଞ୍ଜୁ ହାତକୁ, ସେଦିନ ବି ସେମିତି ସିଧାସଳଖ, ରୋକ୍‌ଠୋକ୍, କ୍ଷୁରଧାର କଥାରେ ମଞ୍ଜୁ ତା' ହୃଦୟକୁ କ୍ଷତାକ୍ତ କରିଦେଇଥିଲା । ଆଉ ସେଦିନ... ଛାତିର କୋହ, ଆଖିର ଲୁହରେ ଅରୁଣ ଶଯ୍ୟା ତିନ୍ତେଇ ଦେଇଥିଲା ।

ଦାମ୍ଭିକତାର ଦୁର୍ଗ ଉପରେ ପଡ଼ିଥିଲା ସେଇ ପ୍ରଥମ ଆଘାତ ।

ଅରୁଣ ସେଦିନର ଘଟଣାକୁ ଜୋର କରି ଭୁଲେଇଦେଲା ଅତୀତ ଭାବେ, ବର୍ତ୍ତମାନକୁ ମନ କଲା ଦୃଢ଼, କହିଲା – ତୋର ଜଣେ ସମ୍ବେଦନଶୀଳ ସହପାଠୀ ଏବଂ ବନ୍ଧୁ ଭାବେ ମୁଁ କିଛି କହିବାକୁ ଚାହୁଁଛି ।

"ଓ୍ୱେଲ୍‌କମ୍ ।" ମଞ୍ଜୁର ସଂକ୍ଷିପ୍ତ, ନିର୍ଲିପ୍ତ ଉତ୍ତର ।

"ସମୀର ସହ ତୋ'ର ଏତେଟା ମିଳାମିଶା କ'ଣ ଉଚିତ୍ ହେଉଛି ?"

ଅରୁଣର କଥା ବି ସିଧାସଳଖ । ରୋକ୍‌ଠୋକ୍ । ମଞ୍ଜୁ ପାଇଁ ନିହାତି ଅପ୍ରତ୍ୟାଶିତ ।

ପ୍ରତିକ୍ରିୟାର ଅବସର ନ ଦେଇ ଅରୁଣ ତେଣିକି ଖାଲି କହି ଚାଲିଲା – କଲେଜ୍‌ଟା ସାରା ତୁମ ଦୁହିଁକୁ ନେଇ ଗୁଜବ୍ । ଜଣେ ରୁଚିଶୀଳ, ସମ୍ଭ୍ରାନ୍ତ ପରିବାରର ଝିଅ ହୋଇ ତୁ ଯେ ସେ ରୁଚିହୀନ, କୁତ୍ସିତ ପିଲାଟା ସହ...

କଥା ତୋଟି ପାଖେ ଅଟକିଲା । ଅରୁଣ ଢ୍ରେପ ଢୋକିଲା ।

"ହୁଁ, ତା' ପରେ...." ମଞ୍ଜୁର ସଂକ୍ଷିପ୍ତ ପଦୁଟେ କଥା, ଅରୁଣକୁ ହୁଏତ ପ୍ରୋସ୍ତାହନ ଯୋଗାଇଲା ।

"ତୁ ସେ କୁତ୍ସିତ ପିଲାଟା ସହ ମିଶି ପାରୁଛୁ କେମିତି ମଞ୍ଜୁ ! କଥା ହଉଛୁ କେମିତି !! ତୋର ଅନ୍ତତଃ ପକ୍ଷେ ଗୋଟାଏ ମାର୍ଜିତ ରୁଚି ରହିବା କଥା । ମୋର

ତ ମନେହୁଏ, ସେଟା ଖାଣ୍ଟି ଭାରତୀୟ ରକ୍ତ ନୁହେଁ, ଗୋଟାଏ ବ୍ଲଡ଼ି ଇଣ୍ଡୋ-ଆଫ୍ରିକାନ୍ ହାଇବ୍ରିଡ଼। ତୁମ ନାଁରେ ଯେଉଁ ଗୁଜବ୍ କଲେଜ୍‌ରେ ଉଠୁଛି, କାଲି ହୁଏତ ସହରକୁ... ହୁଏତ ତୋ' ବାପା-ମା'ଙ୍କୁ...”

“ବାସ୍ ବାସ୍! ବହୁତ ହେଲା, ବହୁତ କହିଲୁ।” ରୋକ୍ ଲଗେଇଲା ମଞ୍ଜୁ।

ଶାନ୍ତ ବନାନୀ ଅନୁପ୍ରବେଶୀ ଏକ ଝଞ୍ଜାରେ ସତେକି ହେଲା ଅଶାନ୍ତ.... ସୁପ୍ତ ଆଗ୍ନେୟଗିରିଟେ ଅଚାନକ ହେଲା ଜୀବନ୍ତ.... ସେମିତି ଅନୁଭବଟିଏ ଦେଲା ଅରୁଣକୁ, ମଞ୍ଜୁର ଉଦ୍‌ଭ୍ୟକ୍ତ କଥା। ସିଧାସଳଖ, ରୋକ୍‌ଠୋକ୍ କ୍ଷୁରଧାର କଥା, ମଞ୍ଜୁର:

“ଗୁଜବ୍ ନୁହେଁ ସତ୍ୟ, ସତ୍ୟ, ହଜାର ବାର ସତ୍ୟ। ମୁଁ ସମୀରକୁ ଭଲପାଏ, ଡ଼ ହୁଁ ଭୁଲ୍ କହିଲି, ଆମେ ଦିହେଁ ପରସ୍ପରକୁ ଭଲପାଉ। ନିବିଡ଼ ଭାବେ। ମୁଁ ସେମିତିକା ଝିଅ ନୁହେଁ ଯିଏ ଲୁଚିଛପି ପ୍ରେମ କରିବ। ସମୀର ମତେ ଭଲ ଲାଗିଲା, ମୁଁ ସମୀରକୁ, ଆଉ ଆମେ ଉଭୟେ ଉଭୟଙ୍କ ବାପା, ମା'ଙ୍କୁ। ଏନି ପ୍ରୋବ୍ଲେମ୍?”

ମଞ୍ଜୁ ମୁହଁ ବୁଲେଇ ନେଲା। ନାକରୁ ବହୁଥିଲା ତା'ର ଖର ନିଶ୍ୱାସର ହାଲୁକା ଝଡ଼।

ଆଘାତ ଆରମ୍ଭରୁ ହିଁ ଘାତକ ପ୍ରତିଘାତ। ମଞ୍ଜୁର ଉଗ୍ରତା ଅରୁଣକୁ କରିଦେଲା ବିବାକ୍। ଦୁହେଁ କୋଲାହଲଠୁଁ କିଛି ଦୂରରେ ଥିଲେ ବି ସମୁଦ୍ରର କୋଲାହଲ କିଛି ଊଣା ନଥିଲା। ମାତ୍ର ଦୁହିଁଙ୍କୁ ଆବୋରି ଥିଲା ନିଃଶବ୍ଦ ନିରବତା। ହୃଦୟ ଅଭ୍ୟନ୍ତରରେ ବହୁଥିବା ଝଞ୍ଜା ପାଖେ ଢେଉର ଉଦ୍ଦାମତା, ମଥାପିଟା ଗର୍ଜନ ନିହାତି ମାମୁଲି ମନେ ହେଉଥିଲା।

“ମଞ୍ଜୁ!” ଅରୁଣର ସ୍ୱରରେ ପରାଜିତ ସୈନିକର ଗ୍ଲାନି।

“ବାସ୍। ଆଉ କିଛି ସଫେଇର ଆବଶ୍ୟକତା ନାହିଁ। ଯାହା କହିବାର ତା' ତୁ କହି ସାରିଛୁ। ଏବେ ଖାଲି ମୋଠୁଁ ଶୁଣ।”

ଅରୁଣର ବିବାକ୍ ଦୃଷ୍ଟି ମଞ୍ଜୁର ଆଖିକି ସାମ୍ନା କରିପାରୁ ନଥିଲା। ହୁଏତ ତା' ଆଖିକି ଏତେବେଳ ସରିକି ଭରି ଆସନ୍ତାଣି ଲୁହ, ମାତ୍ର ତା' ସ୍ୱଭାବଗତ ଅହଂ ତା' ଅଜାଣତରେ ଜୋର କରି ଲୁହକୁ ଅଟକେଇ ରଖିଥିଲା।

"ମୁଁ ଜାଣିଛି ଅରୁଣ, ତୁ ଧନୀ ପିତାର ସନ୍ତାନ, ଦାୟାଦ। ଆଜନ୍ମ ତୋର ପ୍ରତ୍ୟେକ ଇଚ୍ଛା, ସୌକ୍ ପୂରଣ କରିଥିବେ ହୁଏତ ତୋର ବାପା, ନୋହିଲେ ମା'। କାରଣ ତୁମେମାନେ ଧନରେ ଧନୀ। ମାତ୍ର ସମୀର ବୁଦ୍ଧିରେ ଧନୀ। ଉଚ୍ଚାକାଂକ୍ଷା, ଅଧ୍ୟବସାୟରେ ଧନୀ। ପୁରୁଷକାରରେ ଧନୀ। ସ୍ନେହ, ପ୍ରେମ, ଶ୍ରଦ୍ଧା, ସଦିଚ୍ଛାରେ ଧନୀ। ଝିଅଟେ ଆଉ କ'ଣ ଚାହେଁ ??"

ଦାମ୍ଭିକତାର ଦୁର୍ଗ ଉପରେ ପୁନର୍ବାର ଆଘାତ।

ଆଉ ଅଧିକ ବେଳ ଅହଂର ଲୌହ ପ୍ରାଚୀର ମନର କୋହକୁ ହୁଏତ ଅଟକେଇ ପାରିଲାନି, ଅରୁଣର କଣ୍ଠ ଶୁଭିଲା ରୁଦ୍ଧ: ମୁଁ ସ୍ୱପ୍ନରେ ବି ଭାବି ନଥିଲି। ତୁ ସମୀର ଭଳି ଏକ କୁସ୍ରୀ ପିଲାକୁ ଏତେ ଭଲପାଉ! ହୁଏତ ତାକୁ ବିବାହ ବି କରିବୁ! ତା' ସନ୍ତାନକୁ ଗର୍ଭରେ ଧରିବୁ! କିନ୍ତୁ... ତୋ' ଭଳି ସୁନ୍ଦରୀ ଝିଅଟେ ଗୋଟେ ସୁନ୍ଦର ପୁଅକୁ ଭଲ ପାଇବା, ବାହା ହେବା କ'ଣ ଉଚିତ୍ ନୁହେଁ ?"

କଥାଟି ନିହାତି ଶିଶୁସୁଲଭ, ଚପଳ, ଯହିଁ ଭରିଥିଲା ହୃଦୟବିଦାରକ ଅସହାୟତା।

"ତୋ'ର ବୁଝିବା ଭୁଲ୍ ଅରୁଣ। ଝିଅଟେ ତା' ମନର ମଣିଷକୁ ହିଁ ଭଲପାଏ, ବାହା ହବାକୁ ଋହେଁ। ସେ ହେଇପାରେ ସୁନ୍ଦର, ହେଇପାରେ ଅସୁନ୍ଦର। କିନ୍ତୁ ତୁମମାନଙ୍କ ଭଳି ଲୋକଙ୍କ ଅନଧିକାର ଚଢ଼ାକୁ ସେ ବାଧବାଧକତାରେ ପ୍ରଶ୍ରୟ ହୁଏତ ଦିଏ, ମାତ୍ର କଦାପି ଗ୍ରହଣ କରେ ନାହିଁ।"

କଥା ଲକ୍ଷ୍ୟଭେଦୀ। ମର୍ମଭେଦୀ।

ଦାମ୍ଭିକତାର ଦୁର୍ଗ ଉପରେ ଆଉ ଏକ ପ୍ରଚଣ୍ଡ ଆଘାତ।

ବିକ୍ଷୁବ୍ଧ ଅନ୍ତରର ଶେଷ କଥା: ମୁଁ ବି ତତେ ବହୁତ ଭଲପାଉଥିଲି ମଞ୍ଜୁ। ପ୍ରେମ କରୁଥିଲି। ତତେ ବାହା ହେବାର ସ୍ୱପ୍ନ ଦେଖୁଥିଲି। ତତେ ପାଇବା ପାଇଁ ମୁଁ ଦୁନିଆଁକୁ ଏଡ଼େଇ ଯିବାକୁ, ଏମିତିକି ଆଡ଼େଇ ଦବାକୁ ବି ପ୍ରସ୍ତୁତ ଥିଲି। ମୁଁ ଦେଖିବାକୁ ସୁନ୍ଦର। ମୋ ଚାଲିଚଳଣ, ପୋଷାକ, ଆଦବକାଇଦା ରୁଚିପୂର୍ଣ୍ଣ। ମୁଁ ଗୋଟେ ଧନୀ ସମ୍ଭ୍ରାନ୍ତ ଘରର ପୁଅ। ଯ଼ା ଠୁଁ ଅଧିକ...

ମଞ୍ଜୁ ମୁହଁ ବୁଲେଇ ନେଲା। ଅରୁଣର ଏ ପ୍ରକାର ପିଲାଳିଆ କଥାରେ ପ୍ରତିକ୍ରିୟା ପ୍ରକାଶ କରିବାକୁ ହୁଏତ ଅନୁଚିତ ମଣିଲା।

"ମଞ୍ଜୁ !"

ମଞ୍ଜୁ ଉଠି ଛିଡ଼ା ହେଲା । ହେଇପାରେ ବିଦାୟ ନେବାର ଉପକ୍ରମ ।

"କେଉଁ ଯୋଗ୍ୟତାର ଅଭାବ ହେତୁ ତୁ ମତେ ପ୍ରତ୍ୟାଖ୍ୟାନ କରିଦେଲୁ ?"

ଶିଶୁସୁଲଭ ପ୍ରଶ୍ନର ପୁନରାବୃତ୍ତି ।

ମଞ୍ଜୁ ତଡ଼ିତ୍ ଗତିରେ ବେକ ବାଙ୍କି ତୀକ୍ଷଣ ଦୃଷ୍ଟିରେ ଚାହିଁଲା ଅରୁଣକୁ । କହିଲା - ସୁନ୍ଦର ରୂପ, ଦାମୀ ପୋଷାକ, ସ୍ପୋର୍ଟିଂ ବାଇକ୍, ସମ୍ଭ୍ରାନ୍ତ ଆଦବକାଇଦା ବା'ଦେ ତୋ ଯୋଗ୍ୟତାର ଆଉ ଏକ ବିଶେଷ ଦିଗ ହେଲା ଏଡ଼େଇଯିବା ବା ଅତିବେଶିରେ ଆଡ଼େଇଦେବା ଭଳି ବ୍ୟକ୍ତିତ୍ୱ । ତେବେ ମୁଁ ତତେ ଆଡ଼େଇ ଦେବା ଭଳି ଚିନ୍ତା ମନକୁ ଆଣିବା ଆଗରୁ ତୁ ମତେ ଏଡ଼ି ଯାଉନୁ କାହିଁକି ? ଆହୁରି ବହୁତ ଝିଅ ଏ ଦୁନିଆରେ ଅଛନ୍ତି, ହୁଏତ ତୁ..., ମାତ୍ର ମୋ ପାଇଁ ସମୀରର ବିଶେଷତ୍ୱ, ମୋ ପ୍ରେମ ବାଦେ, ତା'ର ପରିପକ୍ୱ ପୁରୁଷକାର; ଯାହା କେବଳ ଛୁଇଁପାରେ ମୋ'ଭଳି ଗୋଟେ ଝିଅର ମନକୁ । ଯୋଉ ଛୁଆଁରେ ମନରେ ଖେଳିଯାଏ ଶିହରଣ, ଗୁମୁରି ଉଠେ ଏକ ସମର୍ପଣ ଭାବ, ଅହୁଣୀ ଭଳି ସେ ମନ ମାଡ଼ିଯାଏ କଣ୍ଠାଙ୍ଗଣା ନମାନି ।

ଶାନ୍ତ, ସମାହିତ ମନେ ହେଲା ପରିବେଶ । ଖାଲି ଝାଉଁବଣର ସଙ୍ଗୀତ ଓ ସମୁଦ୍ରର ଗୁରୁଗମ୍ଭୀର ନାଦ । ଅରୁଣ ମୁହଁ ଟେକି ଦେଖିଲା, ମଞ୍ଜୁର ଅଧାମେଲା ଭସାଭସା ଦୃଷ୍ଟି ସମୁଦ୍ରର ସୁନୀଲ, ଫେନିଲ ଜଳରାଶି ଉପର ଦେଇ କାହିଁ କେତେଦୂର ପ୍ରସାରିତ । ସେ ଦୃଷ୍ଟି ଅପଲକ, ଆତ୍ମବିସ୍ମୃତ । ସେ ମୁହଁରେ ଝଲମଲ କରୁଥିଲା ଏକ ଅନିର୍ବଚନୀୟ ସ୍ୱର୍ଗୀୟ ଆଭା । ଅବାନିଲ । ସତେକି କରୁଥିଲା ସଦର୍ପ ଘୋଷଣା – ପ୍ରେମ ଅନ୍ଧ । ପ୍ରେମ ଅନ୍ଧ ।

ମଞ୍ଜୁ ଭଳି ଅନିନ୍ଦ୍ୟ ସୁନ୍ଦରୀର ଏତେ ପ୍ରବଣତା ସେ କଳା କିମିଟି ଟୋକାଟା ପାଇଁ !!

ମଞ୍ଜୁ ଚାଲିଗଲା । ଅରୁଣ ନିର୍ନିମେଷ ନୟନରେ ଅପସୃୟମାଣା ମଞ୍ଜୁକୁ ଚାହିଁଥିଲା, ପରେ ପରେ ନିଜକୁ ଚାହିଁଲା, ତା'ପରେ ଚାହିଁଲା ଗୋବିନ୍ଦ ଦାସଙ୍କ ନଭେଲ୍ 'ଅମାବାସ୍ୟାର ଚନ୍ଦ୍ର'କୁ । ତା'ର ମନେହେଲା, ଯେମିତି ଉପନ୍ୟାସଟିର

ପୃଷ୍ଠାରୁ ପୃଷ୍ଠାରୁ ମଞ୍ଜୁ ତାକୁ ଆଖିମିଟିକା ମାରୁଛି, ଛିଗୁଲେଉଛି, କହୁଛି, "ଅମାବାସ୍ୟାରେ ବି ଚନ୍ଦ୍ର ଥାଏ। ଦେଖି ନ ପାରିବାଟା ଖାଲି ଦୃଷ୍ଟିର ଭ୍ରମ। ସମୀରର ଅମାବାସ୍ୟା ଭଳି ଗାଢ଼ କଳାକିମିଟି ଶରୀର ଆଢ଼ୁଆଲରେ ଥିବା ପୂର୍ଣ୍ଣଚନ୍ଦ୍ର ଭଳି ଜାଜୁଲ୍ୟମାନ ପୁରୁଷକାରକୁ ଦେଖିଲା ଭଳି ଦୃଷ୍ଟି ତୋର ନାହିଁ, ମୋର ଅଛି... ମୋର ଅଛି...।"

ପ୍ରଚଣ୍ଡ ଗ୍ଳାନିବୋଧରେ ଜର୍ଜରିତ ଅରୁଣ ଅମାବାସ୍ୟାର ଚନ୍ଦ୍ରକୁ ସାଗର ଗର୍ଭରେ ସମାଧ୍ୱ ଦେଇ ଏକମୁହାଁ ବାଇକ୍ ଛୁଟେଇ ହଷ୍ଟେଲକୁ ଫେରି ଆସିଲା।

×   ×   ×

"ଅସୀତ୍! ପୁରୁଷକାର କୋଉ ଗଛର ଫଳ?" ଅରୁଣର କଣ୍ଠରେ ପ୍ରଚଣ୍ଡ ବିରକ୍ତି।

ଅସୀତ୍ ନାମକ ଛାତ୍ରଟିର ବିସ୍ମିତ ଦୃଷ୍ଟି ସ୍ଥିର ହେଲା ତା'ର ସଦା ପ୍ରଫୁଲ୍ଲ, ଦାମ୍ଭିକ ବନ୍ଧୁଟି ଉପରେ, ସନ୍ଧ୍ୟାବେଳେ ଫେରିବା ପରଠାରୁ ଯିଏ ଏକ ଅଜଣା କାରଣରୁ ହୋଇଯାଇଥାଏ ଉଦାସ।

"କ'ଣ ହେଇଚି ?" ଉତ୍ତର ବଦଳି ସଂକ୍ଷିପ୍ତ ପ୍ରଶ୍ନଟିଏ ଅସୀତ୍ ପଚାରିଲା ଅରୁଣକୁ।

"ଯୁଗେ ଯୁଗେ ଜଟାୟୁର ପକ୍ଷଚ୍ଛେଦନ ହୋଇଛି।" ଅଭିମାନର ବନ୍ଧ ଭାଙ୍ଗିଲା।

ପୁରୁଷକାର ସହ ଜଟାୟୁ ପ୍ରସଙ୍ଗର ଯୋଗସୂତ୍ର ହଠାତ୍ ଆବିଷ୍କାର ନ କରିପାରି ଅସୀତ୍ ତା'ର ଦାମ୍ଭିକ ବନ୍ଧୁଟିକୁ କିଂକର୍ତ୍ତବ୍ୟବିମୂଢ଼ ଭାବେ ଚାହିଁ ରହିଲା।

ଅରୁଣ କହିଲା – "ମଞ୍ଜୁ ଭଳି ଏକ ସମ୍ଭ୍ରାନ୍ତବଂଶଜା ସୁନ୍ଦରୀ ଝିଅର କୁସିତ ସମୀର ସହ ଥିବା ରୁଚିହୀନ ସମ୍ପର୍କକୁ ମୁଁ ପ୍ରତିବାଦ ମାତ୍ର କରିଥିଲି। ଜାଣୁ, ପ୍ରତିବଦଲରେ କ'ଣ ପାଇଲି ? ମଞ୍ଜୁ କହିଲା, ମୋର କାଳେ ପୁରୁଷକାର ନାହିଁ, ଯାହା ସେ ସମୀର ଠାରେ ଖୋଜି ପାଇଛି। ଅଛୁଣୀ ସାଜିଛି।"

ଅସୀତ୍ ତା'ର ଦାମ୍ଭିକ ବନ୍ଧୁଟିର ଅନ୍ତରର ବିକ୍ଷୁବ୍ଧତା, ବିକଳତାକୁ ମର୍ମେ ମର୍ମେ ଅନୁଭବ କଲା ହୁଏତ, କହିଲା – "ନ୍ୟାୟ ଅନ୍ୟାୟ, ସତ୍ ଅସତ୍, ଧର୍ମ

ଅଧର୍ମ ଭଳି ଦୃଷ୍ଟି ମଧ ଏକ ରିଲେଟିଭ୍ ଟର୍ମ। ଦୃଷ୍ଟି ନିହିତ ଦୃଷ୍ଟିଭଙ୍ଗୀରେ। ତୋ'
ଦୃଷ୍ଟିଭଙ୍ଗୀ ତୋର, ମୋ' ଦୃଷ୍ଟିଭଙ୍ଗୀ ମୋର, ମଞ୍ଜୁର ଦୃଷ୍ଟିଭଙ୍ଗୀ ମଞ୍ଜୁର। ତେବେ
ସାଧାରଣ ପୁରୁଷ ବା ନାରୀଟିଏର ଦୃଷ୍ଟିଭଙ୍ଗୀଠୁଁ ପ୍ରେମିକ ବା ପ୍ରେମିକାର ଦୃଷ୍ଟିଭଙ୍ଗୀ
ଟିକିଏ ଭିନ୍ନ, ସ୍ୱତନ୍ତ୍ର। ତୁ ଦିନେ ନା ଦିନେ ସେ ସ୍ୱତନ୍ତ୍ରତାର ସ୍ୱାଦ ଚାଖିବୁ। ମଞ୍ଜୁ
କଥାକୁ ଏତେଟା ଗୁରୁତ୍ୱ ଦେଇ ଦିହକୁ ନେଏନା।"

ଅସୀତର ବକ୍ତବ୍ୟରୁ ସାନ୍ତ୍ୱନା ପାଇଲା କି ନ ପାଇଲା, ପ୍ରସଙ୍ଗ ବଦଳେଇଲା
ଅରୁଣ, "ତୁ ପରା କୁଆଡ଼େ କାହାକୁ ଗୋଟେ ପ୍ରେମ କରୁଛୁ? କାଇଁ ମତେ ଦିନେ
ଦେଖେଇଲୁନି ତ! ଇଂଟ୍ରୋଡ୍ୟୁସ୍ କଲୁନି ତ! ତୋ'ଭଳି ସ୍ୱାସ୍ଥ୍ୟବାନ, ସୁନ୍ଦର ପୁଅର
ପ୍ରେମିକାଟି ନିଶ୍ଚେ ଅନିନ୍ଦ୍ୟ ସୁନ୍ଦରୀ ହୋଇଥିବ, ନୁହେଁରେ?"

"ଦୃଷ୍ଟିଭଙ୍ଗୀ ଅରୁଣ ଦୃଷ୍ଟିଭଙ୍ଗୀ। ତୁ କ'ଣ ଭାବୁଛୁ, ଖାଲି ବିଶ୍ୱସୁନ୍ଦରୀ
ମାନଙ୍କ ଠାରେ ହୃଦୟ ବୋଲି ଚିଜଟେ ଅଛି। ଖାଲି ସେଇମାନଙ୍କ ହୃଦୟତନ୍ତ୍ରୀରେ
ପ୍ରେମର କଅଁଳ ରାଗ ଅନୁରଣିତ ହୁଏ! ଭିକାରୀଟିଏ ତା' ଭିକାରୁଣୀ ପତ୍ନୀକୁ,
କୁଷ୍ଠରୋଗୀଟିଏ ତା' କୁଷ୍ଠରୋଗିଣୀ ପତ୍ନୀକୁ, ଗଳିତଦନ୍ତ ବୃଦ୍ଧଟିଏ ତା' କୋଟରଗତ
ଚକ୍ଷୁ ବୃଦ୍ଧା ପତ୍ନୀକି କ'ଣ ପ୍ରେମ କରେ ନାହିଁ! ପ୍ରେମ ପରା ଏକ ଅନୁଭବ, ଏକ
ଆତ୍ମିକ ଅନୁଭୂତି, ହୃଦୟାବେଗ! ହୃଦୟ କ'ଣ ଦେହ ଦେଖେ! ସୁନ୍ଦର ଅସୁନ୍ଦର
ବୁଝେ!"

ଅରୁଣ ଲକ୍ଷ୍ୟ କଲା ଅସୀତର ମୁଖମଣ୍ଡଳରେ ଠିକ୍ ସେଇ ଆତ୍ମବିସ୍ମୃତ
ଭାବ, ସେଇ ଅଧାମେଲା ଭସାଭସା ଦୃଷ୍ଟି, ହଶେଲ୍ କୋଟରୋର ଚାରିକାନ୍ତୁ ଭେଦି
ଯାହା କାହିଁ କେତେ ଦୂର ପ୍ରସାରିତ, ଆଜି ଅସ୍ତପ୍ରାୟ ଅପରାହ୍ନରେ ସାଗରବେଳାରେ
ମଞ୍ଜୁର ଯୋଉ ଦୃଷ୍ଟି ତା'ର ନିଜ ମନକୁ ବିଶୁଦ୍ଧ (ଅବା ଉଦାସ) କରିଦେଇଥିଲା।

"ମତେ ତୋର ସେ ଭାଗ୍ୟବତୀ ପ୍ରେମିକା ସହ କେବେ ଇଂଟ୍ରୋଡ୍ୟୁସ୍
କରୁଛୁ?" – ପୁନର୍ବାର ପ୍ରସଙ୍ଗ ବଦଳେଇଲା ଅରୁଣ।

ଅସିତର ପ୍ରବଣତା ଟୁଟିଗଲା। ତା'ର ଦାର୍ଶନିକ ବନ୍ଧୁଟି ଉପରେ, ଯିଏକି
ଏବେ ଏବେ ମନେ ହେଉଥିଲା ଅବୋଧ, ସସ୍ନେହ ଦୃଷ୍ଟି ଢାଳି ସେ କହିଲା, "ସେ
ବେଳ କ'ଣ ବଳେଇ ଯାଉଛି? ଆ' ସମୁଦ୍ରକୂଳକୁ ଯିବା। ଆଜି ତ ଆଉ ପଢ଼ାପଢ଼ି

ହୋଇ ପାରିବନି, ଟିକେ ଘୁରାଘୁରି କରି ଦିନର ପୂର୍ବରୁ ଫେରି ଆସିବା । ହୁଏତ ତତେ ହାଲୁକା ଲାଗିବ ।"

"ନା, ତୁ ଯା' । ସମୁଦ୍ରକୂଳକୁ ମୁଁ ଆଉ କେବେ ବି ଯିବି ନାହିଁ ।" ଅରୁଣ ପ୍ରକାଶ କଲା ଖେଦୋକ୍ତି ।

×   ×   ×

ଚିଠିଟିକୁ ବାରମ୍ବାର ପଢୁଛି ଅରୁଣ ।

ରବିବାର କଲେଜ ଛୁଟି ହେତୁ ହଷ୍ଟେଲ୍ ଅର୍ଦ୍ଧାଧିକ ଶୂନ୍ୟ । ଛାତ୍ରମାନେ ଯେଉଁ ଘରକୁ ଗତକାଲି ଠାରୁ ଚାଲିଯାଇଛନ୍ତି ।

ପ୍ରତି ଶନିବାର ଘରକୁ ଆସିବାକୁ ବୋଉ, ବାପାଙ୍କ ବାରମ୍ବାର ତାଗିଦ୍ ସତ୍ତ୍ବେ ଯିବାର ପ୍ରେରଣା ଅନୁଭବ କରିନି ଅରୁଣ । ଅସୀତ୍ କାହିଁକି କେଜାଣି ଘରକୁ ଯାଇନି । କାରଣ ପଚାରିବାକୁ ଆଗ୍ରହ ବି ଆସିନି ଅରୁଣ ମନରେ ।

ଅପରାହ୍ନରେ ଅସୀତ୍ କୁଆଡ଼େ ବାହାରିଗଲା । ପରେପରେ ବାର ତେର ବର୍ଷର ପିଲାଟିଏ ଚିଠି 'ଅସୀତ୍ ଭାଇଙ୍କୁ ଦୟାକରି ଦେଇଦେବେ' କହି ଦେଇଗଲା । ଅସୀତ୍‌କୁ 'କୁଆଡ଼େ ବାହାରିଲୁ' ପଚାରିବାକୁ ଅରୁଣ ଯେମିତି ଆଗ୍ରହ ଅନୁଭବ କରି ନଥିଲା, ପିଲାଟିକୁ ସେମିତି 'ସେ କିଏ ? କାହାର ଚିଠି ଏଇଟା ? ବୋଲି ପଚାରିବାର ସ୍ପୃହା ବି ତା'ର ଆସି ନଥିଲା ।

ଚିଠିଟିକୁ ଅସୀତ୍‌ର ଖଟରେ ତକିଆ ତଳେ ଗୁଞ୍ଜି ଦେଲା ପରେପରେ କାଇଁକି କେଜାଣି ସେ ଗୋଟିକୁ ଖୋଲି ପଢ଼ିବା ଲାଗି ଅନୁଚିତ୍ ପ୍ରେରଣାଟିଏ ଅନୁଭବ କରୁଥିଲା ଅରୁଣ ।

ଚିଠି ଅସୁସ୍ଥା ମନ୍ଦାକିନୀର ହାତ ଲେଖା ଓ ବିନା ସମ୍ବୋଧନରେ ଅସୀତ୍ ପାଇଁ ଏକ ଛୋଟିଆ ମେସେଜ୍ ।

ମେସେଜ୍ ଶେଷରେ ମନ୍ଦାକିନୀର ନାମରୁ ଅରୁଣ ନିଶ୍ଚିତ ହେଲା ଯେ, ଏଇ ମନ୍ଦାକିନୀ ନାମଧାରୀ ଝିଅଟି ନିଶ୍ଚେ ଅସୀତ୍‌ର ପ୍ରଣୟିନୀ ।

ଚିଠିଟିକୁ ଏକାଧିକବାର ପଢ଼ିଲା ଅରୁଣ । ପପୁଲାର ନର୍ସିଂହୋମ୍‌ର ତେତ୍ରିଶ ନମ୍ବର କ୍ୟାବିନ୍‌ରେ ରହି ଚିକିତ୍ସିତା ହେଉଛି ମନ୍ଦାକିନୀ । ମେସେଜ୍ ପାଇଲା

ମାତ୍ରକେ ଆସିବା ପାଇଁ, ତା' ସହ କିଛି ସମୟ ବିତେଇବା ପାଇଁ ମନ୍ଦାକିନୀର ମିନତୀ ପତ୍ରଟିର ଛତ୍ରେ ଛତ୍ରେ ।

ଖୁବ୍ ସୁନ୍ଦର କୋଇଲିମଞ୍ଜି ପରି ଅକ୍ଷର ଝିଅଟିର । ଝିଅଟି ଦେଖିବାକୁ କେମିତି ହେଇଥିବ ?

ନିଶ୍ଚେ ହେଇଥିବ ଅନିନ୍ଦ୍ୟ ସୁନ୍ଦରୀ । ଆରବ୍ୟ ରଜନୀର ରାଜକୁମାରୀ ପରି । ଅବା ଅତିକମ୍‌ରେ ବଲିଉଡ୍‌ର ନାୟିକାଟିଏ ପରି । ଗୋରା ତକତକ ତୋଫା ଦେହରେ ଲହଡ଼ି ଭାଙ୍ଗୁଥିବ ଉଭାଲ ଯୌବନ, ଦି' କଥାକୁହା ଆଖିରେ ଭରିଥିବ ଅଯୁତ ଯୁଗର ସ୍ୱପ୍ନ, ଅବା ହସିଦେଲେ ଭଉଁରୀ ଖେଳୁଥିବ ଗାଲରେ !

ହଠାତ୍ ଅରୁଣ ମନରେ ଜାଗିଲା ଏକ ଅବାଞ୍ଛିତ ଆକାଂକ୍ଷା । ଏଇ ସୁଯୋଗରେ ମନ୍ଦାକିନୀକୁ ଥରେ ଯାଇ ଦେଖିନେଲେ କେମିତି ହୁଅନ୍ତା ?

ମନରେ ଜାତ ହେଲା ଆବିଷ୍କାରର ନିଶା । ଚିଠିଟିକୁ ପୁଣି ଥରେ ତକିଆ ତଳେ ଗୁଞ୍ଜିଦେଲା ଅରୁଣ । ଦେହରେ, ମନରେ ପ୍ରଚଣ୍ଡ କୌତୁହଳ । ଦେହରେ ଅଛି ଖାଲି ହାଫପ୍ୟାଣ୍ଟ ଆଉ ସ୍ପୋର୍ଟିଂ ଗଞ୍ଜି । ଚଲିବ ।

କୋଠରୀରେ ତାଲା ଦେବାକୁ ଖିଆଲ ନାହିଁ । ବାଇକ୍ ଷ୍ଟାର୍ଟ କଲା ତ ପାଞ୍ଚ ସେକେଣ୍ଡରେ ବେଗ ଛୁଇଁଲା ଷାଠିଏ ପାଖାପାଖି । ଥରେ ଦି'ଥର ନିଶ୍ଚିତ ଦୁର୍ଘଟଣାରୁ ଅଳ୍ପକେ ରକ୍ଷା ପାଇଗଲା । ସେ ପ୍ରତି ଡେମ୍‌କେୟାର୍ ।

ପପୁଲାର ନର୍ସିଂହୋମରେ ପହଞ୍ଚ ତା'ର ପାଞ୍ଚତାଲା ବିଲଡିଂର ପାର୍କିଂ ପ୍ଲେସ୍‌ରେ ବାଇକ୍‌ଟାକୁ ସାଇଡ଼ ଷ୍ଟାଣ୍ଡ ମାରି ଧାଇଁଲା ଲିଫ୍ଟ୍‌କୁ । ଲିଫ୍ଟ ଯାଇଛି ଉପରକୁ । ତର ସହିଲାନି । ସେକେଣ୍ଡଟାଏ ଲାଗୁଥାଏ ଯୁଗଟାଏ ପରି । ତେତ୍ରିଶ୍ ନମ୍ବର କ୍ୟାବିନ୍ ପାଞ୍ଚତାଲାରେ ।

ସିଡ଼ିରେ ଥରକେ ତିନି ପାହାଚ ଅତିକ୍ରମି ପାଞ୍ଚତାଲାରେ ପାଦ ଦେଲା । ଉଭୟ ପାର୍ଶ୍ୱରେ ଧାଡ଼ି ଧାଡ଼ି ଘର ମଝରୁ ଡାହାଣ ପଟକୁ ପ୍ରାୟ ମଝିଆମଝି ତେତ୍ରିଶ ନମ୍ବର କ୍ୟାବିନ୍ । କ୍ୟାବିନ୍ ବାହାରେ ଥମ୍ କରି ଛିଡ଼ା ହେଲା ଅରୁଣ । ନିଶ୍ୱାସ ପ୍ରଶ୍ୱାସର ଗତି ଥିଲା ବ୍ୟସ୍ତ । ଏତେ ଗୁଡ଼େ ସିଡ଼ି ଏକାଦମ୍‌ରେ ଡେଇଁ ଡେଇଁକା ଆସିବା ହେତୁ ଓ ଆବିଷ୍କାରର ଉତ୍ତେଜନା ହେତୁ ।

କ୍ୟାବିନ୍ ଭିତରେ କେହି ହୁଏତ ଅଛି । ଦରଜା ଦରଆଉଜା । ଦରଜା ବାହାରେ ଝୁଲୁଛି ମୋଟା ପର୍ଦ୍ଦାଟିଏ ।

ପର୍ଦ୍ଦା ଏପଟେ କଳମ୍ୟସ, ପର୍ଦ୍ଦା ସେପଟେ କଳମ୍ୟସଙ୍କ ସ୍ୱପ୍ନର ଭୂଖଣ୍ଡ ଭାରତବର୍ଷ, ଏକ ସୁଦୀର୍ଘ କୌତୁହଲର ଅନ୍ତ ।

ଭିତରେ କେହି ଜଣେ ଅଛି ।

କିଏ ହେଇପାରେ ? ଅସୀତ୍ ନୁହେଁ ତ ?

ଦବିଗଲା ଛାତି । କମ୍ପନର ଅନୁଭୂତି ହେଲା ତୀବ୍ରତର ।

ଚିଠି ପଢ଼ିବା ପରଠୁଁ ଏଯାବତ୍ ତା' ଚେତନାକୁ କବଲିତ କରିଥିଲା ଅନନ୍ଧକାର ଚର୍ଚ୍ଚା, ଅନୁଚିତ ଭାବନା । ଏକପ୍ରକାରର ଚୌର୍ଯ୍ୟ-ଚେତନାର ତାଡ଼ନାରେ ସେ ଟାଣିହୋଇ ଆସିଲାଣି ଏଯାକେ ।

କୃତକର୍ମ ପାଇଁ ଅନୁତାପ ଅବା ଫେରିଯିବା ଭଳି ସତ୍ ଭାବନା ତାକୁ ସେଇ ମୁହୂର୍ତ୍ତରେ ପ୍ରେରିତ କରିବାକୁ ଥିଲା ଅକ୍ଷମ ।

ଥରିଲା ହାତରେ, ଅତି ସନ୍ତର୍ପଣରେ ପର୍ଦ୍ଦା ସାମାନ୍ୟ ଆଡ଼େଇ କ୍ୟାବିନ୍ ଭିତରୁ ତଡ଼ିତ୍ ଗତିରେ ଦୃଷ୍ଟି ଘୁରେଇ ଆଣିଲା ଅରୁଣ ।

ହସ୍ପିଟାଲ୍ ଖଟର ସଫେଦ୍ ଶଯ୍ୟା ଉପରେ ଆଖି ଦରବୁଜା ଅବସ୍ଥାରେ ଚିତ୍ ହୋଇ ଶୋଇଛି ତା'ର ଆରବ୍ୟ ରଜନୀର ରୂପସୀ ରାଜକନ୍ୟା – ମଧ୍ୟମ ସ୍ୱାସ୍ଥ୍ୟବିଶିଷ୍ଟ। ଉଜ୍ଜ୍ୱଲ ଶ୍ୟାମଳାଙ୍ଗୀ କିଶୋରୀଟିଏ । ନିଶ୍ଚେ ମନ୍ଦାକିନୀ । ଜଷ୍ଟ ଆଭରେଜ୍ ।

ସେଇ ଗୋଟିଏ ମାତ୍ର ଝଲକ ।

ତେଣିକି.... ମନ୍ଦାକିନୀର ଶଯ୍ୟା ନିକଟରେ କିଏ ବସିଛି (?) ତା' ଦୁର୍ବ୍ବଲ ହାତକୁ ନିଜ ହାତପାପୁଲି ଭିତରେ କିଏ ବାନ୍ଧି ରଖିଛି (?) ଛଳଛଳ ଆଖିରେ ହୁଏତ ନିର୍ନିମେଷ ଭାବେ ଚାହିଁ ରହିଛି ମନ୍ଦାକିନୀର ରୋଗପାଣ୍ଡୁର ମୁଖମଣ୍ଡଲକୁ କିଏ (?)....., ସେ ଭାବନା ଆଦୌ ମନକୁ ନ ଆଣି, କେମିତି ଯେ ପାଞ୍ଚତାଲାରୁ ଓହ୍ଲେଇଛି ତଲକୁ, ବାଇକ୍ ଷ୍ଟାର୍ଟ୍ କରି ଛୁଟେଇ ଦେଇଛି,

ବାଇକ୍‌ର ଗତି ପାଖେ ନିଜକୁ ସମ୍ପୂର୍ଣ୍ଣ ସମର୍ପି ଦେଇଛି, ଅରୁଣର ସେକଥା ଭାବିବାକୁ ହୋସ୍‌ ନାହିଁ ।

କେଇ ମିନିଟ୍‌ ଅବା କେଇ ଘଣ୍ଟା ବାଦେ ଅରୁଣ ନିଜକୁ ଆବିଷ୍କାର କଲା ସାଗରବେଲାରେ । ସମୁଦ୍ରର ଗୁରୁ ଗମ୍ଭୀର ନାଦ, ଝାଉଁ ଜଙ୍ଗଲର ସଙ୍ଗୀତ, ସୁଲୁସୁଲିଆ ବାଆ ଭିତରେ ନିଜକୁ ସମର୍ପିଦେଲା ଅରୁଣ । ଚିତ୍‌ ହୋଇ ବାଲୁକାଶଯ୍ୟାରେ ଶୋଇପଡ଼ି ଆକାଶକୁ ଚାହିଁଲା । ଆକାଶରେ ଜହ୍ନ ନାହିଁ । ମେଲାମେଲା ଖାଲି କଳାକଳା ଚଳାବାଦଲ । ଆଜି କ'ଣ ଅମାବାସ୍ୟା ! !

ବିରାଟ ଖଣ୍ଡେ ଚଳାବାଦଲ ଅପସରି ଯାଇ ଉଙ୍କି ମାରିଲା ଚନ୍ଦ୍ର । ପୂର୍ଣ୍ଣଚନ୍ଦ୍ର । ଝଲମଲ୍‌ କରିଉଠିଲା ସାଗର, ବାଲିପ୍ରାନ୍ତର, ଆଉ ଝାଉଁବଣ । ପୁଲକିତ ହେଲା ଅରୁଣର ତନୁ ମନ ଏକ ଅନିର୍ବଚନୀୟ ଆନନ୍ଦର ଆତିଶଯ୍ୟରେ ।

ଆଃ ! କେତେ ଶାନ୍ତି ! ଦି' ହାତ ଉର୍ଦ୍ଧ୍ବକୁ ତୋଲି ସାଗରବେଲାର ନିର୍ଜନତାକୁ ବେଖାତିର କରି ସେ ଚିତ୍କାର କଲା, "ଫ୍ରେଣ୍ଡସ୍‌ ! ଜଟାୟୁ କେବଳ ହିଁ କେବଳ 'ଅନ୍ୟାୟ, ଅକର୍ମ, ଅଧର୍ମ ବିରୋଧରେ ପ୍ରତିବାଦ ଓ ପ୍ରତିରୋଧର ପ୍ରତୀକ । ସକଳ 'ପ୍ରତିବାଦ ବା ପ୍ରତିରୋଧ'ର ପ୍ରତୀକ ନୁହେଁ, କଦାପି ନୁହେଁ । ସେଦିନ ତୁମେ ଠିକ୍‌ କହିଥିଲ । ହଷ୍ଟେଲ୍‌ କମନ୍‌ ରୁମ୍‌ରେ ସେଦିନର ମୋ' ଯୁକ୍ତିରେ ଲଜିକ୍‌ ନଥିଲା, ଥିଲା ଇଲ୍ୟୁଜନ୍‌, ଖାଲି ଇଲ୍ୟୁଜନ୍‌ । ଆବେଗ ସତ୍ୟ, ହୃଦୟ ସତ୍ୟ.... ପ୍ରେମ ସତ୍ୟ, ମଣିଷ ସତ୍ୟ– ରୂପ, ରଙ୍ଗ, ସୌନ୍ଦର୍ଯ୍ୟ, ଆଭିଜାତ୍ୟର ବାଗାଡମ୍ବର – ସବୁ ଇଲ୍ୟୁଜନ୍‌, ତୁଚ୍ଛା ଇଲ୍ୟୁଜନ୍‌ । ଠିକ୍‌ ମୋ ଭାବନା ପରି, ମୋ ଦାମ୍ଭିକତା ପରି, ମୋ' ଅହଂକାର ପରି ।

ଆଃ ! ଇଲ୍ୟୁଜନ୍‌... ତୁଚ୍ଛା ଇଲ୍ୟୁଜନ୍‌...।"

ଅରୁଣର ଚିତ୍କାର ଝାଉଁବଣର ସଙ୍ଗୀତ ସହ କ୍ରମଶଃ ଏକାକାର ହୋଇଯାଇ ସୃଷ୍ଟି କରୁଥିଲା ଏକ ଅପୂର୍ବ ମୂର୍ଚ୍ଛନା ।

❑❑

ରୂପାମ୍ବିକା: ଏକ ପ୍ରେମ ଗାଥା

ବନ୍ଦୀନୀ ରୂପାମ୍ବିକା। କା'ହିଁ କେତେ ଦୂରେ, କାଞ୍ଚିପୁରମ୍। ଦାକ୍ଷିଣାତ୍ୟର ସେ ଶକ୍ତିଶାଳୀ ରାଜ୍ୟ ଯା'ର ଅଲିଅଳୀ ରାଜଜେମା ରୂପାମ୍ବିକା। ବନ୍ଦୀନୀ ଏବେ ଉତ୍କଳ କଳିଙ୍ଗର ପୁରୁଷୋତ୍ତମକ୍ଷେତ୍ର-ରାଜବାଟୀ ସଂଲଗ୍ନ ଏକ ଭବ୍ୟ ଦ୍ବିତଲ ମହଲରେ।

ସୁଦୃଶ୍ୟ କକ୍ଷଟିଏରେ ସୁଦୃଶ୍ୟ ହସ୍ତୀଦନ୍ତ ପଲ୍ୟଙ୍କରେ ଅର୍ଦ୍ଧଶାୟିତା ରୂପାମ୍ବିକାଙ୍କ ଦୃଷ୍ଟି ଗବାକ୍ଷ ମଧ୍ୟଦେଇ ପୁରୁଷୋତ୍ତମକ୍ଷେତ୍ରର କ୍ଷେତ୍ରପତି, ଉତ୍କଳ କଳିଙ୍ଗର ରାଜାଧିରାଜ, ଶ୍ରୀ ଜଗନ୍ନାଥଦେବଙ୍କ ଶ୍ରୀମନ୍ଦିର ଚୂଡ଼ା ଉପରେ ସ୍ଥିର। ଅଷ୍ଟଧାତୁର ନୀଳଚକ୍ରରେ ଫରଫର ହେଇ ଉଡ଼ୁଛି ପତିତପାବନ ବାନା। ଏଣେ ରୂପାମ୍ବିକାଙ୍କ ଦୁଇ ଆଖିରୁ ଝରୁଛି ଝରଝର ଲୁହ। ଝାପ୍ସା ଆଖିରେ ଦିଶିଯାଉଛି ଦିଓଟି ମୁହଁ। ବିକଳ ଓ ବ୍ୟାକୁଳ। ସେ ଦିଓଟି ମୁହଁ ମାତା ତିସ୍ବାମ୍ବିକା ଏବଂ ମାତାମହୀ ମାଲ୍ୟମ୍ବିକାଙ୍କର। ଯଥାକ୍ରମେ କାଞ୍ଚିପୁରମ୍ର ମହାରାଣୀ ଏବଂ ରାଜମାତା।

ଜଳଜଳ ହେଇ ଦିଶିଯାଉଛି ସେ ଦୃଶ୍ୟ।

କାଞ୍ଚିପୁରମ୍ର ଇଷ୍ଟଦେବ ଗଣପତିବାବା ଶ୍ରୀଗଣେଶଙ୍କ ସମ୍ମୁଖରେ, ମାତା ଏବଂ ମାତାମହୀଙ୍କ ମଝିରେ ଯୋଡ଼ହସ୍ତେ ରୂପାମ୍ବିକା।

ଚକ୍ଷୁରୁ ଅବିରଳ ଅଶ୍ରୁ ଝରୋଇ ମା' ଏବଂ ଜେଜେମା ସ୍ବଗତୋକ୍ତି କରୁଥାନ୍ତି: ହେ ଗଜାନନ! ହେ ବିଘ୍ନବିନାଶନ ଗିରିଜାନନ୍ଦନ ପ୍ରଭୋ! ଜଗନ୍ନାଥଧାମରୁ ଥାଟପଟାଳି ନେଇ ଓଡ଼ିଶା ରାଜା ଧାଡ଼ିଦେବେ ଶୁଣୁଛୁ; ଶୁଣୁଛୁ, ଆମ ଅଲିଅଳୀ କନ୍ୟାକୁ ବନ୍ଦୀନୀ ବନାଇ କ୍ଲେଶ ଦେବାଲାଗି ଶପଥ କରିଛନ୍ତି ସେ ରାଜା। ଆପଣଙ୍କୁ ଜ୍ଞାତ, କେଡ଼େ ନିର୍ମଳ ହୃଦୟ ଶୁଦ୍ଧପୂତଚିତ ସୁକୁମାରୀ ଆମ କନ୍ୟା, କ୍ଲେଶ ତା'ର

ପ୍ରାପ୍ୟ ନୁହେଁ। ଅକ୍ଲେଶରେ କେହି ମହାନ୍ ରାଜାଙ୍କ ରାଣୀ ହୋଇ ସେ ଚିରକାଳ ଶୁଦ୍ଧଭକ୍ତିପୂତ ଜୀବନ ବିତାଉ – ଏତିକି ମିନତି ଆପଣଙ୍କ ପାଦପଦ୍ମରେ ପ୍ରଭୁ, ଶରଣରକ୍ଷଣବାନରେ ଆଞ୍ଚ ନଆସୁ। ଆପଣଙ୍କୁ ଆପଣଙ୍କ ମହୀୟସୀ ମାତାଙ୍କ ରାଣ, ମାଆ ଶରଣ ମାଆ ଶରଣ...

ସେଇ ମୁହୂର୍ତ୍ତରେ ଗଣପତିଙ୍କ ଶିରରୁ ଖସି ପଡ଼ିଥିଲା ଫୁଲଟିଏ। ଚମକ ଲାଗିଥିଲା ରୂପାମ୍ବିକାଙ୍କୁ।

ଦାସୀର ନିବେଦନ ରୂପାମ୍ବିକାଙ୍କ ଧ୍ୟାନ ଭଙ୍ଗ କଲା। "ପ୍ରଣାମ ଜେମା! ମହାମାନ୍ୟ ମହାମନ୍ତ୍ରୀ ଜେମାଙ୍କ ଦର୍ଶନପ୍ରାର୍ଥୀ। ଅପେକ୍ଷା କରୁଛନ୍ତି କକ୍ଷ ଦୁଆରେ। ଲୋଡ଼ୁଛନ୍ତି ଅନୁମତି।"

ମନ୍ତ୍ରୀ ପ୍ରବେଶନ୍ତେ ରୂପାମ୍ବିକାଙ୍କ ବୀଣାଝିଣା କଣ୍ଠରୁ ନିଃସୃତ ହେଲା, 'ବିଜେତା କଦାପି ଲୋଡ଼ନ୍ତି ନାହିଁ ବନ୍ଦୀନୀର ଅନୁମତି, ମହାମାନ୍ୟ ମହାମନ୍ତ୍ରୀ।'

"ପୁତ୍ରୀ!" – ବୃଦ୍ଧ ବିଦ୍ୟାପତିଙ୍କ ମୁଖମଣ୍ଡଳରେ ବାରିହେଲା ବ୍ୟଥା ଏବଂ ଆଖି ହେଲା ଛଳଛଳ। କହିଲେ – "ମୁଁ ଆପଣଙ୍କ ପିତା ବୟସର, ପିତା ସମାନ। 'ମହାମାନ୍ୟ', 'ମହାମନ୍ତ୍ରୀ' ଭଳି ସମ୍ବୋଧନ ମୋ ମନରେ ଦାରୁଣ କଷ୍ଟ ଉପୁଜାଉଛି ପୁତ୍ରୀ।"

ରୂପାମ୍ବିକାଙ୍କ ଆଖି ସୁଦ୍ଧା ଛଳଛଳ ହେଲା। କହିଲେ –

"ପୁତ୍ରୀ ବୋଲି ସମ୍ବୋଧନ, ପୁଣି 'ଆପଣ'! ଖାପ ଛଡ଼ା ଶୁଭୁ ନାହିଁ?" – ରୂପାମ୍ବିକାଙ୍କ କଥନରେ ମମତ୍ୱ ଉକ୍ଟିଲା।

ବୃଦ୍ଧ ବିଦ୍ୟାପତି କୃତାର୍ଥ ହେଲେ। ରୂପାମ୍ବିକା ଏବେ ସ୍ୱଚ୍ଛନ୍ଦ। କହିଲେ, ମହାରାଜଙ୍କ ଆଦେଶ ସ୍ମରଣ ଅଛି ତ?

ଦୀର୍ଘଶ୍ୱାସ ଦୋହଲାଇ ଦେଲା ବୃଦ୍ଧ ବିଦ୍ୟାପତିଙ୍କ ଛାତି। କହିଲେ, "ପୁତ୍ରୀ! ମହାରାଜଙ୍କ ଆଦେଶ କ୍ଷଣିକ ଧୈର୍ଯ୍ୟଚ୍ୟୁତିର ପ୍ରତିଫଳନ, ଯା'ଲାଗି ମହାରାଜ ବ୍ୟାକୁଳ ଏବଂ ଅନୁତପ୍ତ ଅନ୍ତର୍ମନରେ, ଅହର୍ନିଶି। ତେବେ ସେ ଆଦେଶ ଧନୁରୁ ପ୍ରକ୍ଷିପ୍ତ ତୀର ଭଳି ନୁହେଁ ଅଫେରା, ବରଂ କୋଷମୁକ୍ତ ତରବାରି ସମ, ଯାହାକୁ ପୁନରାୟ କୋଷବନ୍ଦ କରିହୁଏ।" – ରାଜକୁମାରୀଙ୍କୁ ସାନ୍ତ୍ୱନା ଦେବା

ମାନସରେ କଥାଟି କହିଲେ ସିନା ବିଦ୍ୟାପତି, ମାତ୍ର ତାଙ୍କ ମନ କହୁଥାଏ, ମହାରାଜଙ୍କ ଆଦେଶ ତାଙ୍କ ତ୍ରିବାର-ସତ୍ୟ, ଧନୁରୁ ପ୍ରକ୍ଷିପ୍ତ ତୀର, ଯାହା ଲେଉଟାଇ ହୁଏ ନାହିଁ ।

ରୂପାମ୍ବିକା ଦୀର୍ଘଶ୍ୱାସ ନେଲେ ଏବଂ ବିଦାୟ ନେଲେ ବିଦ୍ୟାପତି ।

ମୁକ୍ତ ବାତାୟନ ପାରୁଶରେ ଏବେ ରୂପାମ୍ବିକା ।

ଶ୍ରୀମନ୍ଦିର ଚୂଡ଼ାରେ ନୀଳଚକ୍ରବାନ୍ଧା । ରୂପାମ୍ବିକା ଯୋଡ଼ହସ୍ତ କପାଳରେ ଥାପିଲେ । ଆଖିରେ ଟଳମଳ କଳା ଅଶ୍ରୁ ପୁନରାୟ ଏବଂ ସ୍ମୃତିପଟରେ ଦିଶିଗଲା ଦୂର ଅତୀତର ଅକନ୍ଦନୀୟ ଦୃଶ୍ୟଟିଏ । ସମୟର ଉଜାଣିରେ ଭାସି ଭାସି ଯାଇ ସେ ଏବେ କୋଉଠି ?

ସେ ଏବେ ଉତ୍କଳ କ୍ଷେତ୍ରରୁ ବହୁଦୂରରେ, ପିତୃରାଜ୍ୟ କାଞ୍ଚିପୁରମର ଉତ୍ତରସୀମାନ୍ତରେ, କୃଷ୍ଣା ନଦୀ ତୀରରେ । ସାଙ୍ଗରେ ସଖୀ ଶ୍ରୀଲେଖା । ସମୟ ଅପରାହ୍ନ ।

ବୁଦୁବୁଦୁକିଆ ଜଙ୍ଗଲ ମଝିରେ ଜନୈକ ସୌମ୍ୟଦର୍ଶନ, ବଳିଷ୍ଠ ବପୁବନ୍ତ ଆହତ ଯୁବକ । ଅଦୂରରେ ମୃତ ଶାର୍ଦ୍ଦୁଲ । ତୃଷାର୍ତ୍ତ ଯୁବକକୁ ଜଳ ପାନ କରାଉଛନ୍ତି ରୂପାମ୍ବିକା ।

କିଞ୍ଚିତ୍ ସୁସ୍ଥ ଅନୁଭବ କରି ସୁପୁରୁଷ ଜଣଙ୍କ ପଚାରୁଛନ୍ତି: କିଏ ତୁମେ ଦେବୀ ? ଜଳ ଦାନ କରି କଷ୍ଟ ଉପଶମ କଲା । ତୁଣ୍ଡରୁ ବାହାରି ଆସୁଥିଲା – 'ମୁଁ କାଞ୍ଚୀ ରାଜ୍ୟର ରାଜା ଶାଲ୍ୱ ନରସିଂହାଙ୍କ ପୁତ୍ରୀ ରୂପାମ୍ବିକା' – ମାତ୍ର ପରକ୍ଷଣରେ ପରିଚୟ ଗୋପନ ରଖି ସେ କହୁଛନ୍ତି – 'ନଦୀ ସେପାରି ଆମ ଘର । ନୌକାବିହାରର ମଜା ନଉଥିଲ୍ଲୁ ।'

"ଦେବୀ ! ନଦୀ ସେପାରି ତ କାଞ୍ଚୀ ରାଜ୍ୟର ସୀମା !"

"ହଁ, ଆମେ କାଞ୍ଚୀ ରାଜ୍ୟର ବାସିନ୍ଦା । ଆଉ ଆପଣ ? ଏଠି ଏମିତି ଏ ଜଙ୍ଗଲରେ ? ଶୁଣିଛି, ଅନତିଦୂର ପ୍ରାନ୍ତରରେ ଭୟାବହ ଯୁଦ୍ଧ ଚାଲିଛି !"

ଯୁବକ ଦୀର୍ଘଶ୍ୱାସ ପକାଉଛନ୍ତି ଏବଂ କହୁଛନ୍ତି – ହଁ, ଚାଲିଛି । କହିପାରିବ ଦେବୀ, ଯୁଦ୍ଧ ହୁଏ କାହିଁକି ? କାହିଁକି ଘଟେ ରକ୍ତପାତ ?

"ହେଉପାରେ ସାମ୍ରାଜ୍ୟବିସ୍ତାରର ନିଶା ଅବା ହିଂସା। ହିଂସା କେଡେ କୁତ୍ସିତ, କେତେ ଜଘନ୍ୟ, ସେକଥା ଅତତଃ ବୁଝେ। ଶୁଣିଛି, ଏଠି କାଳେ ଭାଇ ସହ ଭାଇର ହିଂସାଚରଣ।"

ଯୁବକ ପୁନରାୟ ଦୀର୍ଘ ନିଶ୍ୱାସ ପକାଉଛନ୍ତି। ସ୍ୱଗତୋକ୍ତିତୁଲ୍ୟ କହୁଛନ୍ତି – ହଁ, ଭାଇ ସଙ୍ଗେ ଭାଇ। ରୂପାମ୍ବିକା କହୁଛନ୍ତି – ହୁଏତ... ଅବଶ୍ୟମ୍ଭାବୀ ହେଇପଡ଼ିଲା ଯୁଦ୍ଧ, କିଏ ଜାଣେ...!!

ରୂପାମ୍ବିକାଙ୍କ କଥନ ଅଧାରୁ ଅଟକି ଯାଇଥିଲା, କାରଣ ସେଠି ଉପସ୍ଥିତ ହୋଇଥିଲେ ଜନୈକ ପ୍ରୌଢ଼ ଏବଂ ବ୍ୟତିବ୍ୟସ୍ତ ଭାବରେ କହିଲେ – ପରିସ୍ଥିତି ଅନୁକୂଳ ନୁହେଁ। ସନ୍ଧ୍ୟା ପୂର୍ବରୁ ଫେରିଯିବା ଉଚିତ ହୁଅନ୍ତା ରାଜକୁମାରୀ।

ରାଜକୁମାରୀ!!... ଚମକି ପଡୁଛନ୍ତି ଯୁବକ।

"କାଞ୍ଚିରାଜନନ୍ଦିନୀ ରୂପାମ୍ବିକା।" ...କୌତୂହଲ ମୋଚନ କରୁଛନ୍ତି ପ୍ରୌଢ଼।

ପ୍ରସ୍ଥାନ ପୂର୍ବରୁ ରୂପାମ୍ବିକାଙ୍କ କୌତୂହଲ ମୋହନ କରି ଯୁବକ କହୁଛନ୍ତି, "ମୁଁ ପୁରୁଷୋତ୍ତମ! ଉତ୍କଳର ରାଜାଧିରାଜ ଜଗନ୍ନାଥଦେବଙ୍କ ସେବକ ପୁରୁଷୋତ୍ତମ ଦେବ।"

ଗଜପତି ମହାରାଜ!!

ଅବିଳମ୍ବେ ମଥା ନୁଆଁଇଁ, ସତର୍କ ଓ ଯଥେଷ୍ଟ ସମ୍ଭ୍ରମ ବଜାୟ ରଖି ପ୍ରୌଢ଼ କହୁଛନ୍ତି – ଗଜପତି ଯେ ଅକିଞ୍ଚନର ପ୍ରଣାମ ସ୍ୱୀକାର କରନ୍ତୁ।

ଆମ୍ରପ୍ରସାଦରେ ଜଡ଼ସଡ଼ ଆଶ୍ୱସ୍ତିର ଏକ ସୁଦୀର୍ଘ ନିଶ୍ୱାସ ରୂପାମ୍ବିକାଙ୍କ ଛାତି ଦୁଲୁକାଇ ଦେଇଥିଲା। ଆଚମକା ଆଚମିତ ଭାବ ତାଙ୍କୁ ଜଡ଼ପ୍ରାୟ କରିଦେଇଥିଲା। ଦୁଇ ହସ୍ତ ଯୋଡ଼ିହେଇ ଯାଇଥିଲା ଏବଂ ଏକରକମ ସମ୍ମୋହିତ ଭାବ ନେଇ ସେ ନଦୀ ପାର ହୋଇ କାଞ୍ଚିର ଗୁପ୍ତଚର ପ୍ରୌଢ଼ ଜଣଙ୍କ ସହ ଲେଉଟିଥିଲେ ନଦୀ ସେପାରି କାଞ୍ଚି ଅରଣ୍ୟନିବାସକୁ।

ଭୋଜନ କକ୍ଷରେ କାଞ୍ଚିରାଜନନ୍ଦିନୀ ପିତା–ମହାରାଜ ଶାଲ୍ୱ ନିରସିଂହାଙ୍କୁ ପଚାରିଥିଲେ – ପିତାଶ୍ରୀ! କୃଷ୍ଣା ନଦୀ ଆରପାରି ଉତ୍କଳସୀମାରେ ଭାଇ–ଭାଇ ମଧ୍ୟରେ ଚାଲିଚି ଯେ ଯୁଦ୍ଧ, କ'ଣ ତା'ର କାରଣ?

ସ୍ନେହଭରେ ଅଳିଅଳୀ କନ୍ୟାକୁ ଚାହିଁଲେ କାଞ୍ଚନରେଶ । ଏଇ ସୁକୁମାରୀ ତାଙ୍କ ନୟନତାରା ଦୁଃଖପାଶୋରା । ମନେପଡ଼ିଯାଏ, କନ୍ୟାର ଜନ୍ମ ପରେ ରାଜଜ୍ୟୋତିଷ, ରାଜପୁରୋହିତ, ରାଜଗୁରୁ ତିନିହେଁ କହିଥିଲେ– ମହାରାଜ ! ଏ କନ୍ୟା ଅତିବିଖ୍ୟାତ ହେବ । କାଳକାଳକୁ ଇତିହାସ ଯାଙ୍କୁ ଶ୍ରଦ୍ଧାର ସହ ସ୍ମରଣ କରିବ । ଏ କନ୍ୟା ହେତୁ ଯାଁ'ର ଦୁଇ କୁଳ ସମୃଦ୍ଧ ହେବେ । ତା'ପରେ କନ୍ୟାର ପଦ୍ମପତ୍ର ସମ ଢଳଢଳ ଆଖି ଓ ଶରୀରରେ ପଦ୍ମିନୀ ଜାତୀୟ କନ୍ୟାର ସକଳ ଲକ୍ଷଣକୁ ଅନୁଧ୍ୟାନ କରି ରାଜଗୁରୁ କହିଥିଲେ – କନ୍ୟାର ନାମ ରହୁ ପଦ୍ମା... ପଦ୍ମାବତୀ – ମାତ୍ର ଜେଜେମା ମାଲ୍ଲ୍ୱିକା ନାତୁଣୀର ନାମ ରୂପାମ୍ବିକା ରଖିଥିଲେ ଏବଂ କହିଥିଲେ – ବରଂ ଗେହ୍ଲାନାମ ରଖାଯାଇପାରେ ପଦ୍ମା ।

ଗେହ୍ଲୀ ପଦ୍ମାବତୀ ପଚାରୁଛନ୍ତି ପିତା ମହାରାଜଙ୍କୁ ଭୋଜନ ଅବସରରେ, ଉତ୍କଳ ରାଜ୍ୟର ଗଜପତି ରାଜାଙ୍କ ଭ୍ରାତୃବିବାଦ ଏବଂ କୃଷ୍ଣା ତୀରରେ ଆରମ୍ଭିଥିବା ଯୁଦ୍ଧର କାରଣ ।

ବିତସ୍ମୃହ ଭାବରେ ରାଜା ନରସିମ୍ହା କହିଥିଲେ – ସୂର୍ଯ୍ୟବଂଶର ପ୍ରତିଷ୍ଠାତା ଗଜପତି ସମ୍ରାଟ୍ କପିଳେନ୍ଦ୍ରଦେବ ରାଉତରାୟଙ୍କ ତ୍ରୁଟିପୂର୍ଣ୍ଣ ନିଷ୍ପତ୍ତି ଯେ ଗୃହଯୁଦ୍ଧ ଲାଗି ଦାୟୀ । ଜ୍ୟେଷ୍ଠପୁତ୍ର ହାମ୍ବିରାଦେବ ଯୁବରାଜ ଘୋଷିତ ହୋଇଥିଲେ ସୁଦ୍ଧା, ଅନ୍ତିମଶଯ୍ୟାରେ ଥାଇ ଏଇ କୃଷ୍ଣାନଦୀ ତୀରରେ ବିଶ୍ରାମ ନେଉଥିବା କାଳରେ ଗଜପତି କପିଳେନ୍ଦ୍ରଦେବଙ୍କ ମତିଭ୍ରମ ହୁଏତ ଘଟିଲା ଏବଂ ସେ ଜ୍ୟେଷ୍ଠଙ୍କୁ ଆଢ଼ କରିଦେଇ କନିଷ୍ଠଙ୍କୁ ଗଜପତି ଘୋଷଣା କଲେ । ଶେଷ ଶଯ୍ୟା ନିକଟରେ ଉପସ୍ଥିତ ପରିବାରଜନ ଏବଂ ସଭାସଦଙ୍କୁ କହିଥିଲେ – ଏହା ମୋର ଅନ୍ତିମ ନିର୍ଣ୍ଣୟ, ପୁରୁଷୋତ୍ତମ ହେବେ ଗଜପତି । ଜ୍ୟେଷ୍ଠ ହାମ୍ବିରାଦେବ ମୋର ବୀରପୁତ୍ର । ଦାକ୍ଷିଣାତ୍ୟ ବିଜୟର ସକଳ ଶ୍ରେୟ ଜ୍ୟେଷ୍ଠକର । ସେ ପୂର୍ବବତ୍ କୋଣ୍ଡଭିଡୁ, ରାଜମହେନ୍ଦ୍ରୀ, ଏବଂ ବିଜୟନଗରର ପ୍ରଶାସନ ଦାୟିତ୍ୱ ତୁଲାଇବେ ।

କପିଳେନ୍ଦ୍ର ଶେଷ ଇଚ୍ଛା ଜଣାଇ ଶେଷ ନିଶ୍ୱାସ ତ୍ୟାଗ କଲେ ଏବଂ ତାଙ୍କ ବଚାଳାମିକୁ ଅନୁଗତମାନେ ବର୍ଦ୍ଧିଷ୍ଟ କଲେ । ତେଣେ ପୁରୁଷୋତ୍ତମକ୍ଷେତ୍ର ପୁରୀରେ ପୁରୁଷୋତ୍ତମଦେବଙ୍କ ରାଜ୍ୟାଭିଷେକ ହେଲା । ଏଣେ ଦାକ୍ଷିଣାତ୍ୟ ସୀମାରେ ଆରମ୍ଭିଲା ବିଦ୍ରୋହ । ଗଜପତି ସିଂହାସନର ନ୍ୟାର୍ଯ୍ୟ ଉତ୍ତରାଧିକାରୀ ହାମ୍ବିରାଦେବଙ୍କ

ନେତୃତ୍ୱରେ ଅନୁଗତମାନେ ବିଦ୍ରୋହ ଘୋଷଣା କଲେ, ଯା'ର ପରିଣାମ ଆମ ରାଜ୍ୟ ଉତ୍ତରସୀମାନ୍ତରେ ଘେ ଯୁଦ୍ଧର ବିଭୀଷିକା। ଆମ ରାଜଧାନୀ କାଞ୍ଚିପୁରମ୍ ଠାରୁ ଶହଶହ ଯୋଜନ ଦୂରରେ କୃଷ୍ଣାନଦୀ ତୀର ଅରଣ୍ୟ ନିବାସରେ ଆମେ ଯେ ଡେରା ପକାଇଛେ ତା'ର କାରଣ ବି ସେମାନଙ୍କ ଗୃହ ଯୁଦ୍ଧ। ସ୍ୱ-ରାଜ୍ୟର ସୁରକ୍ଷା ନିଶ୍ଚିତ କରିବା ଆମର ଲକ୍ଷ୍ୟ।

ନରସିମ୍ହାଙ୍କ କଥନ ଶେଷ ହେବା ପରେ ରାଣୀ ତିସ୍ସାମ୍ବିକା ତୁରନ୍ତ କହିଥିଲେ: ମହାରାଜ କ୍ଷମା ଚାହିଁବି, ମହାନ୍ ଗଜପତି ସମ୍ରାଟ୍ କପିଲେନ୍ଦ୍ରଦେବଙ୍କ ପ୍ରତି 'ମତିଭ୍ରମ', 'ବାଚାଲାମି' ଭଳି ଶବ୍ଦ ହୁଏତ ପ୍ରଯୁଜ୍ୟ ନୁହେଁ। ଶୁଣିଛି, ସେ ଥିଲେ ଦୂରଦର୍ଶୀ ସମ୍ରାଟ। ସେ ହୁଏତ ଜାଣିଥିବେ, ଜ୍ୟେଷ୍ଠ ହାମ୍ବିରାଦେବ ପ୍ରସିଦ୍ଧ ଯୋଦ୍ଧା। ଅବଶ୍ୟ, ମାତ୍ର ନୃଶଂସ ଓ ବଦଖିଆଲି। ବିଜୟନଗର ରାଜଧାନୀ ହାମ୍ବି ଅଧିକାର ପାଇଁ ଯୁଦ୍ଧରେ ତାଙ୍କ ନୃଶଂସପଣ ଯେ ବର୍ବରତାର ସକଳ ସୀମା ଲଂଘନ କରିଥିଲା, ତାହା ମହାରାଜଙ୍କର ଅବଶ୍ୟ କର୍ଣ୍ଣଗୋଚର ହୋଇଥିବ। ଅପରପକ୍ଷେ, କନିଷ୍ଠ ପୁରୁଷୋତ୍ତମ ବୀର ହେବା ସଙ୍ଗେସଙ୍ଗେ ଦୟାଳୁ, ଧାର୍ମିକ ତଥା ଦାନଶୀଳ। ତେଣୁ ପ୍ରଜାପ୍ରିୟ। କଳାପ୍ରେମୀ, ଶାସ୍ତ୍ରଜ୍ଞ ଓ କବିପ୍ରାଣ। ଜଣେ ସମର୍ଥ ସମ୍ରାଟଙ୍କ ସକଳ ଗୁଣରେ ପରିପୂର୍ଣ୍ଣ ପୁରୁଷୋତ୍ତମ। ନାମକୁ ସାର୍ଥକ କରି ସେ ସତରେ ପୁରୁଷ ଉତ୍ତମ।

ମା'ଙ୍କର ଏମନ୍ତ କଥନ ରୂପାମ୍ବିକାଙ୍କ ଅନ୍ତରେ ଜାତ କରାଇଥିଲା ଗଭୀର ଅନୁରାଗ। ତାଙ୍କ ଠାରେ ଶିହରଣ ସୃଷ୍ଟି ହୋଇଥିଲା, କାରଣ ସେଇ ମୁହୂର୍ତ୍ତରେ ତାଙ୍କ ଆଖି ଆଗରେ ଭାସି ଉଠିଥିଲା ସୁପୁରୁଷ ସୁଠାମ ପୁରୁଷୋତ୍ତମଙ୍କ ତେଜୋଦୀପ୍ତ ମୁଖମଣ୍ଡଳ। ମା'କୁ ପଚାରିଥିଲେ ରୂପାମ୍ବିକା – କ'ଣ ହେବ ଘେ ଯୁଦ୍ଧର ପରିଣାମ ?

"ଯେ ଯୁଦ୍ଧରେ ବିଜେତା ପୁରୁଷୋତ୍ତମ ହୁଅନ୍ତୁ ବୋଲି ଗଣପତିବାବାଙ୍କୁ ଆମେ ପ୍ରାର୍ଥନା କରିବା ପଦ୍ମା।" – କହିଥିଲେ ମାତା ଏବଂ ରାଜମାତା।

ଯୁଦ୍ଧରେ କିନ୍ତୁ ପରାସ୍ତ ହୋଇଥିଲେ ପୁରୁଷୋତ୍ତମ। ବିଜୟୋଲ୍ଲାସରେ ଉନ୍ମତ୍ତ ହାମ୍ବିରାଦେବ ଗଜପତି ସେନାଙ୍କୁ ଛାରଖାର କରି ମାଡ଼ି ଚାଲିଲେ ଶ୍ରୀକ୍ଷେତ୍ର କଟକ। ଯିବା ଆଗରୁ ପୁରୁଷୋତ୍ତମଙ୍କୁ ବଧ କରି ନିଷ୍କଣ୍ଟକ ହେବା ମାନସରେ

କୃଷ୍ଣାନଦୀ ତୀର ଜଙ୍ଗଲକୁ ଘାଣ୍ଟିଚକଟି ପକାଇଥିଲେ ସୁଦ୍ଧା ତାହା ସମ୍ଭବ ହୋଇ ନଥିଲା । ଯୁଦ୍ଧର ସ୍ମୃତି ଠେଉରାଇ ଗଜପତିଙ୍କ ବିଶ୍ୱସ୍ତ ସେନାପତି ଠିକଣାବେଳେ ତାଙ୍କୁ ନିରାପଦ ସ୍ଥଳକୁ ନେଇଯାଇଥିଲେ । ପୁରୁଷୋତ୍ତମଙ୍କ ସହସ୍ର ପ୍ରତିବାଦକୁ ବିନମ୍ରତା ସହକାରେ ଆଡ଼େଇଦେଇ ସେନାପତିଙ୍କ ଯଥାର୍ଥ ଯୁକ୍ତିଟି ଥିଲା: ଆପଣ ବଞ୍ଚି ରହିଲେ ଉତ୍କଳର ପାଇକବୀର ପୁନର୍ବାର ସଂଗଠିତ ହେବେ ଗଜପତି ଛତ୍ରତଳେ, ଅନ୍ୟଥା ଗଜପତି ସିଂହାସନ ଚିରକାଲ ନୃଶଂସ-କବଲିତ ହୋଇ ରହିଯିବ ।

ରୂପାମ୍ଭିକାଙ୍କ ଛାତି ଦୋହଲାଇ ଦେଲା ଦୀର୍ଘଶ୍ୱାସ ପରେ ଦୀର୍ଘଶ୍ୱାସ ଏବଂ ସ୍ମୃତିର ଉଜାଣି ଭିତରୁ ବର୍ତ୍ତମାନକୁ ଫେରିଲେ, ବୃଦ୍ଧ ବିଦ୍ୟାପତିଙ୍କ ପୁନଃ ଆଗମନରେ ।

“ପୁତ୍ରୀ !” – ବୃଦ୍ଧ ମନ୍ତ୍ରୀଙ୍କ ମୁହଁରୁ ବାତ୍ସଲ୍ୟରେ ଭରା ସମ୍ବୋଧନ ଶୁଣିବା ମାତ୍ରକେ ରୂପାମ୍ଭିକାଙ୍କ ବିଷର୍ଷ ମୁଖରେ ଆଶ୍ୱସ୍ତି ଉକୁଟିଲା । ପିତୃପ୍ରତିମ ବିଦ୍ୟାପତି କହିଲେ – ପୁତ୍ରୀ ! ଶ୍ରୀଜିଉ ମାନଙ୍କ ଦର୍ଶନ ଲାଗି ତୁମ ଅଭିଲାଷକୁ ମହାରାଜ ସ୍ୱୀକୃତି ଦେଇଛନ୍ତି । ଆସନ୍ତାକାଲି ପ୍ରାତଃକାଲରେ ଆମେ ମହାପ୍ରଭୁଙ୍କ ମଙ୍ଗଳ ଆଳତୀ ଦର୍ଶନ ପାଇଁକା ଯିବା ।

ପ୍ରତିକ୍ରିୟା ପ୍ରକଟ ନକରି ବିପରୀତ ଦିଗରେ ମୁହଁ ବୁଲାଇନେଲେ ରୂପାମ୍ଭିକା । ତାଙ୍କ ଛଳଛଳ ଆଖି, ବ୍ୟଥା ଓ ଅଭିମାନ ଭରା କଥା – ‘ଶତ୍ରୁ ରାଜ୍ୟର ସାମାନ୍ୟ ବନ୍ଦୀନୀ ପ୍ରତି ମହାରାଜାଙ୍କର କାହିଁକି ଯେ ଅନୁକମ୍ପା ?’ – ବୃଦ୍ଧ ବିଦ୍ୟାପତିଙ୍କୁ ଛାତି ଚିରିଦେବା ସମ ଅନୁଭବ ଦେଲା । କହିଲେ – “ବନ୍ଦୀନୀ ! ଉଚିତ କହିଲ ପୁତ୍ରୀ । ତୁମେ ଅବଶ୍ୟ ବନ୍ଦୀନୀ । ତୁମ ସ୍ଥୂଳ ଶରୀର ଯେ ମହଲ ମଧ୍ୟରେ ବନ୍ଦୀ; ମାତ୍ର ତୁମର ସୂକ୍ଷ୍ମ ଚେତନା କେବେ ଠାରୁ ବନ୍ଦୀନୀ ସାଜି ସାରିଛି ମହାରାଜ ପୁରୁଷୋତ୍ତମଙ୍କ ହୃଦୟ କାରାଗାରରେ । ପୁତ୍ରୀ ! ରାଜା ବି ମଣିଷ । ରାଜାଙ୍କର ସୁଦ୍ଧା ହୃଦୟ ଥାଏ । ଘଟଣାଚକ୍ର ରାଜାଙ୍କୁ କେଡ଼େ ଦୁଃଖୀ ବନାଇଦିଏ । କୋଉଭଳି ପ୍ରାରବ୍ଧ ଯେ ଭୋଗୁଛି ମୁଁ, ଗୋଟିଏ ପଟେ ପୁତ୍ରୀର ବ୍ୟଥା, ଅପରଦିଗରେ ପୁତ୍ରବତ୍ ମହାରାଜାଙ୍କ ଅକଥନୀୟ ବେଦନା, ମତେ ଦହି ଦେଉଛି, ମନ୍ଥୁ ପକାଉଛି । ଅଥଚ ନିଷ୍ଠୁର ଆଦେଶ ପାଳନ କରିବା ଲାଗି ବାଧ୍ୟ ହେଉଛି ।”

"ଆପଣ କେବଳ ଆଦେଶ ପାଳନ କରନ୍ତୁ, କାରଣ ରାଜାଜ୍ଞା ପାଳନ ମନ୍ତ୍ରୀଙ୍କର ଧର୍ମ।"

"ଓଃ! କେଡ଼େ ଅସହାୟ ଜଣେ ମନ୍ତ୍ରୀ!"

ମନ୍ତ୍ରୀ ବିଦାୟ ନେଲେ।

ପୁନରାୟ ଉଜାଣି ବାହିଲା ସ୍ମୃତି ଏବଂ ରାଜକୁମାରୀ ରୂପାମ୍ବିକାଙ୍କୁ ବାହି ନେଇଗଲା କାନ୍ଥ ରାଜନ୍ଥରକୁ। ମନେପଡ଼ି ଯାଉଛି ଘନଘନ, ମା'ଙ୍କର ପ୍ରାର୍ଥନା, ଗଜପତି ସିଂହାସନ ନୃଶଂସ ହେଇ ନଯାଉ, ପରାଭବ ପାଆନ୍ତୁ ହାମ୍ବିରାଦେବ, ବିଜୟୀ ହୁଅନ୍ତୁ ପୁରୁଷୋତ୍ତମ....।

ଚାଙ୍କିନା ଲାଗିଲା ରୂପାମ୍ବିକାଙ୍କୁ। ଠିକ୍ ସେମିତି ପ୍ରାର୍ଥନା, ମନ ମଧରେ ଏକଦା, କରୁ ନଥିଲେ କି ସେ ନିଜେ, ପିତାଙ୍କ ସହ ପୁରୁଷୋତ୍ତମଙ୍କ ଯୁଦ୍ଧ ବେଳରେ! ଯେ ପିତୃକୁଳ ସୁରକ୍ଷିତ ରହୁ ମାତ୍ର ବିଜୟୀ ହୁଅନ୍ତୁ ପୁରୁଷୋତ୍ତମ। ଯା'ର ଅବଶ୍ୟମ୍ଭାବୀ ପରିଣତିରେ ସେ ଏବେ ବନ୍ଦୀନୀ।

ବନ୍ଦୀନୀ!! ସତରେ ସେ ବନ୍ଦୀନୀ!!

ରୂପାମ୍ବିକାଙ୍କ ଦୃଷ୍ଟି ଘୁରି ଆସିଲା କକ୍ଷ ମଧରୁ। ଆସବାବ ସବୁରୁ। ହାତୀଦାନ୍ତର ସୁଦୃଶ୍ୟ ପଲଙ୍କ ଏବଂ ଶୟନକକ୍ଷରେ ଥିବା ଏକାଧିକ କାରୁକାର୍ଯ୍ୟ ବିମଣ୍ଡିତ କାଷ୍ଠାସନ ଉପରୁ। ଏହାକୁ କି କହିହୁଏ କାରାଗାର ?

ଏତଦ୍ଭିନ୍ନ ସେ ଭବ୍ୟ ମହଲର ସୁପ୍ରଶସ୍ତ ସ୍ନାନାଗାର, ପ୍ରସାଧନ କକ୍ଷ, ଭୋଜନ କକ୍ଷ; ମହଲସଂଲଗ୍ନ ଉପବନରେ ମୁକ୍ତ-ବିଚରଣରତ ହରିଣ, ଠେକୁଆ, ମୟୂର ଆଦିର ମନୋହର ଦୃଶ୍ୟ.... ଏହାକୁ କହିହୁଏ କି କାରାଗାର ?

ରୂପାମ୍ବିକାଙ୍କ ମୁଖମଣ୍ଡଳରେ ଉକୁଟିଲା ସଲ୍ଲଜ ଉଲ୍ଲାସ ଏବଂ ଓଷ୍ଠ ପ୍ରାନ୍ତରେ ଫୁଟିଲା ରହସ୍ୟମୟ ସ୍ମିତହାସ୍ୟ। ମାତ୍ର ପରମୁହୂର୍ତ୍ତରେ ଆବୋରିଲା ବ୍ୟଥା। ପ୍ରିୟ ପରିଜନଙ୍କ ଠାରୁ ସେ ଏବେ ଯୋଜନ ଯୋଜନ ଦୂରରେ। ଅପହୃତ ସ୍ୱାଧୀନତା। ମନେପଡ଼ିଲେ ମାତା, ପିତା, ମାତାମହୀ ଏବଂ ପ୍ରିୟସଖୀ ଶ୍ରୀଲେଖା। ମନେପଡ଼ିଲା କୃଷ୍ଣା କାବେରୀ। ରାଜ୍ୟର ଉତ୍ତରସୀମାରେ କୃଷ୍ଣା, ଦକ୍ଷିଣରେ କାବେରୀ – ଏଇ ଦୁଇ ନଦୀ ତାଙ୍କର ଅତିପ୍ରିୟ। ଅତିପ୍ରିୟ ତହିଁ ସଖୀଙ୍କ ଗହଣରେ ନୌକା ବିହାର।

ମନେପଡ଼ିଲା ରାଜକୀୟ ଆଖଡ଼ାସ୍ଥଳ ଯହିଁ, ଶସ୍ତ୍ରାଭ୍ୟାସ ଏବଂ ଘୋଡ଼ସବାରି ଶିକ୍ଷା ଦିଅନ୍ତି ଶସ୍ତ୍ରଗୁରୁ ପାଣ୍ଡୁରଙ୍ଗା ରାଓ। ଗୁରୁ ପ୍ରତ୍ୟହ ଶସ୍ତ୍ରାଭ୍ୟାସ ଆରମ୍ଭରେ କୁହନ୍ତି: ଶସ୍ତ୍ରଚାଳନା ଶିକ୍ଷାର ଉଦ୍ଦେଶ୍ୟ ନୁହେଁ, କେବଳ ହିଂସାଚରଣ ଓ ରକ୍ତପାତ। ଆମ୍ଭରକ୍ଷା, ରାଜ୍ୟ ଓ ପ୍ରଜାଙ୍କ ସୁରକ୍ଷା, ଦୁଷ୍କୃତକାରୀଙ୍କୁ ଦଣ୍ଡିତ କରିବା ଲାଗି ଜରୁରୀ ଯେ ଶସ୍ତ୍ରଶିକ୍ଷା। ପବିତ୍ର ମନରେ ଶିକ୍ଷା ଲାଭ କର, ବୀର ବୋଲାଇବ। ହିଂସ୍ରକ ମନରେ କଲେ ବୋଲାଇବ ଅତ୍ୟାଚାରୀ।

ସ୍ମୃତିର ଉଜାଣିରେ ରାଜକୁମାରୀ ରୂପାମ୍ବିକା ଏବେ କାଞ୍ଚି ରାଜଉଦ୍ୟାନରେ। ଧାଇଁ ଧାଇଁ ଆସି ଗଳାବେଷ୍ଟନ କରି ସଖୀ ଶ୍ରୀଲେଖା କହୁଛି – ଶୁଣିଲଣି ସଖୀ ସୁଖବର, ସେ ଆସୁଛନ୍ତି।

"କିଏ ମ! କିଏ ଆସିବେ ବୋଲି ତୁ ଏଡ଼େ ଖୁସି!!"

"ଯାହାଙ୍କ ଚିତ୍ରପଟ ସ୍ଵହସ୍ତରେ କେଡ଼େ ଯତ୍ନକରି ଆଙ୍କିଛନ୍ତି ମୋ ପ୍ରିୟସଖୀ। କୃଷ୍ଣା ନଦୀ ତୀରରେ ଜଙ୍ଗଲ ଭିତରେ ପ୍ରଥମ ସାକ୍ଷାତ ପରଠାରୁ ଯାହାଙ୍କ ସ୍ମୃତିକୁ ସାଇତିଛନ୍ତି ହୃଦୟପଟରେ ମୋ ପ୍ରିୟ ସଖୀ। ଯାହାଙ୍କ ଖବରାଖବର ଶୁଣିବା ଲାଗି ସଦା ଆତୁର ମୋ ପ୍ରିୟ ସଖୀ, ଯାକୁଇ କୁହନ୍ତି ପରା କବିକୁଳ 'ପ୍ରଥମ ଦର୍ଶନରେ ପ୍ରେମ'…. ସେଇ… ସେଇ ଆସୁଛନ୍ତି କାଞ୍ଚିରାଜନଅରକୁ ରାଜଅତିଥି ହୋଇ।"

ରାଜମାତା ଏବଂ ରାଣୀଙ୍କ ସ୍ଵତନ୍ତ୍ର ଆଗ୍ରହ ହେତୁ କାଞ୍ଚିନରେଶ ଶାଲ୍ଵ ନରସିଂହ ଆମନ୍ତ୍ରଣ କରିଛନ୍ତି ଉକ୍ତଳନରେଶ ପୁରୁଷୋତ୍ତମଦେବଙ୍କୁ। ରାଜଅତିଥି ଭାବେ କିଛିକାଳ ଅବସ୍ଥାନ କରିବେ ରାଜପ୍ରାସାଦରେ। କାଞ୍ଚି ଭ୍ରମଣ କରିବେ, ରାଷ୍ଟ୍ରଦେବତା ଗଣପତିବାବା ଶ୍ରୀଗଣେଶଙ୍କୁ ଦର୍ଶନ କରିବେ, ଅନୁଧ୍ୟାନ କରିବେ କାଞ୍ଚିର ଗୌରବ କାଞ୍ଚିପୁରମ ପାଟବସ୍ତ୍ର ଏବଂ ପାଟଶାଢ଼ୀର ତନ୍ତ କୌଶଳ।

ସଖୀ ଶ୍ରୀଲେଖାକୁ କହିଥିଲେ ରୂପାମ୍ବିକା – ଶୁଣିଥିବୁ ତ ଶ୍ରୀ, ଗଜପତି ସମ୍ରାଟ କପିଲେନ୍ଦ୍ରଦେବଙ୍କ ଜ୍ୟେଷ୍ଠପୁତ୍ର ହାମ୍ବିରାଦେବଙ୍କ ନୃଶଂସତାର କଥା। ବିଦ୍ରୋହୀ ସାଜି ଗଜପତି ପୁରୁଷୋତ୍ତମଙ୍କୁ କୃଷ୍ଣାନଦୀ ତୀରରେ ପରାସ୍ତ କରି ଗଜପତି ସିଂହାସନ ଅଧିକାର କରିନେବାର କିୟତ୍କାଳ ବ୍ୟବଧାନରେ ଉକ୍ତଳର ପାଇକ ବୀର ଏବଂ ଜଙ୍ଗଲର ଆଦିବାସୀ ସର୍ଦ୍ଦାରଗଣ ପରାହତ ପୁରୁଷୋତ୍ତମଙ୍କ

ଛତ୍ରତଳେ ପୁନଃ ସମ୍ମିଳିତ ହୋଇ ଶପଥ ନେଲେ ଏବଂ ହାମ୍ବିରାଦେବ ଅଚିରେ ପରାସ୍ତ ହେଲେ ।

ଶ୍ରୀଲେଖା ଚଟୁଳପଣରେ କଥାରେ କଥାରେ ରୂପାଙ୍କୁ କୁତୁକୁତୁ କରିଦେଇଥିଲେ: ଗଜପତିଙ୍କୁ କାଞ୍ଚି ଆମନ୍ତ୍ରଣର ପଛାତରେ ରାଜମାତା ଏବଂ ରାଣୀମା'ଙ୍କ ଏତେଦୂର ଆଗ୍ରହର ହେତୁ ମୁଁ ଠିକ୍ ଅନୁମାନ କରିପାରୁଛି । ଦିହିଁଙ୍କୁ ବିବାହ ବନ୍ଧନରେ ବାନ୍ଧିଦେବାର ପ୍ରାକ୍-ପ୍ରସ୍ତୁତି । ସଖୀ ମ! ହୃଦୟଦାନ ତ କରିସାରିଛ ପ୍ରଥମ ଦେଖାରୁ, ଆଉକିଛି ଦାନ ଲାଗି ଏବେଠାରୁ ପ୍ରସ୍ତୁତି ଆରମ୍ଭ କରିଦିଅ ।

"ଧେତ୍! ନିର୍ଲ୍ଲଜୀ!" – ସଖୀ ଶ୍ରୀଲେଖା ମୁହଁରୁ ଦିହଉଲ୍ଲସା ପରିହାସ ଶୁଣି ଲଜ୍ଯାରେ ସେବେ ଝାଉଁଳି ପଡ଼ିଥିଲେ ରୂପାମ୍ବିକା ଏବଂ ସ୍ନେହଭରେ ସଖୀର କାନ ମୋଡ଼ି ଦେଇଥିଲେ । ଏବେ ସେଇକଥା ମନେ ପଡ଼ିଲା ତ ପାଟିରୁ ଆପେ ଖସିଗଲା 'ଧେତ୍' ଏବଂ ଲଜ୍ଯାରୁଣ ହୋଇଉଠିଲା ରୂପାମ୍ବିକାଙ୍କ କମନୀୟ ମୁଖଶ୍ରୀ ।

ମନେପଡ଼େ ପୁଣି, କାଞ୍ଚି ରହଣି କାଳରେ, ଅତିବିଶିଷ୍ଟ ରାଜ୍ୟ ଅତିଥି ଭାବରେ, ଜେଜେମା'ଙ୍କ ସଙ୍ଗେ ପୁରୁଷୋତ୍ତମ ଯେବେ ଆସିଥିଲେ ତାଙ୍କ କକ୍ଷକୁ ଏବଂ ଜେଜେମା'ଙ୍କ ଓଠ ଟିପିଟିପି ହସ ଭିତରେ ନିରିକ୍ଷଣ କରି ଦେଖିଥିଲେ ରାଜକୁମାରୀଙ୍କ ହାତଅଙ୍କା ଚିତ୍ରପଟ – କୃଷ୍ଣା ନଦୀ ତୀରେ ଅରଣ୍ୟ ଭିତରେ ପୁଷ୍ପଲତା କୁଞ୍ଜେ ଶାୟିତ ହସହସ ପୁରୁଷୋତ୍ତମ ଏବଂ ନିକଟରେ ଦୁଇ କ୍ରୀଡ଼ାରତ ମୃଗଶିଶୁ – ସେବେ ଚିତ୍ରଶିଳ୍ପୀଙ୍କୁ ଭୂରିଭୂରି ପ୍ରଶଂସା କରିବା ଭିତରେ ଆଖିରେ ମୁଗ୍ଧଭାବ, ଓଠରେ ସ୍ମିତହାସ୍ୟ ଉକୁଟାଇ ପୁରୁଷୋତ୍ତମ ପ୍ରକଟ କରିଥିଲେ କୌତୂହଲ: "ମାତ୍ର ମୁଁ ତ ଆହତ ଥିଲି ଏବଂ ମୋର ଅନତିଦୂରେ ମୃଗଶିଶୁ ଖେଲୁ ନଥିଲେ, ପଡ଼ିଥିଲା ମୋ ହସ୍ତେ ନିହତ ଆକ୍ରମକ ଶାର୍ଦ୍ଦୁଲ!!'

ଗେହ୍ଲୀ ନାତୁଣୀକି ନୀରବ ଦେଖି ଜେଜେମା ଉସ୍କେଇବା ଭଳି କହିଥିଲେ – ଉତ୍ତର ଦେଉନୁ ଯେ ପଦ୍ଯା!

"ପଦ୍ଯା!! କାଞ୍ଚିରାଜନନ୍ଦିନୀଙ୍କ ଶୁଭନାମ ରୂପାମ୍ବିକା ପରା!!" – ପଚାରିଥିଲେ ପୁରୁଷୋତ୍ତମ ।

"ଗେହ୍ଲା ନାମ ପଦ୍ଯା, ପଦ୍ଯାବତୀ!" – କହିଥିଲେ ରାଜମାତା ।

"ଅତି ସୁନ୍ଦର । ପଦ୍ମା... ପଦ୍ମାବତୀ... ବାଃ..." – ମୁଗ୍ଧଭାବ ଦର୍ଶାଇଥିଲେ ପୁରୁଷୋତ୍ତମ ।

ସଲ୍ଲଜ ରୂପାମ୍ବିକା କହିଥିଲେ – "ନାମ ବାବଦରେ କହିବି, ଏହା ଚିହ୍ନଟର ଏକ ମାଧ୍ୟମ ମାତ୍ର । ଚିତ୍ର ପୃଷ୍ଠଭୂମିରେ କହିବି, ମୁଁ ସମ୍ରାଟଙ୍କୁ ହନ୍ତା ଭାବେ ନୁହେଁ ହୁଡ଼ା ଭାବେ ଆଙ୍କିବା ଲାଗି ଚାହିଁଲି, ଦୁଃଖହର୍ତ୍ତା, ରକ୍ଷାକର୍ତ୍ତା । ସମ୍ରାଟଙ୍କୁ ହିଂସ୍ରକ ଭାବରେ ନୁହେଁ, ପ୍ରେମୀ ଭାବରେ ଚିତ୍ରିତ କରିବା ଲାଗି ଚାହିଁଲି ।"

ପୁରୁଷୋତ୍ତମ ମୁଗ୍ଧ ହୋଇଥିଲେ ।

ରୂପାମ୍ବିକାଙ୍କ ସମ୍ବେଦନାରେ ପରିପୂର୍ଣ୍ଣ ଦୟାର୍ଦ୍ର ମନ ଓ ହୃଦୟ, ଅନିନ୍ଦ୍ୟ ରୂପଲାବଣ୍ୟ, ପଦ୍ମପତ୍ର ସମ ଢଳଢଳ ଆଖିର ମାୟାରେ ସେ ବାନ୍ଧି ହୋଇଗଲେ । ଏମିତି ସେ ବନ୍ଧନ, ଯୋଉଥିରୁ ମୁକୁଳିବା ଆଉ ସମ୍ଭବ ହେଲା ନାହିଁ । ଠିକ୍ ସେତିକିବେଳେ ପୁଣି କିଛି ଗୋଟାଏ ଆଳ ଦେଖାଇ କକ୍ଷରୁ ନିଷ୍କ୍ରାନ୍ତ ହେଇଯାଇଥିଲେ ଜେଜେମା ।

ଅବନତ-ଚକ୍ଷୁ ରୂପାମ୍ବିକାଙ୍କ ଚିବୁକ ତୋଳିଧରି, ଚାରି ଚକ୍ଷୁ ମିଳିବା ପରେ, ପୁରୁଷୋତ୍ତମ କହିଥିଲେ – ରାଜକୁମାରୀ ସମ୍ବୋଧନ କରି ନିଜ ପ୍ରତି ଆଉ ଅନ୍ୟାୟ କରିପାରିବି ନାହିଁ । 'କାହିଁକି ?'ର ଉତ୍ତରରେ ମୋ' ଛାତିତଳର ଅନୁଭବକୁ ମୁଁ ବ୍ୟକ୍ତ କରିପାରୁନାହିଁ । ଯାକୁ ଯଦି 'ପ୍ରେମ' ବୋଲି ନାମିତ କରୁଥାନ୍ତି କବି, ତେବେ ତା' ତାହା ହିଁ । ପଦ୍ମାବତୀ! ତୁମେ ମୋର ପ୍ରେମ । ପ୍ରେମୀ ଭାବେ ଚିତ୍ରିତ କରିଛ, ମୋର ପ୍ରେମକୁ ସ୍ୱୀକାର କରି ମତେ ଧନ୍ୟ କରିଦିଅ, ମତେ ପୂର୍ଣ୍ଣତା ପ୍ରଦାନ କର । ମୋ ହୃଦୟ ମନ୍ଦିରର ଦେବୀଙ୍କୁ ଉତ୍କଳ କଳିଙ୍ଗର ମହାରାଣୀ ଭାବେ ଦେଖିବା ଲାଗି ମୁଁ ବ୍ୟାକୁଳ ।

ରୂପାମ୍ବିକା ଲାଜରେ ସରିଗଲେ ଅବା ।

ମନକଥା ଜେଜେମା'ଙ୍କୁ କହିଥିଲେ ପଦ୍ମା, ଜେଜେମା'ଙ୍କ ସୌଜନ୍ୟରୁ ଜ୍ଞାତ ହୋଇଥିଲେ ମାତା, ମାତାଙ୍କ ସୌଜନ୍ୟରୁ ପିତା ଏବଂ ପ୍ରୀତ ହୋଇଥିଲେ ।

ପୁରୁଷୋତ୍ତମଙ୍କ କାଶ୍ମୀ ରହସ୍ୟର ଅବଧି ନିର୍ଦ୍ଧାରିତ ଠାରୁ ଅଧିକ ଲମ୍ବା ହୋଇଥିଲା । ସିଂହାସନ, ଶାସନ, ଦରବାର, ବିଚାର, ବିବାଦ, ବିଦ୍ରୋହ, ଯୁଦ୍ଧ

ବିଗ୍ରହ... ଆଦିର ପରିସର ବାହାରେ ଯେ ସୁନ୍ଦର ଅନୁଭବରେ ଭରା ଦୁନିଆଟେ ରହିଛି, ଆଉ ସେ ଅନୁଭବ ଯେ ଏତେ ଆମ୍ଳିକ ଆନନ୍ଦ ଦିଏ, ସେ ଅନୁଭବ ପ୍ରଥମ ଥର ପ୍ରାପ୍ତ ହେବାର ଆହ୍ଲାଦ ପୁରୁଷୋତ୍ତମଙ୍କୁ ଏକ ଭିନ୍ନ ଜଗତକୁ ବାହି ନେଇଥିଲା ।

ଏକଦା ପୁରୁଷୋତ୍ତମ କହିଥିଲେ ପ୍ରେୟସୀ ରୂପାମ୍ବିକାଙ୍କୁ, ଏକାନ୍ତରେ: ପଦ୍ମା ! ମୋ ସୂକ୍ଷ୍ମ ମନ ମୂନ ଚେତନରେ ଉଭାସିତ ହେଉଛି ଯେବେ ପୁରୁଷୋତ୍ତମକ୍ଷେତ୍ର, ବଡ଼ଦାଣ୍ଡ, ସିଂହଦ୍ୱାର, ବାଇଶିପାହାଚ, ଗରୁଡ଼ସ୍ତମ୍ଭ, ଗର୍ଭଗୃହ, ରତ୍ନବେଦୀ ଏବଂ ରତ୍ନବେଦୀ ପରେ ବିଜେ ଚତୁର୍ଦ୍ଧାମୂର୍ତୀ ମୋ ପ୍ରଭୁ ମୋ ଇଷ୍ଟ ମୋ ଇହକାଳ ପରକାଳ ଗତିମୁକ୍ତିଦାତା ଶ୍ରୀବଳଭଦ୍ରଦେବ, ଭଗ୍ନୀ ସୁଭଦ୍ରା, ଜଗତପତି ଶ୍ରୀଜଗନ୍ନାଥଦେବ ଏବଂ କାଳଚକ୍ର ପ୍ରତୀକ ଶ୍ରୀସୁଦର୍ଶନ, ସେବେ ମୁଁ ନିଉଛାଲି ହେଉଚି, ପ୍ରଭୁ ! ତୁମ ଦାସାନୁଦାସ ଏ ଅଧମ ପୁରୁଷୋତ୍ତମ ତୁମ ଇଚ୍ଛା ବିରୁଦ୍ଧରେ କିଛି କରିପକାଉ ନାହିଁ ତ !! ତୁମ ଅପାର କରୁଣାରୁ ବଞ୍ଚିତ ହେବାଭଳି କିଛି ଅକର୍ମ !! ହେ ରାଜାଧିରାଜ ! କାଞ୍ଚି ରାଜନନ୍ଦିନୀ ରୂପାମ୍ବିକାଙ୍କୁ ତୁମ ସେବିକା ଆସନ ଦେବାର ସିଦ୍ଧାନ୍ତ ନେଇ ତୁମର ଏ ଛାର କରୁଆଳ କିଛି ତ୍ରୁଟି କରୁନାହିଁ ତ !!

"କ'ଣ କହିଲେ ରାଜାଧିରାଜ ? ତାଙ୍କ କଟୁଆଳ ସେବକଟିକୁ ?" ତରଳ ପରିହାସରେ କହିଥିଲେ ରୂପାମ୍ବିକା ଏବଂ ପରେ ପରେ ଦୁଇ ହାତ ଯୋଡ଼ି ପକାଇଥିଲେ ଶୂନ୍ୟକୁ ଚାହିଁ ରହି । ଆଖିରୁ ନିଗିଡ଼ି ଆସିଥିଲା ଲୁହ ଏବଂ ସେ ତଲ୍ଲୀନ ହୋଇଯାଇଥିଲେ ।

କାଞ୍ଚିପୁରମ୍‌ରୁ ବିଦାୟ ନେବା ପୂର୍ବଦିନ ପ୍ରାତଃକାଳରେ ସର୍ବବିଘ୍ନବିନାଶନ ଗଣପତିଙ୍କ ମନ୍ଦିର ଗର୍ଭଗୃହରେ ଶ୍ରୀ ଗଣେଶଙ୍କ ସମ୍ମୁଖରେ ଦୁଇପ୍ରେମୀ ଯେବେ ଆଖିବୁଜି, ବୁଜା ଆଖିରୁ ଗଲଗଲ ଲୁହ ଝରାଇ, ଦଇନି ଜଣାଇଥିଲେ ସେଇ ଏକା ମର୍ମରେ, ସେବେ ସତେକି ଗଣପତିଙ୍କ ଆସ୍ଥାନ ଦୋହଲି ଯାଇ ଫୁଲ ଦୁଇଟି ଖସି ପଡ଼ିଥିଲା ଗଣେଶ ଭଗବାନଙ୍କ ମଥାରୁ ଏବଂ ଫୁଲ ଦୁଇଟି ଦୁଇପ୍ରେମୀଙ୍କ ହସ୍ତରେ ଦେଇ ମୁଖ୍ୟ ପୂଜକ କହିଥିଲେ: ସିଦ୍ଧିବିନାୟକଙ୍କ ଆଜ୍ଞାପୁଷ୍ପ ପ୍ରାପ୍ତ ହେଲା, ଅଚିରେ ପୂର୍ଣ୍ଣ ହେବ ମନସ୍କାମ ଏବଂ ଆଶୀର୍ବାଦ କରିଥିଲେ: ଭକ୍ତର ଅଭିଷ୍ଟ ସିଦ୍ଧି ହେଉ ।

ଝଟ୍‌କା ଲାଗିଲା ସମ ଅନୁଭବ କଲେ କାଞ୍ଚିରାଜନନ୍ଦିନୀ ।

ଓଃ ! ସିଦ୍ଧି ପଥରେ ଏତେ କଣ୍ଟକ ! !

ରୂପାମ୍ବିକା ଉନ୍ମୁକ୍ତ ବାତାୟନ ପାରୁଶରେ ଥାଇ ଶ୍ରୀମନ୍ଦିର ଦଧ୍ନଉତି ଉପରେ ଫରଫର ଉଡୁଥିବା ନୀଳଚକ୍ର ବାନାକୁ ଏକାଲୟରେ ଚାହିଁ ନିଉଛାଲି ହେଲେ: କେତେ ପରୀକ୍ଷା ନେବ ଆଉ ମହାପ୍ରଭୁ !

"ପୁତ୍ରୀ !"

ରୂପାମ୍ବିକାଙ୍କ ଧ୍ୟାନ ଭଙ୍ଗକଲା ପିତୃପ୍ରତିମ ବିଦ୍ୟାପତିଙ୍କ ପ୍ରବେଶ ଏବଂ ପୁତ୍ରୀ ସମ୍ବୋଧନ ।

ମନ୍ତ୍ରୀଙ୍କର ବିରସ ମୁଖ ସୂଚାଉଥାଏ ତାଙ୍କ ଭିତରର ଦ୍ୱନ୍ଦ୍ୱ । ମନ ମଧ୍ୟରେ ଅହରହ ପ୍ରବହମାନ ପ୍ରଭଞ୍ଜନ ।

ରୂପାମ୍ବିକା ଉତ୍କଣ୍ଠା ପ୍ରକଟ କଲେ – କିଛି ବିଶେଷ ଦୁଃସମ୍ବାଦ ?

"ଆଉ କେଇଟା ମାତ୍ର ଦିନ ପରେ ମହାପ୍ରଭୁଙ୍କର ଶ୍ରୀଗୁଣ୍ଡିଚ ଯାତ ।"

"ଗୁଣ୍ଡିଚଯାତ ପୂର୍ବରୁ ରାଜାଜ୍ଞା କାର୍ଯ୍ୟକାରୀ କରିବା ଲାଗି ରହିଚି ଯେ ସମ୍ରାଟଙ୍କ ଅଲଂଘ୍ୟ ଆଦେଶ, ବିସ୍ମରି ଯାଇନାହାନ୍ତି ତ ?"

ବୃଦ୍ଧ ବିଦ୍ୟାପତି ଥକା ମାରିଲା ଭଳି କାଷ୍ଠାସନଟିଏ ପରେ ବସି ପଡ଼ିଲେ ଏବଂ ରୁଦ୍ଧ ଅଭିମାନରେ ଯେମିତି ଫାଟି ପଡ଼ିଲେ – ଓଃ ! ଶ୍ରୀଗୁଣ୍ଡିଚ ! ସକଳ ବିଭ୍ରାଟର ସୂତ୍ରପାତ ଆରମ୍ଭ ହେଲା ଗୁଣ୍ଡିଚ ପରଠାରୁ !

ରୂପାମ୍ବିକା ବ୍ୟାକୁଳ ଭାବରେ କହିଲେ – ନା, ନା, ପତିତପାବନଙ୍କ ଏ ପାବନ ଲୀଳା ପ୍ରତି ମନ ମଇଲା କରନ୍ତୁ ନାହିଁ । ଅଜ୍ଞାନ ମଣିଷଙ୍କ ଅବୁଝାପଣ ଲାଗି ମହାପ୍ରଭୁଙ୍କ ଘୋଷଯାତ୍ରାକୁ ଦୁର୍ଭାଗ୍ୟପୂର୍ଣ୍ଣ ଘୋଷଣା କରନ୍ତୁ ନାହିଁ । କାଳିଆ ସାଆନ୍ତଙ୍କ ଅପଲକ ନୟନରୁ ଅଶ୍ରୁ ଝରିବ ।

"ଓଃ ! ମୁଁ ଏବେ କ'ଣ କରିବି ? ପୁତ୍ରୀ ! ମୁଁ ଏବେ କ'ଣ କରିବି ?"
– ବୃଦ୍ଧ ବିଦ୍ୟାପତି ପ୍ରକଟ କଲେ ଚରମ ଅସହାୟତା । କହିଲେ – ବୁଦ୍ଧି ଓ ବିବେକ ଭିତରେ କାହା କଥା ମୁଁ ଶୁଣିବି ପୁତ୍ରୀ ? ମସ୍ତିଷ୍କ ମତେ ସୂଚାଉଛି, ମନ୍ତ୍ରୀର ଧର୍ମ ନିର୍ବିଚାରରେ ରାଜାଜ୍ଞା ପାଳନ, ହେଲେ ମାନି ନେଇପାରୁନି ହୃଦୟ । ବୁଦ୍ଧି ଓ ବିବେକର ଏ ସଂଘାତ ସହ୍ୟ କରିବା ଲାଗି ଏ ବୃଦ୍ଧ ହେଉଚି ଅସମର୍ଥ । ରାଜାଜ୍ଞାକୁ

ଅବଜ୍ଞା କରିପାରିବି ନାହିଁ, ହୃଦୟ ବିପକ୍ଷରେ ଅଗ୍ରସର ହେଇପାରିବି ନାହିଁ, ଓଃ, ଯେ କି ପରୀକ୍ଷା ମହାପ୍ରଭୁ! ତ୍ୟାଗ କରିଦେବି ଏ ମନ୍ତ୍ରୀପଦ।

"ସେ ପରା ଗତିମୁକ୍ତିଦାତା। ତାଙ୍କ ପ୍ରଧାନ ସେବକ ମହାରାଜ ପୁରୁଷୋତ୍ତମଙ୍କ ଠାରୁ ମୁକ୍ତି ଚାହିଁବେ ପିତା ?"

ଭରି ଉଠିଲା ମନ। ପ୍ରଥମ ଥର ପାଇଁ କାଶ୍ମୀରାଜନନ୍ଦିନୀଙ୍କ ତୁଣ୍ଡରୁ 'ପିତା' ସମ୍ବୋଧନ ବୃଦ୍ଧ ବିଦ୍ୟାପତିଙ୍କ ଭଙ୍ଗା ମନରେ ଭରିଦେଲା ଯେସନେ ଶତସିଂହର ବଳ।

ରୂପାମ୍ଭିକା ସାନ୍ତ୍ୱନା ଦେଲେ – ଯୋଉ ଘୋଷଯାତ୍ରା ଜାତ କରାଇଲା ସଙ୍କଟ, ସେଇ ଘୋଷଯାତ୍ରା ଦେବ ତା'ର ସମାଧାନ। ହେ ପିତା! ମନ୍ତ୍ରୀଧର୍ମ ପାଳନ କରନ୍ତୁ, ରାଜାଜ୍ଞାକୁ ଅବମାନନା କରିବାର ଦୁଷ୍ଚିନ୍ତା ପରିହାର କରନ୍ତୁ।

ପୁତ୍ରୀଙ୍କ ସାନ୍ତ୍ୱନା ପିତାଙ୍କୁ ମନେହେଲା ରହସ୍ୟମୟ।

କ'ଣ କହୁଛନ୍ତି କାଶ୍ମୀରାଜନନ୍ଦିନୀ ? ସେ କି ବୁଝୁଛି ନାହିଁ ରାଜାଜ୍ଞା ପାଳନର ପରିଣାମ ? ତେବେ ରୂପାମ୍ଭିକାଙ୍କ ତୀକ୍ଷ୍ଣ ବୁଦ୍ଧିମତା ପ୍ରତି ସୁଦ୍ଧା ନିଃସନ୍ଦେହ ଥିଲେ ଅଭିଜ୍ଞ ମନ୍ତ୍ରୀ।

ରୂପାମ୍ଭିକା କହୁଥାନ୍ତି – ପିତା! ରାଜାଜ୍ଞାକୁ ସ୍ମରଣ କରନ୍ତୁ ଏବଂ ତନ୍ନତନ୍ନ କରି ବିଶ୍ଳେଷଣ କରନ୍ତୁ, ଆପଣଙ୍କୁ ମିଳିଯିବ ତର୍କସଙ୍ଗତ ସମାଧାନ।

"ପୁତ୍ରୀ !!"

"ଆପଣଙ୍କ ବୁଦ୍ଧିମତା, ପ୍ରତ୍ୟୁପ୍ନମତିତା ଉପରେ ଆପଣଙ୍କ ପୁତ୍ରୀର ଗଭୀର ଆସ୍ଥା ରହିଛି।"

ସହର୍ଷ ଚିଉରେ ବିଦାୟ ନେଲେ କୃତକୃତ୍ୟ ବିଦ୍ୟାପତି। ସତେକି ରୂପାମ୍ଭିକା ତାଙ୍କୁ ଧରାଇଦେଲେ ଅଡ଼ୁଆ ସୂତାର ଖିଅ।

ସେ ବିଦାୟ ନେବା ପରେ ରୂପାମ୍ଭିକାଙ୍କୁ ଆଚ୍ଛନ୍ନ କଲା ପ୍ରାୟ ବର୍ଷକ ତଳର ସେ ସମସ୍ତ ଅଭାବନୀୟ ତଥା ବିମର୍ଷକର ସ୍ମୃତି...

'ଦୁଇ ଶକ୍ତିଶାଳୀ ସ୍ୱାଧୀନ ରାଜ୍ୟ ବାନ୍ଧି ହେଇଯିବେ ନିବିଡ଼ ବୈବାହିକ ସମ୍ପର୍କର ଡୋରିରେ' – ଏଇ ଭାବନାରେ କେଡ଼େ ଖୁସି ଥିଲେ ପିତା–ମହାରାଜ।

କେଡ଼େ ଖୁସିଥିଲେ ମାତା ଏବଂ ରାଜମାତା । ସଖୀ ଶ୍ରୀଲେଖା ସମେତ ଅନ୍ୟ ସଖୀଗଣ । ମୋଟାମୋଟି ଖୁସିରେ ଉଚ୍ଛୁଳିଥାଏ କାଞ୍ଚି ଭୂଖଣ୍ଡ ।

ବିଶ୍ୱସ୍ତ ମନ୍ତ୍ରୀଙ୍କ ହସ୍ତେ ପିତା-ମହାରାଜ ସ୍ୱ-କନ୍ୟା ବିବାହ ପ୍ରସ୍ତାବ ପ୍ରେରଣ କଲେ ଉକ୍ରଳ କଟକ । ରାଜକୁମାରୀ ରୂପାମ୍ବିକାଙ୍କ ମନ ଉଡ଼ି ବୁଲୁଥାଏ ଉଲ୍ଲାସ-ରାଇଜରେ, ଫୁଲ ଫଳ ଭ୍ରମର ପ୍ରଜାପତିଙ୍କ ମେଳରେ, ସଖୀ ଗହଣରେ । ହାସ-ପରିହାସ, ମିଛମାନ-ଅଭିମାନ-ଗୁମାନ ଏବଂ ଗୁମାନ-ଭଞ୍ଜନ ଭିତରେ । ଏଡ଼େ ଅଲାଜୁକି ଶ୍ରୀଲେଖା, ଦିହଉଲୁସା ଠଙ୍ଗା ନକଲ କରି ରାତି ଶୁଆଇ ଦେଉ ନଥିଲା । କେଡ଼େ ଅଲାଜୁକି ଜେଜେମା ଯେ, ନାତୁଣୀ ହସ୍ତେ ସମସ୍ତିଙ୍କି ଲୁଚେଇ, ଧରେଇ ଦେଇଥିଲେ ବାସ୍ୟାୟନ କାମଶାସ୍ତ୍ର ପୋଥି । ପୁଣି କୋକଶାସ୍ତ୍ର-ପ୍ରଶିକ୍ଷିକା ବି ନିଯୁକ୍ତ କରିଦେଲେ, ଛିଃ ଛିଃ,..... ସେ କଥା ମନେପଡ଼ିଲା ତ ରୂପାମ୍ବିକାଙ୍କ ଗୋଲାପୀ ଚେହେରା ଲଜ୍ଜ୍ୟାରେ ଲାଲ୍ ହେଇଗଲା ଏବଂ ପାଟିରୁ ବାହାରିଗଲା, ଛିଃ ଛିଃ...

ଉକ୍ରଳ କଟକରୁ ଭାରି ହୃଦୟରେ ଫେରିଥିଲେ କିନ୍ତୁ ମନ୍ତ୍ରୀ । ଶ୍ରୀକ୍ଷେତ୍ରରେ ଲମ୍ବା ରହଣି ପରେ ।

କାଞ୍ଚି ରାଜମାତା ମାଲ୍ୟମ୍ବିକାଙ୍କ କକ୍ଷରେ ଉପସ୍ଥିତ ରାଜପରିବାରର ସକଳ ସଦସ୍ୟଙ୍କ ଉପସ୍ଥିତିରେ ମନ୍ତ୍ରୀ ଦେଇଥିଲେ ଯେ ବିବୃତି ତା'ର ସାରାଂଶ ହେଲା :

କାଞ୍ଚି ରାଜନନ୍ଦିନୀ ରୂପାମ୍ବିକାଙ୍କ ବିବାହ ପ୍ରସ୍ତାବକୁ ସ୍ୱୀକାର କଲେ ଉକ୍ରଳନରେଶ ପୁରୁଷୋଉମଦେବ । ଦାୟିତ୍ୱ ତୁଲାଇ ସାରିବା ଅନ୍ତେ ବିଦାୟ ଅନୁମତି ଲୋଡ଼ନ୍ତେ ନରେଶ କହିଲେ – ଆଉ କେତୁଟା ଦିନ ରହିଯାନ୍ତୁ, ମହାପ୍ରଭୁଙ୍କ ଘୋଷଯାତ୍ରା ପ୍ରତ୍ୟକ୍ଷ କରନ୍ତେ, ରଥୋପରି ମହାପ୍ରଭୁଙ୍କ ଦର୍ଶନର ସୌଭାଗ୍ୟ ଲଭନ୍ତେ । ଅସମ୍ମତିର ହେତୁ ନଥିଲା । ରଥଖଲାରେ ତିଆରି ଚାଲିଥିବା ରଥର ବିଶାଳତା ଶରୀରରେ ରୋମାଞ୍ଚ ଖେଳାଉଥାଏ । ଗୁଣ୍ଡିଚ ପୂର୍ବରୁ ଶ୍ରଦ୍ଧାଳୁ ଜମା ହେବାରେ ଲାଗିଥାନ୍ତି ଶ୍ରୀକ୍ଷେତ୍ରରେ । ରାତ୍ରିକାଲେ ବଡ଼ଦାଣ୍ଡ ଝଲସୁଥାଏ ପୁଲାଙ୍ଗଟେଲ ମଶାଲ ଆଲୁଅରେ । ରାତ୍ରି ମନେହେଉଥାଏ ଦିବସ । ଶ୍ରୀଗୁଣ୍ଡିଚ ପାହାନ୍ତା ପହରୁ ଆରମ୍ଭ ହୋଇଥାଏ ନୀତିକାନ୍ତି, ଚାଲୁଥାଏ ଯଥାରୀତି, ଅଚାନକ ମୁଁ ପାଇଲି ଧକ୍କା । ଧକ୍କା

ମଣିମା ଧକ୍କା, ବଡ଼ ଦାରୁଣ ସେ ଧକ୍କା । କେମିତି ବର୍ଷିବି ? କେମିତି ବଖାଣିବି ଛାତି ଫାଟିଗଲା ସମ ସେ ଦାରୁଣ ଅନୁଭବ ?

ସ୍ତବ୍ଧ ରୂପାମ୍ବିକା । ସ୍ତବ୍ଧ ମହାରାଣୀ ଓ ରାଜମାତା । ଚକିତ ମହାରାଜଙ୍କ ଚକ୍ଷୁ ରକ୍ତବର୍ଣ୍ଣ ଧାରଣ କରି ଆସୁଥାଏ । ମନ୍ତ୍ରୀ ବଡ଼ ଦ୍ୱିଧାଗ୍ରସ୍ତ ଭାବ ନେଇ କହିଲେ – ଅଚାନକ ଦେଖିଲି ମହାରାଜ, ହାତରେ ଓଲା ପହଁରା ଝାଡୁଟିଏ ଧରି ରଥ ଆଗରେ ଉଭାହେଲେ ପୁରୁଷୋତ୍ତମ ସ୍ୱୟଂ ଏବଂ ମୋ ଚକିତପଣକୁ ଶୀର୍ଷେ ଛୁଆଁ ଝାଡୁଦାର ମେହେନ୍ତରଟିଏ ସମ ରଥ ସମ୍ମୁଖ ଏବଂ ରଥୋପରି ପହଁରିବା ଆରମ୍ଭ କରିଦେଲେ ହଜାର ହଜାର ଶ୍ରଦ୍ଧାଳୁଙ୍କ ଆଖି ସାମ୍ନାରେ ।

ମନ୍ତ୍ରୀ ଦୀର୍ଘଶ୍ୱାସ ପକାଇ କହୁଥା'ନ୍ତି – ସଂସ୍କାର କେଡ଼େ ନିମ୍ନସ୍ତରର ହେଲେ ଜଣେ ଏକାଙ୍ଗ ଚକ୍ରବର୍ତ୍ତୀ ସମ୍ରାଟ ଏଭଳି ହୀନକର୍ମ କରିପାରନ୍ତି । ସମାଜର ନିମ୍ନତମ ବର୍ଗ ଚଣ୍ଡାଳର କର୍ମ !! ମୋର ତ ଧୈର୍ଯ୍ୟଚ୍ୟୁତି ଘଟିଲା । ଏମିତିକି ରାଜବିଧି ବ୍ୟବସ୍ଥା ଓ ସର୍ବନିମ୍ନ ସନ୍ତ୍ରମ ଭୁଲି ରାଜାଙ୍କ ଅନୁମତି ନଲୋଡ଼ି ମୁଁ ଶ୍ରୀକ୍ଷେତ୍ର ଛାଡ଼ି ଚାଲିଆସିଲି ।

କାଞ୍ଚନରେଶ ଶାଲ୍ବ ନରସିମ୍ହାଙ୍କ ନିଶ୍ୱାସ ବହୁଥାଏ ଘନଘନ । ଚକ୍ଷୁ ହେଇସାରିଥାଏ ଆରକ୍ତ ।

ରାଜମାତାଙ୍କ କଥନ – 'ଏମନ୍ତ ବିଧିବ୍ୟବସ୍ଥାର ଥାଇପାରେ ହୁଏତ କିଛି ଶାସ୍ତ୍ରୀୟତା, ବୁଝିବା ପାଇଁ ପ୍ରଯତ୍ନ କର ପୁତ୍ର' – ମହାରାଣୀଙ୍କ କଥନ 'ସୁଦୂରପ୍ରଭାବୀ କୌଣସି ନିଷ୍ପତ୍ତି ନେବା ଆଗରୁ ମାତାଙ୍କ ଉଚିତ ପରାମର୍ଶର ତର୍ଜମା କରିବା ଲାଗି ପ୍ରାର୍ଥନା ମହାରାଜ' – କନ୍ୟା ରୂପାମ୍ବିକାଙ୍କ ବିନା କିଛି କଥନରେ ଅନେକ କିଛି କହୁଥିବା ଛଳଛଳ ଆଖି ଓ ମୁଖର ଆବେଦନ ଆଦି ପ୍ରତି ଦୃକ୍‌ପାତ ସୁଦ୍ଧା ନକରି ନରସିମ୍ହା ନିର୍ଣ୍ଣୟ ଶୁଣାଇଦେଲେ – କାଞ୍ଚରାଜନନ୍ଦିନୀ ନିମ୍ନ ସଂସ୍କାରର ଚଣ୍ଡାଳ ଲାଗି ଜନ୍ମିନାହିଁ ।

କାଞ୍ଚନରେଶ ନରସିମ୍ହା ପ୍ରେରିତ ରାଜଦୂତ ମୁଖାରୁ ଏ ବାର୍ତ୍ତା ଶ୍ରବଣ କଲାପରେ ସ୍ଥିତପ୍ରଜ୍ଞ ସମ୍ରାଟ ପୁରୁଷୋତ୍ତମ ଯଦିଓ ଥା'ନ୍ତି ଶାନ୍ତ, ଦରବାରର କ୍ରୋଧାଗ୍ନି କିନ୍ତୁ ବାଡ଼ବାଗ୍ନି ସଦୃଶ ଥିଲା ବୋଲି କାଞ୍ଚଦୂତ ଯେବେ କାଞ୍ଚନରେଶଙ୍କୁ ଅବଗତ କରାଇଲା, ସେବେ ଫୁଙ୍କାରରେ ଉଡ଼ାଇ ଦେଇଥିଲେ ଶାଲ୍ବ ନରସିମ୍ହା ।

ସାତେଶ ତ୍ରିପାଠୀଙ୍କ ପ୍ରେମ ଗଞ୍ଜ □□□□ ୧୪୩

ଚକ୍ଷୁରେ ଅଶ୍ରୁଜଳ, ଛାତି ଭିତରେ ବିରହାନଳ ଜଳାଇ ରଖି ରୂପାମ୍ବିକା ପ୍ରାର୍ଥନା କରିଥିଲେ – ହେ ବିଘ୍ନବିନାଶକ ! ହେ ଜଗତର ନାଥ ! ଯୁଦ୍ଧ ଟଳିଯାଉ, ଯୁଦ୍ଧ ଟଳିଯାଉ ।

ମାତ୍ର ଯୁଦ୍ଧ ଟଳିଲା ନାହିଁ ।

ଯୁଦ୍ଧ ଅଭିଯାନ ଆରମ୍ଭିବା ଆଗରୁ ଅଭିଜ୍ଞ ମହାମନ୍ତ୍ରୀ ବିଦ୍ୟାପତିଙ୍କ ପରାମର୍ଶକ୍ରମେ ପୁରୁଷୋତ୍ତମ ପ୍ରେରଣ କଲେ ଦୂତ । ଦୂତ ଜଣାଇଲା କାଞ୍ଚୀ ଦରବାରରେ – କାଞ୍ଚୀ ରାଜନନ୍ଦିନୀଙ୍କୁ ଉତ୍କଳର ମହାରାଣୀ ରୂପେ ବରଣ କରିବା ଲାଗି ଉତ୍କଳର କୋଟିଏ ସନ୍ତାନ ଚାତକବତ୍ ଅପେକ୍ଷା କରୁଛନ୍ତି ମହାରାଜ । ନିଷ୍ପତ୍ତିର ପୁନର୍ବିଚାର ଅନୁରୋଧ ନେଇ ଆସିଲି ପୁରୁଷୋତ୍ତମ କ୍ଷେତ୍ରରୁ ।

ଶାଲ୍ବ ନରସିମ୍ହା ସ୍ଥିର ମନ, ଶାନ୍ତ ଚିତ୍ତରେ ଉତ୍ତର ଫେରାଇଲେ – ତୁମ ରାଜା ଜଣେ ନିମ୍ନ ସଂସ୍କାରର ମଣିଷ । ଅଛୁଆଁ ଚଣ୍ଡାଳ ସମ ବିଚାରବୋଧ ତାଙ୍କର । ମୋ ନିଷ୍ପତ୍ତି ଯଥାର୍ଥ ଏବଂ ଆକ୍ରମଣ ଯଦି ହୁଏ, ମୁକାବିଲା ଲାଗି କାଞ୍ଚୀ ସମର୍ଥ ।

ଯାହା ଅବଶ୍ୟମ୍ଭାବୀ ତାହା ହିଁ ଘଟିଲା । ଯୁଦ୍ଧ ଆରମ୍ଭିଲା ।

ଦକ୍ଷିଣରେ ଜ୍ୟେଷ୍ଠ ହାମ୍ବିରାଦେବଙ୍କ ବହୁ ଅନୁଗତ ନିର୍ଣ୍ଣାୟକ ମୋଡ଼ରେ ଦଗା ଦେଲେ । ପରିଣାମ ହେଲା, ପୁରୁଷୋତ୍ତମଙ୍କ ପରାଜୟ ।

ରୂପାମ୍ବିକା ଚାକ୍ଷୁସ କଲେ ପିତାଙ୍କ ଅହଂକାରର ପରିଣତିକୁ ଏବଂ ନୀରବରେ ଅଶ୍ରୁପାତ କରିଚାଲିଲେ । ରାଣୀ ଓ ରାଜମାତା ସାନ୍ତ୍ୱନା ଦେବା ବ୍ୟତିରେକେ ଆଉ ଅଧିକ କ'ଣ ବା କରିପାରନ୍ତେ ?

କାଞ୍ଚୀନରେଶ ଅବିଳମ୍ବେ କନ୍ୟା ଲାଗି ସ୍ୱୟଂବରର ଆୟୋଜନ କଲେ । ନିମନ୍ତ୍ରିତ ହେବେ ଭାରତବର୍ଷର ସକଳ ରାଜନ୍ୟବର୍ଗ, ବାଦ୍ ପଡ଼ିବେ କେବଳ ଉତ୍କଳ ନରେଶ ପୁରୁଷୋତ୍ତମ ।

ମୁକାବିଲାର ମୁହୂର୍ତ୍ତ । ଏକପଟେ ପ୍ରେମ ଅପରପକ୍ଷେ ରକ୍ତସମ୍ପର୍କ । ଏକପକ୍ଷେ ଶୁଦ୍ଧ ବିଚାର ଅପରପକ୍ଷେ ଅହଂକାର । ରୂପାମ୍ବିକା ମନକୁ କଲେ ଦୃଢ଼ । ନିଷ୍ପତ୍ତି ଶୁଣାଇଲେ – ଆଜୀବନ ରହିଯିବେ କୁମାରୀ ସିନା ପୁରୁଷୋତ୍ତମଙ୍କ ବ୍ୟତିରେକେ କାହାରିକୁ ପତି ସ୍ୱୀକାର କରିବେ ନାହିଁ । ଅଡ଼ି ବସିଲେ ହାରିଦେବେ ଜୀବନ ।

ପ୍ରାଣାଧିପ୍ରିୟ କନ୍ୟାର ନିଷ୍ଠୁରି ଚହଲାଇଦେଲା ପିତୃହୃଦୁ । ସେଇ କ୍ଷଣରେ ହିଁ କାଞ୍ଚୀନରେଶ ହରେଇ ବସିଲେ ସିଂହଭୋଗ ମନୋବଳ । ସ୍ୱଳ୍ପ ବ୍ୟବଧାନରେ ପୁଣି ଖବର ରଟିଲା, କାନୁକାନ ଖେଲି ବୁଲିଲା ଆଗଣା । ଗୋଦାବରୀ – ପ୍ରଥମ ଯୁଦ୍ଧରେ ପରାସ୍ତ ପୁରୁଷୋତ୍ତମ ଆଉ ଦକ୍ଷିଣକୁ ଭରସା ନକରି ଦୁର୍ଦ୍ଧର୍ଷ ଖୋରଧା ପାଇକ ବାହିନୀ ସହ ଦ୍ୱିତୀୟବାର କାଞ୍ଚୀ ଅଭିଯାନ ପଥରେ ଅଗ୍ରସର ହେଉଛନ୍ତି । କାଲେ ଶ୍ରୀକ୍ଷେତ୍ରର କ୍ଷେତ୍ରପତି ରାଜାଧିରାଜ ଜଗନ୍ନାଥ ବଳଭଦ୍ର ବେନିଭ୍ରାତାଙ୍କ ବିଭୂତି ଅଶ୍ୱାରୋହୀ ପାଇକ ବେଶରେ ନେଉଛନ୍ତି ଅଭିଯାନର ନେତୃତ୍ୱ । ମହାପ୍ରଭୁଙ୍କ ଛେରାପହଁରା ନୀତିକାନ୍ତିକୁ 'ଚଣ୍ଡାଳକର୍ମ' ଘୋଷଣା କରି କାଞ୍ଚୀନରେଶ ଯେ ମହାପ୍ରଭୁଙ୍କର ଅବମାନନା କଲେ, ସେ ତା'ରି ବିଷମ ପରିଣତି । ଖବରକୁ ପୂର୍ଣ୍ଣ କଲା ପୁଣି, ଯୁଦ୍ଧଜୟ ଲାଗି ନରସିଂହାଙ୍କ ପ୍ରାର୍ଥନା ବେଳେ ଗଣପତିଙ୍କ ମଥାରୁ ଖସିଲା ନାହିଁ ଆଜ୍ଞାପୁଷ୍ପ ।

ରାଜମାତା, ମହାରାଣୀଙ୍କ ନୀରବ ପ୍ରତିବାଦ ଏବଂ କନ୍ୟାର ପ୍ରତ୍ୟକ୍ଷ ବିରୋଧ କାଞ୍ଚୀନରେଶଙ୍କ ମନୋବଳକୁ ଯେ ସିଂହଭାଗ ପ୍ରତିହତ କରିସାରିଥିଲା, ଗଣପତିଙ୍କ ଆଜ୍ଞାପୁଷ୍ପ ଅପ୍ରାପ୍ତିର ଗ୍ଲାନି ତାଙ୍କୁ ଏକବାରେକେ ରିକ୍ତ କରିଦେଲା । ନରସିଂହା ଭିତରେ ଭିତରେ ଭାଙ୍ଗିରୁଜି ଗଲେ ।

କାଞ୍ଚୀପୁରମ୍ ସୀମାରେ ରଣବାଦ୍ୟ ବାଜିଲା । ଯୁଦ୍ଧ ଆରମ୍ଭ ପୂର୍ବରୁ କାଞ୍ଚୀର ଜନୈକ ଗୁପ୍ତଚର ପୁରୁଷୋତ୍ତମଙ୍କୁ ଦେଲା କାଞ୍ଚୀରାଜନନ୍ଦିନୀ ରୂପାମ୍ବିକାଙ୍କ ବାର୍ତ୍ତା: ଆପଣଙ୍କ ପରାଜୟ ବାର୍ତ୍ତା ଶୁଣିବା ମାତ୍ରକେ ଜୀବନ ହାରିବ ଆପଣଙ୍କ ପଦ୍ମା । ପିତୃକୁଳର କେହି ଜଣଙ୍କର ନିଧନ ବାର୍ତ୍ତା ଶୁଣିଲେ ବି ଜୀବନ ହାରିବ ଆପଣଙ୍କ ପଦ୍ମା ।

ପୁରୁଷୋତ୍ତମ ଗୁପ୍ତଚର ଜରିଆରେ ଉତ୍ତର ଫେରାଇଲେ: ହନ୍ତା ଭାବେ ନୁହେଁ, ହର୍ତ୍ତା ଭାବରେ ମୋର ଏ ଅଭିଯାନ, ନିଶ୍ଚିନ୍ତ ରହିପାର ।

ହୀନ ମନୋବଳ କାଞ୍ଚୀନରେଶ ଅଚିରେ ପରାଜୟ ଲଭିଲେ ।

ମରି ସାରିଥିଲା ମନୋବଳ, ମାତ୍ର ମରି ନଥିଲା ଅହଂକାର ।

ବିଜେତା ପୁରୁଷୋତ୍ତମଙ୍କ ସେନା–ସେନାପତିଗଣଙ୍କ ସମ୍ମୁଖରେ ନରସିଂହା ବାରମ୍ବାର, ବାରମ୍ବାର ଘୋଷଣା କଲାପ୍ରାୟେ କହୁଥାନ୍ତି: କନ୍ୟାକୁ ବରଂଚ ବିଷ

ଦେବି, ଚଣ୍ଡାଳ ହସ୍ତେ ଦେବି ନାହିଁ । କନ୍ୟାକୁ ଜୋର୍‌କରି ବିବାହ କରିବା ପୂର୍ବରୁ ମତେ ବଧ କର ।

ଅଶାଳୀନ ମନ୍ତବ୍ୟଟି ବାରମ୍ବାର ରଟିଚାଲିବାରେ ଧୈର୍ଯ୍ୟଚ୍ୟୁତି ଘଟିଥିଲା ସ୍ଥିତପ୍ରଜ୍ଞ ପୁରୁଷୋତ୍ତମଙ୍କର ଏବଂ ଏକ ଦୁର୍ବଳ ମୁହୂର୍ତ୍ତରେ ପାଟିରୁ ବାହାରିଗଲା: ଆପଣଙ୍କୁ ବଧ କରିବି ନାହିଁ, ଆପଣଙ୍କ ଅହଂକାରକୁ ବଧ କରିବି କାଞ୍ଚୀନରେଶ, କାଞ୍ଚୀରାଜନନ୍ଦିନୀଙ୍କୁ ଶ୍ରୀକ୍ଷେତ୍ର ଘେନିଯିବ ବନ୍ଦିନୀ ବନାଇଁ ଏବଂ ଚଣ୍ଡାଳ ହସ୍ତେ ଅର୍ପଣ କରିବି, ତ୍ରିବାର ସତ୍ୟ କଲି ।

ଓଃ ! ଯେ ସକଳ ଅଘଟଣ ଚାକ୍ଷୁସ କରିଥିବା ରୂପାମ୍ବିକାଙ୍କୁ ସ୍ମୃତିର ଉଜାଣିରେ ପ୍ରଚଣ୍ଡ ଧକ୍କା ପ୍ରାପ୍ତ ହେଲା ।

'ତ୍ରିବାର ସତ୍ୟ' ବୋଲି ତୁଣ୍ଡରୁ ଖସିଯିବା ମାତ୍ରକେ ପୁରୁଷୋତ୍ତମଙ୍କ ଆଖିରେ ସେ ଦେଖିଥିଲେ ଯେ କଳାମେଘର ପ୍ଲାବନ, ସ୍ମୃତି ପାଶୋରି ଲଥ୍‌ କରି ତଳେ ବସି ପଡ଼ିଥିଲେ ଯେ ପରାକ୍ରମୀ ପିତା-ମହାରାଜ, ସଂଜ୍ଞା ହରାଇ ଲୋଟି ପଡ଼ିଥିଲେ ଯେ ମାତା-ମହାରାଣୀ ଏବଂ ରାଜମାତା, ସେ ଦୃଶ୍ୟରାଜି ରୂପାମ୍ବିକାଙ୍କ ସର୍ବାଙ୍ଗ ଦୋହଲାଇ ଦେଲା ।

"ରକ୍ଷାକର ମହାପ୍ରଭୁ, ମୁଁ ପଦ୍ମାବତୀ, ତୁମ ସଖୀ ନିରିମାଖୀ ଦ୍ରୌପଦୀଙ୍କ ତୁଲ୍ୟ ଦୁଇ ହସ୍ତ ତୋଲିଦେଇ ତୁମ ଶରଣଭିକ୍ଷା କରୁଛି, ମାନ ରଖ ।"

"ପୁତ୍ରୀ !"

ମିଠା ସମ୍ବୋଧନରେ ସମ୍ବିତ୍‌ ଫେରିଯାଇ ରୂପାମ୍ବିକା ପ୍ରତ୍ୟକ୍ଷ କଲେ, ସମ୍ମୁଖରେ ବୃଦ୍ଧ ମହାମନ୍ତ୍ରୀ ବିଦ୍ୟାପତି । ହାତରେ ତାଙ୍କର ପଦ୍ମପୁଷ୍ପ । ପଦ୍ମଟିକୁ ପଦ୍ମାବତୀଙ୍କୁ ଦେଇ ବୃଦ୍ଧ କହିଲେ – ମହାପ୍ରଭୁଙ୍କ ଆଜ୍ଞାପୁଷ୍ପ ।

ରୂପାମ୍ବିକାଙ୍କ ଚକ୍ଷୁରେ ପ୍ରଶ୍ନବାଚୀ ।

ବୃଦ୍ଧ କହିଲେ – କହିଥିଲ ପରା ପୁତ୍ରୀ, ରାଜାଜ୍ଞାକୁ ତନ୍ନତନ୍ନ କରି ବିଶ୍ଳେଷଣ କରିବି ! କଲି । ମହାପ୍ରଭୁଙ୍କ ରତ୍ନବେଦୀ ସାମ୍ନାରେ । ଆଜ୍ଞାପୁଷ୍ପ ଖସିଲା ମହାପ୍ରଭୁଙ୍କ ମଥାରୁ । ମୋର ଆଉ ଚିନ୍ତା କ'ଣ ?

✕   ✕   ✕

ହସ୍ତେ ସୁବର୍ଣ୍ଣ ସମାର୍ଜନୀ।

ଶଙ୍ଖ ଘଣ୍ଟ ଘଣ୍ଟା ତୂରୀ ରବ ଏବଂ ଅବିଶ୍ରାନ୍ତ ହରିବୋଲ ଧ୍ୱନି।

ପଣ୍ଡାଏ ଶ୍ରୀଜୀଉମାନଙ୍କୁ ରଥବିଜେ କରାଉଛନ୍ତି ପହଣ୍ଡିରେ।

ଆଗେ ଆଗେ ପୁରୁଷୋତ୍ତମ ପହଁରୁଛନ୍ତି ସୁବର୍ଣ୍ଣ ଝାଡୁରେ, ସେଠି ଉପସ୍ଥିତ ହେଲେ ବୃଦ୍ଧ ବିଦ୍ୟାପତି, ସଙ୍ଗେ ପଦ୍ମାବତୀ।

"ପରମ-ଚଣ୍ଡାଳ ହସ୍ତେ କାଞ୍ଚିରାଜନନ୍ଦିନୀଙ୍କୁ ଅର୍ପଣ କରି ରାଜାଜ୍ଞା ପାଳନ କଲି ମଣିମା, ସ୍ୱୀକାର କରନ୍ତୁ। ଆପଣଙ୍କ ତ୍ରିବାରସତ୍ୟ ରକ୍ଷାକରି ଅପରାଧ ଯଦି କିଛି କଲି, ଶାସ୍ତି ଦିଅନ୍ତୁ, ମାତ୍ର ସତ୍ୟରକ୍ଷା କରନ୍ତୁ।"

ବିଦ୍ୟାପତିଙ୍କ ନିର୍ଦ୍ଦେଶରେ ରୂପାମ୍ବିକା ପ୍ରିୟତମଙ୍କ ଗଳାରେ ଲମ୍ବାଇଦେଲେ ପଦ୍ମହାର। ରଥସ୍ତଳ କମ୍ପିଗଲା ମହାରାଣୀ ପଦ୍ମାବତୀ, ମହାରାଜ ପୁରୁଷୋତ୍ତମଙ୍କ ଜୟଜୟକାରରେ।

ଦୁଇ ପ୍ରେମୀଙ୍କ ଆଖିରୁ ବହି ଚାଲୁଥାଏ ଅବିଶ୍ରାନ୍ତ ଅମାନିଆଁ ଲୁହ।

ନାଟିକାନ୍ତି ଅଟକି ରହିଛି।

ଭକ୍ତଙ୍କ ଦୃଷ୍ଟି ଏବେ ସ୍ଥିର ଠାକୁରଙ୍କ ବଦଳରେ ଠାକୁରରାଜା ଏବଂ ମହାରାଣୀଙ୍କ ଉପରେ।

ରୂପାମ୍ବିକାଙ୍କ ଦୃଷ୍ଟି ସ୍ଥିର ଆରତନାଶନ ମହାପ୍ରଭୁଙ୍କ ଅପଲକ ଚକାନୟନରେ, ଯୋଉଠୁ ଝରୁଛି ଅଭୟ: ଶୁଦ୍ଧଭକ୍ତି ପ୍ରେମର ସ୍ୱରୂପ। ପ୍ରେମ ଯେବେ ସତ, ମୁକ୍ତ ନୋହେଁ ଜଗତ। ରୁକ୍ମିଣୀ ଅବା ସତୀ, ଅମ୍ବିକା ଅବା ରୂପାମ୍ବିକା, ପ୍ରେମର ଜୟ ସବୁକାଳେ, ସବୁଠାରେ।

□□□